ନଈ ସେପାରିର ଝିଅ

ନଈ ସେପାରିର ଝିଅ

ଯଶୋବନ୍ତ ସେଠୀ

ବ୍ଲାକ୍ ଇଗଲ୍ ବୁକ୍ସ
ଭୁବନେଶ୍ୱର, ଓଡ଼ିଶା

BLACK EAGLE BOOKS
Dublin, USA

ନଈ ସେପାରିର ଝିଅ / ଯଶୋବନ୍ତ ସେଠୀ

ବ୍ଲାକ୍ ଇଗଲ୍ ବୁକ୍ସ : ଭୁବନେଶ୍ୱର, ଓଡ଼ିଶା ● ଡବ୍ଲିନ୍, ଯୁକ୍ତରାଷ୍ଟ୍ର ଆମେରିକା

 BLACK EAGLE BOOKS

USA address:
7464 Wisdom Lane
Dublin, OH 43016

India address:
E/312, Trident Galaxy, Kalinga Nagar,
Bhubaneswar-751003, Odisha, India

E-mail: info@blackeaglebooks.org
Website: www.blackeaglebooks.org

First International Edition Published by
BLACK EAGLE BOOKS, 2023

NAEE SEPARIRA JHIA
by **Jasobanta Sethi**
Cell: 9437343457

Cover & Interior Design: Ezy's Publication

ISBN- 978-1-64560-364-1 (Paperback)

Printed in the United States of America

ଉତ୍ସର୍ଗ

ଅକୁଣ୍ଠ ଚିତ୍ତରେ ପିତାମାତାଙ୍କର ସ୍ନେହାଶୀର୍ବାଦ ପ୍ରଦାନ କରିଥିବା ମୋର ପରମ ପୂଜ୍ୟା ଗୁରୁମା' ଶ୍ରୀମତୀ ରାଧାରାଣୀ ଶତପଥୀ ଓ ଗୁରୁ ଶ୍ରୀଯୁକ୍ତ ରବିନାରାୟଣ ଆଚାର୍ଯ୍ୟଙ୍କ କରକମଳରେ ଭେଟିଦେଲି ।

- ଯଶୋବନ୍ତ

ଲେଖକଙ୍କ କଲମରୁ ଦୁଇଧାଡ଼ି

ଫ୍ରାନ୍ସ ଜନ୍ମିତ ଆମେରିକୀୟ ପ୍ରସିଦ୍ଧ ଲେଖିକା ଆନାଏସ୍ ନିନ୍‌ଙ୍କ ମତ ଅନୁଯାୟୀ- We write to taste life twice, in the moment and in retrospect. ଆମେ ଜୀବନର ବିଭିନ୍ନ ମୁହୂର୍ତ୍ତକୁ ଅଲଗା ଅଲଗା ସ୍ୱାଦରେ ଚାଖିଥାଉ । କେତେବେଳେ ଖୁସିରେ, କେତେବେଳେ ଦୁଃଖରେ । କେବେ ରାଗ ଅଭିମାନରେ, କେବେ ପୁଣି ଅନ୍ୟ ପ୍ରତି ସହାନୁଭୂତି ପ୍ରଦର୍ଶନରେ, ପ୍ରେମରେ, ବିରହରେ, ଈର୍ଷାରେ, ଭୀତିରେ, ଭକ୍ତିରେ, ରୋମାଞ୍ଚରେ, ଅନୁତାପରେ, ଅବସୋସରେ, ସୁସ୍ୱାଦୁ ବ୍ୟଞ୍ଜନରେ, ଭୋକରେ, ଶୋଷରେ, ନିଦରେ କିମ୍ବା ସ୍ୱପ୍ନରେ । ପ୍ରବହମାନ ସମୟ ସୁଅରେ ଆମେ ଭାବିନଥାଉ ଯେ ସେହି କ୍ଷଣଗୁଡ଼ିକ କୋଇଲା ଭଳି ଆମ ହୃଦୟ କନ୍ଦରରେ ସଂରକ୍ଷିତ ହୋଇ ରହିଯିବ ଏବଂ ବର୍ଷବର୍ଷ ଧରି ଭିତରେ ରହିଲା ପରେ ସେହି ସ୍ମୃତିରୂପକ କୋଇଲାର ରୂପାନ୍ତର ଘଟି ତାହା ଶେଷରେ ଆମପାଇଁ ଦୁର୍ମୂଲ୍ୟ ହୀରାଖଣ୍ଡରେ ପରିଣତ ହୋଇଯିବ ବୋଲି ।

ଦୈନନ୍ଦିନ ଜୀବନଚର୍ଯ୍ୟାର ସାଧାରଣ ମୁହୂର୍ତ୍ତଗୁଡ଼ିକ ସ୍ମୃତି ରୂପକ କୋଇଲା ସାଜି ବର୍ଷ ବର୍ଷ ଧରି ପଡ଼ିରହି ଦିନେ ନା ଦିନେ ସ୍ମୃତି-ହୀରାରେ ରୂପାନ୍ତରିତ ହୋଇଯା'ନ୍ତି ।

ପ୍ରତ୍ୟେକ ଗାଳ୍ପିକ- ସୁନାରୀ ବା କଥାକାରଙ୍କର କାହାଣୀର ପ୍ରଥମ ଉତ୍ସ ହେଉଛି ସ୍ମୃତି । ସ୍ମୃତି ସେମାନଙ୍କ ପାଇଁ Raw meterial ବା କଞ୍ଚାମାଲ୍ ସଦୃଶ । ସେହି କଞ୍ଚାମାଲ୍‌କୁ ଗାଳ୍ପିକଟିଏ ଗଳ୍ପରେ ବିଭିନ୍ନ ପ୍ରକାରରେ ବିନିଯୋଗ କରିପାରେ । କେତେବେଳେ ଉଦାହରଣ ମାଧ୍ୟମରେ, କେତେବେଳେ ଅଳଙ୍କାର- ଉପମା ଦେଇ, କେତେବେଳେ ବିଭିନ୍ନ ସ୍ମୃତିର କଟ୍‌ପିସ୍‌କୁ ମିଶାଇ ସମ୍ପୂର୍ଣ୍ଣ ଗଳ୍ପରେ ପରିଣତ କରିଥାଏ, ଅଥବା କେତେବେଳେ ସମ୍ପୂର୍ଣ୍ଣ ଗଳ୍ପଟି କିଛି ନୀରବଛିନ୍ନ ସ୍ମୃତିର ପରୋକ୍ଷ ଉପସ୍ଥାପନା ହୋଇଥାଏ ।

କିନ୍ତୁ ଏକଥା ମାନିବାକୁ ହେବ ଯେ ଗାଳ୍ପିକ-ସୁନାରୀ ଗଢ଼ିଥିବା ଗଳ୍ପ-ସୁବର୍ଣ୍ଣ ହାରଟି ଶତ ପ୍ରତିଶତ ଶୁଦ୍ଧ ସୁବର୍ଣ୍ଣରୁ ପ୍ରସ୍ତୁତ ହୋଇନଥାଏ; ସେଥିରେ ଖାଦ ମିଶିକରି ଥାଏ ।

ପ୍ରସିଦ୍ଧ ଆମେରିକୀୟ- କାନାଡା ଲେଖକ ଜନ୍ ଇରଭିଙ୍ଗ୍‌ଙ୍କ ମତରେ- Half my life is an act of revision. ଅର୍ଥାତ୍, ତାଙ୍କର ଅର୍ଦ୍ଧେକ ଜୀବନକାଳ ବିତିଯାଇଥିବା ଜୀବନର ପୁନରାବୃତ୍ତି ଅଟେ। ପ୍ରସିଦ୍ଧ ଆମେରିକୀୟ ଲେଖିକା ନାଟାଲି ଗୋଲ୍‌ଡବର୍ଗ ମଧ୍ୟ ସେହି ସମାନ କଥା କହୁଛନ୍ତି- Writers live twice.

କିନ୍ତୁ ଏକଥା ସତ୍ୟ ଯେ କବି ବ୍ୟତିରେକ ଅନ୍ୟମାନେ ନିଜର ବିତିଯାଇଥିବା ଜୀବନର ପ୍ରତିଛବିକୁ ରୂପକଳ୍ପ ମାଧ୍ୟମରେ ସଠିକ୍ ଭାବରେ ଉପସ୍ଥାପନ କରିପାରନ୍ତି ନାହିଁ। କାରଣ- ସେହି କାର୍ଯ୍ୟଟି ଏତେ ସହଜରେ ସମାପନ ହୋଇପାରି ନଥାଏ। ଗଳ୍ପ ଲେଖିବା ଏକ କଳା ଅଟେ। ତେଣୁ 'ଦ୍ୱିତୀୟ ଈଶ୍ୱର' କବି ପାଇଁ ପ୍ରସିଦ୍ଧ ଆମେରିକୀୟ ଲେଖକ ସିଡ୍‌ନୀ ଶେଲ୍‌ଡନ୍ କୁହନ୍ତି- A blank piece of paper is God's way of telling us how hard it is to be God.

ଈଶ୍ୱର ଆମ ହାତରେ ସାଧା କାଗଜଟିଏ ଧରେଇ ଦେଇ କହିବାକୁ ଚାହାଁନ୍ତି ଯେ ଈଶ୍ୱର ହେବା ଏତେ ସହଜ ନୁହେଁ। ପ୍ରକୃତରେ ସାଧାକାଗଜ ଓ କଲମଟିଏ ଧରି କବିଟିଏ କେବଳ ଲେଖିବାକୁ ବସିନଥାଏ। ସେ ନିଜ ଇଚ୍ଛାରେ ଏକ ସାମ୍ରାଜ୍ୟ ଗଢ଼ିବାକୁ ଚାହେଁ, ଯେଉଁ ସାମ୍ରାଜ୍ୟର ସେ ସେହିକ୍ଷଣରେ ଈଶ୍ୱର ବା ସମ୍ରାଟ ପାଲଟିଯାଏ ଏବଂ ସେ ସାମ୍ରାଜ୍ୟର ପ୍ରତିଟି କୋଣ ଅନୁକୋଣରେ ସେ ଅନାୟାସରେ ବିଚରଣ କରେ। ନିଜର ସାମ୍ରାଜ୍ୟ ସେ ନିଜେ ଗଢ଼ିତୋଳେ ନିଜ ମନ ମୁତାବକ। କିନ୍ତୁ କବି ରୂପକ ସମ୍ରାଟ ଗଢ଼ିଥିବା ସାମ୍ରାଜ୍ୟଟିକୁ ସେ କେବଳ ଗଢ଼ିବା ସମୟରେ ହିଁ ଉପଭୋଗ କରେ ଏବଂ ପରବର୍ତ୍ତୀ କ୍ଷଣରେ ସେ ତାହାକୁ ସର୍ବସାଧାରଣଙ୍କ ହାତରେ ଭେଟିଦିଏ ସେମାନଙ୍କର ଭୋଗ ନିମନ୍ତେ।

ମୁଁ ମଧ୍ୟ ମୋର ଏହି କ୍ଷୁଦ୍ର ସାମ୍ରାଜ୍ୟକୁ ସମର୍ପି ଦେଲି ପ୍ରିୟ ପାଠକମାନଙ୍କ ହାତରେ, ଉପଭୋଗ କରିବାକୁ।

ମୋର ପୂର୍ବ ପ୍ରକାଶିତ ଗଳ୍ପ ସଂକଳନ ଦ୍ୱୟର ମୌଳିକତାକୁ ମୁଁ ଏହି ସଂକଳନରେ ମଧ୍ୟ ବାନ୍ଧି ରଖିବାକୁ ପ୍ରୟାସ କରିଛି। ଅର୍ଥାତ୍, ସେହି ଅଧାଛାଇ ଅଧା ଆଲୁଅର ଖେଳ ଏଥିରେ ମଧ୍ୟ ଖେଳିବାକୁ ଚାହିଁଛି। କିଛି ଗଳ୍ପ ପଢ଼ି ପାଠକଙ୍କ ମନ ଭାରାକ୍ରାନ୍ତ ହେଉ ହେଉ ପରବର୍ତ୍ତୀ ଗଳ୍ପମାନଙ୍କରେ ଝରୁଥିବା ବିମଳ ହାସ୍ୟରସ ପାନ କରି ଭାରାକ୍ରାନ୍ତ ମନକୁ ସେମାନେ ହାଲ୍‌କା କରିନେବେ। ଗାମ୍ଭୀର୍ଯ୍ୟ ଓ ବିମଳ ହାସ୍ୟରସକୁ ପଞ୍ଚ୍ କରି 'ନଈ ସେପାରିର ଝିଅ' ରୂପକ ପିଆଲାରେ ସୁଧୀ ପାଠକମାନଙ୍କ ନିକଟରେ ଗଳ୍ପ ପାନୀୟ ପରଷି ଦେଲି। ଏଥିରେ ଭାଗମାପ ଠିକ୍ ଅଛି କି ନାହିଁ ଏହାକୁ ପିଇସାରି ପାଠକେ ନିଜର ମତାମତ ଦେବାକୁ ଅନୁରୋଧ।

ଯଶୋବନ୍ତ ସେଠୀ

ନଈ ସେପାରିର ଝିଅ, ଏକ ମିତ୍ର ଦୃଷ୍ଟି

ଗଳ୍ପକଥନ କାଳରେ ଗାଳ୍ପିକ ଥରେ ପ୍ରୋଟାଗୋନିଷ୍ଟିକ୍ ହୋଇଗଲେ ପାର୍ଶ୍ୱ ଚରିତ୍ରଗୁଡ଼ିକ ଆଉ ତାକୁ ନିର୍ମାଣ କରିବାକୁ ପଡ଼ିନଥାଏ। କଥାବସ୍ତୁର ଗତିଶୀଳତା ଆଧାରରେ ଆବଶ୍ୟକ ଚରିତ୍ରଗୁଡ଼ିକର ଘଟେ ସେଠାରେ ସ୍ୱତଃ ପ୍ରବେଶ। ଅଥଚ ବିଂଶ ଶତକର ବିଶ୍ୱସ୍ତରୀୟ ଗଳ୍ପଚର୍ଯ୍ୟାରେ ପ୍ଲଟ୍, କ୍ୟାରେକ୍ଟର ଏବଂ ଇଂପ୍ରେସନକୁ ଦିଆଯାଉଥିଲା ପ୍ରାଧାନ୍ୟ। ଜଣେ ସମାଜ ଏବଂ ସମୟନିଷ୍ଠ ଲେଖକ ଆତ୍ମନିଷ୍ଠ ଭଙ୍ଗୀରେ ନିଜକୁ ତା'ର ବ୍ୟାଖ୍ୟାୟିତ କାହାଣୀର ମୁଖ୍ୟ ବା ଆଉ ଏକ ଚରିତ୍ର କରିଦେଲେ କ'ଣ କାହାଣୀର ପ୍ଲଟ୍‌କୁ ଆହୁରି ଅଧିକ ଇଂପ୍ରେସିଭ୍ (ପାଠକ ଗ୍ରାହୀ) ଏବଂ ସମ୍ବେଦନଶୀଳ କରି ପାଠକଙ୍କୁ କାହାଣୀର ଶେଷ ପର୍ଯ୍ୟନ୍ତ ବାନ୍ଧି ରଖିହୁଏ ? ଏକବିଂଶ ଶତାବ୍ଦୀରେ ଗଳ୍ପସାହିତ୍ୟ ଏକ୍ଷଣାର ଘଟିଛି ନବ ଉନ୍ମେଷ। ଏକବିଂଶ ଶତାବ୍ଦୀର ଗଳ୍ପ ଜୀବନର କଠୋର ବାସ୍ତବତା ଆଧାରରେ ଚରିତ ହେଲେ ବି ବାସ୍ତବତାର ବସ୍ତୁତ୍ୱ ବଢ଼ାଇବା ପାଇଁ ଏବଂ କଳ୍ପନାପ୍ରସୂତ କାହାଣୀକୁ ବାସ୍ତବ ଦିଗ ଓ ଧର୍ମ ଦେବାପାଇଁ ଜଣେ ପ୍ରୋଟାଗୋନିଷ୍ଟ ଅଧିକାଂଶ ଗଳ୍ପରେ ନିଜର ଉପସ୍ଥିତିକୁ ଦର୍ଶାଉଛନ୍ତି; ସତେ ଯେମିତି ଅଙ୍ଗେନିଭା ଘଟଣାକୁ ନେଇ ଗଳ୍ପର ଆଙ୍ଗିକ ସଂଚାର ହେଲାବେଳେ ଗାଳ୍ପିକ ନିଜେ ପାଲଟିଛନ୍ତି ଗଳ୍ପର ଆତ୍ମା। ଏହାସହ ଘଟଣାର ବିଘଟନ ଆଣିବା ପାଇଁ ଏବଂ ପାଠକଙ୍କୁ ଗୋଟିଏ ଅଦୃଶ୍ୟ ଗଳ୍ପ ବଳୟରେ ଶେଷଯାଏଁ ବାନ୍ଧିରଖିବା ପାଇଁ ଏକବିଂଶ ଶତାବ୍ଦୀର ଚର୍ଚ୍ଚିତ ଗଳ୍ପମାନଙ୍କରେ 'ଫାଣ୍ଟାସି' ଗୋଟିଏ ଅତ୍ୟାବଶ୍ୟକ କାରକତତ୍ତ୍ୱ। ପାଠକ ଥରେ ସେପରି ଗଳ୍ପକୁ ପଢ଼ା ଆରମ୍ଭ କଲେ ବିପୁଳ ଉତ୍ସୁକତାର ସହ ଆଗେଇ ଆଗେଇ ଚାଲନ୍ତି ଗଳ୍ପର ଶେଷଧାଡ଼ି ପର୍ଯ୍ୟନ୍ତ।

ସ୍ଥଳବିଶେଷରେ ଅକଳ୍ପନୀୟ ଉପସଂହାର, ଏପରିକି 'ଗଳ୍ପ ସରିନାହିଁ'ର ଭଙ୍ଗୀମାରେ କଥା ସେଇଠି ହିଁ ସରିଯାଇଥାଏ। ପାଠକୀୟ ଉତ୍ସୁକତାର ଅନ୍ତ ଘଟିଲା

ବେଳକୁ ପ୍ରୋଟାଗୋନିଷ୍ଟ ଗାଳ୍ପିକଙ୍କର 'ମୁଁ' ନାମକ ଉପସ୍ଥିତିଟି ସେଇଠି ଏତେ ଗୌଣ ହୁଏ ଯେ, ପାଠକ ଚରିତ୍ରକୁ ଭୁଲି ଘଟଣା ସହ ସେତେବେଳକୁ ଏକାତ୍ମ ହୋଇଉଠନ୍ତି।

ଏହି ଧାରାରେ ବହୁ ଦିଗ୍‌ଗଜ ଓଡ଼ିଆ ଗାଳ୍ପିକ ଓଡ଼ିଆ କଥାସାହିତ୍ୟ ପାଇଁ ନିର୍ମାଣ କରିଛନ୍ତି ପ୍ରୋଟାଗୋନିଷ୍ଟ ସାହିତ୍ୟର ସ୍ୱତନ୍ତ୍ର ଭୂମି। ଆମ ସମୟର ଆଉ ଜଣେ ଶାଣିତ, ସଂହତ ଅଥଚ ବୈଦଗ୍‌ଧ ପ୍ରାଣ ଭରସାଯୋଗ୍ୟ କବି ତଥା ଗାଳ୍ପିକଙ୍କର ପ୍ରକାଶୋନ୍ମୁଖୀ ୭ମ ପୁସ୍ତକ ତଥା ୩ୟ ଗଳ୍ପ ସଂକଳନ 'ନଈ ସେପାରିର ଝିଅ'ରେ ସ୍ଥାନିତ ୧୮ଗୋଟି ଗଳ୍ପ ପାଠ କରୁ କରୁ ଓଡ଼ିଆ ଗଳ୍ପ ସାହିତ୍ୟର ଭବିଷ୍ୟ ପ୍ରତି ଆମେ ଆସ୍ଥାବାନ ହେବା ସହ ପ୍ରୋଟାଗୋନିଷ୍ଟ କଥା ସାହିତ୍ୟ ବାବଦରେ ଅଧିକ ଆଗ୍ରହୀ ହୋଇଉଠିବା ସ୍ୱାଭାବିକ।

ଉଲ୍ଲେଖନୀୟ ଯେ, ଏହା ପୂର୍ବରୁ ସାହିତ୍ୟାଶ୍ରୟୀ ଯଶୋବନ୍ତଙ୍କର କେତେଗୁଡ଼ିଏ କବିତା ସଂକଳନ ସମେତ ରାଗ ବସନ୍ତ ଓ ଅସ୍ତରାଗ ନାମରେ ଦୁଇଟି ଗଳ୍ପ ସଂକଳନ ପ୍ରକାଶ ପାଇ ଓଡ଼ିଆ ପାଠକ ବଜାରରେ ସୃଷ୍ଟି କରିଛି ଯଥେଷ୍ଟ ପାଠକୀୟ ମର୍ଯ୍ୟାଦା ଏବଂ ସ୍ୱୀକୃତି। ତେବେ 'କହି ଜାଣିଲେ କଥା ସୁନ୍ଦର' ନ୍ୟାୟରେ ପାଠକମାନଙ୍କ ହାତରେ ସେ 'ନଈ ସେପାରିର ଝିଅ' ନାମରେ ଯେଉଁ କଥାସାହିତ୍ୟର ଭବ୍ୟ ଉପହାରଟିଏ ଟେକି ଦେବାର ପ୍ରୟତ୍ନ କରିଛନ୍ତି, ତତ୍ ସନ୍ନିବେଶିତ ଗଳ୍ପଗୁଡ଼ିକର ଗୁଣବତ୍ତା ଓ ମାନବତ୍ତାର ବାସ୍ତବ ନିର୍ଦ୍ଧାରଣ ହେବ ବୃହତ୍ତର ପାଠକ ସମାଜଦ୍ୱାରା। ବ୍ୟକ୍ତ ଏବଂ ଅବ୍ୟକ୍ତ ସଂସାର ଭିତରୁ ଭେଦରେଖାକୁ ହଟାଇ ପ୍ରାତଃସ୍ମରଣୀୟ ପ୍ରାଚ୍ୟ ପଣ୍ଡିତ ତଥା ବିଚକ୍ଷଣ କଥାକାର ବିଷ୍ଣୁଶର୍ମା ପଶୁପକ୍ଷୀ ପରି ଇତର ଜୀବଙ୍କ ମୁହଁରୁ ପ୍ରଥମେ ଉଚ୍ଚାରଣ କରାଇଥିଲେ ଗଳ୍ପାଳାପ। ସତୁରୀ ଦଶକରେ ମୁର୍ଦ୍ଧନ୍ୟ କଥାକାର ମହାପାତ୍ର ନୀଳମଣି ସାହୁ ଆମ ମାଟିର ପାଠକଙ୍କୁ ଆମୋଦିତ କଲେ 'ବିହଙ୍ଗ ବିପ୍ଳବ' ପରି ଏକ ବିପ୍ଳବାତ୍ମକ ଗଳ୍ପଶୈଳୀରେ। 'ନଈ ସେପାରିର ଝିଅ' ପାଣ୍ଡୁଲିପିରେ ସ୍ଥାନିତ ଗଳ୍ପ ମଧ୍ୟରୁ ସେହି ଧରଣର ଦୁଇଟି ଗଳ୍ପ କୁକୁର ଏବଂ ରାଜଉଆସର ବଣି। ପ୍ରୋଟାଗୋନିଷ୍ଟ ଗଳ୍ପକଥକ ଯଶୋବନ୍ତଙ୍କର ଉଭୟ ଗଳ୍ପରେ ଇତରଜୀବ ମାଧ୍ୟମରେ ଆଧୁନିକ ମାନବ ଚରିତ୍ରର ବିଭିନ୍ନ ଦିଗ ଶ୍ଳେଷ ଏବଂ ବ୍ୟଙ୍ଗର ବ୍ୟଞ୍ଜନାରେ ହୋଇଛି ପ୍ରତୀକିତ।

'ନଈ ସେପାରିର ଝିଅ' ପାଣ୍ଡୁଲିପିସ୍ଥ ଗଳ୍ପଗୁଡ଼ିକର ଦିଗ ଦୁଇଟି। ସାମ୍ପ୍ରତିକ ସମୟ ପ୍ରତି ବ୍ୟଙ୍ଗ ଓ ଶ୍ଳେଷ ଏବଂ ବିତିଯାଇଥିବା ସମୟ ପ୍ରତି ଉଦାରତା ଏବଂ ସ୍ମୃତିପ୍ରବଣତା। ଗଳ୍ପର ସ୍ୱର ବାରମ୍ବାର ପରିବର୍ତ୍ତନଶୀଳ, କ୍ଷଣିକେ ବଦଳୁଥିବା ବର୍ଷାଦିନର ପାଣିପାଗ ପରି। ସ୍ମୃତିର ଶୂନ୍‌ଶାନ୍ ନଈପଠାରେ ଗାଳ୍ପିକ ଯେମିତି ଛିଡ଼ା ହୋଇଛନ୍ତି ଏକୁଟିଆ। ଥାଏ ଏକ ଉଷ୍ମ କୋମଳ ଶୈଶବ ଏବଂ ଅମାନିଆ କୈଶୋର, ପ୍ରତି ମଣିଷର। ପୋଲ ନ ଥିବା ନଈର ଏକୂଳରୁ ସେ କୂଳକୁ ବହି ବସ୍ତାନୀ ମୁଣ୍ଡାଇ ପାରି ହେଉଥାନ୍ତି ପାପୁଲିରେ

ପାପୁଲି ଛନ୍ଦା ଦୁଇଟି ନିଷ୍ପାପ ପ୍ରାଣ। ଇମେଜ୍ ଧର୍ମୀ ଗଳ୍ପ ଯଶୋବନ୍ତଙ୍କର। ନଈସୁଅ ପରି ବୋହିଯାଇଛି ସମୟ, ଔପନ୍ୟାସୀୟ କଥନ ଭଙ୍ଗୀରେ ପାଠକୀୟ ଚେତନାକୁ ସେଇ ସ୍ମୃତି ସୈକତରେ ଘଡ଼ିଏ ନୀରବ ଆଉ ନିଶ୍ଚଳ ଭାବେ ବସାଇ ଦେଲାଭଳି।

କହିବାର କଥା, କଳ୍ପନା ପ୍ରସୂତ ଗୋଟିଏ କାହାଣୀ ଭିତରେ ବି ଯଦି ପ୍ରୋଟାଗୋନିଷ୍ଟ ଲେଖକ ମୁଁ ହୋଇ ପ୍ରବେଶି ପାରିଲା, ତେବେ କଥାବସ୍ତୁ ପାଲଟେ ପ୍ରାଞ୍ଜଳ ଆଉ ଅଭିବ୍ୟକ୍ତି ସବୁ ମନେହୁଏ ନିଷ୍କପଟ। 'ମେଘକନ୍ୟା' ଏହି ପାଣ୍ଡୁଲିପିସ୍ଥ ଆଉ ଏକ ସିରିୟସ ପ୍ରେମଗଳ୍ପ। ଦୃଷ୍ଟିପଟରୁ ଅନ୍ତର୍ହିତ ହୋଇଥିବା ପ୍ରେମିକା ବାରମ୍ବାର ପ୍ରତିଭାତ ହୁଏ ଧ୍ୱନିର ପ୍ରତିଧ୍ୱନି, ପତ୍ରର ପ୍ରତିଲିପି ଅଥବା ଚହଲାପାଣିର ଢେଉ ଢେଉକା ପ୍ରତିବିମ୍ବରେ। ପ୍ରେମର ଯେଭଳି ମୃତ୍ୟୁ ନାହିଁ, ସେହିଭଳି ମୃତ୍ୟୁନାହିଁ ପ୍ରେମିକା ପ୍ରତିଛବିର। ଯଶୋବନ୍ତଙ୍କ 'ମେଘକନ୍ୟା' ଗଳ୍ପରେ ପ୍ରେମିକାର ସ୍ମୃତି ଛବିଟିଏ ସାଜି ଘଟରୁ ଘଟକୁ ସଂଚରଣ ଏବଂ ବିଚରଣଶୀଳ। ଏଇଠି ଭାବ କାରୁଣ୍ୟ ବିଜଡ଼ିତ ହେଲେ ବି ଭାଷା କଳାତ୍ମକ, ଆକର୍ଷକ ଏବଂ ରମ୍ୟ। ପ୍ରେମିକା, ଯାହାର ଅଭଙ୍ଗା ରୂପର ପୁନରାବୃତ୍ତି, ପୁନରାଗମନ। ଗୋଟେ ମେଘଳ ଅପରାହ୍ଣର ଉଦାସମୟ ସ୍ଥିତିରେ ଗାଳ୍ପିକଙ୍କ ସହ ସାମ୍ନାସାମ୍ନି ହୋଇଯାଇଥିବା କନ୍ୟା। ବୟସର ମେଘକନ୍ୟାର ମୁଖଅବୟବରେ ବିଜୁଳି ପରି ଝଲସି ଉଠୁଛି ଆଉ କାହାର ମୁହଁ!! ମେଘ ଅର୍ଥାତ ନିଜ ପ୍ରେମିକାର!! ପାଠକ କିପରି ଅଗ୍ରାହ୍ୟ କରିବେ କଳ୍ପନାର ଏହି ଜୀବନ୍ତ କଳାତ୍ମକ ଆବେଦନକୁ?

'ନଈ ସେପାରିର ଝିଅ' ପାଣ୍ଡୁଲିପିସ୍ଥ ଗଳ୍ପଗୁଡ଼ିକର ପ୍ରସଙ୍ଗ, ଚରିତ୍ର ଓ ପରିବେଶ ଭିତରେ ରହିଛି ବିବିଧତା। ପ୍ରେମ ଏବଂ କାରୁଣ୍ୟ, ଦୁଇଟି ଅବିଭାଜ୍ୟ ରାଶି ବୋଲି ପ୍ରତିପାଦିତ କଲାପରେ ଗାଳ୍ପିକ ସ୍ୱକୀୟ ଅନ୍ୟାନ୍ୟ ଗଳ୍ପଗୁଡ଼ିକର ବିବିଧତା ଭିତରେ ସାମାଜିକ ଚିତ୍ର ଓ ଚରିତ୍ରଗୁଡ଼ିକ ପ୍ରତି ତାଙ୍କର ପ୍ରତୀକାତ୍ମକ ବ୍ୟଙ୍ଗ, ବିଦ୍ରୂପ ଓ ଶ୍ଳେଷ ସହ ନିପୀଡ଼ିତ ଜୀବନ ପ୍ରତି ଯେଉଁ ସହାନୁଭୂତି ଏବଂ ସମ୍ବେଦନଶୀଳତା ଆରୋପିଛନ୍ତି, ତାହାହିଁ ଗାଳ୍ପିକଙ୍କର ଗଳ୍ପଚେତନାର ଅଗ୍ରଗାମୀତା। 'ଅପହରଣ' ଗଳ୍ପରେ ଶିଶୁ ଲିପୁନ୍‌ର ମନସ୍ତତ୍ତ୍ୱ ଓ 'କୋଇଲି ଦେଇଛି ଚିଠି' ଗଳ୍ପରେ ଅସାର ଜୀବନ ତତ୍ତ୍ୱର ଅବତାରଣା କରୁଥିବା ଗାଳ୍ପିକ ନିଶ ଅଛି ଯାହାର, କୁକୁଡୁକୁ, ମମତାମେସ୍, ଶ୍ରୀରାଧାଙ୍କ ମାନଭଞ୍ଜନ, ଆପଣଙ୍କର ଚଳେ କି ପ୍ରମୁଖ ଗଳ୍ପରେ କ୍ଲେଦାକ୍ତ ଜୀବନ ପାଇଁ ବିମଳ ହାସ୍ୟର ରୋଷଣୀ ଜଳାଇ ଦେଲାବେଳେ 'ଚୁମ୍‌କୀ' ଭଳି ଏକ ହୃଦୟବିଦାରକ ଗଳ୍ପରେ ପାଠକୀୟ ମନଜଗତକୁ ପୁଣିଥରେ ସ୍ତବ୍ଧ ଏବଂ ବେଦନାର୍ଦ୍ର କରିଦେବେ। ଅଷ୍ଟମ ଗର୍ଭ ଏବଂ ଆଜିଠୁଁ ଲଢ଼େଇ ବନ୍ଦ ଭଳି ଗଳ୍ପମାନଙ୍କରେ ଗାଳ୍ପିକ ପ୍ରମାଣ କରିଛନ୍ତି ନିଜର ସାମାଜିକ ଏବଂ ମାନବିକ ଦାୟବଦ୍ଧତା।

ତେବେ ଏତେ ସହଜ ନୁହେଁ 'ନଈ ସେପାରିର ଝିଅ' ପାଇଁ ନିଜେ ଗୋଟିଏ

କଥା ସରିତାର ସୁଅ ପାଲଟିବା । ପୁଣି ଆହୁରି କାଠିକର ପାଠ, ପ୍ରେମିକାର ଢେଉ ଢେଉକା ଅଭଙ୍ଗା ଛବିକୁ ସୁଅ ମୁହଁର ପତର ପରି ସଯତ୍ନେ ଛାଣି ଆଣି ଶବ୍ଦର ସୈକତରେ ସମଦରଦୀ ପାଠକଙ୍କୁ ବସାଇ 'ପରିହାସେ ତୋତେ କହିଦେଲି ସିନା / ବଳିପଡ଼ିବାରୁ ବ୍ୟଥା' ନ୍ୟାୟରେ ଗପ ଗମାତରେ ହସାଇ, ରସାଇ ପୁଣି ତଟସ୍ଥ, ଚକିତ ଏବଂ ଶେଷରେ ଶୋକାପ୍ଲୁତ କରିଦେବା । ଶୀତ ଦିନମାନଙ୍କରେ ସଅଳ ମାଡ଼ିଆସୁଥିବା ସଞ୍ଜ ପାଇଁ ଯଶୋବନ୍ତଙ୍କ ପାଠକଙ୍କୁ ଅପେକ୍ଷା କରିଛି କି ଆରବ୍ୟ ରଜନୀ ପରି ଆଉ କିଛି ଆଧୁନିକ କଥାମାଳା ? ? ଯଦି ସତ୍ୟ ବୋଧ ହେଉଛି ତେବେ କଥାକାର ଯଶୋବନ୍ତଙ୍କ ଏକବିଂଶ ଶତାବ୍ଦୀର ନୂଆ ଗଳ୍ପ ପରୀକ୍ଷା ମାୟାରେ ପଡ଼ିବା ପାଇଁ ଚାଲନ୍ତୁ ଜଳାଇବା ଆଲ୍ଲାଦୀନ୍‌ର ତୈଳଦୀପ ।

ପ୍ରେମାନନ୍ଦ ଶ୍ରୀ ଆର୍ଯ୍ୟବ୍ରତ ଦାସ
ମାନବସମ୍ବଳ ପରିଚାଳନା ବିଭାଗ ମୁଖ୍ୟ,
ଆରଜେ କଲେଜ ଅଫ୍ ମ୍ୟାନେଜମେଣ୍ଟ ଷ୍ଟଡ଼ିଜ୍
ଚାନ୍ଦିପୁର ରୋଡ୍, ବାଲେଶ୍ୱର-୦୧

ସୂଚିପତ୍ର

ନଈ ସେପାରିର ଝିଅ

ନଈ ଏପାଖରେ ଆମ ଗାଁ; ସେପାଖରେ ମଧୁସ୍ମିତା ମହାପାତ୍ରର ଗାଁ । ତାଙ୍କ ଗାଁରେ ସ୍କୁଲ ନଥିବାରୁ ସେ ଆମ ଗାଁ ସ୍କୁଲ୍‌କୁ ନଈପାରି ହୋଇ ଯା'ଆସ କରି ପାଠ ପଢ଼େ । ପଞ୍ଚମ ଶ୍ରେଣୀ ପର୍ଯ୍ୟନ୍ତ ଉଭୟେ ଗୋଟିଏ ଶ୍ରେଣୀରେ ସାଙ୍ଗହୋଇ ପଢୁଥିଲୁ । ପଞ୍ଚମରୁ ଷଷ୍ଠକୁ ଡେଇଁଲା ବେଳକୁ ଖରାଛୁଟିରେ ହଠାତ୍ ସେ ଉଭାନ୍ ହୋଇଗଲା । ଛୁଟି ଖୋଲିଲା ପରେ ଆମେ ସବୁ ଷଷ୍ଠ ଶ୍ରେଣୀରେ ଯାଇ ବସିଲୁ । କିନ୍ତୁ ସ୍କୁଲ୍ ଖୋଲିବାର ତିନି ଚାରିଦିନ ପର୍ଯ୍ୟନ୍ତ ମଧୁର ଦର୍ଶନ ମିଳିଲା ନାହିଁ । ତାଙ୍କ ଗାଁ ଝିଅ ସବିତାଠୁ ପଚାରି ବୁଝିଲି ଯେ ମଧୁ ବାପାଙ୍କର କଳାହାଣ୍ଡିକୁ ଅଚାନକ ବଦଳି ହୋଇଯିବାରୁ ସପରିବାର ସେଠାକୁ ଛୁଟି ଭିତରେ ଚାଲିଗଲେଣି । ମନକଥା ମନରେ ମାରି ରହିଗଲି । କିନ୍ତୁ ମନେ ମନେ ମଧୁକୁ ବହୁତ ମିସ୍ କଲି ।

ମିସ୍ କରିବିନି କେମିତି ! ଆମେ ଦୁହେଁ ଭାରି ସାଙ୍ଗ ହେଉଥିଲୁ । ଝିଅଟିଏ ହେଲେ ମଧ ମଧୁ ଭାରି ଚଗଲି ଥିଲା । ମୁଁ ଶ୍ରେଣୀରେ ସବୁଠୁ ଅଧିକ ଶାନ୍ତ ଓ ସୁଶୀଳ ଥିଲି । ସେଇଥିପାଇଁ ତା' ବାପା ଏବଂ ସାର୍‌ମାନେ ମୋ' ସହିତ ମଧୁକୁ ଯୋଡ଼ି ଦେଇଥିଲେ । ଅବଶ୍ୟ ମୋ' ସଂସ୍ପର୍ଶରେ ଆସିବା ପରଠୁ ମଧୁର ବ୍ୟବହାରରେ ଯଥେଷ୍ଟ ପରିବର୍ତ୍ତନ ଆସିଲା, ଯୋଉଥିପାଇଁ ତାଙ୍କ ଘରେ ସମସ୍ତେ ମତେ ଭାରି ଆଦର କରୁଥିଲେ । ଖାଇବା ଛୁଟିରେ ମୋ' ପାଇଁ ପ୍ରତିଦିନ ମଧୁର ଟିଫିନ୍ ବାକ୍ସରେ ସ୍ୱତନ୍ତ୍ର ଭାବେ ଆରିଷା, କାକରା, ଖଜା, କୋରା, କିମ୍ବା ଲଡୁ କିଛି ଗୋଟେ ଦେଇ ପଠେଇଥାନ୍ତି । ଆମେ ଦୁହେଁ ମିଶି ଖାଉ । ସ୍କୁଲ୍ ଛୁଟି ହେଲାପରେ ସବୁଦିନେ କେହି ଜଣେ ସମ୍ପର୍କୀୟ ଆସି ତାକୁ ସ୍କୁଟରରେ ବସାଇ ନେଇଯା'ନ୍ତି । ଯୋଉଦିନ କୌଣସି କାରଣରୁ କେହି ନ ଆସି ପାରନ୍ତି, ସାର୍‌ମାନେ ମଧୁ ସହିତ ମତେ ପଠାନ୍ତି ତାକୁ ଚାଲି ଚାଲି ନେଇ ନଈ ପାରକରି ତାଙ୍କ ଘରେ ଛାଡ଼ି ଆସିବାକୁ ।

କେବଳ ବର୍ଷା ଦିନକୁ ଛାଡ଼ି ଅନ୍ୟ ଦିନ ନଦୀ ପାର ହେବାପାଇଁ ନଦୀ ଭିତର ଦେଇ ଏକ ଅଣଓସାରିଆ ଅସ୍ଥାୟୀ ମୋରମ୍‌ର ରାସ୍ତାଟିଏ ହ୍ୟୁମ ପାଇପ୍ ପକାଇ ଆମ ପଞ୍ଚାୟତ ତରଫରୁ ଫି'ବର୍ଷ କରିଦିଆଯାଏ । ବର୍ଷାଦିନେ ସେ ରାସ୍ତା ଧୋଇଯାଏ । ଛୋଟ ହୁଲି ଡଙ୍ଗାରେ ଲୋକେ ଯା'ଆସ କରନ୍ତି । ପ୍ରତି ନିର୍ବାଚନ ସମୟରେ ନେତାମାନେ ସ୍ଥାୟୀ ପୋଲଟିଏ ନିର୍ମାଣ କରିଦେବାର ପ୍ରତିଶ୍ରୁତି ଦିଅନ୍ତି; କିନ୍ତୁ ଆଜି ପର୍ଯ୍ୟନ୍ତ କାହାରି ପ୍ରତିଶ୍ରୁତି ପୂରଣ ହୋଇପାରି ନାହିଁ ।

ମଧୁକୁ ସାଙ୍ଗରେ ନେଇ ନଦୀପାର ହେବାଟା କିନ୍ତୁ ମୋ'ପାଇଁ ଏତେ ସହଜ ହୁଏନାହିଁ । ନଈ ପାଣି ଦେଖିଲେ ମଧୁ ଖୁସିରେ କୁରୁଳି ଉଠେ । ଆଣ୍ଠୁଏ ଗଭୀରତାର କାଚକେନ୍ଦୁ ପରି ପାଣି ଦେଖିଲେ ମତେ ତରବରିଆ ଭାବରେ ତା' ବହିବସ୍ତାନି ଧରେଇ ଦେଇ ସେ ପାଣିକୁ ପଶିଯାଇ ଦୁଇହାତରେ ପାଣି ଛାଟି ଖେଳେ । ମୋ' ଉପରକୁ ପାଣି ଛାଟି ଓଦା କରିଦିଏ । ଶୈଶବର ଚାପଲ୍ୟ ମତେ ମଧ୍ୟ ମଧୁ ସହିତ ନଈପାଣିରେ ଓଦା ହୋଇ ଖେଳିବାକୁ ନଈ ଭିତରକୁ ଟାଣିନିଏ । ମୁଁ ମଧ୍ୟ ତା' ଉପରକୁ ଥରେ ଦି'ଥର ପାଣି ଛାଟିଲେ ଯାଇ ତା' ମନ ବୁଝେ ଓ ପାଣିରୁ ବାହାରକୁ ଆସେ । ତା'ପରେ ସେ ଆମ ଦୁହିଁଙ୍କ ବସ୍ତାନି ଧରେ ଓ ତା'ପାଇଁ ନଦୀ ସୁଅରେ ଛୋଟଛୋଟ ମାଛ ଧରିବାକୁ ଅନୁରୋଧ କରେ । ବାଲି ଭିତରେ ପାଦଚାଳନା କରି ମୁଁ ମଧୁପାଇଁ ଖଣ୍ଡିତୁଡ଼ି, ବାଲିପୋତା ଛୋଟ ମାଛମାନଙ୍କୁ ବାଲିସହ ଜାବୁଡ଼ି ଧରି ଶୁଖିଲା ଜାଗାକୁ ଫୋପାଡ଼ି ଦିଏ । ଛୋଟମାଛ ଗୁଡ଼ିକ ଶୁଖିଲା ବାଲି ଉପରେ ପଡ଼ି ଛଟପଟ ହେଉଥିବାର ଦୃଶ୍ୟ ଦେଖି ମଧୁ ନଦୀ ହୁଡ଼ାରୁ ଥାଇ ଖୁସିରେ ନାଚିଉଠେ । ତା'ର ହସଖୁସି ଦେଖି ମତେ ଭାରି ମଜା ଲାଗେ । ମାଛଗୁଡ଼ିକୁ ପତର ଠୋଲାରେ ଭର୍ତ୍ତି କରି ତାକୁ ଦିଏ । ତାଙ୍କ ଘରେ ପହଞ୍ଚିବାକୁ ବିଳମ୍ବ ହେବାରୁ ପହଞ୍ଚିଲା ପରେ ତା' ବୋଉ ତାକୁ ଗାଳି ଦିଅନ୍ତି । ମଧୁ ତା' ବୋଉ ଉପରେ ଅଭିମାନ କରି ମୁହଁ ଫଣଫଣ କରି ଘର ଭିତରକୁ ପଶିଯାଏ । ମତେ କିନ୍ତୁ ସେ ଗାଳି ଦିଅନ୍ତି ନାହିଁ । କଷ୍ଟକରି ଏତେବାଟ ଚାଲିଚାଲି ଆଣି ମଧୁକୁ ଘରେ ପହଞ୍ଚାଇ ଥିବାରୁ କୃତଜ୍ଞତା ସ୍ୱରୂପ ତା' ବୋଉ ମତେ ଓଲଟା ଆରିଷା, କାକରା, କିମ୍ବା କିଛି ନା କିଛି ଖାଇବାକୁ ଦିଅନ୍ତି । ଆମେ ଧରି କରି ପତର ଠୋଲାରେ ଆଣିଥିବା ମାଛଗୁଡ଼ିକୁ କିନ୍ତୁ ସେ ମୋ' ହାତରେ ସୋମବାର, ଶନିବାର, ପୁନେଇଁ, ଉଆଁସ ଆଦି ଅଛି କହି ଜବରଦସ୍ତି ଫେରାଇ ଦିଅନ୍ତି । ବାଧ୍ୟବାଧକତା ଭିତରେ ମାଛଗୁଡ଼ିକୁ ଫେରାଇ ଆଣିଲା ବେଳେ ମୋ' ମନ ବଡ଼ କଷ୍ଟହୁଏ । ପୁଣି ନଦୀ ପାରି ହୋଇ ଏକୁଟିଆ ଆସୁଆସୁ ମୁଁ ଅଭିମାନରେ ସେ ମାଛଗୁଡ଼ିକୁ ପାଣିରେ ଛାଡ଼ିଦିଏ । ମଲାମାଛ ଗୁଡ଼ିକ ପାଣି ସୁଅରେ ଧଳାଧଳା ପେଟ ପିଠି ଦେଖାଇ ଭାସିଯାଆନ୍ତି ସିନା, ଆଉଥରେ ବଞ୍ଚି ଉଠନ୍ତି ନାହିଁ ।

ଘରେ ପହଞ୍ଚିଲା ବେଳକୁ ବୋଉ ବିଳମ୍ବ ହେବାର କାରଣ ପଚାରିଲେ ମୁଁ କହିଦିଏ- ଆଜି ମଧୁକୁ ତାଙ୍କ ଘରୁ କେହି ନେବାକୁ ଆସିନଥିଲେ । ତାକୁ ଛାଡ଼ିବାକୁ ଯାଇଥିଲି । ତା' ବୋଉ ମତେ ତୋ' ଭଳି ଭାରି ଭଲ ପାଆନ୍ତି ଲୋ ବୋଉ । ବୋଉ ମତେ ଘଡ଼ିଏ ଯାଏ ଚାହିଁ ରହେ ଓ ତା' ମନକୁ କ'ଣ ଆସେ କେଜାଣି, ମତେ କହେ ଥାଉ ଥାଉ, ଆଉ ବେଶି ସାଙ୍ଗ ହ'ନା । ଚାଲ ଖାଇବୁ ।

ମଧୁ ଆଉ ମୁଁ ଭାରି ସାଙ୍ଗ ହେଉ ସିନା, ପରୀକ୍ଷା ଫଳ ବାହାରିବାର ଆଠଦଶ ଦିନ ପର୍ଯ୍ୟନ୍ତ କିନ୍ତୁ ସେ ମତେ ରାଗିକରି ଜମା କଥା ହୁଏନାହିଁ । ମୁଁ କିନ୍ତୁ ଉପରେ ପଡ଼ି ତା' ସହିତ କଥା ହୁଏ ବୋଲି ସେ ଚାହୁଁଥାଏ । କାରଣ- ମୁଁ ଶ୍ରେଣୀରେ ସମସ୍ତଙ୍କ ମଧ୍ୟରେ ପ୍ରଥମ ହୁଏ । ମଧୁ ଦଶ କିମ୍ବା ବାର ନମ୍ବର ସ୍ଥାନରେ ରୁହେ । ଯୋଉଥିପାଇଁ ତାକୁ ଘରୁ ଗାଳି ଶୁଣିବାକୁ ପଡ଼େ । ସେହି ରାଗ ମୋ' ଉପରେ ଶୁଝେଇବାକୁ ଯାଇ ସେ ମୋହରି ଉପରେ ଅଭିମାନ କରେ । ଅବଶ୍ୟ ତାକୁ ମନେଇବା ପାଇଁ ମତେ ବେଶୀଦିନ ଲାଗେନାହିଁ । ଆମ ବାଡ଼ି ବରକୋଳି, କଞ୍ଚା କୟାଁ, କଞ୍ଚା ଆମ୍ବ, କିମ୍ବା ବାଡ଼ି ଅଁଳାରୁ କିଛି ନେଇ ଖାଇବା ଛୁଟିରେ ତାକୁ ଦେଖେଇ ଦେଖେଇ ଖାଇଲେ ମୋ' ଖାଇବା ଦେଖି ସେ ଆଉ ଲୋଭ ସମ୍ବରଣ କରି ନ ପାରି ମୋ' ପାଖକୁ ଚାଲିଆସି ଉପରେ ପଡ଼ି କଥା ହୁଏ ଓ ଖାଇବାକୁ ମାଗେ । ତା' ପରେ ମୁଁ ମୋର ଭାଉ ଦେଖାଇବା ଆରମ୍ଭ କରିଦିଏ ।

ପଞ୍ଚମ ଶ୍ରେଣୀ ପରଠୁ ଆମ ଦୁଇଜଣଙ୍କ ମଧ୍ୟରେ ଆଉ ଭେଟହୋଇ ପାରିଲା ନାହିଁ । ମଧୁ ତା' ପରିବାର ସହିତ ଗାଁକୁ ଛୁଟିରେ ଆସିଥିବା ସମୟରେ ମୁଁ କୋଉ ବନ୍ଧୁବାନ୍ଧବ ଘରକୁ କିମ୍ବା ଛୁଟି ମନେଇବାକୁ କୋଉ ଦୂରଜାଗାକୁ ଚାଲିଯାଇଥାଏ । ମଧୁ ମତେ ଦେଖା କରିବାକୁ ଆସି ଖୋଜୁଥିଲା ଓ ମତେ ନ ପାଇ ମନଦୁଃଖ କରି ଫେରିଗଲା ବୋଲି ମୋ' ଗାଁ ସାଙ୍ଗମାନେ ପରେ କୁହନ୍ତି । ତାକୁ ମୋ' ସହିତ ଯୋଡ଼ି ଚିଡାନ୍ତି ।

ସାଙ୍ଗମାନଙ୍କ ଟାହି ଟାପରାରେ ମୁଁ ବିଚଳିତ ହୁଏନି ସିନା, କିନ୍ତୁ ତା' ସହିତ ଦେଖା ହୋଇ ନ ପାରିବାର ଦୁଃଖକୁ ମୁଁ ଭିତରେ ଭିତରେ ଚାପିଦିଏ । ପ୍ରଥମ ଦୁଇ ତିନିବର୍ଷ ପର୍ଯ୍ୟନ୍ତ ଅନ୍ୟମାନଙ୍କ ଦ୍ୱାରା ଆମେ ଦୁହେଁ ଦୁହିଁଙ୍କ ଖବର ରଖିପାରୁଥିଲୁ । ତା'ପରେ ପରେ ମଧୁ କଥା ମୁଁ ତ କହିପାରିବିନି; କିନ୍ତୁ 'ମଧୁ' ବୋଲି ଦୁଇଟି ଅକ୍ଷର ମୋ' ମନର କଳାପଟାରେ ଅଲିଭା ହୋଇ ରହିଗଲା । ହୃଦୟର ନିଭୃତ କୋଣରେ 'ମଧୁ'ର ମଧୁର ମଧୁର ସ୍ମୃତିକୁ ଭାବର ଘୋଡ଼ଣିରେ ଘୋଡ଼ାଇ ସାଇତି ରଖିଲି । ଇଚ୍ଛା ହେଲେ ମୁଁ ଏକାନ୍ତରେ ସେ ସ୍ମୃତିର ଘୋଡଣି ଖୋଲି ମହମହ ବାସୁଥିବା ସେ ସ୍ମୃତିର ସୁଗନ୍ଧରେ ମଦମତ୍ତ ହୋଇପଡ଼େ, ମଧୁକୁ ପୁଣିଥରେ ଭେଟିବାକୁ ଇଚ୍ଛା ହୁଏ, ଜୀବନରେ ଅକୁହା ରହିଯାଇଥିବା କିଛି କଥା କହିଦେବାକୁ ମୋ' ହୃଦୟ ଉଚ୍ଛନ୍ନ ହୋଇଉଠେ ।

କିନ୍ତୁ କାହିଁକି !

ସେ କାହିଁକିର ଉତ୍ତର ସେତେବେଳେ କେହି ପଚାରିଥିଲେ ମୁଁ କିନ୍ତୁ ଆଦୌ ଦେଇ ପାରିନଥା'ନ୍ତି।

ଆମ ଗାଁ ପାଖରେ ନଦୀଟି ବହିଯାଇଥିଲେ ମଧ୍ୟ ହାଇସ୍କୁଲ୍ ପଢ଼ା ଶେଷ ପର୍ଯ୍ୟନ୍ତ ଭୁଲରେ ସୁଦ୍ଧା ଜାଣିଜାଣି ତା' କୂଳକୁ ଯାଇନାହିଁ। କାରଣ, ଗୋଟିଏ ଥର ଯାଇ ମୁଁ ସମ୍ପୂର୍ଣ୍ଣ ଆନମନା ହୋଇ ପଡିଥିଲି। ମୁଁ ଜାଣିଲି- ତା' ପାଖକୁ ଗଲେ ନଈ ପାଣିର କୁଲୁକୁଲୁ ଶବ୍ଦ, ସ୍ୱଚ୍ଛ ପାଣି ତଳର ଚିକିମିକିଆ ସରୁବାଲି, ଉଜାଣି ସ୍ରୋତରେ ସନ୍ତରଣ ରତ ଛୋଟଛୋଟ ଧୋବ ଫରଫର ମାଛମାନେ ମତେ ଆହ୍ୱାନ କରନ୍ତି- ଆସୁନ ! ମଧୁ ଆଜି ନାହିଁ ବୋଲି ଆମେ କ'ଣ ଏତେ ପର ହୋଇଗଲୁ ! ଆସ, ମଧୁକୁ ଆମେ ଏଇଠି ଲୁଚେଇ ରଖିଛୁ। ଖୋଜ, ନିଶ୍ଚୟ ପାଇଯିବ।

ମାଇନର୍ ସ୍କୁଲ, ହାଇସ୍କୁଲ, +୨ ଡେଇଁ ମୁଁ +୩ରେ କଟକ ରେଭେନ୍ସା କଲେଜରେ ଆଡ୍‌ମିଶନ୍ ନେଲି। ହାଇସ୍କୁଲ ପରେ ଆଉ ମଧୁ ବିଷୟରେ କୌଣସି ଖବର ରଖିବା ସମ୍ଭବ ହେଲାନି। ସମୟର କୁହେଳିକା ଭିତରେ ମଧୁର ଅପାସୋରା ମୁହଁଟି ଧିରେ ଧିରେ ଅସ୍ପଷ୍ଟ ହୋଇପଡିଲା।

ସେଦିନ ସନ୍ଧ୍ୟାରେ କଲେଜ ଅଡ଼ିଟୋରିୟମ୍‌ରେ କଲେଜର ବାର୍ଷିକ ଉତ୍ସବ ବହ୍ୱାଡମ୍ବରରେ ପାଳିତ ହେଉଥାଏ। ଛାତ୍ରଛାତ୍ରୀମାନଙ୍କର ପ୍ରବଳ ଭିଡ଼ ଲାଗିରହିଥାଏ। ବିଭିନ୍ନ ପ୍ରତିଯୋଗିତାରେ ବିଜୟୀ ଛାତ୍ରଛାତ୍ରୀମାନେ ପ୍ରବଳ କରତାଳି ମଧ୍ୟରେ ଷ୍ଟେଜ୍‌କୁ ଯାଇ ମୁଖ୍ୟ ଅତିଥିଙ୍କଠାରୁ ପୁରସ୍କାର ଗ୍ରହଣ କରି ହସହସ ମୁଖରେ ଫେରୁଥାନ୍ତି। ଶେଷରେ ପୁରସ୍କାର ପାଇଁ ମୋର ନାମ ମଧ୍ୟ ଡକାଗଲା। ଓଡ଼ିଆ ସାହିତ୍ୟର ବିଭିନ୍ନ ବିଭାଗ, ଯଥା- ଗଳ୍ପ, କବିତା ଓ ପ୍ରବନ୍ଧ, ତିନୋଟିଯାକ ବିଭାଗରେ ମୁଁ ପ୍ରଥମ ହୋଇଥିବାରୁ ମାଇକ୍‌ର ଧାତବ କଣ୍ଠରେ ବାରମ୍ବାର ମୋର ନାମ ଘୋଷଣା କରାଯାଉଥାଏ। ମୁଁ ମଧ୍ୟ ପ୍ରବଳ କରତାଳି, ଅଶେଷ ଉଦ୍ଦୀପନା ଓ ଉତ୍ସାହ ମଧ୍ୟରେ ଷ୍ଟେଜ୍ ଉପରକୁ ଚଢ଼ିଲି ପୁରସ୍କାର ଗ୍ରହଣ କରିବା ନିମନ୍ତେ। ପୁରସ୍କାର ପ୍ରଦାନ କଳାପରେ ମତେ ଷ୍ଟେଜ୍‌ରେ ପଚରା ଯାଇଥିଲା- "ଆପଣଙ୍କର ଏହି ନିଆରା ସଫଳତା ନିମନ୍ତେ ଆପଣ କାହାକୁ କୃତଜ୍ଞତା ଜ୍ଞାପନ କରିବାକୁ ଚାହିଁବେ ?"

ଏହି ପ୍ରଶ୍ନରେ ମୁଁ କିଛି ସମୟ ପାଇଁ ଭାବପ୍ରବଣ ହୋଇପଡ଼ିଲି। ଷ୍ଟେଜ୍ ବାହାରକୁ ଆକାଶକୁ ଚାହିଁଲି- ଦୂର ଦିଗ୍‌ବଳୟରେ କେବଳ ଚତୁର୍ଦ୍ଦଶୀର ଚାନ୍ଦଟା ଫିକ୍‌ଫିକ୍ ହସୁଥିଲା। ସମ୍ମୁଖରେ ବସିଥିବା ଦର୍ଶକମାନଙ୍କ ମୁଣ୍ଡ ଉପର ଦେଇ ଭାବପ୍ରବଣତାରେ ବୁଡ଼ି ରହି ମୁଁ ହାତ ବଢ଼େଇଲି ସେହି ଅନନ୍ତ ଦିଗ୍‌ବଳୟ ଆଡକୁ, ଯେଉଁଠି ଜହ୍ନଟିଏ ହୋଇ ଦାନ୍ତ

ନିକୁଟି ହସୁଥିଲା ମଧୁ, ଆଉ 'ମଧୁ'ର ମଧୁର ମଧୁର ସ୍ମୃତି- ମଧୁବୋଲା ଓଠରେ।

ଆସ୍ତେ ଆସ୍ତେ କରତାଳି ନୀରବିଗଲା। ନୀରବି ଯାଇଥିବା ଦର୍ଶକଙ୍କ ଗହଣରୁ ହଠାତ୍ କେହି ଜଣେ ଏକୁଟିଆ ଛିଡ଼ାହୋଇ ପଡ଼ି ମୋହରି ଉଦ୍ଦେଶ୍ୟରେ ପୁଣି ତାଳି ମାରିବାର ଦୃଶ୍ୟ ହେଲା। ସଭିଙ୍କ ନଜର କେନ୍ଦ୍ରୀଭୂତ ହେଉଥିଲା ସେଇ ଝିଅଟି ଉପରେ; ମୋର ନଜର ସେହିପରି ସ୍ଥିର ଥିଲା ଜହ୍ନ ଉପରେ, ଦୂର ଦିଗ୍‌ବଳୟ ଉପରେ, ଜ୍ୟୋସ୍ନାଧୌତ ନୀଳ ଆକାଶ ଆଡ଼େ।

ସେପର୍ଯ୍ୟନ୍ତ ମୁଁ ଭାବର ରାଜ୍ୟରେ ହିଁ ବିଚରଣ କରୁଥିଲି। ପରେ ପରେ ଦର୍ଶକଙ୍କ ହାସ୍ୟରୋଳ ମଧ୍ୟରେ ମୁଁ ବାସ୍ତବ ରାଜ୍ୟକୁ ପୁଣି ଫେରିଆସିଥିଲି, ଯେତେବେଳେ ସେ ଝିଅଟି ଏକୁଟିଆ ତାଳି ମାରି ଦର୍ଶକଙ୍କ ଉଦ୍ଦେଶ୍ୟରେ ଚିତ୍କାର କରି କହୁଥିଲା- "ଥ୍ରୀ ଚିୟର୍ସ ଫର୍ ଦେବପ୍ରତିମ ଦାସ, ହିପ୍ ହିପ୍ ହୁର୍‌ରେ..."

ଭଲ କରି ନୀରେଖି ଦେଖିଲି- ମୁହଁଟି କେମିତି ଚିହ୍ନା ଚିହ୍ନା ଲାଗୁଥିଲା। ଝିଅଟିର ମୁହଁଟିକୁ ନେଇ ଆଠଦଶ ବର୍ଷ ତଳର ଫିକା ପଡିଯାଇଥିବା କିଶୋରୀ ମଧୁସ୍ମିତା ମହାପାତ୍ରର ମୁହଁ ସହିତ ଯୋଡ଼ି ପରୀକ୍ଷା ନିରୀକ୍ଷା କଲି। ଶତକଡ଼ା ପଚାଶ ଭାଗ ଖାପ ଖାଇଗଲା। ସେ ପର୍ଯ୍ୟନ୍ତ ଭାବପ୍ରବଣତାର ବଶବର୍ତ୍ତୀ ହୋଇ ମୋ ଡାହାଣ ହାତଟି ନୀଳ ଆକାଶ ଆଡକୁ ଲକ୍ଷ୍ୟକରି ଉଠି ରହିଥାଏ। ଧିରେଧିରେ ହାତଟି ତଳକୁ ଖସିଆସି ସେଇ ଝିଅଟି ଉପରକୁ ନିର୍ଦ୍ଦେଶିତ ହୋଇ ହଠାତ୍ ସ୍ଥିର ହୋଇ ରହିଗଲା। ହାସ୍ୟରୋଳ ଅଧିକ ହେବାରୁ ମୁଁ କଳ୍ପନାରାଜ୍ୟରୁ ବାସ୍ତବ ରାଜ୍ୟକୁ ଫେରିଆସି ବାସ୍ତବତା ଜାଣିବା ପରେ ଲାଜରେ ଝାଉଁଳି ପଡ଼ିଥିଲି।

ଷ୍ଟେଜ୍‌ରୁ ଓହ୍ଲେଇବା ପରଠାରୁ ମୋର ପ୍ରତୀକ୍ଷା ଧୈର୍ଯ୍ୟର ସୀମା ଟପିଯାଇଥିଲା। କାରଣ- ସେ ପର୍ଯ୍ୟନ୍ତ ମୁଁ ସନ୍ଦିହାନ ଥିଲି- ଝିଅଟା ମଧୁ କି ନୁହେଁ ବୋଲି। ପ୍ରୋଗ୍ରାମ୍ ଶେଷ ହେଲାପରେ ମୁଁ ସର୍ବପ୍ରଥମେ ଯାଇ ଅଡିଟୋରିୟମ୍‌ର ପ୍ରସ୍ଥାନ ଦ୍ୱାରରେ ଛିଡ଼ା ହୋଇ ରହିଲି- ମଧୁଭଳି ଦିଶୁଥିବା ଏବଂ ମୋର ପ୍ରଶଂସାରେ ମ୍ରିୟମାଣ ହୋଇ ଥ୍ରୀଚିୟର୍ସର ନାରା ଦେଇଥିବା ସେହି ଅଧାଚିହ୍ନା ଝିଅଟା ସତରେ ମଧୁ କି ନୁହେଁ ଦୃଢ଼ ନିଶ୍ଚିତ ହେବାକୁ। ସେତେବେଳକୁ ରାତି ପାଖାପାଖି ଦଶଟା ବାଜି ସାରିଥିଲା। ସମସ୍ତେ, ବିଶେଷ କରି ଝିଅମାନେ ଅଧିକ ତରବର ହେଉଥିଲେ ନିଜ ନିଜ ମେସ୍ ଓ ହଷ୍ଟେଲକୁ ଫେରିଯିବାକୁ। ପ୍ରସ୍ଥାନ ଗେଟ୍ ପାଖକୁ ଲାଗି ଏକ ପ୍ରମୁଖ ସ୍ଥାନରେ ମୁଁ ଯାଇ ଛିଡ଼ା ହୋଇରହିଲି, ଯୋଉଠି ଛିଡ଼ା ହେଲେ ଗେଟ୍‌ଦେଇ ବାହାରକୁ ଯାଉଥିବା ପ୍ରତ୍ୟେକ ବ୍ୟକ୍ତିକୁ ମୁଁ ଦେଖି ପାରିବି।

କିଛି କ୍ଷଣର ପ୍ରତୀକ୍ଷା ଅନ୍ତେ ଝିଅଟି ଭିଡ଼ କାଟି କାଟି ଆସୁଥିବାର ନଜରକୁ ଆସିଲା। ମୁଁ ଟିକିଏ ଉଚ୍ଚସ୍ଥାନରେ ଛିଡ଼ା ହୋଇଥିବାରୁ ତା'ର ନଜର ମଧ୍ୟ ମୋ' ଉପରେ

ପଡ଼ିଗଲା। ତା' ଓଠରେ ଏକ ନିଆରା ପରିତୃପ୍ତିର ହସ, ଦେହରେ ଭରାଯୌବନ, ଆଖିରେ ସଲ୍ଲଜ ଚାହାଁଣି ନେଇ ତଳକୁ ମୁହଁ ପୋତି ମୋ' ପାଖାପାଖି ଆସି ଛିଡ଼ା ହେଲା। କାଳବିଳମ୍ବ ନ କରି କେବଳ ଝିଅଟି ଶୁଣିପାରିବା ଭଳି ଧିରେ ସନ୍ଦେହ ମିଶା ସ୍ୱରରେ ଡାକିଲି- 'ମଧୁ!'

ଝିଅଟା ଏଥର ମୁହଁ ଟେକି ମୋ' ଆଡ଼କୁ ସିଧାସିଧା ଚାହିଁ ରହିଲା। ଦେଖିଲି- ସେ ଓଠରେ ହସୁଥିଲା, କିନ୍ତୁ ଦୁଇ ଆଖିରେ ତା'ର ଲୁହ ଟଳମଳ ହୋଇ ଯେ କୌଣସି ମୁହୂର୍ତ୍ତରେ ଝରି ପଡିବାକୁ କେବଳ ଏକ ଦରଦୀ ହୃଦୟର କଅଁଳ ସ୍ପର୍ଶର ଅପେକ୍ଷାରେ ଥିଲା।

ମୁଁ ନିଜର ସନ୍ଦେହକୁ ସମ୍ପୂର୍ଣ୍ଣ ଦୂରୀଭୂତ କରିବାକୁ ପୁଣିଥରେ କୋମଳ ସ୍ୱରରେ ପଚାରିଲି- ମଧୁ ତ!

ଝିଅଟି ଆଖିରେ ଢଳଢଳ ହେଉଥିବା ଦୁଇଠୋପା ଲୁହ ହଠାତ୍ ଦୁଇଟି ରଙ୍ଗିନ୍ ପ୍ରଜାପତି ହୋଇ ଡେଣାଝାଡ଼ି ଆନନ୍ଦରେ ଉଡ଼ିଗଲେ କୋଉ ଏକ ଅଜଣା ନନ୍ଦନବନକୁ, ଯେଉଁ ନନ୍ଦନବନର ପାରିଜାତର ସୁଗନ୍ଧରେ ପ୍ରତି ମୁହୂର୍ତ୍ତରେ ଶତଶତ ପ୍ରଜାପତି ଖୁସି ମନରେ ଆତ୍ମଦାହ କରିବାକୁ ପଂକ୍ତିରେ ଛିଡ଼ା ହୋଇ ରୁହନ୍ତି।

ମୁହୂର୍ତ୍ତକେ ପୁନଶ୍ଚ ଏକ ବିସ୍ମୟକର ଘଟଣା ଘଟିଗଲା। ଆଗପଛ, ସବୁକିଛି ଭୁଲିଯାଇ ଝିଅଟା ହଠାତ୍ ମୋ' ପାଖକୁ ଦୌଡ଼ିଆସି ସମସ୍ତଙ୍କ ସାମ୍ନାରେ ମତେ କୁଣ୍ଢେଇ ପକାଇ ସକସକ ହୋଇ କାନ୍ଦୁ କାନ୍ଦୁ ଅସ୍ପଷ୍ଟ ସ୍ୱରରେ କହୁଥିଲା- କୋଉଠି ରହିଯାଇଥିଲ ଦେବ! ଏତେ ଦିନ ପର୍ଯ୍ୟନ୍ତ ଏ ଅଭାଗିନୀ କ'ଣ ମନେ ପଡୁନଥିଲା! ଦେବ! ଦେବ!

ଏହା କହି ମତେ ସେ ଜୋର୍‌ରେ ଛାତିରେ ଭିଡ଼ି ଧରି ବେଶ୍ କିଛି ସମୟ କାନ୍ଦି ଚାଲିଲା। ଏହାଠାରୁ ଆବେଗାତ୍ମକ ମୁହୂର୍ତ୍ତ ଆଉ ଦୁନିଆରେ କ'ଣ ବା ଥାଇପାରେ! ଖୁସି ହେଲେ ମଣିଷ ଏତେ ଜୋର୍‌ରେ କାନ୍ଦି ପାରେ, ଏକଥା ମୁଁ ପ୍ରଥମଥର ପାଇଁ ନିଜ ଆଖିରେ ଦେଖୁଥିଲି। ଲୋକଲଜ୍ଜାରୁ ରକ୍ଷା ପାଇବାକୁ ତଥା ପରିସ୍ଥିତିକୁ ସାମାନ୍ୟ କରିବାକୁ ଯାଇ ମୋ' ନିଜକୁ ତା' ବାହୁ ବନ୍ଧନରୁ ମୁକ୍ତ କରିଥିଲି।

କିନ୍ତୁ ସେହି କ୍ଷଣରେ ହିଁ ମୁଁ ଉପଲବ୍ଧି କରିଥିଲି- ସତରେ ମୋର ବି ଏକ ହୃଦୟ ଅଛି ଏବଂ ହୃଦୟ ହିଁ ସତରେ ପୃଥିବୀର ସବୁଠୁ କୋମଳତମ ବସ୍ତୁ। ଯେଉଁଠି ଆଘାତ ଲାଗିଲେ ମଧ୍ୟ କେବଳ ହୃଦୟରୁ ହିଁ ରକ୍ତ ଝରେ। ସେ ରକ୍ତ ଲାଲ୍ ହୋଇପାରେ, କିମ୍ବା ରଙ୍ଗ ବିହୀନ ଅଶ୍ରୁ ହୋଇ ଚକ୍ଷୁଦେଇ ବହିଯାଇପାରେ। ଏଭଳି ବିରଳ ମୁହୂର୍ତ୍ତକୁ ସାମ୍ନା କରି ନ ପାରି ମୋର ହୃଦୟ ମଧ୍ୟ ଖୁସିରେ ଦୁଇ ଆଖିର ସାହାରା ନେଇ ତାର ଉପଯୁକ୍ତ ପ୍ରତିକ୍ରିୟା ଦୁଇଟୋପା ଲୁହ ମାଧ୍ୟମରେ ଦେଖାଇ ଦେଇଥିଲା। ମତେ ଲାଗିଲା ସତେ

ଯେମିତି ମଧୁର ହୃଦୟ ଭିତରେ ଅନେକ ଦିନତଳୁ ସାଇତା ହୋଇ ରହିଥିବା ଗଛବୃଛ କାଳକ୍ରମେ କୋଇଲା ଏବଂ ପରେ ପରେ ସେହି କୋଇଲା ଆଜି ଦୁର୍ମୂଲ୍ୟ ହୀରାରେ ପରିଣତ ହୋଇ ସାରିଛି, ଆଉ ମଧୁ ସେହି ଦୁଷ୍ପ୍ରାପ୍ୟ ହୀରାଖଣ୍ଡଟିକୁ ମୋ' ହାତରେ ସମର୍ପି ଦେବାକୁ ଚାହୁଁଛି।

ରାତ୍ରି ଅଧିକ ହୋଇଯାଉଥିବାରୁ ଆମେ ବେଶୀ ସମୟ କଥାବାର୍ତ୍ତା ହୋଇନପାରିଲେ ମଧ୍ୟ ପାଖାପାଖି ଦୁଇ ମିନିଟ୍ ଭିତରେ କିଏ କୋଉଠି ରହୁଛୁ ଏବଂ ପରବର୍ତ୍ତୀ ଦେଖା କରିବାର ସମୟ ଓ ସ୍ଥାନ ଧାର୍ଯ୍ୟ କରିନେଲୁ। ଏତେ ଦିନପରେ ଦେଖା ହୋଇଥିବାରୁ ଇଚ୍ଛା ନଥିଲେ ମଧ୍ୟ ଆମେ ପରସ୍ପରଠୁ ବାଧ୍ୟ ହୋଇ ବିଦାୟ ନେଇ ଯାଇଥିଲୁ।

ସେଦିନ ରାତିଟି ମଧୁର କେମିତି କଟିଥିବ ମୁଁ ଜାଣେ ନାହିଁ; କିନ୍ତୁ ହଷ୍ଟେଲର ଛାତ ଉପରକୁ ଏକୁଟିଆ ନିଶାର୍ଦ୍ଧଟାରେ ଚଢ଼ିଯାଇ ମୁକ୍ତ ଆକାଶକୁ ଭାବୁକଟିଏ ପରି ଚାହିଁ ରହିଲି। ମୁଁ ଅନୁଭବ କଲି, ସତରେ ସେଦିନର ଚତୁର୍ଦ୍ଦଶୀ ଜହ୍ନଟି ଯେକୌଣସି ପୁନେଇଁ ଜହ୍ନଠୁ ମଧ୍ୟ ଅଧିକ ସୁନ୍ଦର ଦିଶୁଥିଲା ଏବଂ ଭବିଷ୍ୟତରେ ମଧ୍ୟ ସେଭଳି ରୂପବତୀ ଜହ୍ନ ମୋ' ଜୀବନକାଳ ମଧ୍ୟରେ କେବେ ଉଇଁଆସିବ ବୋଲି କଳ୍ପନା ମଧ୍ୟ କରିପାରୁନଥିଲି। ଚୋଫାରଙ୍ଗର ଫୁଲେଇ ଜହ୍ନଟା ସତରେ ସେଦିନ ମୋ' ହାତପାଆନ୍ତାକୁ ଓହ୍ଲେଇ ଆସିଥିଲା ଏବଂ ସେହି ଜହ୍ନର ବକ୍ଷ ଦେଶରୁ ପାଉଁଜି ଛମ୍‌ଛମ୍ କରି ସଲ୍ଲଜ ବଦନରେ ମଧୁ ମୋ' ହାତକୁ ତା' ହାତ ବଢ଼ାଇ ଦେଇ ପୃଥିବୀ ପୃଷ୍ଠକୁ ଓହ୍ଲେଇ ଆସୁଥିଲା ସୁନେଲି ପରଯୁକ୍ତ ସୁନ୍ଦରୀ ପରୀଟିଏ ହୋଇ, ସମ୍ପୂର୍ଣ୍ଣ ସମର୍ପଣ ମୁଦ୍ରାରେ। ଜହ୍ନର ବକ୍ଷ ସ୍ଥଳୀରୁ ଓହ୍ଲେଇ ଆସିଥିବା ମଧୁ ରୂପକ ଜହ୍ନଟିକୁ ହାତ ପାଆନ୍ତାରେ ପାଇ ମୁଁ ସତସତିକା ଜହ୍ନଟିକୁ ବିଦାୟ ଦେବାକୁ ଯାଇ ତା' ଆଡ଼କୁ ଆଉଥରେ ଚାହିଁ ଦେଖିଲି- ସେ ଈର୍ଷାରେ, ଅଭିମାନରେ, ବିଷଣ୍ଣ ବଦନରେ ବାଦଲ ତଳେ ମୁହଁ ଛୁପା ଦେଇ ଧିରେ ଧିରେ ନୀଳ ଆକାଶରେ ଦୂରକୁ ଦୂରକୁ ଚାଲି ଯାଉଥିଲା।

ଉଭୟେ ମଧୁ ଓ ମୁଁ +୩ ପ୍ରଥମ ବର୍ଷ କଳାର ଛାତ୍ରଛାତ୍ରୀ ଥିଲୁ। କିନ୍ତୁ ଉଭୟଙ୍କର ଅନର୍ସ ଅଲଗା ଅଲଗା ଥିଲା। ମୁଁ ସେଇ କଲେଜରେ +୨ ପଢ଼ିଛି। ମଧୁ ପାଇଁ କିନ୍ତୁ ରେଭେନ୍ସା କଲେଜ ନୂଆଥିଲା। ମୁଁ ହଷ୍ଟେଲରେ ରହୁଥିଲି। ମଧୁ କଲେଜ ପାଖାପାଖି ଏକ ମେସ୍‌ରେ ରହୁଥିଲା। ଦୁହେଁ ଦୁହିଁଙ୍କୁ ଏତେ ଦିନପରେ ପାଇଥିବାରୁ ବହୁତ ଖୁସି ହୋଇଥିଲୁ। ବଢନ୍ତା ବୟସ ପାଖରେ ଆମର ପିଲାଦିନର ବନ୍ଧୁତ୍ୱ ହାରମାନିଥିଲା ଏବଂ ଆମ ଦୁହିଁଙ୍କୁ ପ୍ରେମର ବନ୍ଧନରେ ବାନ୍ଧିବାକୁ ବାଟ ଛାଡ଼ି ଦେଇଥିଲା। ଅଳ୍ପଦିନ ଭିତରେ ଆମେ ପରସ୍ପରକୁ ହୃଦୟ ଦେଇ ଭଲ ପାଇବସିଥିଲୁ।

ଚାହୁଁ ଚାହୁଁ +୩ ର ତିନୋଟି ଯାକ ବର୍ଷ ଆମର କେମିତି କଟିଗଲା କିଛି

ଜଣାପଡିଲାନି। ଆମେ ଅନୁଭବ କଲୁ, ସତରେ ଖୁସିର ଦିନଗୁଡ଼ିକ ଘୋଡ଼ାଚଢ଼ି ଆସିଥାଏ। ଆଠ ନଅ ବର୍ଷର ବ୍ୟବଧାନ ପରେ ଏତେ ନିବିଡ଼ ବନ୍ଧନରେ ବାନ୍ଧି ହୋଇଥିବା ଦୁଇଟି ହୃଦୟ ପୁଣି ଦୂରକୁ ଦୂରେଇ ଯିବାର ଆଶଙ୍କା ଆମକୁ ବ୍ୟତିବ୍ୟସ୍ତ କରି ପକାଇଲା, ଯୋଉଦିନ ଆମର ଫାଇନାଲ୍ ପରୀକ୍ଷା ସରିଗଲା। କେବଳ ନଦୀଟିଏର ଏପାଖ ଓ ସେପାଖ ଯଦିଓ ଆମ ଦୁହିଁଙ୍କର ଘର, କିନ୍ତୁ ଏ ଭିତରେ ମଧୁର ବାପା ଭୁବନେଶ୍ୱରରେ ଜାଗା କିଣି ଘର କରି ସାରିଥିଲେ ଏବଂ ଭୁବନେଶ୍ୱରରେ ହିଁ ସବୁଦିନ ପାଇଁ ରହିଯିବାର ବ୍ୟବସ୍ଥା କରି ସାରିଥିଲେ। ଗ୍ରାଜୁଏସନ୍ ପରେ ଆମେ ଦୁହେଁ କିଏ କୋଉଠି ପଢ଼ିବା କାହାରିକୁ ଜଣାନଥିଲା; କିନ୍ତୁ ଆଉ ବର୍ଷେ କିମ୍ବା ଦୁଇବର୍ଷ ପରେ ମଧୁ ଆଉ ମୁଁ ପଡ଼ୋଶୀ ଗାଁର ବୋଲି କହି ପାରିବୁ ନାହିଁ। କାରଣ ଗାଁର ସମସ୍ତ ସମ୍ପତ୍ତି ମଧୁର ବାପା ଏ ଭିତରେ ଜଣକୁ ବିକ୍ରି କରିଦେବାର ମଧ୍ୟ ଫାଇନାଲ କରି ସାରିଥିଲେ। ଆମ ଦୁହିଁଙ୍କର ପ୍ରେମ ଆମକୁ ସଫଳତାର ସ୍ୱାଦ ଚଖାଇ ଭବିଷ୍ୟତରେ ବିବାହ ବନ୍ଧନରେ ବାନ୍ଧି ପାରିବ କି ନାହିଁ ସେଥିପ୍ରତି ମଧ୍ୟ ଆମେ ସନ୍ଦିହାନ ଥିଲୁ। କାରଣ- ମଧୁ ମତେ ଅନେକ ଥର କହିଛି- ତାଙ୍କ ଘରେ ଉଚ୍ଚ ନୀଚ, ଜାତି ଗୋତ୍ର ବାରନ୍ତି। ମଧୁ ଘର ଆମଠାରୁ ଉଚ୍ଚ ଜାତିର ବୋଲି ଜାଣି ମଧ୍ୟ ବୟସର କୃଷ୍ଣଚୂଡ଼ାର ନାଲିରଙ୍ଗରେ ଆମକୁ ସେତେବେଳେ ସବୁକିଛି ରଙ୍ଗିନ ଦିଶୁଥିଲା।

ଶେଷରେ ଶେଷ ଦିନର ଶେଷ ଦେଖାର ସମୟ ଆସି ଉପନୀତ ହୋଇସାରିଥିଲା। ସେହିଦିନ ସନ୍ଧ୍ୟାସୁଦ୍ଧା ମଧୁ ଭୁବନେଶ୍ୱରକୁ ଏବଂ ମୁଁ ଗାଁକୁ ଚାଲିଯିବାର ବ୍ୟବସ୍ଥା ହୋଇ ସାରିଥିଲା। ଏମ୍.ଏ.ରେ କିଏ କୋଉଠି ଆଡମିଶନ୍ ନେବୁ କିଛି ଜଣାନଥିଲା। ସେହି ଦୃଷ୍ଟିରୁ ଆମ ଉଭୟଙ୍କର ତାହା ଅନ୍ତରଙ୍ଗ ଭାବରେ ପ୍ରାୟତଃ ଶେଷ ଦେଖା ଥିଲା ବୋଲି ଆପାତତଃ ଧରି ନେଇଥିଲୁ।

ମଧୁ ସେଦିନ ନିର୍ଦ୍ଧାରିତ ସମୟରେ ମୋ' ରୁମ୍‌କୁ ଆସିଲା। ତା' ହୃଦୟ-ଆକାଶ ସମ୍ପୂର୍ଣ୍ଣ ମେଘାଚ୍ଛନ୍ନ ଥିଲା। କୋଉ ମୁହୂର୍ତ୍ତରେ ବର୍ଷା ଢାଳିଦବ ତା'ର କିଛି ଠିକ୍ ଠିକଣା ନଥିଲା। ମୁଁ ମଧ୍ୟ ତା' ବର୍ଷାର ଅବାରିତ ଧାରାରେ ଓଦା ହୋଇଯିବାକୁ ମନେ ମନେ ପ୍ରସ୍ତୁତ ହୋଇବସିଥିଲି। ଚୁପଚାପ୍ ଉଭୟେ କିଛି ସମୟ ବସିରହିଲୁ। କାହାରି ପାଟିରୁ ଭାଷା ବାହାରୁ ନଥାଏ। ସେ ମତେ ଓ ମୁଁ ତାକୁ ଅପଲକ ନୟନରେ କିଛି ସମୟ ଚାହିଁ ରହିଲୁ। ଉଭୟଙ୍କ ଆଖି କୋଣରେ ଲୁହ ଘନେଇ ଆସିଲା। ମୁଁ ତାକୁ ମୋ' ଆଡ଼କୁ ଟାଣିନେଇ ତା' ମସୃଣ ଗାଲରେ ଚୁମାଟିଏ ଦେଲି। ମୋ' ଆଖିର ଦୁଇଟୋପା ଲୁହ ଝରିଯାଇ ତା' ଗାଲ ଦେଇ ବହି ଯାଉଥିବା ଲୁହର ଝରଣା ଜଳରେ ମିଶି ଏକାକାର ହୋଇଗଲା। ମଧୁ ମଧ୍ୟ କାନ୍ଦୁ କାନ୍ଦୁ ସଯତ୍ନରେ ମତେ ଗଭୀର ଚୁମ୍ବନଟିଏ ଦେଲା।

ତା'ପରେ ଅଳ୍ପକିଛି ମନଖୋଲା କଥୋପକଥନ; ଶେଷରେ ଅଶ୍ରୁଳ ବିଦାୟ। ବିଦାୟ ବେଳାରେ ଆମେ ଦୁହେଁ ପରସ୍ପର ହାତ ମିଳାଇ ଶେଷସ୍ପର୍ଶ ଦେଲୁ।

ଯଥା ସମୟରେ ପରୀକ୍ଷା ଫଳ ପ୍ରକାଶ ପାଇଲା। ମୁଁ ଓ ମଧୁ ଉଭୟେ ପ୍ରଥମ ଶ୍ରେଣୀରେ ପାସ୍ କରିଥିଲୁ। ମୁଁ ବହୁତ ଖୁସି ହୋଇଥିଲି। ମଧୁ ମଧ୍ୟ ଖୁସି ହୋଇଥିବ। କିନ୍ତୁ... ଉଭୟେ ଉଭୟଙ୍କ ଖୁସିକୁ ପରସ୍ପର ମଧ୍ୟରେ ବାଣ୍ଟିବାକୁ ଆମେ ପାଖରେ ନଥିଲୁ। ସେତେବେଳେ ମୋବାଇଲ୍ ଯୁଗ ନଥିଲା। ମୁଁ ଥିଲି ଗାଁରେ, ସେ ଥିଲା ଭୁବନେଶ୍ୱରରେ। ଯୋଉଦିନ କଲେଜରୁ ଯାଇ ମୋର ସାର୍ଟିଫିକେଟ ଆଦି ଆଣିଲି, ସେଦିନ ମଧ୍ୟ ମନେ ମନେ ଭାବିଥିଲି- ମଧୁ ଆଜି କଲେଜ ଆସିଥାନ୍ତା କି ! କିନ୍ତୁ ତାହା ସମ୍ଭବ ହୋଇନଥିଲା।

ପରୀକ୍ଷା ଫଳ ବାହାରିବାର ମାସେ ପର୍ଯ୍ୟନ୍ତ ବିଭିନ୍ନ ବିଶ୍ୱବିଦ୍ୟାଳୟରେ ଏମ୍.ଏ ଶ୍ରେଣୀରେ ଆଡମିଶନ୍ ପାଇଁ ବୁଲିବୁଲି ଫର୍ମ ପକାଇବାରେ ବ୍ୟସ୍ତ ରହିଗଲି। ମଧୁ ବିଷୟରେ କିଛି ଜାଣିବାର ବାଟ ନଥିଲା।

ସେଦିନ ଶେଷ ବିଶ୍ୱବିଦ୍ୟାଳୟ ଭାବରେ ଉତ୍କଳ ବିଶ୍ୱବିଦ୍ୟାଳୟରେ ଏମ୍.ଏରେ ଆଡମିଶନ୍ ପାଇଁ ଫର୍ମ୍ ପକାଇ ଭୁବନେଶ୍ୱରରୁ ସନ୍ଧ୍ୟାବେଳକୁ ଗାଁକୁ ଫେରି ଗାଁ ପାଖ ନଈକୂଳ ଆଡକୁ ଜଣେ ସାଙ୍ଗ ସହିତ ବୁଲିଯାଇଥାଏ। ନଈ ସେପାଖେ ବରଗଛ ତଳେ ସେପାଖ ଗାଁର ଗ୍ରାମଦେବୀଙ୍କ ଆସ୍ଥାନ। ମହୁରି, ବାଜା, ଶଙ୍ଖ, ଘଣ୍ଟା ଓ ମାଇପିମାନଙ୍କ ହୁଳହୁଳି ଶବ୍ଦରେ ଠାକୁରାଣୀ ପୀଠ ପ୍ରକମ୍ପିତ ହୋଇପଡୁଥାଏ। ମୋ' ସାଙ୍ଗଜଣକ କହିଲା- ଆର ଗାଁର କୋଉଝିଅ କି ପୁଅର ବାହାଘର ଅଛି ବୋଧେ। ଦିଅଁ ମଙ୍ଗୁଳି ପାଇଁ ଠାକୁରାଣୀ ପୀଠକୁ ଆସିଛନ୍ତି। ସେଥିପ୍ରତି ଜମା ଧ୍ୟାନ ନଦେଇ ନଦୀରୁ ଧୁଆଧୋଇ ହୋଇ ଘରକୁ ଫେରିଲା ପରେ ବୋଉକୁ ପଚାରିଲି- ବୋଉ ! ଆରପାଖ ଗାଁରେ କାହାର ଆଜି ବାହାଘର ଅଛି କି ଲୋ ! ବୋଉ କହିଲା- କାହିଁକି ! ତୁ କେମିତି ଜାଣିଲୁ କି ? ମୁଁ କହିଲି- ଗ୍ରାମ ଦେବୀଙ୍କ ପୀଠରେ ଦିଅଁ ମଙ୍ଗୁଳି ହେଉଥିବାର ଦେଖି ଆସିଲି ତ। ତା'ଛଡ଼ା ହେଇ ଶୁଣୁନୁ, ମାଇକ୍ ବାଜୁଛି ସେ ଗାଁରେ ! ବୋଉ ପୁଣି କହିଲା- ଯାହାର ବାହାଘର ହେଉଛି ହେଉ। ତୁ ଗଲୁ ଜଲ୍‌ଦି ଖାଇପିଇ ଶୋଇବୁ। ଭୁବନେଶ୍ୱରରୁ ଫେରିଛୁ, ଥକି ଯାଇଥିବୁ।

ଏଇ ଶେଷ ପଦକ କଥା କହିଲାବେଳେ ବୋଉର କଥା କହିବାର ଶୈଳୀ ଓ ଚାହାଁଣିରୁ ମତେ କାହିଁକି କେଜାଣି ସନ୍ଦେହ ଲାଗିଲା ଯେ କାହା ପୁଅକି ଝିଅର ବାହାଘର ଅଛି ଜାଣି ମଧ୍ୟ କଥାଟାକୁ ସେ ଲୁଚେଇବାକୁ ଚେଷ୍ଟା କରୁଛି। ମତେ ଖାପଛଡ଼ା ଲାଗିବାରୁ ସନ୍ଦେହ ଦୂର କରିବାକୁ ବୋଉ ପଛରେ ପଡ଼ିଗଲି। କିନ୍ତୁ ଶତଚେଷ୍ଟା ପରେ ମଧ୍ୟ ବୋଉଠାରୁ କଥାଟା ବାହାର କରିପାରିଲି ନାହିଁ।

କିଛି ସମୟ ପରେ ଗାଁ ସାଙ୍ଗ କାବୁଲି ଆମ ଘର ସାମ୍ନା ଦେଇ ସେ ଗାଁ ଆଡ଼କୁ

ଯାଉଥିଲା । ମୁଁ ବାରଣ୍ଡାରେ ଏକୁଟିଆ ବସିଥିବାର ଦେଖି ମୋ' ପାଖକୁ ଆସିଲା । ପଚାରିଲା- ଆରେ ଦେବା, ବାହାଘରକୁ ଯିବୁନି କି ? ତତେ କ'ଣ ନିମନ୍ତ୍ରଣ କରାଯାଇନାହିଁ ? ମୁଁ ହଠାତ୍ କ୍ରିୟାଶୀଳ ହୋଇ ଉତ୍ସୁକତାର ସହିତ ପଚାରିଲି- ଆଜି କାହାର ବାହାଘର କି ? ମତେ କାହିଁକି ଡାକିବେ ? କାବୁଲି ହସି ହସି କହିଲା- ତୁ'ଟା ଜାଣି ସିଆଣା ହେଉଛୁ ଆଉ ! ଆରେ ମଧୁର ବାହାଘର, ଆଉ ତୁ ଜାଣିନୁ କହିଲେ ଆମେ ସବୁ ବିଶ୍ୱାସ କରିବୁ ? ତତେ ତ ସ୍ୱତନ୍ତ୍ର ଭାବରେ ନିମନ୍ତ୍ରଣ କରାଯାଇଥିବ । କାରଣ- ତୁ ତା'ର ବେଷ୍ଟ୍ ଫ୍ରେଣ୍ଡ୍ ଥିଲୁ ।

ବୋଉ ଘର ଭିତରୁ ହଠାତ୍ ବାହାରି ଆସି କାବୁଲିକୁ କ'ଣସବୁ ଗାଳିମନ୍ଦ ଦେଇ ଆମ ଘରୁ ଠେଲିଠେଲି ବିଦା କରିଦେଉଥିଲା । ମୁଁ କିନ୍ତୁ ଜଡ଼, ନିଥର ବସ୍ତୁଟିଏର ସଂଜ୍ଞା ଭିତରେ ପଶି ନିଜକୁ ନିଜେ ପ୍ରଶ୍ନ କରୁଥିଲି- ମୋ' ଦେହରେ ଜୀବସତ୍ତା ଟିକକ ଅଛି କି ନାହିଁ ?

ନଈ ସେପାରି ଗାଁ ଆଡୁ ବାଣ ରୋଶଣିର ଢୋ ଢ଼ା, ଚଡଚଡ୍ ଶବ୍ଦ ଧିରେଧିରେ ପ୍ରାୟ ମଧୁ ଘର ଆଡ଼କୁ ନିକଟତର ହୋଇ ଆସୁଥିଲା । କାନଫଟା ଡିଜେ ସାଉଣ୍ଡରେ ମହମ୍ମଦ ଅଜିଜ୍‌ଙ୍କ କଣ୍ଠରେ 'ବର ଆସୁଛି ଦେଖ ରୋଶଣି କରି, ଗାଡ଼ି ପଛରେ ଗାଡ଼ି ଲାଗିଛି ଧାଡି'ର ଧମାକାଦାର ମ୍ୟୁଜିକ୍ ମୋ' ହୃଦୟର ନିଭୃତ କୋଣରେ ସିଧାଯାଇ ବାରମ୍ବାର ଆଘାତ ଦେଉଥିଲା ।

■

ଚୁମ୍‌କୀ

ଶ୍ମଶାନ ପାଖ ଗଛମୂଳରେ ଲୁଚିଲୁଚି ନାରଣ ଚୁମ୍‌କୀର ଶବ ସତ୍କାର ଦେଖୁଥିଲା । ତା' ଆଖିରୁ ଧାରଧାର ଲୁହ ଝରୁଥିଲା । ଏଇ ଲୁହ ଦି'ଟୋପା ଛଡ଼ା ନାରଣ ତାକୁ ଆଉ ଶେଷ ମୁହୂର୍ତ୍ତରେ କ'ଣ ଦେଇପାରିଥା'ନ୍ତା !

ଶବ ସତ୍କାର ଶେଷ ହେଲା ପରେ ପାଖ ପୋଖରୀକୁ ଯାଇ ନାରଣ ସ୍ନାନଶୌଚ ସାରି ନିଜର ବସ୍ତିକୁ ଫେରିଆସିଲା । ଭଙ୍ଗା କୁଡ଼ିଆଟିର ଦାଣ୍ଡପିଣ୍ଡାରେ ବସି ବିଡ଼ିଟିଏରେ ନିଆଁ ଧରେଇ ଟାଣିଲା । ଉପରକୁ ଧୂଆଁ ଛାଡ଼ି ବିଡ଼ି ଧୂଆଁର କୁଣ୍ଡଳୀକୁ ଚାହିଁ ଭାବୁଥିଲା - ଏଇ ବିଡ଼ି ଧୂଆଁ ଆଉ ଶ୍ମଶାନର ଧୂଆଁ ଘେରା ଭିତରେ ପାର୍ଥକ୍ୟ ଅବା କ'ଣ ଅଛି ? ଜୀବନଟା ସତରେ ବିଡ଼ିଟିଏ ପରି । ଏନ୍ତୁଡ଼ି ନିଆଁରୁ ଜଳିବା ଆରମ୍ଭ ହୋଇ ଜୀବନଯାକ ସଂସାର ଜଞ୍ଜାଳ ରୂପକ ଜୁଇ ନିଆଁରେ ଦଗ୍ଧୀଭୂତ ହୋଇ ଶେଷରେ ମୁଠାଏ ପାଉଁଶ ହୋଇ ପଡ଼ିରହିବାଟା ହିଁ ସାର । ଅନେକ ଅସନ୍ତୋଷ, ଅନେକ ଅଶାନ୍ତି, ଅନେକ ଅବସୋସକୁ ବିଡ଼ି ଧୂଆଁର କୁଣ୍ଡଳୀ ଭିତରେ ଦାହ କରି ଆକାଶ ଆଡ଼କୁ ଫିଙ୍ଗି ଦିଆଯାଏ । ଶ୍ମଶାନର ଧୂମକୁଣ୍ଡଳୀ ମଧ୍ୟ ତଦ୍ରୂପ ।

ଠିକ୍ ସେମିତି ଆଜି ଚୁମ୍‌କୀର କଅଁଳା ଦେହଟା ତା' ଆଖି ସାମ୍ନାରେ ଜଳିପୋଡ଼ି ପାଉଁଶ ହୋଇଗଲା । ଓଃ ! କି ଦୁର୍ବିଷହ ନଥିଲା ସେ ଦୃଶ୍ୟ !

ନାରଣ ଚୁମ୍‌କୀର ପରିଚୟ ଖୋଜୁଥିଲା । ପ୍ରକୃତରେ ଚୁମ୍‌କୀ କିଏ ? ତା'ର ଅଲ୍ୟଲୀ କନ୍ୟା, କିବା ପାତ୍ର ପରିବାରର ସ୍ୱର୍ଗତ କୂଳବଧୂ !

ଚୁମ୍‌କୀ ଯିଏ ବି ହେଉନା କାହିଁକି; ବର୍ତ୍ତମାନ ତ ସେ ସମସ୍ତଙ୍କ ପାଇଁ ଅତୀତ । ତା'ର ପରିଚୟ କେବଳ ସେହି ମୁଠାଏ ପାଉଁଶ ।

ଏଇ ଚୁମ୍‌କୀଟା ପାଇଁ ନାରଣ ଦିନେ ମଦ ପିଇବା ଛାଡ଼ି ଦେଇଥିଲା । ଦିନସାରା ରିକ୍‌ସା ଟାଣିଟାଣି ଶରୀରର ଥକ୍କା ମେଣ୍ଟାଇବା ପାଇଁ ନାରଣ ସଞ୍ଜବେଳେ ମହୁଲି ଟିକେ

ପିଇଦେଇ ଚାଲିଆସେ। ମୁଣ୍ଡକୁ ନିଶା ଚଢ଼ିଗଲେ ତା'ର ଆଉ ହିତାହିତ ଜ୍ଞାନ ରହେ ନାହିଁ। ଘରେ ପହଞ୍ଚି ପହଞ୍ଚି ମାଳ ସାଙ୍ଗରେ ଝଗଡ଼ା ଆରମ୍ଭ ହୋଇଯାଏ। ମଦ ପିଇବାକୁ ନେଇ ସ୍ୱାମୀ-ସ୍ତ୍ରୀ ଭିତରେ ନିଇତି କଳି କଜ୍ୟା - ମାଡ଼ପିଟ୍ ଭିତରେ ଦିନେ ମାଳ ଆଉ ସମ୍ଭାଳି ପାରିଲା ନାହିଁ। ନାରଣ ସକାଳୁ ସକାଳୁ ରିକ୍‌ସା ନେଇ ଚାଲିଗଲା ପରେ ମାଳ କନିଅର ମଞ୍ଜି ବାଟି ପିଇଦେଲା।

ସଞ୍ଜବେଳକୁ ନିଶାରେ ଟଳମଳ ହୋଇ ନାରଣ ଘରକୁ ଫେରି ଦେଖେ ତା' ଘର ଆଗରେ ଲୋକାରଣ୍ୟ। ମାଳ ଆଖି ଖୋଲି ପାଟିରୁ ଫେଣ ବାହାରକରି ନିଶ୍ଚଳ ହୋଇ ଘର ଅଗଣାରେ ପଡ଼ିରହିଛି। ଦି'ବର୍ଷର କଅଁଳା ଝିଅ ଚୁମ୍‌କୀ ମାଆ ମାଆ ଡାକି କାନ୍ଦି କାନ୍ଦି ମାଳର ନିଶ୍ଚଳ ଶରୀରଟାକୁ ହଲେଇ ହଲେଇ ନିଦରୁ ଉଠେଇବାକୁ ଚେଷ୍ଟା କରୁଛି। ବାଳୁତ ଛୁଆଟା କାହିଁକି ବା ଜାଣନ୍ତା ତା' ମାଆର ନିଦ ଆଉ ଭାଙ୍ଗିବନି ବୋଲି !

ତା' ପରଠାରୁ ନାରଣ ମୁଣ୍ଡରୁ ସବୁଦିନ ପାଇଁ ନିଶା ଉତୁରି ଯାଇଥିଲା - ଏଡ଼େ ବକଟେ ଚୁମ୍‌କୀର ନିଃସହାୟ ମୁହଁଟାକୁ ଚାହିଁ।

ଦୁଇ ବର୍ଷର ଚୁମ୍‌କୀକୁ ପଡ଼ିଶା ଘର କୁନ୍ତ ଖୁଡ଼ୀ ପାଖରେ ନାରଣ ଛାଡ଼ିଦେଇ ଯାଏ। ଦିନସାରା ରିକ୍‌ସା ଟାଣି ସନ୍ଧ୍ୟାକୁ ଫେରେ। ଫେରିଲାବେଳେ ନାନା ରକମର କଣ୍ଢେଇ, ପେଁକାଳୀ, ନଳୀ ପାମ୍ପଡ଼ ଏବଂ ଚୁମ୍‌କୀ ଭଲପାଉଥିବା ଜିନିଷ ସବୁ ଆଣି ତା' ପାଖରେ ଗଦା କରିଦିଏ। ମାଆ ଛେଉଣ୍ଡ ଛୁଆଟା ତା' ବାଆର ଆସିବା ବାଟକୁ ଚାତକ ପରି ଚାହିଁ ରହିଥାଏ। ନାରଣକୁ ଦେଖିଲାମାତ୍ରେ ଦୌଡ଼ିଆସି ଆଗ କୁଣ୍ଢେଇ ପକାଏ। ନାରଣ ତାକୁ କାଖେଇ ଗେଲ କରେ।

ଏବେ ଏଣିକି ନାରଣ ସଅଳ ଘରକୁ ଫେରି ଆସୁଛି। ଚୁମ୍‌କୀଟାର ନିରୀହ ଗୁଲୁଗୁଲିଆ ମୁହଁଟା ଅତ୍ୟଧିକ ମନେ ପଡ଼ିଲେ ଅଧାରୁ ରିକ୍ସା ନେଇ ଦିନେ ଦିନେ ଘରକୁ ଫେରିଆସୁଛି।

ବାପା ଓ ମାଆ- ଉଭୟଙ୍କର ସ୍ନେହ, ଶ୍ରଦ୍ଧା, ଭଲପାଇବା ଏକୁଟିଆ ନାରଣ ଝିଅଟା ଉପରେ ଅଜାଡ଼ି ପକାଏ। ସହରରେ ବିଭିନ୍ନ ସମୟରେ ପଡୁଥିବା ମୀନାବଜାର, ମେଳା ମଉଚ୍ଛବ ଆଦିକୁ ଚୁମ୍‌କୀକୁ କାନ୍ଧରେ ବସାଇ ନାରଣ ବୁଲେଇ ଆଣେ। ତା' ମନପସନ୍ଦର ଖେଳଣା କିଣିଦିଏ। ବରା, ଗୁଲୁଗୁଲା, ସୁନ୍‌ପାମ୍ପୁଡ଼ି ଆଦି ଖୁଆଏ।

ମୋଟ୍ ଉପରେ ଚୁମ୍‌କୀ ମନରେ ତା' ମାଆର ଅନୁପସ୍ଥିତି ଅନୁଭବ କରାଇ ନ ଦେବାକୁ ନାରଣ ପ୍ରାଣପଣେ ଚେଷ୍ଟା କରୁଥାଏ।

ଚୁମ୍‌କୀ ଏବେ ବଡ଼ ହେଲାଣି। ଏକୁଟିଆ ବାହାରକୁ ପାଦ କାଢ଼ିଲାଣି। ବସ୍ତି ପାଖ ସରସ୍ୱତୀ ବିଦ୍ୟାମନ୍ଦିରରେ ନାରଣ ଚୁମ୍‌କୀର ନାଆଁ ଲେଖାଇଛି। ବସ୍ତିର ଅନ୍ୟ ଝିଅମାନଙ୍କ ସହିତ ମିଶି ଚୁମ୍‌କୀ ସ୍କୁଲ ଯାଏ, ଖେଳାବୁଲା କରେ। ଧିରେ ଧିରେ ଚୁମ୍‌କୀ ତା' ମାଆ

କଥା ଭୁଲି ଯାଉଥିବାର ନାରଣ ଅନୁଭବ କରେ। ପ୍ରତିଦିନ ନାରଣ ରାତିରେ ଖାଇପିଇ ଶୋଇବାକୁ ଗଲେ ଚୁମ୍‌କୀ ନାରଣର ଗୋଡ଼ହାତ ଘଷାମୋଡ଼ା କରିଦେଲା ବେଳେ ନାରଣ ଆଖିରେ ଅଜାଣତରେ ଲୁହ ଜକେଇ ଆସେ।

ସାହିପଡ଼ିଶା, ସାଙ୍ଗସାଥୀମାନେ ଅନେକ ଥର ନାରଣକୁ ଦ୍ୱିତୀୟ ବିବାହ ପାଇଁ ପ୍ରବର୍ତ୍ତେଇଛନ୍ତି। କିନ୍ତୁ ନାରଣର ଏକା ଜିଦ୍, ତା'ର ନିଜର ଭୁଲ୍ ପାଇଁ ଗୋଟିଏ ନାରୀର ଜୀବନ ଚାଲିଯାଇଛି। ଜୀବନର ବାକୀ ସମୟଗୁଡ଼ିକ ସେହି ପ୍ରାୟଶ୍ଚିତ୍ତର ବହ୍ନିରେ ସେ ଜଳି ଜଳି କାଟି ଦେବାକୁ ଚାହେଁ।

ଚୁମ୍‌କୀ ବହୁତ ଭଲ ପାଠ ପଢ଼େ। ମାଟ୍ରିକ୍‌ରେ ମଧ୍ୟ ଭଲ ନମ୍ବର ରଖି ପାଖ ସରକାରୀ କଲେଜରେ ପ୍ଲସ୍‌ଟୁରେ ନାଁ ଲେଖାଏ।

ନାରଣ ଏବେ ଏଣିକି ଆଗଭଳି ଖଟିପାରୁ ନାହିଁ। ଶ୍ୱାସ ବେମାର ଧରିଲାଣି। ଯୋଉଦିନ ଟିକିଏ ବେଶୀ ଖଟଣି ହୋଇଯାଏ, ସଞ୍ଜବେଳକୁ ଫେରି ଧଇଁସଇଁ ହୋଇ ଖଟରେ ପଡ଼ିରହେ। ଦୁଇ-ତିନିଦିନର ଚିକିତ୍ସା ତଥା ବିଶ୍ରାମ ପରେ ସେ ପୁଣି ରିକ୍ସା ଧରି ବାହାରି ପଡ଼େ। ରିକ୍ସା ନ ଟାଣିଲେ ପଇସା ଆସିବ କୋଉଠୁ? ଚୁମ୍‌କୀ ପାଠ ପଢ଼ିବ କେମିତି ? ଦୁଇ ପ୍ରାଣୀଙ୍କର ପେଟ ପୋଷା ହେବ କେମିତି ?

ପ୍ଲସ୍‌ଟୁ ଡେଇଁ ଚୁମ୍‌କୀ ପ୍ଲସ୍ ଥ୍ରୀରେ ଆଡ୍‌ମିଶନ ନେଲାଣି। ଏବେ ଏଣିକି ଚୁମ୍‌କୀ ଅଧିକ ସୁନ୍ଦର ଦିଶିଲାଣି। ଯୌବନର ଛୁଆଁରେ ଚୁମ୍‌କୀ ଶରୀରର ପ୍ରତିଟି ଅଙ୍ଗ ପ୍ରତ୍ୟଙ୍ଗ ମନଲୋଭା ଦିଶିଲାଣି। କ୍ଲାସ୍‌ରେ ଚୁମ୍‌କୀ ସବୁଠାରୁ ବେଶି ସୁନ୍ଦରୀର ଆଖ୍ୟା ପାଇ ଯୁବକମାନଙ୍କ ମନ ମୋହିଲାଣି। ଚୁମ୍‌କୀର ଅଙ୍ଗ ସୌଷ୍ଠବ, ଗଢ଼ଣି, ପରିପାଟୀରୁ କେହି ବି ଠଉରେଇ ପାରିବ ନାହିଁ ଯେ ସେ ଏକ ଗରିବ ରିକ୍ସାବାଲାର ଝିଅ ବୋଲି। ଅନେକ କାମାତୁର ଯୁବକଙ୍କ ଲୋଭାତୁର ଆଖି ଚୁମ୍‌କୀର ନହୁଲୀ ଯୌବନ ଉପରେ ପଡ଼ି ସାରିଲାଣି। ହେଲେ, ସର୍ବଗୁଣ ସମ୍ପନ୍ନା ଚୁମ୍‌କୀର ସଂସ୍କାରୀ, ଉତ୍ତମ ବ୍ୟବହାର, ପାଠପଢ଼ାରେ ଉତ୍ତମ ପ୍ରଦର୍ଶନ ଆଦି ଯୋଗୁଁ କେହି କୌଣସି ଦିନ ସାହସ କରିନାହାନ୍ତି ତା'ସହିତ ଅନ୍ୟକିଛି ସମ୍ପର୍କ ରଖିବାକୁ।

ନାରଣ ରହୁଥିବା ବସ୍ତିକୁ ଲାଗି ଅଧ୍ୟାପକ ପାତ୍ରବାବୁଙ୍କର ତିନିମହଲା କୋଠା ଘର। ପାତ୍ରବାବୁ ଭାରି ଭଲ ଲୋକ। କୌଣସି ଏକ ରାସ୍ତା ଦୁର୍ଘଟଣାରେ ତାଙ୍କର ଡାହାଣ ଗୋଡ଼ଟି ଭାଙ୍ଗି ଯାଇଛି ଏବଂ ଆଣ୍ଠୁରେ ଏକ ମେଜର ଅପରେସନ ହୋଇଛି। ଫଳରେ ଜୀବନସାରା ଆଉ ଗାଡ଼ି ଚଳେଇବା ତାଙ୍କ ପକ୍ଷରେ ସମ୍ଭବ ନୁହେଁ। ଯୁଆଡ଼େ ଗଲେ ନାରଣର ରିକ୍ସାରେ ଯା'ଆସ କରନ୍ତି। ନାରଣର ଆଚାର ବ୍ୟବହାର ତଥା ସଚ୍ଚୋଟ ପଣିଆ ଦେଖି ଦୁଇଜଣଙ୍କ ଭିତରେ ଭଲ ବନ୍ଧୁତା ମଧ୍ୟ ସୃଷ୍ଟି ହୋଇଯାଇଥିଲା।

ଆଉ ବର୍ଷକ ପରେ ପାତ୍ରବାବୁ ଅଧ୍ୟାପକ ଚାକିରିରୁ ଅବସର ନେବେ। ତାଙ୍କର ଗୋଟିଏ ବୋଲି ପୁଅ। ବି.ଟେକ୍ ପଢ଼ା ପରେ ଘରେ ବସିଛି। ବିବାହଯୋଗ୍ୟ ବୟସ ହୋଇ ସାରିଲାଣି। ଚାକିରି ବାକିରି ପାଉନଥିବାରୁ ପାତ୍ରବାବୁ ବାଧ୍ୟ ହୋଇ ପୁଅ ପାଇଁ କନ୍ୟାପାତ୍ରୀଟିଏର ସନ୍ଧାନରେ ଥାଆନ୍ତି। ଚୁମ୍‌କୀକୁ ପାତ୍ରବାବୁ ଅନେକଥର ନିକଟରୁ ଦେଖିଛନ୍ତି। ତା'ର ଆଚାର ବ୍ୟବହାର, କଥାବାର୍ତ୍ତା, ରୂପଗୁଣରେ ମୁଗ୍ଧ ହୋଇ ଧନୀ ଗରିବ, ଛୋଟବଡ଼ର ପ୍ରଭେଦ ଭୁଲିଯାଇ ମନେମନେ ପାତ୍ରବାବୁ ନିଜର ପୁଅ ପାଇଁ ଚୁମ୍‌କୀକୁ ପସନ୍ଦ କରିଯାଇଛନ୍ତି। କିନ୍ତୁ ସେକଥା କେବେବି ହୃଦୟ ଖୋଲି ନାରଣକୁ କହିନାହାନ୍ତି।

ଧୀରେ ଧୀରେ ପୁଅଟା କୁସଙ୍ଗରେ ପଡ଼ି ବାଲୁଙ୍ଗା ହୋଇଗଲାଣି। ମନମୁତାବକ ଚାକିରି ଖଣ୍ଡିଏ ଯୋଗାଡ଼ କରି ନପାରି ପାତ୍ରବାବୁ ବଡ଼ ମନ କଷ୍ଟରେ ଥାଆନ୍ତି। ପରିସ୍ଥିତି ଖରାପ ଆଡ଼କୁ ଗତି କରିବାରୁ ଏସନ ଯେମିତି ହେଉ ପୁଅର ବିବାହ କରାଇ ଦେବାକୁ ପାତ୍ରବାବୁ ତାଙ୍କ ସ୍ତ୍ରୀଙ୍କ ସହିତ କଥାବାର୍ତ୍ତା ଆରମ୍ଭ କରନ୍ତି। ଥରେ ଦି'ଥର ପାତ୍ରବାବୁ ନିଜ ସ୍ତ୍ରୀଙ୍କୁ ଜାଣିଶୁଣି ନାରଣର ରିକ୍ସାରେ ବସେଇ ବୁଲି ଯାଇଛନ୍ତି, କେବଳ ଚୁମ୍‌କୀକୁ ଟିକିଏ ଦେଖେଇ ଦେବା ନିମନ୍ତେ। ମିସେସ୍ ପାତ୍ର ମଧ୍ୟ ଚୁମ୍‌କୀକୁ ଥରେ ଦି'ଥର ଦେଖିଛନ୍ତି ଏବଂ ତା' ରୂପଗୁଣରେ ମୁଗ୍ଧ ହୋଇ ପାତ୍ରବାବୁଙ୍କୁ କହିଛନ୍ତି ନାରଣଠାରେ ତାଙ୍କ ପୁଅ ପାଇଁ ପ୍ରସ୍ତାବ ରଖିବାକୁ। ନାରଣକୁ ଯେଉଁଦିନ ପାତ୍ରବାବୁ ଏକଥା କହିଛନ୍ତି, ନାରଣକୁ ଆକାଶରୁ ଖସିପଡ଼ିଲା ଭଳି ମନେ ହୋଇଛି। କାରଣ ସେ କେବେ ଦିନେ ସ୍ୱପ୍ନରେ ସୁଦ୍ଧା ଭାବିନଥିଲା ପାତ୍ରବାବୁଙ୍କ ଭଳି ଉଚ୍ଚସ୍ତରର ଲୋକଙ୍କ ସହିତ ଏଭଳି ଏକ ଅସମ୍ଭବ ସମ୍ପର୍କର ଜାଲରେ ଛନ୍ଦି ହେବ ବୋଲି।

ଆଜିକାଲି ଚାହିଁଲେ ମଧ୍ୟ ବଢ଼ିଲା ଝିଅକୁ ହାତକୁ ଦି'ହାତ କରେଇ ପାରିବାର ସୌଭାଗ୍ୟ ସବୁ ବାପାମାଆଙ୍କ ଭାଗ୍ୟରେ ଯୁଟେ ନାହିଁ। ନିହାତି ନିମ୍ନ ବର୍ଗର ଝିଅଟିକୁ ଏଡ଼େ ବଡ଼ଘରର ପୁଅ ହାତରେ ଦେଇ ପାରୁଥିବାର ଖୁସିରେ ନାରଣ ଆତ୍ମହରା ହୋଇପଡ଼ିବା ସ୍ୱାଭାବିକ କଥା; କିନ୍ତୁ ତା' ଆଖିରେ ଆଜି ଲୁହ। କାରଣ ନାରଣ ଏକୁଟିଆ ହୋଇଯିବ। ଗଛଡ଼ାଳରୁ ଫଳ ଆଜି ବୃନ୍ତଚ୍ୟୁତ ହୋଇଯିବ। ତା'ର ଭଲରେ ମନ୍ଦରେ ସେବା ଶୁଶ୍ରୁଷା କରିବାକୁ ଆଉ କିଏ ଅଛି ? ସାହି ପଡ଼ିଶାକୁ ନେଇ ସେ କେତେଦିନ ଚଳିପାରିବ ? ତା'ଛଡ଼ା ତା'ର ବଳ ବୟସ ମଧ୍ୟ ହଟିବାକୁ ବସିଲାଣି।

କିନ୍ତୁ ଝିଅଟିଏ ପର ଘରର ସମ୍ପତ୍ତି। ତାକୁ ଆମେ କେତେଦିନ ନିଜ ହେପାଜତରେ ରଖିପାରିବା ! ଦିନେ ନା ଦିନେ ତା'ର ପ୍ରକୃତ ମାଲିକ ହାତରେ ତାକୁ ସଁପିବାକୁ ପଡ଼ିବ।

ନାରଣ ଖୁସି ହେବାକୁ ଚେଷ୍ଟା କଲା। କାରଣ କନ୍ୟାଦାନଠାରୁ ପୁଣ୍ୟ କର୍ମ ଜଣେ

ବାପା ପାଇଁ ଆଉ କ'ଣ ହୋଇପାରେ ! ଏଇଆ ହିଁ ତ ନାରଣର ପ୍ରକୃତ ଅବଶିଷ୍ଟ ଜୀବନ ! ଆସିଛୁ ଏକା - ଯିବୁ ତୁ ଏକା - ନ୍ୟାୟରେ। ତେଣୁ ଝିଅ ବିଦାରେ ବାପାଟିଏ କାନ୍ଦିବ କାହିଁକି ?

ଫାଲଗୁନ ମାସର ଏକ ପୁଣ୍ୟ ତିଥିରେ ଚୁମ୍‌କୀର ଶୁଭ ବିବାହ ପାତ୍ରବାବୁଙ୍କର ଏକମାତ୍ର ପୁତ୍ର ଦୀନେଶ ସହିତ ବୈଦିକ ରୀତିରେ ଅନୁଷ୍ଠିତ ହୋଇଗଲା। ସାହିପଡ଼ିଶାଙ୍କ ସହଯୋଗରେ ନାରଣ ଚୁମ୍‌କୀର ଭବିଷ୍ୟତ ତା'ର ଜ୍ୱାଇଁ ପୁଅଙ୍କ ହାତରେ ଟେକିଦେଲା।

ଉପରକୁ ଦେଖାଯାଉଥିବା ସବୁ ହସ ଭିତରେ ଖୁସି ନଥାଏ; ଯେପରି ଆଖିରୁ ଝରୁଥିବା ସବୁ ଅଶ୍ରୁ ଦୁଃଖ ଜନିତ ଅଶ୍ରୁ ହୋଇନପାରେ। କିଛି ହସ ଆମେ ହୃଦୟର ଆବେଗକୁ ଏଡ଼େଇ ଯିବାକୁ ଉପରଠାଉରିଆ ଭାବେ ହସିଥାଉ; କିଛି ଲୁହ ହୃଦୟର ଆତ୍ମ ପରିତୃପ୍ତି ଜନିତ ଖୁସିର ହୋଇଥାଏ।

ଠିକ୍ ଏହାର ନିଦର୍ଶନ ଦେଖିବାକୁ ମିଳିଥିଲା ପାତ୍ରବାବୁଙ୍କ ପରିବାରରେ। ଉପରକୁ ଚକ୍‌ଚକ୍ ଦିଶୁଥିବା, ସୁଖ ସ୍ୱାଚ୍ଛନ୍ଦ୍ୟରେ, ଭରପୂର ଧନସମ୍ପତ୍ତି ମଧ୍ୟରେ କାଳାତିପାତ କରୁଥିବା ଭଳି ଲାଗୁଥିବା ପାତ୍ରବାବୁଙ୍କ ପରିବାର ରୂପକ ଚଉକାଠରେ କିନ୍ତୁ ଭିତରେ ଭିତରେ ଘୁଣ ଖାଇ ଯାଉଥିଲା।

ବିବାହ ପର୍ବୂରୁ ଦୀନେଶ ଓ ପାତ୍ରବାବୁଙ୍କ ମଧ୍ୟରେ ଚୁମ୍‌କୀ ଓ ତା'ର ଖାନଦାନୀ ବିଷୟ ନେଇ ସାଂଘାତିକ ଅସହମତି ରହିଥିଲା ଏବଂ ଦୀନେଶ ସେଠାରେ ବିବାହ ନ କରିବାକୁ ମଧ୍ୟ ଜିଦ୍ ଧରିଥିଲା। ମୁଖ୍ୟ କଥାଟି ହେଲା- ଦୀନେଶ ଅନ୍ୟ ଏକ ଝିଅକୁ ଭଲ ପାଉଥିଲା; କିନ୍ତୁ ତା'ର ବାପାମାଆ ଏଥିରେ ମୋଟେ ରାଜି ନ ଥିଲେ।

ଏହିସବୁ ମନୋମାଳିନ୍ୟ ଭିତରେ ମଧ୍ୟ ଦୀନେଶକୁ ସିନା ପାତ୍ରବାବୁ ଜୋର ଜବରଦସ୍ତି ହାତକୁ ଦି'ହାତ କରାଇଦେଲେ; କିନ୍ତୁ ନୂତନ ଦମ୍ପତିଙ୍କର ସାଂସାରିକ ଜୀବନର ଭବିଷ୍ୟତ କ'ଣ ହେବ ସେକଥା କିଏ କହିବ ?

ପ୍ରେମିକଟିଏ ପାଇଁ ନିଜର ପ୍ରେମିକା ହିଁ ସର୍ବଦା ପୃଥିବୀର ଶ୍ରେଷ୍ଠ ସୁନ୍ଦରୀ ହୋଇଥାଏ। ଚୁମ୍‌କୀ ସୁନ୍ଦରୀ, ମିଷ୍ଟଭାଷୀ, ତା'ଠାରେ ଉତ୍ତମ ଗୃହିଣୀଟିଏ ହୋଇପାରିବାର ସମସ୍ତ ଗୁଣ ଥାଇ ମଧ୍ୟ ସେ ଦୀନେଶର ହୃଦୟକୁ ଜିଣିପାରି ନ ଥିଲା। ଦିନସାରା ଦୀନେଶ ମୋବାଇଲରେ ଗପିବାରେ ବ୍ୟସ୍ତ ରହେ। ରାତିହେଲେ ବାହାରକୁ ଯାଇ ନିଶାସକ୍ତ ଅବସ୍ଥାରେ ଫେରି ଚୁପ୍‌ଚାପ୍ ଶୋଇପଡ଼େ। ତେଣୁ ଚୁମ୍‌କୀ ତା'ର ଭାଗ୍ୟକୁ ଆଦରି ପଡ଼ିରହେ। ଅନେକଥର ଦୀନେଶକୁ ବୁଝାଇବାକୁ ଚେଷ୍ଟାକରି ବିଫଳ ହୋଇଛି। ବରଂ ସ୍ୱାମୀ-ସ୍ତ୍ରୀଙ୍କ ମଧ୍ୟରେ ତିକ୍ତତା ଏହାଦ୍ୱାରା ଅଧିକ ବୃଦ୍ଧି ପାଇଛି।

ଏବେ ଏଣିକି ଦୀନେଶ ଅତ୍ୟଧିକ ଉତ୍ତେଜିତ ହୋଇପଡ଼ିଲେ ରାଗରେ ଚୁମ୍‌କୀ

ଉପରକୁ ହାତ ଉଠେଇବାକୁ ଆରମ୍ଭ କରିଦେଲାଣି। ପାତ୍ରବାବୁ ଓ ତାଙ୍କ ସ୍ତ୍ରୀ ଅନେକ ଥର ବୁଝାଶୁଝା କରି ସେ ଝିଅଟିକୁ ଭୁଲିଯିବାକୁ ଏବଂ ନିଜର ସୁନାର ସଂସାରକୁ ଆଗକୁ ବଢ଼େଇ ନେବା ନିମନ୍ତେ ଦୀନେଶ ଠାରେ ନେହୁରା ହେଲେଣି। କିନ୍ତୁ ଦୀନେଶର ସେହି ଗୋଟିଏ ଜିଦ୍ - ତା'ର ଇଚ୍ଛା ବିରୁଦ୍ଧରେ ତାକୁ ବିବାହ କରାଯାଇଛି। ସେ ସାଧାରଣ ଗୋଟିଏ ରିକ୍ସାବାଲାର ଝିଅକୁ କେବେ ବି ତା' ହୃଦୟରେ ଜାଗା ଦେଇପାରିବ ନାହିଁ।

ମଝିରେ ମଝିରେ ଦୁଇ ସମୁଦି ଏ ବିଷୟରେ ଅନେକ ଆଲୋଚନା କରି ଏହାର ସମାଧାନର ବାଟ ଖୋଜିଛନ୍ତି। କିନ୍ତୁ ଦୀନେଶର ଅସ୍ୱାଭାବିକ ବ୍ୟବହାର ଆଗରେ ସବୁକିଛି ବ୍ୟର୍ଥ ହୋଇଯାଇଛି।

ପାଖାପାଖି ଦୁଇବର୍ଷର ଏହି ଅଦିନ ଝଡ଼ର ଶେଷରେ ପରିସମାପ୍ତି ଘଟିଛି।

କାଲି ରାତି ଅଧରେ ହଠାତ୍ ପାତ୍ରବାବୁଙ୍କ ଠାରୁ ଖବର ପାଇ ନାରଣ ନିଜ ରିକ୍ସାନେଇ ଛୁଟିଯାଇଥିଲା ସ୍ଥାନୀୟ ଡାକ୍ତରଖାନାକୁ। ସେଠାରେ ପହଞ୍ଚି ସେ ଚୁମ୍‌କୀର ଜଡ଼ ଶରୀରଟାକୁ ଦେଖିଦେଇ ଆଉ ଧୈର୍ଯ୍ୟଧରି ରହିପାରିଲା ନାହିଁ। ପାଗଳ ପ୍ରାୟ ହୋଇ ଭୂଇଁରେ ଲୋଟି କାନ୍ଦିଥିଲା। କ୍ରନ୍ଦନରତ ସମୁଦି ପାତ୍ରବାବୁ ତାକୁ କୁଣ୍ଢେଇପକାଇ ଅନେକ ସାନ୍ତ୍ୱନା ଦେଉଥା'ନ୍ତି। କିନ୍ତୁ ନାରଣର ହୃଦୟ, ନାରଣର ଜୀବନ, ନାରଣର ଆତ୍ମା, ନାରଣର ସ୍ପନ୍ଦନ- ଚୁମ୍‌କୀର ଗୁଲୁଗୁଲିଆ ହସିଲା ପୂରିଲା ଛନଛନିଆ ଚେହେରାଟାକୁ ଛାଡ଼ି ସେ ଡାକ୍ତରଖାନାରୁ ଆସିବାକୁ କେମିତି ବା ରାଜି ହୁଅନ୍ତା ! ଚୁମ୍‌କୀକୁ ସାଥୀରେ ନଆଣି କେମିତି ସେ ଘରକୁ ଫେରନ୍ତା ! ମାଳ ପା' ଗଲାବେଳେ ଚୁମ୍‌କୀଟାକୁ ନାରଣ ହାତରେ ଟେକି ଦେଇଯାଇଛି ! କି ଜବାବ ଦେବ ସେ ମାଳକୁ ଚୁମ୍‌କୀ ବିନା ଘରକୁ ଫେରିଥିବାରୁ !

ସତରେ ଲୋ ମାଳ; ମୁଁ ହାରିଯାଇଛି। ପ୍ରଥମେ ତୋ'ଠୁ ହାରିଥିଲି ତତେ ହରାଇ, ଆଜି ପୁଣିଥରେ ହାରିଗଲି ଚୁମ୍‌କୀକୁ ହରାଇ।...

ନାରଣ ହାତରୁ ବିଡ଼ିଟା ଜଳିଜଳି କେତେବେଳୁ ନିଃଶେଷ ହୋଇସାରିଲାଣି।

ନାରଣ ଦମ୍ଭଧରି ଛିଡ଼ା ହେଲା। ଘରର ଚଉକାଠ ପାଖରେ ଠିଆହୋଇ ଦୁଆର ମୁହଁକୁ ମୁଣ୍ଡିଆଟିଏ ମାରି ଘରୁ ବାହାରି ଏକମୁହାଁ ହୋଇ ଆଗକୁ ପାଦ ବଢ଼େଇଲା ସେଇ ପୂର୍ବ ଦିଗ୍‌ବଳୟ ଆଡ଼କୁ, ଯେଉଁଠି କେହି କେବେ ପହଞ୍ଚି ପାରେ ନାହିଁ; ଆଉ ପହଞ୍ଚି ପାରିଲେ ବି ଫେରିଆସି ପାରିବାର ନଜିର୍ ନାହିଁ।

ନିଶ ଅଛି ଯାହାର

ବାଇଶିବର୍ଷ ତଳେ, ଅର୍ଥାତ୍ ୨୦୦୦ ମସିହାରେ ମୋର ପ୍ରଥମ ପୋଷ୍ଟିଂ ହୋଇଥିଲା ସୁନ୍ଦରଗଡ଼ ରିଜର୍ଭ ପୋଲିସ ଲାଇନରେ ଓଡ଼ିଶା ପୋଲିସ ବିଭାଗର ପୋଲିସ ସର୍ଜେଣ୍ଟ ଭାବରେ । ମୁଁ ସେଠାରେ ଜଏନ୍ କଲାଦିନ ମୋର ଉପରିସ୍ଥ ଅଧିକାରୀ ରିଜର୍ଭ ଇନ୍‌ସପେକ୍ଟର ମହୋଦୟ ସେଠାକାର ପୋଲିସ ଷ୍ଟାଫ୍‌ମାନଙ୍କ ସହିତ ପରିଚିତ କରାଇବା ପାଇଁ ସେଦିନର ସନ୍ଧ୍ୟା ସାଢ଼େ ସାତ ବେଳର ରୋଲ୍ କଲ୍‌କୁ ମତେ ଡାକି ନେଲେ । ରୋଲ୍‌କଲ୍‌ରେ ପାଖାପାଖି ୭୦ରୁ ୯୦ ଜଣ ଉଭୟ ପୁରୁଷ ଓ ମହିଳା ଅଧସ୍ତନ ପୋଲିସ କର୍ମଚାରୀ ଫଲ୍‌ଇନ୍ ହୋଇ ରହିଥା'ନ୍ତି । ରିଜର୍ଭ ଇନିସ୍‌ପେକ୍ଟର ମହୋଦୟ – "ସାବଧାନ, ବିଶ୍ରାମ" କମାଣ୍ଡ୍ ଦେଇସାରି ସମବେତ ପୋଲିସ ଭାଇ ଭଉଣୀଙ୍କ ଉଦ୍ଦେଶ୍ୟରେ ସମ୍ବୋଧନ କରି କହିଲେ- "ଦେଖନ୍ତୁ, ଇଏ ହେଉଛନ୍ତି ମିଷ୍ଟର୍ ରାଜକିଶୋର ଦାସ, ଓରଫ୍ ରାଜା । ନୂଆକରି ଆଜି ସେ ଆମ ଜିଲ୍ଲାରେ ସର୍ଜେଣ୍ଟ ଭାବରେ ଜଏନ୍ କରିଛନ୍ତି ।"

ଏହାପରେ ସେ ମୋ' ବିଷୟରେ ଆହୁରି ଅନେକ କିଛି କହି ଚାଲିଥା'ନ୍ତି । ସେ ଭିଡ଼ ଭିତରେ ଜଣେ ମହିଳା ପୋଲିସ ସମ୍ବଲପୁରୀ ଭାଷାରେ ଆଉ ଜଣେ ମହିଳା ପୋଲିସଙ୍କୁ ଧୀରେଧୀରେ କହୁଥିବାର ମୁଁ କାନଡ଼େରି ଶୁଣିଲି- "ରାଜା ଆହନ୍ ଯେ, ଲେକିନ୍ ଇ ତାକଁର ମେଛାମୁଛି ନି ନା କାଏଁ ଯେ ! ଇ କାଣା ରାଜା ହେବେ କି ପୋଲିସ ସର୍ଜେଣ୍ଟ ହେବେ !"

ଏକଥାରେ ସେମାନଙ୍କ ଭିତରେ ମୃଦୁ ଗୁଞ୍ଜରଣ ସୃଷ୍ଟି ହେଲା ଓ ପରେପରେ ପରସ୍ପର ମଧ୍ୟରେ ଚାପା ସ୍ୱରରେ ହସାହସି ହେଲେ । ସମ୍ବଲପୁରୀ ଭାଷା ମୁଁ ବୁଝି ନ ପାରିଲେ ମଧ୍ୟ 'ମିଠା ମୁଠି' ବଦଳରେ ଇଆଡ଼େ ପ୍ରାୟ 'ମେଛା ମୁଛି' କୁହନ୍ତି ଏବଂ ସର୍ଜେଣ୍ଟ ଭାବରେ ଜଏନ୍ କରିଛନ୍ତି ଆମକୁ ମିଠାମୁଠି ଦେବେନି କି କହୁଛନ୍ତି ବୋଲି ଅନୁମାନ କରି ମୁଁ ତତ୍‌କ୍ଷଣାତ୍ "ହଁ ହଁ ମୁଁ ମିଠାମୁଠିର ବନ୍ଦୋବସ୍ତ କରୁଛି" ବୋଲି

ହସିହସି ମୋ ଆଡ଼୍କୁ କହି ପକାଇଲି । ଆର. ଆଇ. ମହୋଦୟ - ସାବ୍‌ଧାନ୍, ପାଟିତୁଣ୍ଡ ନାହିଁ - କହି ମତେ ସେଠାରୁ ସାଙ୍ଗରେ ଧରି ଅଫିସ୍‌ରୁମ୍‌କୁ ଫେରିଆସିଥିଲେ ।

ଆର.ଆଇ. ମହାଶୟ ସେ ଜାଗାରେ ପୁରୁଣା ହେତୁ ସେଠାକାର ଆଞ୍ଚଳିକ ଭାଷା ସହିତ ଆଗରୁ ପରିଚିତ । ତେଣୁ ସେ ହୁଏତ ସେମାନେ ସବୁ କୁହାକୁହି ହୋଇ ହସିଥିବା କଥାର ଅର୍ଥ ଠିକ୍ ବୁଝିଥିବେ ଭାବି "ଆଜ୍ଞା ସେମାନେ କ'ଣ କହି ହସାହସି ହେଲେ" ବୋଲି ସବିନୟେ ପଚାରିଦେଲି । ସେ ମଧ୍ୟ ସାମାନ୍ୟ ହସିଦେଇ "ଆରେ ତୁମର ମେଛାମୁଛି ନାହିଁ - ଅର୍ଥାତ୍, ନିଶଫିଶ ନାହିଁ ।   ତମେ କି ରାଜା ଅଥବା କି ସାର୍ଜେଣ୍ଟ ହବ ବୋଲି କୁହାକୁହି ହେଉଥିଲେ ।"

ପ୍ରଥମରେ ତ ବାହାସାହା ହୋଇନଥିଲି, ତା'ସହିତ ନୂଆକରି ପାଇଥିବା କ୍ୱାର୍ଟରଟିରେ ମୁଁ ସମ୍ପୂର୍ଣ୍ଣ ଏକୁଟିଆ । ସିଧା କ୍ୱାର୍ଟରକୁ ଯାଇ ମୋର ପୁରୁଣା ଡାଏରୀଟା ଖୋଲି ୧୬୧ତମ ସିରିଏଲ୍‌ରେ ସେଦିନର ଦୁଃଖଦ ଘଟଣାଟିକୁ ଛଳଛଳ ନୟନରେ ଲିପିବଦ୍ଧ କରିପକାଇଲି । ହଁ ଆଜ୍ଞା, ନିଶକୁ ନେଇ ମୋର ତାହା ୧୬୧ତମ ଘଟଣା (ଦୁର୍ଘଟଣା) ଥିଲା । ହେ ପ୍ରଭୁ! ଆଗ କଥା ଅଲଗା ଥିଲା । ଏବେ ଜଣେ ପୋଲିସ ଅଫିସର ଭାବରେ ଜଏନ୍ କଲାପରେ ମଧ୍ୟ ନିଶକୁ ନେଇ ମୁଁ ଅପମାନିତ ହେବାର ଥିଲା !

କାହିଁକି ସେଦିନ ମୋର ଆଖି ଛଳଛଳ ହୋଇଗଲା ବୋଲି ଆପଣ ମତେ ନପଚାରି ନିଜର କୌତୂହଳକୁ ଚାପିଦେବାଟା ମଧ୍ୟ ମୋ'ପାଇଁ ଏକ ସହାନୁଭୂତି ବା ସମବେଦନା ବୋଲି ମୁଁ ସ୍ୱୀକାର କରେ । ଏକଥା ମଧ୍ୟ ମୁଁ ଜାଣେ ଆପଣମାନେ ମୋର ବାକି ୧୬୦ ଥରର ଘଟଣା ବିଷୟରେ ଜ୍ଞାତ ହୋଇ ମୋ ପାଇଁ ସେତେ ଗୋଟି ସମବେଦନା ଜ୍ଞାପନ କରିବାକୁ ଚାହିଁବେ । ମୁଁ କିନ୍ତୁ ସେ ସମସ୍ତ ଘଟଣାବଳୀର ପୁନରାବୃତ୍ତି କରାଇ ଆପଣମାନଙ୍କୁ ତଥା ମୋ ନିଜକୁ ଅଧିକ ମର୍ମାହତ କରିବାକୁ ଚାହୁଁନାହିଁ। ତା' ମଧ୍ୟରୁ କିଛି ଘଟଣା ବଖାଣୁଛି ।

ଚାକିରି ପାଇଁ ସାକ୍ଷାତ୍‌କାରରେ ପରୀକ୍ଷକମାନଙ୍କ ଭିତରୁ ଜଣେ ମତେ ଏକ କୌତୁକିଆ ପ୍ରଶ୍ନ ପଚାରିଥିଲେ । ପ୍ରଶ୍ନଟି ଏହିପରି ଥିଲା - "ଆପଣଙ୍କ ପିଲାଦିନର ଏପରି କୌଣସି ଏକ ସ୍ୱପ୍ନ ବା ଇଚ୍ଛା ଏପର୍ଯ୍ୟନ୍ତ ପୂରଣ ହୋଇପାରିଛି ବୋଲି ଭାବୁଛନ୍ତି କି ?" ମୁଁ ଏହାର ଉତ୍ତରରେ ଆଗରୁ ଘୋଷିଥିବା ପରି ତତ୍‌କ୍ଷଣାତ୍ ଦୃଢ଼ତାର ସହିତ ସହାସ୍ୟ ବଦନରେ କହିପକାଇ ଥିଲି - "ଆଜ୍ଞା ହଁ; ପୂରଣ ହୋଇଛି । ପିଲାଦିନେ ବିଭିନ୍ନ ଅପେରା ଓ ସିନେମା ଆଦିରେ ମୁଁ ରାବଣ, ମହିଷାସୁର, ଯମରାଜ ଆଦିଙ୍କର ମୋଟାମୋଟା ଲମ୍ବାଲମ୍ବା ନିଶ ଦେଖି ଭୟଭୀତ ହୋଇପଡୁଥିଲି ଏବଂ ମୋ ଜୀବନରେ ମୋର ଏଭଳି ନିଶ ନ

ଥା'ନ୍ତା କି ବୋଲି ଠାକୁରଙ୍କୁ ପ୍ରାର୍ଥନା କରୁଥିଲି। ସେହି ଇଚ୍ଛାଟି ମୋର ପୂରଣ ହୋଇପାରିଛି। ଆଉ କାହିଁ ଭବିଷ୍ୟତରେ ମୋର ନିଶ ଉଠିବା ଭଳି ମଧ୍ୟ ଲାଗୁନାହିଁ।

ପରୀକ୍ଷକମାନଙ୍କ ମିଳିତ ଚାପାହସରୁ ଅବଶ୍ୟ ମୁଁ ଚାକିରିଟି ପାଇଯିବାର ପୂର୍ବାଭାସ ପାଇପାରିଥିଲି। କିନ୍ତୁ ତା' ଭିତରେ ମୋ ମନର କେତେ ଯେ ଅବସୋସ, ଯନ୍ତ୍ରଣା ଭରି ରହିଥିଲା ସେମାନେ ବା କିପରି ଜାଣନ୍ତେ !

ଅବଶ୍ୟ ମୋର ନିଶ ନ ଉଠୁ ବୋଲି ପ୍ରାର୍ଥନାଟି ହାଇସ୍କୁଲ ପର୍ଯ୍ୟନ୍ତ କାଏମ୍ ରହିଥିଲା। କିନ୍ତୁ ନିଶର ଉପକାରିତା ବିଷୟରେ ଅନେକ ବହିପତ୍ର ଅଣ୍ଡାଳିଲି। ଶେଷରେ ଏକ ସାଇନ୍ସ ମାଗାଜିନ୍‌ରୁ ଗୋଟିଏ ଆର୍ଟିକିଲ୍ ପାଇଲି, ଯେଉଁଥିରେ ନିଶର ଉପକାରିତା ବିଷୟରେ ଜାଣିବାକୁ ପାଇଲି। ସେଥିରେ ଲେଖାଥିଲା ପୁରୁଷମାତ୍ରେ ନିଶ ଉଠିବାଟା ନିତାନ୍ତ ଜରୁରୀ। କାରଣ ନିଶ ରଖିବା ଦ୍ୱାରା ୱାଇଜର୍ ଲୁକ୍ ଆସେ। କେତେକ ଅପକାରୀ ବ୍ୟାକ୍ଟେରିଆରୁ ନିଶ ରକ୍ଷା କରେ, ଶୀତଦିନେ ମୁଖମଣ୍ଡଳକୁ ଉଷୁମ ରଖେ, ବାଇଗଣି ରଶ୍ମିରୁ ନିଶ ମୁହଁକୁ ସୁରକ୍ଷା ଦିଏ, ମୁହଁରେ ଥିବା କୌଣସି କ୍ଷତଚିହ୍ନ ବା କଟାଦାଗକୁ ନିଶଦାଢ଼ି ଲୁଚେଇ ପକାଏ, ଇତ୍ୟାଦି। ଏସବୁ ପଢ଼ିଲା ପରେ ମୋର ମନ ନିଶ ରଖିବାକୁ ଖାଲି ଛୁକୁପୁକୁ ହେଲା ଏବଂ ନିଶ ନରଖିବାକୁ ଥିବା ମୋର ଇଚ୍ଛାକୁ ପରିବର୍ତ୍ତନ କରିବାକୁ ବାଧ୍ୟ ହେଲି।

ମୋର ମଧ୍ୟ ନାକ ତଳେ ହଲେ ନିଶ ଉଠିବ ନଉଠିବ, ଏହି ଦ୍ୱନ୍ଦ୍ୱ ଟିକକ ଜନ୍ମନିଏ ମୋ ମନରେ ଠିକ୍ ଦଶମ ଶ୍ରେଣୀରେ ପଢୁଥିଲା ବେଳେ। ସେତେବେଳକୁ ଆମ ଶ୍ରେଣୀରେ ପଢୁଥିବା ମୋ'ଠାରୁ ଅଧିକ ବୟସର କିଛି ସାଙ୍ଗମାନଙ୍କ ନାକ ତଳେ ହାଲ୍‌କା ହାଲ୍‌କା କଳା କଳା ନିଶ ଗଜୁରିବା ଆରମ୍ଭ କରି ସାରିଥିଲା। ମୋ ନାକତଳ ସଫା ଦେଖି ସେହି ସାଙ୍ଗମାନେ ପୂର୍ବାନୁମାନ କରି ଚିଡ଼େଇଥିଲେ- "ରହ ଦେଖିବୁ, ତୋର ଜମା ନିଶ ଉଠିବ ନାହିଁ। ମାଇଚିଆ ମୁହଁ ନେଇ ବୁଲିବୁ।" ମୁଁ କିନ୍ତୁ ସେକଥାକୁ ଭ୍ରୂକ୍ଷେପ ନକରି ମୋର ବୟସ ହେଲେ ନିଶ୍ଚୟ ନିଶ ଉଠିବ ବୋଲି ନିଜକୁ ନିଜେ ସାନ୍ତ୍ୱନା ଦେଉଥିଲି। ତା'ପରେ କିନ୍ତୁ ଆଇ.ଏ, ବି.ଏ. ପାଶ୍ କଲା ପର୍ଯ୍ୟନ୍ତ ମଧ୍ୟ ମୋର ନିଶ ଉଠିଲା ନାହିଁ। ପିଲାବେଳେ ସିନା ନିଶ ପ୍ରତି ମୋର ଘୃଣାଭାବ ଥିଲା, କିନ୍ତୁ ଏ ଭିତରେ ନିଶ ପ୍ରତି ଥିବା ମୋର ମନୋଭାବରେ ପରିବର୍ତ୍ତନ ଆସି ସାରିଥିଲା। ବୟସ ହେଲେ ମୋର ମଧ୍ୟ ନିଶ୍ଚୟ ନିଶ ଉଠିବ ବୋଲି ନିଶକୁ ଅପେକ୍ଷା କରି ରହିଲି, କିନ୍ତୁ ଏମ୍.ଏ. ପାଶ୍ ପର୍ଯ୍ୟନ୍ତ ନିଶର ଦେଖା ମିଳିଲା ନାହିଁ।

ସମସ୍ତଙ୍କର ଶାରୀରିକ ଗଠନ ସମାନ ନୁହେଁ, ଯାହାର ହରମୋନ୍ ଶକ୍ତି ଅଧିକ ଥାଏ ତା'ର ନିଶ ଦାଢ଼ି ସଅଳ ଉଠେ ଆଦି ବୈଜ୍ଞାନିକ ସାନ୍ତ୍ୱନାସବୁକୁ ଆଧାର କରି ମୁଁ

ନିଜ ମନକୁ ଯେତେ ବୁଝାଇଲେ ମଧ୍ୟ ଝିଅସାଙ୍ଗ, ପୁଅସାଙ୍ଗ, ସାର୍‌ମାନେ, ମୁଁ ଟିଉସନ୍ ପଢ଼ାଉଥିବା ଛାତ୍ରଛାତ୍ରୀମାନେ ମୋର ଏଇ ନିଶ ନଥିବା ବିଷୟରେ ଯେଉଁଦିନ ପ୍ରତ୍ୟକ୍ଷ ହେଉ କି ପରୋକ୍ଷରେ ହେଉ ଟିପ୍ପଣୀ ଦିଅନ୍ତି, ସେଦିନ ମନକୁ ମୋର ବଡ଼ କଷ୍ଟ ହୁଏ ଏବଂ ସେ ବିଷୟରେ ମୋର ସେହି ପୁରୁଣା ଡାଏରୀଟିରେ ଭଗବାନଙ୍କୁ ଅଭିମାନ କରି ଦୁଇଚାରି ଧାଡ଼ି ଲେଖିପକାଏ।

ଦିନେ କିନ୍ତୁ ନିଶ ନଥିବା ଲୋକଙ୍କ ଉପରେ ଏକ ବ୍ୟଙ୍ଗ କବିତା ପଢ଼ି ମୁଁ ଅତ୍ୟନ୍ତ ମର୍ମାହତ ହୋଇପଡ଼ିଲି। ଆମ କଲେଜରେ ସେତେବେଳେ ଏକ ପ୍ରାଚୀର ପତ୍ରିକା ପ୍ରକାଶ ପାଉଥିଲା। ମୁଁ ସେତେବେଳକୁ ମଧ୍ୟ କିଛି କିଛି ଲେଖାଲେଖି କଲିଣି। ତେଣୁ, ନୂତନ କରି ପ୍ରସ୍ତୁତ କରାଯାଇଥିବା ପ୍ରାଚୀର ପତ୍ରିକାଟି ପଢ଼ିବାକୁ ତଥା ମୋ ନିଜର ଏକ ଲିପିବଦ୍ଧ କବିତାକୁ ଦେଖିବାକୁ ବଡ଼ ଉତ୍କଣ୍ଠାର ସହିତ ବଏଜ୍ କମନ୍‌ରୁମ୍ ଭିତରକୁ ସେଦିନ ପଶିଗଲି। ଆଗ ଖୋଜିଲି ମୋ ଲେଖାଟିକୁ, କିନ୍ତୁ ସେଥିରେ ପାଇଲି ନାହିଁ। ମନ କଷ୍ଟ ହେଲା। ତା'ପରେ ମୋ'ର ପ୍ରିୟ ସାଙ୍ଗ କୃପାନିଧି ପରିଡ଼ାର ଲେଖା ବାହାରିଛି କି ନାହିଁ ବୋଲି ଖୋଜିଲି ଓ ପାଇଗଲି ମଧ୍ୟ। ତା'ର ଏକ ଛୋଟ ବ୍ୟଙ୍ଗ କବିତା ପଢ଼ି ସେଦିନ ମୋ ଆଖିରୁ ଧାରଧାର ଲୁହ ଗଡ଼ିପଡ଼ିଲା। ଲେଖାଟି 'ଚାଷକାମ ଯାହାର, କେଡ଼େ ସୁଖ ତାହାର' ଶୈଳୀରେ ସେ ଲେଖିଥିଲା। କିନ୍ତୁ 'ଚାଷ' ବଦଳରେ 'ନିଶ' ବିଷୟରେ ବ୍ୟଙ୍ଗ କରି ସ୍ୱତନ୍ତ୍ର ଭାବରେ ମୋ ପୌରୁଷକୁ କୁଠାରଘାତ କରି ସେ ତାହା ବୋଧେ ଲେଖିଥିଲା। କବିତାଟି ଏହିଭଳି ଥିଲା -

ନିଶ ଅଛି ଯାହାର କେଡ଼େ ସୁଖ ତାହାର
ସେହି ସିନା ଦୁନିଆରେ ପାଏ ନିତି ଆଦର।
ଆସ ନିଶ ରଖିବା, ଜନମନ ମୋହିବା
ବେଳ ଦେଖି ତେଲ ମାରି ଚିକ୍କଣିଆ କରିବା।
ମୋର ନିଶ ନାହିଁରେ, କି କରିବି ମୁହିଁରେ
କାନ୍ଦି କାନ୍ଦି ଲୁହ ଶୁଖେ ନିଶ ଉଠେ ନାହିଁରେ।

ମୋ ସାଙ୍ଗ କୃପାନିଧି ଉପରେ ଭୀଷଣ ରାଗ ଲାଗିଲା। ମତେ ଲାଗିଲା ଏ କବିତାଟି ସେ ମୋହରି ଉଦ୍ଦେଶ୍ୟରେ ହିଁ କେବଳ ଲେଖିଛି। ମୋ କଲିଜା ଘରେ କବିତାଟି ଯାଇ ଡାଇରେକ୍ଟ କୁଠାରଘାତ କଲା। ଦିନସାରା ଆଉ ମୋର ପଢ଼ାପଢ଼ିରେ ଜମା ମନ ଲାଗିଲା ନାହିଁ। କ୍ଲାସ୍‌ରେ ପଛ ବେଞ୍ଚରେ ବସି ଖାତାରେ ପାଠ ଲେଖୁଲେଖୁ ମୋ' ଆଖିରୁ ଲୁହ ଧାରଧାର ବହିଯାଉଥାଏ ଓ ଅକ୍ଷର ସବୁ ଅସ୍ପଷ୍ଟ ହୋଇଯାଉଥାଏ। ନିଶର ଚିତ୍ର କରି ଖାତାରେ ବାରମ୍ବାର କାଟୁଥିଲି ରାଗରେ। ସେହି କବିତାଟି ମୋ ମନରେ ନିଶ ରଖିବାକୁ

ପୁନଶ୍ଚ ବଳ ଜୁଟେଇଥିଲା ଏବଂ ମୁଁ ଯେମିତି ଉପାୟରେ ହେଉ ନିଶ ରଖିବି ବୋଲି ଅଣ୍ଟାଭିଡ଼ି ବାହାରି ପଡ଼ିଲି । ସେଥିପାଇଁ ମୁଁ ବିଭିନ୍ନ ପତ୍ରପତ୍ରିକା, ଦେଶୀ ପଦ୍ଧତି, ଜଡ଼ିବୁଟି ଆଦି ଘଣ୍ଟା ଚକଟା କଲି ନିଶ କେମିତି ଉଠେ ବୋଲି ଜାଣିବା ପାଇଁ ।

ଥରେ ମୋର ଆଉ ଜଣେ ସାଙ୍ଗ ପରାମର୍ଶ ଦେଇ କହିଲା- ବାଡ଼ିବଗିଚାରେ ଲାଉ, କଖାରୁ ଆଦିର କଷି ଫୁଲରୁ ଝଡ଼ିଗଲେ କ'ଣ କରନ୍ତି ଜାଣିଛୁ ? ମୁଁ ମନା କରିବାରୁ ସେ କହିଲା- ଛୋଟ ଛୋଟ ଡେଣୁଆ ପଥରକୁ ଲତା ଦେହରେ ବାନ୍ଧି ଝୁଲେଇ ଦିଆଯାଏ । ତା'ହେଲେ ଫୁଲରୁ ଝଡ଼ିପଡୁଥିବା ଫଳ କଷିକୁ ସେ ଲତା ଆଉ ଖସିବାକୁ ଦିଏ ନାହିଁ । ମୁଁ କହିଲି- ହୋଇଥିବ, କିନ୍ତୁ ଲତା ସହିତ ମୋ ନିଶ ନ ଉଠିବାର ସମ୍ପର୍କ କ'ଣ ଅଛି ? ସେ ପୁଣି କହିଲା- ଆରେ ତୁ ବି ସେଇଭଳି କର । ଏକ ଶେଭିଂ ମେସିନ୍ କିଣିଆଣ । ପ୍ରତିଦିନ ମିଛଟାରେ ଶେଭିଂ କ୍ରିମ୍ ମୁହଁରେ ଲଗେଇ ରେଜର୍‌ରେ ଦାଢ଼ି ମାର । ଦେଖିବୁ, ପ୍ରତିଯୋଗିତା ମନୋଭାବ ନେଇ ଦାଢ଼ି ଗଜୁରି ଆସିବ ।

ତା' କଥା ମାନି ମୁଁ ସବୁଦିନ ମିଛରେ ରେଜରରେ ଶେଭିଂ କଲି । କିନ୍ତୁ ମୂଳରୁ ତ ନିଶର ନାଁ ଗନ୍ଧ ନାହିଁ ଉଠିବ କୁଆଡୁ ! ସେ ଦେଶୀ ଚିକିତ୍ସା ମଧ୍ୟ ଫେଲ୍ ମାରିଗଲା ।

ଏହିପରି ମନ କଷ୍ଟରେ ଥାଏ । ହଠାତ୍ ଦିନେ ଏକ ଖବରକାଗଜରେ ଏକ ଅଦ୍ଭୁତ ବିଜ୍ଞାପନ ଦେଖି ମତେ ସ୍ୱର୍ଗକୁ ନିଶୁଣି ପାଇଗଲା ପରି ଲାଗିଲା । "ଚନ୍ଦା ମୁଣ୍ଡରେ କେଶ ରୋପଣ" ଶୀର୍ଷକଟି ପଢ଼ି ଜାଣିବାକୁ ପାଇଲି ଯେ ଯାହା ମୁଣ୍ଡରେ କେଶ ନଥିବ ସେ କମ୍ପାନୀ ତା' ମୁଣ୍ଡରେ କେଶ ରୋପଣ କରିପାରୁଛି । ଯଦି ବିଜ୍ଞାନ ଏତେ ଆଗକୁ ଯାଇ ସାରିଲାଣି, ତେବେ କେଶ ବଦଳରେ ନିଶ ମଧ୍ୟ କାହିଁକି ନାକ ତଳେ ରୋପଣ କରି ନପାରିବ ? ସେ ବିଜ୍ଞାପନ ତଳେ ସେହି କମ୍ପାନୀର ଆମ ସହରରେ ଥିବା ବ୍ରାଞ୍ଚ ଅଫିସର ଠିକଣାଟା ଯତ୍ନ ସହକାରେ ଟିପିରଖିଲି । କାଳ ବିଳମ୍ବ ନକରି ଏକଥାର ଗୋଟେ ଚିର ସମାଧାନ ଆସନ୍ତା ଦୁଇ ତିନିଦିନ ଭିତରେ କରିଦେବାକୁ ଲାଗି ପଡ଼ିଲି ।

ସେହିଦିନ ରାତିରେ ମୁଁ ନିଦରେ ସ୍ୱପ୍ନଟିଏ ଦେଖିଲି । ମୁଁ ସେ କୃତ୍ରିମ କେଶରୋପଣ କ୍ଲିନିକ୍‌କୁ ଯାଇଛି ଓ ମୋ' ନାକତଳେ ସୁନ୍ଦର ନିଶହଳେ ରୋପଣ କରିଦେବାକୁ ସେ କ୍ଲିନିକ୍‌ର ଡାକ୍ତରଙ୍କୁ ବଡ଼ ନେହୁରା ହେଉଛି । ଡାକ୍ତର ମତେ ସାନ୍ତ୍ୱନା ଦେଇ ଭଳିକି ଭଳି ସୁନ୍ଦର ସୁନ୍ଦର ନିଶର ସ୍ୟାମ୍ପୁଲ ଦେଖାଇ ମୋ ନାକତଳେ ସେହିଭଳି ଡୁପ୍ଲିକେଟ୍ ନିଶଟିମାନ ଲଗାଇ ଯାଇ ଦର୍ପଣ ସାମ୍ନାରେ ପରୀକ୍ଷା କରି ଆସିବାକୁ କହୁଛନ୍ତି । ମୁଁ ମଧ୍ୟ ଅତି ବ୍ୟଗ୍ରତାର ସହିତ ନିଶଗୁଡ଼ିକ ନିଜ ନାକତଳେ ଲଗାଇ ଟ୍ରାଏଲ କରୁଥାଏ ।

ପ୍ରଥମେ ହଳେ ନିଶ ନେଇ ଟ୍ରାଏଲ କଲି । ତା'ର ନାଁ ଥିଲା - ହ୍ୟାଣ୍ଡେଲ ବାର୍ । ତା'ର ଲୁକ୍‌ରୁ ମୁଁ ଅନୁମାନ କରି ନେଲି ଯେ ତାହା ଓଡ଼ିଆରେ ମାଗୁର ନିଶ । ଅଜା ଆଇ

ମାନେ କହୁଥିବା ଗୋଟିଏ ଢଗଢ଼ମାଳି ମୋର ମନେ ପଡ଼ିଗଲା- "ଚୁଙ୍ଗୁଚୁଙ୍ଗୁଡ଼ିଆ ମାଗୁର ନିଶୁଆ ହିଆରେ ନଥାଏ ବାଳ, ଏ ତିନିଜଣଙ୍କୁ ପରତେ ନଯିବୁ ଜିଇଁଥିବୁ ଯେତେ କାଳ।"

ଏକଥାର ଅର୍ଥ ମନେପକାଇ ହ୍ୟାଣ୍ଡେଲବାର୍ ନିଶକୁ ରିଜେକ୍ଟ କରିଦେଲି। ତା'ପରେ ନେଲି 'ଭେନ୍ ଡାଇକ୍' ନିଶର ସ୍ୟାମ୍ପୁଲ। ଏଥିରେ ନାକତଳେ ନିଶ ସାଙ୍ଗକୁ ତଳ ଓଠ ତଳକୁ ଛେଳି ଭଳିଆ ଦାଢ଼ି ରଖିବାଟା ବାଧ୍ୟତାମୂଳକ। ତାହାକୁ ତୁରନ୍ତ ପ୍ରତ୍ୟାଖ୍ୟାନ କଲି। ତା'ପରେ ସୋଲ୍ ପ୍ୟାଚ୍ ନିଶ ନେଲି। ସେଥିରେ ଉପରେ ନିଶ ରହିବ, କିନ୍ତୁ ଓଠ ତଳେ ଅଳ୍ପ ମାତ୍ରାରେ (ଦେଢ଼ / ଦୁଇ ସେ.ମି) ଦାଢ଼ି ରହିବ; ସତେ ଯେପରି ସେ ଦାଢ଼ି ଟିକକ ଭଣ୍ଡାରୀ କାଟିବାକୁ ଭୁଲି ଯାଇଛି। ହସ ଲାଗିଲା। ମୋର ମୋଟେ ପସନ୍ଦ ହେଲାନି। ତା'ପରେ ନେଲି ହର୍ସ ଶୁ', ବା ଅଶ୍ୱଖୁରା ଡିଜାଇନ୍‌ବାଲା ନିଶ। ଏଇଟା ବର୍ତ୍ତମାନ ଚାଲିଥିବା ଅଭିନନ୍ଦନ ଷ୍ଟାଇଲ୍ ଭଳି ଲାଗିଥିଲା। ମନକୁ ପାଇଲା। କିନ୍ତୁ ଦାମ୍ ଦେଖି ପଛେଇଗଲି। ସବୁ ନିଶଠାରୁ ଏହାର ଦାମ୍ ଅଧିକ ଥିଲା। ଏହା ପରେ ସେନ୍ନାଣ୍ଡେ, ୱାଲରସ୍, ଫୁମାଞ୍ଚୁ, ନେକ୍ ବିଅର୍ଡ, ଟୁଥ୍ ବ୍ରଶ୍ (ପ୍ରଜାପତିଆ) ପେନ୍‌ସିଲ୍, ଚେଭ୍ରନ୍ (ଜାକି ଶ୍ରଫ୍ ଷ୍ଟାଇଲ୍), ଫ୍ରେଞ୍ଚକଟ୍ ନିଶ ଆଦି ପରୀକ୍ଷା କରୁକରୁ ମୋ'ନିଦ ଭାଙ୍ଗି ଯାଇଥିଲା ଓ ମୋ' ସ୍ୱପ୍ନ ଅଧୁରା ରହିଯାଇଥିଲା। ସ୍ୱପ୍ନ ଦେଖାରୁ ଉତ୍ସାହିତ ହୋଇ ତା'ପରଦିନ ଦୌଡିଥିଲି ସେ କ୍ଲିନିକ୍‌କୁ। କିନ୍ତୁ ହାୟ ! ନିଶ ରୋପଣର ବନ୍ଦୋବସ୍ତ ସେଠାରେ ନାହିଁ ବୋଲି ଶୁଣି ମୁଁ ଭଗ୍ନ ହୃଦୟ ନେଇ ଭଗବାନଙ୍କ ଉପରେ ଅଭିମାନ କରି ମନଦୁଃଖରେ ଫେରିଆସିଥିଲି।

ଦିନକୁ ଦିନ ମୋର ନିଶ ନଥିବା ବିଷୟକୁ ନେଇ ମୋ' ସାଙ୍ଗସାଥୀମାନଙ୍କର ଟାହିଟାପରା ଚରମ ସୀମାରେ ପହଞ୍ଚି ସାରିଥାଏ। କୋଉଦିନ କୋଉ ସାଙ୍ଗ କହେ- "ଦେଖିବୁ, ତୋର ବାହାଘର କୌଣସି ସୁନ୍ଦରୀ ଝିଅଟିଏ ସହିତ ଜମ୍ମା ହୋଇ ପାରିବ ନାହିଁ। କାରଣ- ତୁ ତ ମାଇଚିଆ ପରି ଦିଶୁଚୁ, କିଏ ତତେ ବାହା ହେବ !" ପୁଣି ଆଉ କୋଉ ସାଙ୍ଗ କହେ- "ନିଶ ନଥିଲେ ଅନ୍ୟ ଉପରେ ପ୍ରାଧାନ୍ୟ ବିସ୍ତାର କରିବା ଅସମ୍ଭବ। ପିଲାଙ୍କ ଭଳି ଦିଶିବୁ। କଡ଼ା ଲୁକ୍ ନଥିଲେ ତତେ କିଏ କାହିଁକି ଖାତିର୍ କରିବ ! ତୁ ଓଜନଦାର ବସ୍‌ଟିଏ ହୋଇପାରିବୁ ନାହିଁ, ଅନ୍ୟର ଭୃତ୍ୟ ହୋଇ ଚଳିବୁ।" ପୁଣି କେହି କେହି ଭବିଷ୍ୟବାଣୀ କରି କହନ୍ତି- "ନିଶ ନଥିଲେ ମନରେ ଜମ୍ମା କନ୍‌ଫିଡେନ୍‌ସ୍ ଆସେନା। ବିଷାଦ ସମୟରେ ନିଶରେ ହାତମାରି ଟିକେ ଆଉଁଷି ଦେଲେ ସବୁ ଦୁଃଖ ଦୂର ହୋଇଯାଏ।"

ଏହିପରି ସମସ୍ତଙ୍କର ନେଗେଟିଭ୍ ରିମାର୍କ ସବୁ ଶୁଣି ଶୁଣି ମତେ ସହିଯିବାକୁ

ପଡେ । ତା'ଛଡ଼ା ମୋର ଆଉ ବା ଉପାୟ କ'ଣ ଅଛି ? ତା'ପରେ ମଧ୍ୟ ମୋ'ମନକୁ ଗୋଟିଏ କଥା ସାନ୍ତ୍ୱନା ଦେଉଥାଏ । ଯେଉଁଦିନ ମୋର ନିଶ ନଥିବା ବିଷୟରେ କିଛି ବି ନକାରାତ୍ମକ ମନ୍ତବ୍ୟ ଶୁଣେ, ବା ଅଣନିଶୁଆ ବୋଲି ଦାବଣ ଖାଇ ଆସେ, ଘରେ ପୂଜା କରୁଥିବା ଠାକୁରଙ୍କ ଫଟୋଗୁଡ଼ିକୁ ଚାହିଁ ଚାହିଁ ଲୁହଗଡ଼ାଇ କାନ୍ଦିପକାଏ । ଧୀରେ ଧୀରେ ସେ ଫଟୋଗୁଡ଼ିକ ଅଟ୍ଟହାସ୍ୟ କଲାଭଳି ମତେ ଲାଗେ ଏବଂ ଅଟ୍ଟହାସ୍ୟ ମଧ୍ୟରେ ମୋ' ଉଦ୍ଦେଶ୍ୟରେ ଶୂନ୍ୟବାଣୀ କରି ଶ୍ରୀରାମଜୀ, କୃଷ୍ଣଗୋବିନ୍ଦ ଗୋପାଳ, ଜଗନ୍ନାଥ, ବଳଭଦ୍ର ମହାପ୍ରଭୁ, ମହାଦେବ ଶିବଶମ୍ଭୁ, ଗଣେଶ ପ୍ରଭୃତି ମହାପ୍ରଭୁ ମୋ' ପିଠି ଆପୁଡ଼ାଇ ସାନ୍ତ୍ୱନା ଦିଅନ୍ତି- କାନ୍ଦୁଛ କାହିଁକି ବତ୍ସ ! ଆମ ମୁହଁଟିମାନଙ୍କୁ ଟିକିଏ ଚାହଁ !

ଆମେ ଖୁସିରେ ଅଛୁକି ନାହିଁ !

ସେମାନଙ୍କ କଥାବାର୍ତ୍ତା ଶୁଣି ଧିରେ ଧିରେ କାନ୍ଦ ବଦଳରେ ମୋ'ଓଠରେ ସ୍ମିତହସ ଫୁଟିଉଠେ । ନିଜକୁ ନିଜେ ପ୍ରବୋଧନା ଦିଏ- ଆରେ ସତେ ତ ! ଠାକୁରମାନଙ୍କର ତ ନିଶଦାଢ଼ି ନାହିଁ । ମୁଁ କିଆଁ ନିଜକୁ ଏତେ ତୁଚ୍ଛ ମନେ କରୁଛି !

ଈଶ୍ୱରଙ୍କ ନିଷ୍ପତ୍ତିକୁ ସମ୍ମାନ ଜଣାଇ 'ଥ୍ୟାଙ୍କ୍ ୟୁ ଭଗବାନ' କହି ନିଶ ନଥିବାର ଦୁଃଖକୁ ବାଁରେଇଯାଏ ।

■

ମେଘ କନ୍ୟା

ବର୍ଷା --ବର୍ଷା -- ବର୍ଷା ।

ବୃକ୍ଷଲତାଠାରୁ ଆରମ୍ଭ କରି କୀଟପତଙ୍ଗ, ସ୍ଥାବର ଜଙ୍ଗମ,ସମଗ୍ର ଜୀବଜଗତ, ବସୁଧା, ସମସ୍ତେ ବର୍ଷାର ଆଗମନୀକୁ ସତୃଷ୍ଣ ନୟନରେ ପ୍ରତୀକ୍ଷା କରିଥାନ୍ତି, ପହିଲି ଆଷାଢ଼ର ପହିଲି ବର୍ଷାର ପହିଲି ଛୁଆଁରେ ଭିଜି ଟିକିଏ ଖାଲି ପୁଲକିତ ହୋଇପଡିବାକୁ । ବର୍ଷତମାମ ସମସ୍ତେ ଆକାଶ ଓ ଧରିତ୍ରୀର ଶାଶ୍ୱତ ପ୍ରେମର ସେହି ନୈସର୍ଗିକ ମୁହୂର୍ତ୍ତଟିକୁ ଉତ୍କଣ୍ଠାର ସହିତ ଚାହିଁରହନ୍ତି ।

ମୁଁ ବି ସେଦିନ ଅପେକ୍ଷା କରି ବସିଥିଲି ବର୍ଷାକୁ, ମୋ ମନ ଆକାଶରୁ ଅପସରି ଯାଇପାରୁନଥିବା ବଉଦ ନିଃସୃତ ବର୍ଷାକୁ । ବର୍ଷାର ଶୀତଳ ଛୁଆଁରେ ମୁଁ ନିଜେ ନିଜେ ଶିହରିତ ହୋଇଉଠିବାକୁ ନୁହେଁ, ବରଂ ମୋ ସ୍ନେହର ବର୍ଷା ବୁନ୍ଦାରେ ବର୍ଷାକୁ ଭିଜେଇ ଦେବାକୁ, ହୃଦୟର ଅଜ୍ଞାତ କୋଣରେ ସାଇତି ରଖିଥିବା ବାତ୍ସଲ୍ୟ ମମତା ଟିକକ ତା'ଉପରେ ବର୍ଷେଇ ଦେବାକୁ । ବର୍ଷାକୁ ମୁଁ ସେଦିନ ପ୍ରବଳ ଉତ୍କଣ୍ଠାର ସହିତ ଅପେକ୍ଷାକରି ବସିଥିଲି ଭୁବନେଶ୍ୱର ରାମମନ୍ଦିର ଛକଠାରେ ।

ବର୍ଷାକୁ କେବେ ମୁଁ ଦେଖିନାହିଁ, କିମ୍ବା ସେ ମଧ୍ୟ ମତେ କେବେ ଦେଖିନାହିଁ । ସେଦିନର ସେହି ମିଳନକୁ ନେଇ ତା'ମନରେ ହୁଏତ ସେହି ଉତ୍କଣ୍ଠା ନଥାଇପାରେ; ଯାହା ମୋ' ଭିତରେ ଥିଲା । କାରଣ- ଆବଶ୍ୟକତା ଅନୁଯାୟୀ ତା' ସାନ ମାଉସୀଙ୍କର ମୁଁ କଲେଜ ବେଳର ଜଣେ ପ୍ରିୟ ବନ୍ଧୁ । (କିନ୍ତୁ ପ୍ରକୃତରେ ସେ ମୋ ତଳ ବ୍ୟାଚର) ଏବଂ ସେହି ଦୃଷ୍ଟିରୁ ମୁଁ ଜଣେ ପରିଚିତ ଅଙ୍କଲ ବୋଲି କହି ମୋର ପ୍ରକୃତ ପରିଚୟ ତା'ଠାରେ ଗୁପ୍ତ ରଖାଯାଇଥିଲା । ଗୁପ୍ତ ରଖିବାକୁ ଆମେ ଦୁହେଁ ବାଧ୍ୟ ହୋଇଥିଲୁ । ମୋର ପରିଚୟ କେବଳ ସୀମିତ ଭାବରେ ସେ ଜାଣିଥିଲା ତା' ସାନମାଉସୀଙ୍କଠାରୁ, ଯିଏକି ଫୋନରେ ନିୟମିତ ମୋ'ସହିତ ସମ୍ପର୍କରେ ରହିଥିଲା ।

ଏକ ଅବାଞ୍ଛିତ ଆକର୍ଷଣ ମତେ ସେଦିନ ଟାଣି ନେଇଥିଲା ରାମମନ୍ଦିର ଛକକୁ ବର୍ଷାକୁ ଦେଖାକରିବାର ଧାର୍ଯ୍ୟ ସମୟର ଯଥେଷ୍ଟ ପୂର୍ବରୁ । ଗାଡି ଭିତରେ ବସି ବସି ବର୍ଷାର ଏକ ସମ୍ଭାବ୍ୟ ଛବି ମନେମନେ କେବଳ ଆଙ୍କି ଯାଉଥିଲି । ସେ ଦେଖିବାକୁ କିପରି ହୋଇଥିବ ! ବାପାଙ୍କ ଭଳି ନା ମାଆଙ୍କ ଭଳି ! ଗୋରୀ ନା ସାବନୀ ! ଲମ୍ବା ନା ଗେଡୀ ! ମୋଟୀ ନା ପାତଳୀ ! ସୁନ୍ଦର କି ଅସୁନ୍ଦର ! ମାଆ ପରି ଶାନ୍ତ ସୁଧାର , କିବା ଚପଳମତି, ଚଳଚଞ୍ଚଳ !

ଚିହ୍ନା ଚିହ୍ନା ଦିଶୁଥିବା ଅଚିହ୍ନା ମୁହଁଟିଏ ହଠାତ ରାସ୍ତା ସେପାଖରୁ ମୋ'ଆଡକୁ ଆସୁଥିବାର ଲକ୍ଷ୍ୟ କଲି । ବର୍ଷା ହୋଇଥିବ ବୋଧେ ! ଆରେ ହଁ ତ ! ଯୌବନର ପ୍ରଥମ ପାହାଚରେ ନୂଆକରି ପାଦ ଥାପିଥିବା ସତର ଅଠର ବର୍ଷର ତନୁପାତଳୀ ବର୍ଷା ଛନଛନିଆ ହରିଣୀଟିଏର ଭ୍ରମ ସୃଷ୍ଟିକରି ମୋ ଗାଡିଆଡକୁ ସଙ୍କୋଚ ମିଶା ଚହାଁଣିରେ ଆଗେଇ ଆସୁଥିଲା । ମୋ ଗାଡିଟିକୁ ଚିହ୍ନିବାରେ କୌଣସି ଅସୁବିଧା ହୋଇନଥିଲା । କାରଣ, ଫୋନରେ ତାକୁ ଆଗରୁ ସବୁ ବତେଇ ଦେଇଥିଲି । ମୋ'ଆଖିକୁ ବିଶ୍ୱାସ କରି ପାରୁନଥିଲି । ସତରେ ବର୍ଷା ମୋ'ପାଖକୁ ଆସୁଛି ! ମେଘକନ୍ୟା ବର୍ଷା ଆସୁଥିଲା ଗୋଟିଏ ପରେ ଗୋଟିଏ ପାହୁଣ୍ଡ ପକାଇ, ଭାବପ୍ରବଣତାର ବର୍ଷାରେ ମତେ ସମ୍ପୂର୍ଣ୍ଣ ଓଦା କରିଦେଇ ।

ବର୍ଷାକୁ ଚିହ୍ନିବାରେ ମୋର କୌଣସିପ୍ରକାର ଅସୁବିଧା ହୋଇନଥିଲା । କାରଣ, ମୁହଁଟା ତା' ମାଆଠାରୁ ସମ୍ପୂର୍ଣ୍ଣ ଚୋରେଇ ଆଣିଛି । ସେଇ ନାକ, କାନ, ଓଠ, ଗାଲ, ପାଟି, ସେଇ ଠାଣି, ସେଇ ଚାଲି ,ପୁଣି ସେଇ ଚହାଁଣି । ବର୍ଷା ଓ ମୋ'ଭିତରେ ଥିଲା ମାତ୍ର ଗୋଟିଏ ଫର୍ଲଙ୍ଗର ବ୍ୟବଧାନ । ବର୍ଷା ଆସୁଥିଲା ଆଗକୁ ଆଗକୁ , ମୁଁ କିନ୍ତୁ ଫେରି ଯାଉଥିଲି ପଛକୁ ପଛକୁ ; ପ୍ରାୟ ତିରିଶି ବର୍ଷ ତଳର ଉନ୍ମତ୍ତ ଯୌବନର ସୁନେଲି ସ୍ମୃତିଭରା ଅଭୁଲା ଅତୀତ ନିକଟକୁ ।

କିନ୍ତୁ ମତେ ପଛକୁ ଫେରିବାକୁ ନଦେଇ ମୋର ପଥରୋଧ କରିଥିଲା ମୋ'ପାଦରେ ତା' ଶୀତଳ ହାତ ଦୁଇଟିର ମୃଦୁ ସ୍ପର୍ଶ । ବୟସରେ ମୁଁ ବର୍ଷାଠୁ ଅନେକ ବଡ ହେଲେ ମଧ୍ୟ ସେ ମତେ ହାତଯୋଡି ନମସ୍କାର କରିବା ପରିବର୍ତ୍ତେ ମୋ ପାଦଛୁଇଁ ପ୍ରଣାମ କରିବ, ମୁଁ ଭାବିନଥିଲି । କାରଣ, ଆମେ ପରସ୍ପରର ସେତିକି ନିକଟତର ହୋଇନଥିଲୁ, ଯୋଉଥିପାଇଁ ସେ ପାଦଛୁଇଁ ପ୍ରଣାମ କରନ୍ତା । କିନ୍ତୁ ମୋର ଅନୁମାନକୁ ଭୁଲ ପ୍ରମାଣିତ କରି ସେ ମୋ' ପାଦଛୁଇଁ ପ୍ରଣାମ କରିଥିଲା ।

ତା'ପରେ ଘଟଣାକ୍ରମରେ ଯାହାସବୁ ଘଟିଗଲା ସେସବୁ ହୁଏତ ବର୍ଷା ପାଇଁ କେବଳ ମାମୁଲି ଥିଲା, କିନ୍ତୁ ମୋ' ସ୍ମୃତିର ପୁସ୍ତକରେ ତା' ଅଜାଣତରେ ଯୋଡି ହୋଇଯାଉଥିଲା କେତେଗୁଡିଏ ସ୍ୱତନ୍ତ୍ର ପୃଷ୍ଠା । ମାଷ୍ଟରକ୍ୟାଣ୍ଟିନ ନିକଟସ୍ଥ ବହି ଦୋକାନରୁ

ତା'ପାଇଁ କିଛି ପାଠ୍ୟପୁସ୍ତକ କିଣା, ପାଖ ଦୋକାନରୁ ଆଇସକ୍ରିମ ଓ ଚକୋଲେଟ ଖୁଆ, ଶେଷରେ ସେ ରହୁଥିବା ମେସ୍ ପାଖରେ ତାକୁ ନେଇ ଛାଡ଼ିବା ଏବଂ ସେଦିନ ତା'ର ମେସରେ ଶେଷଦିନ ଥିବାରୁ ତା'ପରଦିନ ସକାଳ ୭.୩୦ ରେ ଆସି ତା' ଲଗେଜ ସହିତ ତାକୁ ନେଇ ବାଣୀବିହାର ବସଷ୍ଟପରେ ଛାଡି ଆସିବାର ପ୍ରତିଶ୍ରୁତି ଦେଇ ଫେରିଥିଲି। ବହୁଦିନରୁ ବ୍ୟବହୃତ ନହୋଇ ପଡିରହିଥିବା ମୋ' ଖୁସିର ଫରୁଆଟିର ଢାଙ୍କୁଣିଟି ସେଦିନ ବର୍ଷା ତା' ଅଜ୍ଞାତରେ ଖୋଲିଦେଇ ଚାଲିଯାଇଥିଲା ।

ପରଦିନ ସକାଳେ ନିର୍ଦ୍ଧାରିତ ସମୟରେ ବର୍ଷାର ମେସ ଆଗରେ ଗାଡି ଲଗେଇ ତା' ମୋବାଇଲକୁ ରିଂ କଲି। ଦୁଇ ତିନି ମିନିଟ ଭିତରେ ସେ ଓ ତା'ର ଦୁଇ ବାନ୍ଧବୀ ଲଗେଜ ସହିତ ବାହାରକୁ ଆସିଲେ। ସମର କୋଚିଙ୍ଗ କୋର୍ସ ପାଇଁ ଆସିଥିବାରୁ ବିଶେଷ କିଛି ଲଗେଜ ନଥିଲା। ଲଗେଜ ଲୋଡ କଲାପରେ ସମସ୍ତେ ଗାଡିରେ ବସିଲୁ । ରାସ୍ତାରେ ଆମ ଭିତରେ ନିଜନିଜ ବିଷୟରେ କେବଳ ସାଧାରଣ କଥୋପକଥନ। ପ୍ରାୟ ଦଶ ମିନିଟ ପରେ ବାଣୀବିହାର ଷ୍ଟପେଜରେ ପହଞ୍ଚିଗଲୁ।

ନିର୍ଦ୍ଦିଷ୍ଟ ବସଟି ଆସିବାକୁ ଆହୁରି ପନ୍ଦର ମିନିଟ ବାକି ଥିଲା। ଇତ୍ୟବସରରେ ବର୍ଷାର ବାନ୍ଧବୀଦ୍ୱୟ ପାଖ ଦୋକାନରୁ କଣସବୁ କିଣିବା ପାଇଁ ଚାଲିଗଲେ। ବର୍ଷା ଓ ମୁଁ ବ୍ୟକ୍ତିଗତ କଥା ହେବାପାଇଁ କିଛିଟା ସମୟ ପାଇଗଲୁ ।

ପ୍ରଗଲ୍ଭା ଝିଅଟିଏ ପରି ଅନେକ କଥା ମୋ'ସହିତ ସେ ଖୋଲାମନରେ ଗପିଥିଲା । ଶେଷରେ ସେ କହିଲା- ଅଙ୍କଲ, ଆପଣ ବହୁତ ଭଲଲୋକ ବୋଲି ମାଉସୀ କହୁଥିଲେ। ଆପଣଙ୍କ ସହିତ ମିଶିଲା ପରେ ଅବଶ୍ୟ ମୁଁ ତାହା ଉପଲବ୍ଧି କରୁଛି। ତା'ସହିତ ଆପଣ ଜଣେ ଭଲ ଲେଖକ ବୋଲି ମଧ୍ୟ ସେ କହୁଥିଲେ। ଯଦି କିଛି ମନେ ନକରନ୍ତି ତେବେ ମୋ'ତରଫରୁ ଏଇ ଓଡିଆ ଗଳ୍ପ ପତ୍ରିକାଟି ଆପଣଙ୍କୁ ଉପହାର ଦେବାକୁ ଚାହୁଁଛି ।

ତା'ହାତରୁ ଖୁସିରେ ପତ୍ରିକାଟି ନେଇ ଧନ୍ୟବାଦ ଜଣାଇଲି। ସେମାନେ ରାସ୍ତାରେ ଖାଇବା ପାଇଁ ମୁଁ କିଛି ଡ୍ରାଏ ଫୁଡ ଦେଲି। ଅଲଗା ଏକ ପ୍ୟାକେଟରେ ତା' ମମି, ଡାଡି, ତା'ପାଇଁ ଏବଂ ତା' ସାନଭାଇ ପାଇଁ କିଛି ଚକୋଲେଟ ଅଛି ବୋଲି କହି ପ୍ୟାକେଟଟି ତା'ଆଡକୁ ହସିହସି ବଢେଇଲି ।

ହଠାତ ବର୍ଷାର ମୁଖମଣ୍ଡଳରେ ଭାବାନ୍ତର ସୃଷ୍ଟିହେଲା । ଅପଲକ ନୟନରେ ମୋ'ଆଡକୁ ଆଶ୍ଚର୍ଯ୍ୟର ସହିତ ବର୍ଷା ଚାହିଁଥାଏ। ମୁଁ ମଧ୍ୟ ବଲବଲ ହୋଇ ତାକୁ ଚାହିଁରହିଲି । ବର୍ଷାର ଆଖି ଧୀରେଧୀରେ ଲାଲ ପଡିଆସିଲା । ଦେଖୁ ଦେଖୁ ତା' ଆଖି କୋଣରେ କେଇବୁନ୍ଦା ଲୁହ ଜକେଇ ଆସିଲା । ମୁଁ ଆଦୌ କିଛି ବୁଝି ପାରୁନଥିଲି । ଆଶ୍ଚର୍ଯ୍ୟର ସହିତ ପଚାରିଦେଲି। ...କଣ ହେଲା ବର୍ଷା ! ମୋର କିଛି ଭୁଲ ହୋଇଗଲା ବୋଧେ !

ବାଷ୍ପାକୁଳ କଣ୍ଠରେ ବର୍ଷା କହିଲା । ....ନା ଅଙ୍କଲ, ଦୋଷ ଆପଣଙ୍କର ନୁହେଁ , ମୋ' ସାନ ମାଉସୀଙ୍କର । ଆପଣମାନଙ୍କର ମନଦୁଃଖ ହେବବୋଲି ହୁଏତ ମାଉସୀ କହି ନଥାଇପାରନ୍ତି । ଦୁଃଖର ବିଷୟ , ମମି ଏଇ ଦୁଇମାସ ତଳେ ଏକ ଦୁରାରୋଗ୍ୟ ରୋଗରେ ......

ବର୍ଷା ଆଉ କିଛି କହିପାରିବା ଅବସ୍ଥାରେ ନଥିଲା । ମୁଁ ମଧ୍ୟ ମୋ' ଅଜାଣତରେ କାନଦୁଇଟିକୁ ହାତରେ ଚାପି ପକେଇଲି । ଆଉକିଛି ଶୁଣିବାକୁ ମୋର ମଧ୍ୟ ଧୈର୍ଯ୍ୟ ନଥିଲା । ସେମାନଙ୍କର ବସ ପହଞ୍ଚି ହର୍ଣ୍ଣ ମାରୁଥିଲା । ଦୁଇ ବାନ୍ଧବୀ ସେପଟେ ବର୍ଷାକୁ ବସ ଉପରକୁ ଚଢିଆସିବାକୁ ଡାକୁଥିଲେ । ତରବରରେ ମୋ'ପାଦ ଛୁଇଁ ବର୍ଷା କାନ୍ଦିକାନ୍ଦି ବସକୁ ଚଢିଯାଇଥିଲା ଏବଂ ବସ ଉପରୁ ମୋ' ଉଦ୍ଦେଶ୍ୟରେ ହାତ ହଲାଇ ବାଏବାଏ କରୁଥିଲା ।

ବସଟି ଦୃଶ୍ୟପଟରୁ ନିଶ୍ଚିହ୍ନ ହେବା ପର୍ଯ୍ୟନ୍ତ ବର୍ଷା ଆଡକୁ ସ୍ତମ୍ଭୀଭୂତ ହୋଇ ଓଦା ଆଖିରେ କେବଳ ଚାହିଁ ରହିଥିଲି ପାଦତଳେ ଆଦୌ ମାଟି ନଥିବା ପୃଥିବୀଟିଏ ଉପରେ ଛିଡାହୋଇ ।

ବର୍ଷା ଉପହାରରେ ଦେଇଥିବା ଓଡ଼ିଆ ସମ୍ଭ୍ରାନ୍ତ ଗଳ୍ପ ପତ୍ରିକାଟି ମୋ' ହାତରୁ କେତେବେଳୁ ତଳକୁ ଖସିପଡି ତାର ପୃଷ୍ଠାଗୁଡ଼ିକ ପବନରେ ମନକୁମନ ଓଲଟି ଚାଲିଥାଏ । ପତ୍ରିକାଟି ଉଠାଇ ଆଣୁଆଣୁ ଆଖି ମୋର ଗୋଟିଏ ନିର୍ଦ୍ଦିଷ୍ଟ ପୃଷ୍ଠାରେ ନିବଦ୍ଧ ହୋଇ ରହିଯାଇଥିଲା କୋଉ ଏକ ଗଳ୍ପର କିୟଦଂଶ ଉପରେ ; ଯେଉଁଥିରେ ଲେଖାଥିଲା... ତୁମେ କହୁଥିଲ, ଆସ ଆମେ ଦିହେଁ ଆକାଶ ହୋଇଯିବା । ମୁଁ କହୁଥିଲି, ମାଟିକୁ ଜାବୁଡି ଧରି ରହିବାକୁ ଚାହେଁ । ଅବେଳରେ ତୁମେ କାହିଁକି ଏକାଏକା ଆକାଶ ଖୋଜିବାକୁ ଚାଲିଗଲ ?

■

କୁକୁର

ଆପଣମାନଙ୍କ ଗୃହର ଶୋଭାବୃଦ୍ଧି ନିମନ୍ତେ ହେଉ, ନିଜର ଆଭିଜାତ୍ୟର ପ୍ରଦର୍ଶନ ନିମନ୍ତେ ହେଉ, ଅଥବା ଚୋରଙ୍କୁ ଡ଼ରେଇବା ବାହାନାରେ ହେଉ; ଘର ସାମ୍ନାରେ ଥିବା ଫାଟକ ଦେହରେ "କୁକୁର ପ୍ରତି ସାବଧାନ" ଲେଖାଟିଏ ମାରି ଦୁଧଭାତ ଦେଇ, ସଯତ୍ନରେ ପାଳିଥିବା ଲାବ୍ରାଡ଼ର, ଗ୍ରେହାଉଣ୍ଡ, ଜର୍ମାନ ଶେଫାର୍ଡ଼, ଡବରମ୍ୟାନ, ଆଲଶିଶିୟାନ୍, ଡାସ୍‌ହାଉଣ୍ଡ, ରଟ୍‌ୱିଲର କିମ୍ବା ପୁଡ଼ଲ ପ୍ରଜାତିର ଆପଣଙ୍କର ସେ ଗେହ୍ଲା/ଗେହ୍ଲୀ ଟମି, ପପି, ପମି, ରକି, ଟାଇଗର ଅବା ଲାଇକା ମୁଁ ନୁହେଁ। କୋଉ ଏକ ଅନାମଧେୟ ଟି'ଷ୍ଟଲର ଟିଣ ଗୁମୁଟି ତଳେ ଅଲୋଡ଼ା ଜନ୍ମିତ ତଥା ଅଧା ଡଜନ୍ ଭାଇଭଉଣୀମାନଙ୍କ ଭିତରୁ ମୋର କ୍ରମିକ ସଂଖ୍ୟା ଜଣାନଥିବା ଏବଂ ଖାଇବା, ପିଇବା, ଶୋଇବା, ଚଳପ୍ରଚଳ କରିବା ଭଳି ଦୈନନ୍ଦିନ ଜୀବନଯାପନର ପ୍ରତିଟି କ୍ଷେତ୍ରରେ ଅହରହ ସଂଘର୍ଷରତ ଏକ ସାମାନ୍ୟ 'ଦେଶୀ କୁକୁର' ହେଉଛି ମୁଁ।

ନିଜକୁ କୁକୁର କହିବାରେ ମୋର ଏତେ ଟିକିଏ ଆପତ୍ତି ବା ସଙ୍କୋଚ ନାହିଁ। କାରଣ, ମୁଁ ଜାଣେ, ମୁଁ ଛାର ଏକ କୁକୁର। ଆପଣମାନଙ୍କୁ ଖରାପ ଲାଗିବ ବୋଲି ଶୁଦ୍ଧ ଭାଷାରେ ମତେ କେହି କେହି ଶ୍ୱାନ, ହିନ୍ଦୀରେ କୁତ୍ତା, ଇଂରାଜୀରେ ଡଗ୍ ବା ଡଗ୍‌ଗୀ ଆଦି କହିଥାନ୍ତି- ମତେ କିନ୍ତୁ ଆଦୌ ଖରାପ ଲାଗେନା। ମୋର କାର୍ଯ୍ୟକଳାପ କିମ୍ବା ବିଶ୍ୱସନୀୟତା ପାଇଁ ମୁଁ କୁକୁର ନୁହେଁ; ବରଂ ମୋର ଜାତି ପାଇଁ, ସ୍ପେଶିଶ୍ ପାଇଁ, କୁକୁର କୁଳରେ ଜାତ ହୋଇଥିବା ଯୋଗୁଁ ତଥା ଯେତେ ପୁଣ୍ୟକର୍ମ କଲେ ମଧ୍ୟ ଏ ଜନ୍ମରେ କୁକୁରରୁ କେବେ ବି ଠାକୁର ହୋଇ ନ ପାରିବାର ସାର୍ବଜନୀନ ସତ୍ୟକୁ ମୁଣ୍ଡପାତି ଗ୍ରହଣ କରିନେଇ ନିଜକୁ କୁକୁର ବୋଲି ସ୍ୱୀକାର କରିବାକୁ ତେଣୁ ମୁଁ ଏକ ପ୍ରକାର ବାଧ୍ୟ।

ମୁଁ ଜାଣେ, କେବଳ ଆପଣ ହିଁ ମୋ ପ୍ରତି କିଛିଟା ସହାନୁଭୂତି ଦେଖାଇଛନ୍ତି। କାରଣ – ସାମାନ୍ୟ ଏକ କୁକୁର ବିଷୟରେ ଲେଖାଯାଇଥିବା ଏହି କାହାଣୀର ଶିରୋନାମାଟି

ପଢ଼ିସାରି ମଧ୍ୟ ଆପଣ ଅନ୍ୟମାନଙ୍କ ଭଳି ହତାଦର କରି, ନାକଟେକି, ଦୃଷ୍ଟି ଆଢ଼େଇ, ପୃଷ୍ଠା ଓଲଟେଇ ଚାଲିଯାଇନାହାନ୍ତି। ମୋ' ପ୍ରସଙ୍ଗରେ ପଢ଼ିବାକୁ ଆପଣଙ୍କର ଆଗ୍ରହ ଅଛି, ବାସ୍, ସେତିକି ସହାନୁଭୂତି ମୋ ପାଇଁ ଯଥେଷ୍ଟ। ସେହି ଅଧିକାର ଟିକକ ପାଇଥିବାରୁ ମୋର ଆପଣଙ୍କୁ ଆଉ ଖାଲି ଟିକିଏ ଅନୁରୋଧ, ଆପାତତଃ ମୋ' ହୃଦୟର କାହାଣୀଟି ଧୈର୍ଯ୍ୟଧରି ଶେଷ ପର୍ଯ୍ୟନ୍ତ ପଢ଼ି ସାରି ମଧ୍ୟ ଆପଣ ସେଇ 'କୁକୁର' ସମ୍ବୋଧନ କରିବେ ବୋଲି ଆପଣଙ୍କ ଉପରେ ମୋର ବିଶ୍ୱାସ ବଳବତ୍ତର ରହିଲା।

ମୋର ଖାଉନ୍ଦ ଜଣେ ମଧ୍ୟବିତ୍ତ ସରକାରୀ କର୍ମଚାରୀ। ସେ ମୋର ଖାଉନ୍ଦ ବୋଲି ନିଜକୁ କେବେ ଭାବି ନଥାଇ ପାରନ୍ତି। ମୁଁ କିନ୍ତୁ ତାଙ୍କୁ ମୋର ଖାଉନ୍ଦ ହିସାବରେ ଗ୍ରହଣ କରିନେଇଛି। ମୋର ହେତୁ ହେଲାବେଳକୁ ମୁଁ ନିଜକୁ ତାଙ୍କ ସରକାରୀ ବାସଭବନର ଫାଟକ ବାହାରେ ଆବିଷ୍କାର କରେ, ଯେତେବେଳେ କି ମୁଁ ଆଦ୍ୟ ଯୌବନର ପାଦଦେଶରେ। ସେତେବେଳକୁ ମୋର ବୟସ ନଅରୁ ଦଶମାସ ହେବ। ଆମ୍ଭମାନଙ୍କର ଶୈଶବ କୈଶୋରକୁ, କୈଶୋରକୁ ଯୁବାବସ୍ଥା ପଦାଘାତ କରି ସଅଳ ପ୍ରାପ୍ତ ବୟସ୍କରେ ପରିଣତ କରାଇ ଦେଇଥାଏ, ନଚେତ୍, ଧରାରେ ବଞ୍ଚିରହିବା ଆମ ପାଇଁ ଏକପ୍ରକାର ଅସମ୍ଭବ।

ମୋର ତଥାକଥିତ ଖାଉନ୍ଦଙ୍କ ଘର ଫାଟକଠାରୁ ପ୍ରାୟ ଶହେ ଗଜ ଦୂରରେ ଏକ ଛକ; ଛକ ପାଖକୁ ଲାଗି ଏକ ପୁରୁଣା ଚା' ଦୋକାନ ଅଛି। ସେହି ଟିଣ ଗୁମୁଟି ଚା' ଦୋକାନ ତଳେ ଥିବା ସନ୍ତସନ୍ତିଆ ସ୍ଥାନଟି ହିଁ ଆମ ଛଅ ସାତ ଭାଇ ଭଉଣୀଙ୍କର ଜନ୍ମସ୍ଥାନ। ସେହି ଜନ୍ମସ୍ଥଳୀରୁ ଏବର କର୍ମସ୍ଥଳୀକୁ ମୁଁ କେମିତି ଏକୁଟିଆ ଚାଲି ଆସିଲି, ସେକଥା ମୁଁ ଦିନେ ସେଠାରେ ସକାଳୁ ସକାଳୁ ଭିଡ଼ ଜମାଉଥିବା ଚା' ପିଆଳିଙ୍କ କଥାବାର୍ତ୍ତାରୁ ହିଁ ଜାଣିଥିଲି।

ପ୍ରତିଦିନ କେମିତି ସକାଳ ପାହିବ, ମୁଁ ଖାଲି ଅଧା ଶୁଆ ଅଧା ଚିଆଁ ଅବସ୍ଥାରେ ଗେଟ୍ ବାହାରେ ଅପେକ୍ଷା କରି ପଡ଼ି ରହିଥାଏ। ସକାଳର ପ୍ରଥମ ଆଲୋକ ଏ ଧରାପୃଷ୍ଠକୁ ଆସିବା ମାତ୍ରେ, ତଥା ଦୁଇ ତିନିଜଣ ଚା' ପିଆଳି ଆସି ଚା' ପିଇବାର ଜାଣିଲା ମାତ୍ରେ ମୁଁ ଶଯ୍ୟା ନଥିବା ମୋର ଶଯ୍ୟା ତ୍ୟାଗ କରି ଚା'ଦୋକାନ ପାଖକୁ ଦୌଡ଼ିଯାଏ। କାରଣ...ଆପଣମାନେ ଠିକ୍ ବୁଝିପାରୁଥିବେ। ମୋର ଅନ୍ୟ ଭାଇ ଭଉଣୀମାନେ ସେ ସ୍ଥାନରେ ଆସ୍ଥାନ ଜମେଇ ପୂର୍ବରୁ ଅଛନ୍ତି ଏବଂ ସେମାନଙ୍କ ସହିତ ସକାଳୁ ସକାଳୁ ଲଢ଼େଇ ଝଗଡ଼ା ଭିତରେ ମଧ୍ୟ ଚା'ପିଆଳିମାନେ ଫୋପାଡୁଥିବା ବିସ୍କୁଟ ସେମାନଙ୍କଠାରୁ ଛଡ଼େଇ ଖାଇବାରୁ ହିଁ ମୋର ଦିବାରମ୍ଭ ହୋଇଥାଏ। ଖାଉନ୍ଦଙ୍କ ଘରୁ ନିୟମିତ ଭାବରେ ମୁଁ କିଛି ଖାଦ୍ୟ ପାଏନା। ଯୋଉଦିନ ତାଙ୍କ ଘରେ ଖାଦ୍ୟ ବଳିପଡ଼େ, ନଚେତ୍ ସଉକରେ

ଥରେ ଅଧେ ଘରୁ ବିସ୍କୁଟ ଆଣି ମୁଁ ଚାକୁଲୁ ଚାକୁଲୁ କରି ଖାଇବା ବେଳର ଦୃଶ୍ୟ ଉପଭୋଗ କରିବା ନିମନ୍ତେ ମୋ' ଉଦ୍ଦେଶ୍ୟରେ ଗେଟ୍ ଭିତରୁ ଥାଇ ବାହାରକୁ ଫିଙ୍ଗିଥାନ୍ତି। ମୁଁ ଜାଣେନା, ସେମାନେ ସ୍ନେହରେ ଦିଅନ୍ତି କି ଘୃଣାରେ, ମୁଁ କିନ୍ତୁ ଖାଇପକାଏ ଅତି ଆଦରରେ। କାରଣ ସେମାନେ ମତେ ପୋଷି ନାହାନ୍ତି। ମୁଁ ତାଙ୍କ ପାଇଁ ନିହାତି ଅନିମନ୍ତ୍ରିତ, କିନ୍ତୁ ବଶମ୍ବଦ ଇତର ପ୍ରାଣୀଟିଏ ମାତ୍ର।

ଚା' ପିଆଳିଙ୍କ କହିବା ଅନୁସାରେ ମୁଁ କାଳେ ଛୋଟ ଥିଲାବେଳେ ଦିନେ ସକାଳେ ମର୍ଣ୍ଣିଂଓ୍ୱାକ୍ ସମୟରେ ମୋ ଖାଉନ୍ଦଙ୍କର ଛୋଟ ଝିଅ ଓ ତା'ବାପା ଚା' ଦୋକାନରୁ କ୍ଷୀର ପ୍ୟାକେଟ୍ ଓ ବ୍ରେଡ୍ କିଣିବାକୁ ଆସିଥିଲେ। ଦୋକାନରୁ ଫେରି ଯାଉ ଯାଉ ମୁଁ କୌତୂହଳବଶତଃ ସେମାନଙ୍କ ପଛରେ କୁଁ କୁଁ ହୋଇ ଲାଞ୍ଜ ହଲେଇ ଗୋଡ଼ାଣିଆ ହୋଇ ଚାଲିଯାଇଥିଲି। ଝିଅଟି କାଳେ ମୋ' ଉଦ୍ଦେଶ୍ୟରେ "ସୋ' କ୍ୟୁଟ୍... ଆମ ଟେଡ୍‌ଡି ଭଳିଆ ହେଇଛି ନା ଡାଡି!!" କହି ସ୍ନେହରେ ମୋ' ବେକ, ଲାଞ୍ଜ ଆଦି ଆଉଁଶି ପକାଇଥିଲା ଏବଂ ବ୍ରେଡ୍‌ରୁ ଟୁକୁଡାଏ ଖାଇବାକୁ ଦେଇଥିଲା। ସେହି ଦିନଠାରୁ ମୁଁ ମୋ' ମାଆଠାରୁ ସ୍ତନ୍ୟପାନ କରିସାରି ତାଙ୍କ ଗେଟପାଖକୁ ଦୌଡ଼ିଯାଏ ଏବଂ କୁଁ କୁଁ ଶବ୍ଦରେ ମୋର ଉପସ୍ଥିତି ଜାହିର୍ କରି ସେଇ ଛୋଟ ଝିଅର ଦୃଷ୍ଟି ଆକର୍ଷଣ କରିବାକୁ ଚେଷ୍ଟା କରେ। ଘର ଭିତରୁ ବାହାରି ସେ କେବେ କେବେ ଆସେ। ନ ଆସେ ମଧ୍ୟ। ସେହିଦିନଠାରୁ ସେଠାକୁ ମୋର ଯିବାଆସିବା ଏକ ଦୈନନ୍ଦିନ ଅଭ୍ୟାସରେ ପରିଣତ ହୋଇଯାଏ। ଖାଉନ୍ଦଘର ସାମ୍ନାଟି ମୋ'ପାଇଁ ଦ୍ୱିତୀୟ ପୃଥିବୀ ପାଲଟି ଯାଏ।

ସମୟ ଗଡ଼ିଚାଲେ- ଘଣ୍ଟା କଣ୍ଟାର ଟିକ୍‌ଟିକ୍ ଶବ୍ଦ ଶୁଣାଯାଉ ବା ନଶୁଣାଯାଉ। ପେଟ ଚାଖଣ୍ଡକ ଭର୍ତ୍ତି କରିବା ପାଇଁ ଟି' ଷ୍ଟଲପାଖରୁ ଦାନ ସୂତ୍ରରେ ମିଳୁଥିବା ବିସ୍କୁଟ ଦି'ଖଣ୍ଡ ଆଉ ମୋ' ପାଇଁ ଯଥେଷ୍ଟ ହୁଏନାହିଁ। ମା' ମଧ୍ୟ କ୍ଷୀରଦେବା ବନ୍ଦ କରିଦେଲାଣି। ସେଇ ବିସ୍କୁଟ୍ ଦି'ଖଣ୍ଡ ପାଇବାକୁ ମଧ୍ୟ ଏଥର ନିଜର ଭାଇଭଉଣୀଙ୍କ ସହିତ ରକ୍ତାକ୍ତ ସଂଘର୍ଷ କରିବାକୁ ପଡ଼ିଲା। ଯେହେତୁ ଏ ସୁନ୍ଦର ପୃଥିବୀରେ କୁକୁରଟିଏ ହେଲେ ମଧ୍ୟ ଈଶ୍ୱରଙ୍କ ଇଚ୍ଛାରେ ମରଣ ନ ହେଲା ପର୍ଯ୍ୟନ୍ତ ମତେ ବଞ୍ଚିବାକୁ ହେବ, ତେଣୁ ଦାନା ମୁଠିଏ ପାଇଁ ଜୀବନଯୁଦ୍ଧ କରିବାକୁ ହେବ।

ଧିରେ ଧିରେ ମୋର ଚଳପ୍ରଚଳର ସୀମା ପରିସର ବୃଦ୍ଧି କଲି। କିନ୍ତୁ ଯୁଆଡ଼େ ଗଲେ ବି ମତେ ପ୍ରବଳ ବିରୋଧର ସାମ୍ନା କରିବାକୁ ପଡ଼ିଲା। ମୋ ଜାତିଭାଇମାନଙ୍କ ଯୋଗୁଁ ଗୋଟିଏ ଗଳିରୁ ଆଉ ଗୋଟିଏ ଗଳିକୁ ଯିବାପାଇଁ କେତେବେଳେ ଲାଙ୍ଗୁଡ଼ ଜାକି ଆତ୍ମ ସମର୍ପଣ କରି, କେତେବେଳେ ସେମାନଙ୍କ ସଂଖ୍ୟା କମ୍ ଥିଲେ ଓ ବିରୋଧ କରିପାରିବାର ସାମର୍ଥ୍ୟ ମୋ' ପାଖରେ ଥିବାର ଉପଲବ୍ଧି କରି ସେମାନଙ୍କ ଚକ୍ରବ୍ୟୂହ

ଭେଦକରି ମତେ ଖାଦ୍ୟାନ୍ୱେଷଣରେ ଯିବାକୁ ପଡୁଥାଏ । କିନ୍ତୁ ଯୁଆଡ଼େ ଗଲେ ମଧ୍ୟ ସନ୍ଧ୍ୟା ସୁଦ୍ଧା ଫେରିଆସି ମୋର ସେହି ତଥାକଥିତ ଖାଉନ୍ଦଙ୍କ ଘର ଆଗରେ ଟୁମୁଳା ମାରି ଶୁଏ ।

ଦିନକର ଘଟଣା । ସମୟ ଦ୍ୱିପ୍ରହର ଖରାବେଳ । ମୋ'ଖାଉନ୍ଦ ଅଫିସ୍‌ରୁ ଫେରି ନଥା'ନ୍ତି । ପୁଅଝିଅ ଉଭୟେ ସ୍କୁଲରୁ ଫେରିବାକୁ ଆହୁରି ଅନେକ ସମୟ ବାକି ଥାଏ । ଖାଉନ୍ଦାଣୀ ଘର ଭିତରେ ଏକୁଟିଆ ଥା'ନ୍ତି । ଖରାବେଳ ଯୋଗୁଁ ଲୋକବାକ, ଗାଡ଼ି ମଟର ଯିବା ଆସିବା କମିଯାଇଥାଏ । ହଠାତ୍ ଏକ ବିରାଟ ବଡ଼ ନାଗସାପ ରାସ୍ତା ଆରପାଖରୁ ଏପାଖକୁ ପାରି ହୋଇ ଖାଉନ୍ଦ ଘର ଗେଟ୍ ଭିତରକୁ ପଶିବାକୁ ଯାଉଥାଏ । ମୁଁ ଅଧାଶୁଆ ଅଧାଚିଆଁ ହୋଇ ପଡିରହିଥାଏ । ସାପଟି ମୋ' ନଜରରୁ ବର୍ତ୍ତି ପାରି ନଥିଲା । ମୁଁ ଉଠିପଡ଼ି ତା' ଉଦ୍ଦେଶ୍ୟରେ ଭୁକିବାରୁ ସେ ତା'ର ଶକ୍ତ ଫଣା ଟେକି ଚୋଟମାରିବାକୁ ତିନି ଚାରିଥର ଫଁ ଫଁ ହେଲା । ମୁଁ ଅନୁଭବ କଲି ତା'ର ସାମ୍ନା ପଟରୁ ତାକୁ ମୁଁ ପ୍ରତିରୋଧ କରି ପାରିବିନି । ଟିକିଏ ପଛକୁ ଘୁଞ୍ଚିଯାଇ ତା' ପଛପଟଆଡୁ ତା' ଲାଙ୍ଗୁଡ଼କୁ ମୋର ଶକ୍ତ ପଞ୍ଝା ସାହାଯ୍ୟରେ ପଛକୁ ଟାଣି ନେଲି । ତା'ପରେ ଆମ ଦୁହିଁଙ୍କ ମଧ୍ୟରେ ପ୍ରବଳ ଲଢ଼େଇ ଚାଲିଲା । ମୁଁ ଜାଣେ, ତାର ଗୋଟିଏ ଚୋଟରେ ମୋର ପ୍ରାଣବାୟୁ ଉଡ଼ିଯିବ । ତେଣୁ ବହୁତ ହୋଶିଆରୀ ସହିତ ତା' ବିରୁଦ୍ଧରେ ଲଢ଼ି ଲଢ଼ି ତାକୁ ଖଣ୍ଡିଆ ଖାବରା କରି ପକାଇଲି । ମୋର ପ୍ରବଳ ବିରୋଧକୁ ସାମ୍‌ନା କରି ନ ପାରି ଛତ୍ରଭଙ୍ଗ ଦେଇ ଶେଷରେ ସେ ଯୁଆଡୁ ଆସିଥିଲା ସେହି ଦିଗରେ ଧିରେଧିରେ ଯାଉ ଯାଉ ହଠାତ୍ କ୍ଷିପ୍ର ଗତିରେ ଆସୁଥିବା ଏକ ଗାଡ଼ିର ଚକାତଳେ ଚାପି ହୋଇ ଶେଷ ନିଃଶ୍ୱାସ ତ୍ୟାଗ କଲା ।

ଆମ ଭିତରେ ଚାଲିଥିବା ଲଢ଼େଇକୁ ଚାରି ପାଞ୍ଚ ଜଣ ଲୋକ ଦୂରରେ ଛିଡ଼ା ହୋଇ ଦେଖୁଥିଲେ ଏବଂ ନିଜ ନିଜ ମୋବାଇଲ୍‌ରେ ସେ ଦୃଶ୍ୟଟି ରେକର୍ଡିଂ କରୁଥିଲେ । ସେମାନଙ୍କ ଭିତରୁ କେହି ଜଣେ ହେଲେ ବି ମୋ' ସପକ୍ଷରେ ବାହାରି ବାଡ଼ି ଖଣ୍ଡିଏ ଆଣି ସାପଟିକୁ ବାଡ଼େଇ ନଥିଲେ । ବରଂ ଆମ ଦୁହିଁଙ୍କର ଲଢ଼େଇ ସମାପ୍ତ ହେଲାପରେ ମୋ' ପାଖକୁ ଲାଗି ଛିଡ଼ା ହୋଇ ମୋବାଇଲ୍ କ୍ଲିକ୍ କ୍ଲାକ୍ କରି ସେଲ୍ଫିମାନ ନେଇଥିଲେ । ଲଢ଼େଇ ମଝାମଝି ବାହାରେ ପାଟିତୁଣ୍ଡ ଓ ମୋର ଭୁକିବା ଶବ୍ଦ ଶୁଣି ମୋ' ଖାଉନ୍ଦାଣୀ କବାଟ ଖୋଲି ଆସି ଆମ ଲଢ଼େଇ ଦେଖୁଥିଲେ । ଖାଉନ୍ଦାଣୀଙ୍କୁ ମୁଁ ଧନ୍ୟବାଦ ଦେବି, ଯାହା ହେଉ ଲଢ଼େଇ ଶେଷରେ ମୋର ଧଇଁସଇଁ ହେବା ଦେଖି ପାଣି ମୁନ୍ଦିଏ ଆଣି ଗେଟ୍ ବାହାରେ ମୋ'ପାଇଁ ରଖିଥିଲେ । ପାଣି ମୁନ୍ଦିଏ ଚାକୁଲୁ ଚାକୁଲୁ କରି ପିଇସାରି ତାଙ୍କ ଆଡକୁ ଚାହିଁ କୃତଜ୍ଞତା ଜଣାଇଥିଲି ।

ମୁଁ ମୋର କର୍ତ୍ତବ୍ୟ ଭାବି ଯାହାକିଛି କରିଥିଲି, ତା'ର ମହତ୍ତ୍ୱ କିନ୍ତୁ ତା' ପରଦିନ

ସକାଳେ ମୁଁ ବୁଝିଥିଲି ଚା' ଦୋକାନରେ। ଲୋକେ ଖବରକାଗଜରେ ପଢୁଥିବାର ଶୁଣିଲି- କୁକୁରର ମହନୀୟତା, ବିଷଧର ନାଗସାପ ସହିତ ଲଢ଼ି ନିଜକୁ ବଞ୍ଚେଇବା ସହିତ ମାଲିକଙ୍କୁ ବଞ୍ଚାଇଲା.. ଇତ୍ୟାଦି। ଲେଖା ସହିତ ଆମର ଲଢ଼େଇ ସମୟରେ ଉତ୍ତୋଳିତ ଏକ୍ ଫଟୋଚିତ୍ର ମଧ୍ୟ ସେଥିରେ କାଳେ ବାହାରିଥିଲା। ସେଦିନ ମୋ' ଉଦ୍ଦେଶ୍ୟରେ ପୂର୍ବର ନିତିଦିନିଆ ଟାଲୁ ବିସ୍କୁଟ୍ ଛାଡ଼ି ଆଉ କିଛି ଦାମୀ, ସ୍ୱାଦିଷ୍ଟ କେକ୍ ଓ ମୁଁ ଜୀବନରେ କେବଳ ଡବା ଭିତରେ ଥିବାର ଦେଖିଥିବା ଓ କେବେ ବି ଚାଖି ନଥିବା ବିସ୍କୁଟ୍ ଫୋପାଡ଼ିଥିଲେ। ସେଥିରୁ ମୁଁ ସେଦିନ ମଧ୍ୟ ସେହିପରି ଲଢ଼େଇ ଝଗଡ଼ା ମଧ୍ୟରେ କିଛିଟା ଖାଇପାରିଥିଲି।

ସେଦିନ ଘଟଣାଟି ପରେ ମୋ' ଖାଉନ୍ଦ ଓ ପିଲାମାନଙ୍କର ମୋ' ଉପରେ ସ୍ୱତନ୍ତ୍ର ଦୃଷ୍ଟି ପଡ଼ିଲା। ବୋଧହୁଏ ମୁଁ ତାଙ୍କର ବିଶ୍ୱସ୍ତ ଓ ଶୁଭଚିନ୍ତକ ବୋଲି ସେମାନେ ଉପଲବ୍ଧି କଲେ। ଏଥର ମୋ'ପାଇଁ ସେମାନେ ପ୍ରତ୍ୟେକଦିନ କିଛି ନା କିଛି ଖାଇବାର ବନ୍ଦୋବସ୍ତ କଲେ।

ସମୟ ପୁଣି ଗଡ଼ିଚାଲିଲା। ଧିରେ ଧିରେ ମୁଁ ଅନୁଭବ କଲି, ଆହାର ଓ ଶୟନ ବ୍ୟତୀତ ମୋ'ପରି ଇତର ଜୀବଟିଏର ଆହୁରି ମଧ୍ୟ କିଛି ଜିନିଷର ଆବଶ୍ୟକତା ରହିଛି ଜୀବନ ଜିଇଁ ନେବାକୁ। କାରଣ ମୁଁ ସେପାଖ ଦେଇ ଅତିକ୍ରମ କଲାବେଳେ, କିମ୍ବା ବାହାରକୁ ଟୁର୍‌ରେ ଯାଇଥିଲା ବେଳେ ମୋ' ନଜରରେ କିଛି ମାଈ କୁକୁର ଆସିଲେ ମୋ' ଭିତରେ ତାଙ୍କ ପ୍ରତି ଏକ ଅଜଣା ଆକର୍ଷଣ ସୃଷ୍ଟି ହୁଏ। ମୁଁ ମୋ' ଅଜ୍ଞାତରେ ସେମାନଙ୍କ ଆଡ଼କୁ ଆକର୍ଷିତ ହୋଇପଡ଼େ, ଯୋଉଥିପାଇଁ ମତେ ବେଳେବେଳେ ଅନ୍ୟ କୁକୁରଙ୍କ ସହିତ ଅନାବଶ୍ୟକ ଯୁଦ୍ଧର ସାମ୍ନା କରିବାକୁ ପଡ଼େ।

ଆଉ ଦିନକର କଥା। ସକାଳୁ ସକାଳୁ ହଠାତ୍ ମୁନିସିପାଲ୍‌ଟିର କିଛି ଷ୍ଟାଫ୍ ଆସି ମତେ ଏକ ଗାଡ଼ିରେ ଲୋଡ୍ କରି ନେଇଗଲେ। ଗାଡ଼ି ଉପରକୁ ଯାଇ ଦେଖିଲି ସେଥିରେ ମୋହରି ଭଳି ଆହୁରି ପଚାଶ ଷାଠିଏ ଅଣ୍ଡିରା କୁକୁର ଲୋଡ୍ ହୋଇଛନ୍ତି। ଆମକୁ କାହିଁକି କୁଆଡ଼େ ନିଆଯାଉଥିଲା ଆମେ କେହି କିଛି ଜାଣି ନଥିଲୁ। ଆମେ ଜାଣିଛୁ, ସହରରେ କେବେ ସର୍କସ୍ ପଡ଼ିଲେ ଆମରି ଜାତି ଭାଇମାନଙ୍କୁ ଧରିନେଇ ଆମ ମାଂସ ବାଘ ଭାଲୁଙ୍କୁ ଖାଇବାକୁ ଦିଆଯାଏ। ସେ ସମୟରେ ସର୍କସ୍ ମଧ୍ୟ ପଡ଼ି ନଥିଲା। ତା'ହେଲେ କୁଆଡ଼େ ଆମକୁ ନେଉଛନ୍ତି ! ଯାହା ବି ହେଉ, ଆମ ଜୀବନକାଳ ମଧ୍ୟରେ ଥରୁଟିଏ ହେଲେ ଗାଡ଼ିରେ ଚଢ଼ି ପାରିବାର ସୁବର୍ଣ୍ଣ ସୁଯୋଗ ପାଇଥିବାରୁ ଆମେ ପରସ୍ପର ମଧ୍ୟରେ ହାଓ୍ୱ, ହ୍ୱାଇ, ହୁ, ହ୍ୱାଟ୍, ହ୍ୱେର. ଆଦି ଶବ୍ଦ ପ୍ରୟୋଗ ନ କରି କେବଳ ଉପରକୁ ଚାହିଁ ଲମ୍ବା ଲମ୍ବା ଓ...ଓ...ଓ... କରି ଖୁସି ମନେଇଲୁ। ସେମାନେ ଆମକୁ ନେଇ ଜବରଦସ୍ତି କ'ଣ

ସବୁ ଇଞ୍ଜେକ୍‌ସନ୍ ଗୋଟିଏ ଗୋଟିଏ ଦେଇଦେଲେ। ହୁଏତ ଆମେ ନିରୋଗ ରହୁ ଏବଂ ଦୈବାତ୍ ଅନ୍ୟମାନଙ୍କୁ କାମୁଡ଼ି ଦେଲେ ସେମାନଙ୍କର କିଛି କ୍ଷତି ବା ରୋଗ ନ ହେଉ, ସେଇଥିପାଇଁ ଇଞ୍ଜେକ୍‌ସନ୍ ଦେଲେ। ମନେମନେ ସେମାନଙ୍କୁ ଧନ୍ୟବାଦ ଜଣାଇ ଖୁସି ହେଲୁ। ଇଞ୍ଜେକ୍‌ସନ୍ ଦେଲାପରେ ଅବଶ୍ୟ ଆମକୁ ପୁଣି ଛାଡ଼ିଦିଆଯାଇଥିଲା।

ତା'ପରଦିନ ସକାଳେ ଚା' ପିଆଳିମାନେ ଖବରକାଗଜରେ ପଢ଼ିବାର ମୁଁ ଶୁଣିଲି- "ମୁନିସିପାଲଟିର ରେକର୍ଡ, ଗୋଟିଏ ଦିନରେ ସାତ ଶହ ଏକଚାଳିଶ ବୁଲାକୁକୁରଙ୍କୁ ବନ୍ଧ୍ୟାକରଣ ଇଞ୍ଜେକ୍‌ସନ୍ ପ୍ରଦାନ।" ଏହାର ଅର୍ଥ ଅବଶ୍ୟ ମୁଁ କିଛି ବୁଝିପାରିନଥିଲି।

ପରେ ପରେ କିନ୍ତୁ ମୁଁ ଅନୁଭବ କଲି ଯେ ବିପରୀତ ଲିଙ୍ଗୀ କୁକୁରମାନଙ୍କୁ ଦେଖିଲେ କାହିଁ ଆଉ ମୋ' ଭିତରେ ସେ ଅଜଣା ଆକର୍ଷଣ ଓ ପୁଲକ ଜାତ ହେଉନାହିଁ।

ଦିନେ ସକାଳେ ଚା' ଦୋକାନରେ ଜଣେ ମଦୁଆବ୍ୟକ୍ତି ହାବୁଡ଼ରେ ପଡ଼ିଗଲି। ସେ ପୂର୍ବରାତ୍ରିରେ ପ୍ରାୟ ପ୍ରଚୁର ମଦ୍ୟପାନ କରିଥିଲା, ଯାହାର ପ୍ରତିକ୍ରିୟା ସକାଳ ପର୍ଯ୍ୟନ୍ତ ରହିଯାଇଥିଲା। ସେ ଚା' ଗ୍ଲାସଟି ଖାଲି ଧରିଥାଏ, ଜମ୍ମା ପିଉ ନଥାଏ। ନିଜ ଶରୀରର ସନ୍ତୁଳନ ରକ୍ଷା କରି ଗୋଟିଏ ସ୍ଥାନରେ ଛିଡ଼ା ହୋଇପାରୁ ନଥାଏ। ଦୋଳାୟମାନ ସ୍ଥିତିରେ ଥିବା ଯୋଗୁଁ ଚା'ଗ୍ଲାସ୍‌ରୁ ବେଳେବେଳେ ଚା' ଚହଲି ତଳେ ପଡ଼ିଯାଉଥାଏ। ତା'ର ଅନ୍ୟ ସାଙ୍ଗମାନେ ତାକୁ ବଡ଼ ଟାହିଟାପରା କରୁଥା'ନ୍ତି ଓ ଗତ ରାତିର ନିଶା ଉତୁରି ନାହିଁ ବୋଲି କହି ଛିଗୁଲଉଥା'ନ୍ତି। ଲୋକଟାକୁ ଦେଖି ମୋ' ଶୈଶବ ଅବସ୍ଥାର ଏକ ଦୁଃଖଦ ଘଟଣା ମନେ ପଡ଼ିଗଲା। ମୁଁ ଛୋଟଥିଲି। ଦୀପାବଳୀ ଦିନ ସନ୍ଧ୍ୟାରେ ଏହି ଲୋକଟି ମାତାଲ୍ ଅବସ୍ଥାରେ ଥାଇ ମୋ' ଲାଞ୍ଜରେ ଏକ ଫୁଲଝରି ବାଣ ବାନ୍ଧି ଛାଡ଼ି ଦେଲା। ଜଳନ୍ତା ଫୁଲଝରିକୁ ଲାଞ୍ଜରେ ଧରି ମୁଁ ଖାଲି ଏଣେ ତେଣେ କୁଁ କାଁ ହୋଇ ଦୌଡ଼ି ବୁଲୁଥାଏ ପଛକୁ ଚାହିଁ ଚାହିଁ। ଆପେ ଜଳି ଜଳି ଲିଭିଗଲା ପରେ ମୁଁ ଟିକିଏ ଶାନ୍ତିରେ ନିଃଶ୍ୱାସ ମାରିଥିଲି।

ଆଜି କିନ୍ତୁ ସେ ମଦୁଆ ଜଣକର କାର୍ଯ୍ୟକଳାପ ଦେଖି ମତେ ବଡ଼ ହସ ଲାଗୁଥାଏ। ହଠାତ୍ ମୋ' ଉପରେ ନଜର ପଡ଼ିଯିବା ପରେ ସେ ରାଗିଗଲା। ସେ ତା'ର ଭାଷଣ ବାଜି ଆରମ୍ଭ କଲା। "କୁକୁର ମାନଙ୍କୁ ଦେଖିଲେ ମୋର ଆଲର୍ଜି ହୋଇଯାଏରେ ଭାଇମାନେ। ଯିଏ ଏମାନଙ୍କୁ ନେଇ ଘରେ ପୋଷେ, ସେ ଲୋକକୁ ମଧ୍ୟ ମୋର ହାଡେ ହାଡେ ରାଗ। ଶଳା କୁକୁର ପଛରେ ଯେତିକି ପଇସା ଖର୍ଚ୍ଚ କରୁଛ, ସେଇ ପଇସା ଭିକାରିଟିଏକୁ ଦେଇ ଦେଖୁନ; କେତେ ଆଶୀର୍ବାଦ ପାଆନ୍ତ !"

ସେ ମଦୁଆ ଜଣକ କଥାକୁ କାଉଣ୍ଟର୍ କରି ତାର ଜଣେ ସାଙ୍ଗ କହିଲେ- "ତୁ କିନ୍ତୁ ଭାରି ଭଲ କାମଟାଏ କରୁଛୁ, ନୁହେଁ! ମାଲ ପଛରେ ଯେଉଁ ପଇସା ଖର୍ଚ୍ଚ କରୁଛୁ,

ସେତିକି ପଇସା ଗରିବ ଗୁରୁବା କିମ୍ବା ଭିକାରିଟିଏକୁ ଦେଇ ଦେଖୁନ୍ତୁ, କେତେ ଧର୍ମ ହେଉଛି !"

ମଦୁଆ ଜଣକ ରାଗିଗଲା ଓ ମୋ' ଆଡ଼କୁ ଏକ କଡ଼ା ନଜର ପକେଇ ଚା' ଦୋକାନୀକୁ ବିସ୍କୁଟ୍‌ଟାଏ ମାଗିଲା । "ଧଡ଼ିଭାଇ, ଦେଲୁ ଟାଇଗର ବିସ୍କୁଟ ପ୍ୟାକେଟ୍‌ଟାଏ । ଏ ଶଳା କୁକୁରଟାକୁ ଦି'ଖଣ୍ଡ ବିସ୍କୁଟ୍ ଦେଇ ସେ ଶୁଭ କାର୍ଯ୍ୟର ଆରମ୍ଭ ଆଜିଠୁ କରିବା ।" ସେ ବିସ୍କୁଟ୍ ପ୍ୟାକେଟ୍ ଆଣି ଖଣ୍ଡେ ପରେ ଖଣ୍ଡେ ବିସ୍କୁଟ୍ ଉପରକୁ ଫୋପାଡୁଥାଏ ଓ ମୋ' ଉଦ୍ଦେଶ୍ୟରେ 'କ୍ୟାଚ୍' କ୍ୟାଚ୍' କହୁଥାଏ । ମୁଁ ମଧ୍ୟ ବିସ୍କୁଟ ଖଣ୍ଡକୁ ଶୂନ୍ୟେ ଶୂନ୍ୟେ କ୍ୟାଚ୍ କରି ନେଉଥାଏ ତଳେ ପଡ଼ିବା ପୂର୍ବରୁ । ସେ ମୋର ଏହି ଶୂନ୍ୟେ ଶୂନ୍ୟେ କ୍ୟାଚ୍ କରିବା ଶୈଳୀରେ ମୁଗ୍ଧ ହୋଇ ହସି ହସି ତଳେ ଗଡ଼ିଯାଉଥାଏ ଓ ଆହୁରି ବିସ୍କୁଟ୍ ମଗଉଥାଏ । ଏହିପରି ପ୍ରାୟ ତିନି ପ୍ୟାକେଟ୍ ବିସ୍କୁଟ୍ ଦେଲାପରେ ସେ ଯାଇ ଏକ ଷ୍ଟୁଲ୍‌ରେ ବସି ଆତ୍ମ ପରିତୃପ୍ତିରେ ଦୀର୍ଘନିଃଶ୍ୱାସ ନେଲା । ଜଣେ ସାଙ୍ଗ ଆସି ତା' କାନ୍ଧ ଉପରେ ହାତମାରି ସାବାସି ଦେଲେ ଏବଂ ମୋ' (କୁକୁର) ବିଷୟରେ ଅନେକ ନୂଆ ନୂଆ କଥା କହିଲେ, ଯାହା ମତେ ଜଣା ନଥିଲା । ମତେ ଲାଗିଲା ସେ ବୋଧେ ଅନେକ ପାଠ ପଢ଼ିଛନ୍ତି ଓ ଜଣେ ଜ୍ଞାନୀ ବ୍ୟକ୍ତି । ସେ କହୁଥିଲେ- "ଆରେ ଭାଇ, କୁକୁରକୁ ଖାଲି ଇତର ପ୍ରାଣୀଟିଏ ବୋଲି ଆମେ ଭାବିବା କଥା ନୁହେଁ । କୁକୁରର ମହନୀୟତା ବିଷୟରେ କିଛି ଜାଣିଛୁ ? କୁକୁରକୁ ଖୁଆଇ ପିଆଇ ଖୁସି କରାଇଲେ ଆମର ଶନି ଦଶା କଟିଯାଏ । ଏଇ କୁକୁର ରୂପରେ ଧର୍ମ ଏକଦା ଯୁଧିଷ୍ଠିରଙ୍କ ସହିତ ସ୍ୱର୍ଗକୁ ଯାଇଥିଲା । ମସ୍କୋର ଷ୍ଟ୍ରୀଟ୍ ଡଗ୍ ଲାଇକା ପୁଣି ସର୍ବପ୍ରଥମେ ୧୯୫୭ ମସିହାରେ ଚନ୍ଦ୍ର ପୃଷ୍ଠରେ ପାଦ ଦେଇଥିଲା, ମଣିଷ ଯିବା ପୂର୍ବରୁ । ଆଉ ଶୁଣିବୁ କୁକୁର ବିଷୟରେ ?

ମଦୁଆ ଜଣକ କିଛି ବୁଝୁ ନ ବୁଝୁ, କିନ୍ତୁ ମୋ'କଥା ଶୁଣିବାକୁ ହଁ ମାରି ଦେଲା । ମତେ ମଧ୍ୟ ଏସବୁ ଶୁଣିବାକୁ ଭାରି ଭଲ ଲାଗୁଥିଲା । ସେ ବ୍ୟକ୍ତି ଜଣକ ପୁଣି ଆରମ୍ଭ କଲେ-

"କୁକୁରକୁ ସୁରକ୍ଷା କର୍ମୀ ତଥା ପୋଲିସ୍ ବିଭାଗରେ କୌଣସି ଚୋରି ଡକାୟତି ହେଲେ, ଅପରାଧ ନିୟନ୍ତ୍ରଣରେ, ଗୁପ୍ତରେ ଖଞ୍ଜା ଯାଇଥିବା ବୋମା ଚିହ୍ନଟ, ତା'ଛଡ଼ା ଆନ୍ଧ୍ର ପ୍ରଦେଶର ପୋଲିସ୍ ବିଭାଗରେ ନକ୍ସଲ୍ ବିରୋଧୀ ସୁରକ୍ଷା କର୍ମୀଙ୍କୁ "ଗ୍ରେହାଉଣ୍ଡ" ସ୍କ୍ୱାଡ୍‌ରେ ନାମକରଣ ଆଦି ହୋଇଛି । କୁକୁର ଯାଇ ଶୁଂଘି କରି 'ବୋମା ଶୂନ୍ୟ ଇଲାକା'ର ସାର୍ଟିଫିକେଟ୍ ନ ଦେଲେ କୌଣସି ବଡ଼ ବଡ଼ ସଭାସ୍ଥଳୀକୁ ଭିଆଇପି କିମ୍ବା ନିମନ୍ତ୍ରିତ ଅତିଥି ଆସନ୍ତି ନାହିଁ । ବରଫ ଦେଶରେ ଏମାନେ ସ୍ଲେଜ୍‌ଗାଡ଼ି ଟାଣନ୍ତି । କେତେକ ଦେଶରେ ଏମାନେ ମେଣ୍ଢା, ଗାଈ, ଗୋରୁପଲଙ୍କୁ ଜଗିଥା'ନ୍ତି । କେତେଗୁଡ଼ିଏ କାର୍ଯ୍ୟ ଯାହା ମଣିଷ କରିପାରେ ନାହିଁ, ଏମାନେ କରିପାରନ୍ତି । ତେଣୁ ଯାକୁ ସାଧାରଣ ଭାବିବା ଠିକ୍ ନୁହେଁ ।"

ମୋ' ବିଷୟରେ ଏତେ କଥା ଶୁଣୁଶୁଣୁ ମୋ'ଛାତି କୁଣ୍ଢେମୋଟ ହୋଇଯାଉଥାଏ। ମୁଁ ଗର୍ବିତ ମନେ କରୁଥାଏ। ମଦୁଆ ଜଣକ ଏଥର ହୋସ୍‌କୁ ଆସୁଥିବାର ଜଣା ପଡୁଥାଏ। ସେ ହଠାତ୍ ପୁଣି ମୋ' ବିଷୟରେ ଏକ ଅଖାଡୁଆ ମନ୍ତବ୍ୟ ଦେଲେ, ଯାହା ନିଛକ ସତକଥା। "ଏମାନଙ୍କର ସବୁ ଠିକ୍‌ଠାକ୍ ଯେ, ଗୋଟିଏ ବଡ଼ ଦୁର୍ଗୁଣ ଧରି ବୁଲୁଥା'ନ୍ତି। ଯାହା ଉପରେ ପାଇଲେ ତା' ଉପରେ ଗୋଡ଼ଟେକି ପରିସ୍ରା କରି ଦିଅନ୍ତି। ଏମାନଙ୍କ ପେଟରେ ଏତେ ପରିସ୍ରା କୋଉଠୁ ଆସେ କେଜାଣି!"

ଏକଥା ଶୁଣି ସେଠାରେ ଥିବା ସମସ୍ତ ବ୍ୟକ୍ତି ହଠାତ୍ ହସି ଉଠିଲେ। ମୁଁ ଅବଶ୍ୟ ସେମାନଙ୍କ କଥାକୁ କାଟିବାକୁ ଉପାୟ ପାଇନଥିଲି। ସତରେ ଏଇ ଗୋଟାଏ ହିଁ ଅପଗୁଣ ଯୋଗୁଁ ଆମ ଜାତିକୁ ସମସ୍ତେ ଘୃଣା କରନ୍ତି।

ମତେ ସତରେ ବଡ଼ ଖରାପ ଲାଗିଥିଲା ସେ କଥା ଶୁଣି। ସେ ଜ୍ଞାନୀ ବ୍ୟକ୍ତିଜଣକ ମୋ' ଉଦ୍ଦେଶ୍ୟରେ, ମୋ ଜାତିଭାଇଙ୍କ ଉଦ୍ଦେଶ୍ୟରେ ଅବଶ୍ୟ ଶେଷରେ ଏକ ସାନ୍ତ୍ୱନା ମୂଳକ ଟିପ୍ପଣୀ ଦେଇଥିଲେ। "ଭାଇ ଏଇଟା ତାଙ୍କର ପ୍ରକୃତି ଦତ୍ତ। ସେମାନେ ବା କ'ଣ କରନ୍ତେ!" ମୋ ମନକୁ ଏକଥା ପାଇଥିଲେ ବି ପ୍ରକୃତି ଉପରେ ଅଭିମାନ କରି ସେଠାରୁ ଚାଲି ଆସିଥିଲି।

ଆଉ ଦିନକର କଥା। ଆମେ ରହୁଥିବା କଲୋନୀ ମୁଣ୍ଡରେ ଏକ ବଡ଼ ପଡ଼ିଆ ଅଛି। ସାତ ଆଠଦିନ ପୂର୍ବରୁ ସେହି ପଡିଆରେ ଟେଣ୍ଟ ମରାଯାଇ କୌଣସି ଏକ ସଭାକାର୍ଯ୍ୟର ଆୟୋଜନ ପାଇଁ ଲୋକମାନେ ଲାଗିପଡ଼ିଥା'ନ୍ତି। ସହର ସାରା ଜଣେ ବିଖ୍ୟାତ ସାଧୁବାବାଙ୍କର ଆଶୀର୍ବାଦ ମୁଦ୍ରାର ଫଟୋ ସମ୍ବଳିତ ପ୍ରଚାର ବୋର୍ଡମାନ ମରାଗଲା। ସଭାକାର୍ଯ୍ୟ ପାଇଁ ଟେମ୍ପୋରାରୀ ଶେଡ୍ ଓ ଟେଣ୍ଟ୍ ନିର୍ମାଣ କାର୍ଯ୍ୟ କ୍ଷିପ୍ର ଗତିରେ ଆଗେଇ ଚାଲିଥାଏ। ସଭାସ୍ଥଳୀ ପାଖରେ ମଧ୍ୟ ଏକ ଫ୍ଲେକ୍‌ସ୍ ବୋର୍ଡରେ କଣ ସବୁ ଲେଖାଯାଇଥାଏ। ଲୋକମାନେ ବୋର୍ଡ ତଳେ ଛିଡ଼ା ହୋଇ ସେସବୁ ପଢ଼ିବା ସମୟରେ ମୁଁ ଯାଇ ଶୁଣିଲି ଏବଂ ଜାଣିବାକୁ ପାଇଲି ଯେ ହରିଦ୍ୱାରରୁ ଜନୈକ ବିଶ୍ୱବିଖ୍ୟାତ ସାଧୁବାବା ଆସୁଛନ୍ତି ଧାର୍ମିକ ପ୍ରବଚନ ଦେବାପାଇଁ। ମୁଁ ମଧ୍ୟ ଉତ୍କଣ୍ଠାର ସହିତ ଅପେକ୍ଷା କଲି ସେ ଦିନଟିକୁ। ଆପଣମାନେ ଭାବୁଥିବେ ସଭାକାର୍ଯ୍ୟ ହେଲେ ଖାଇବା ପିଇବାର ମଧ୍ୟ ବନ୍ଦୋବସ୍ତ ହେବ; ତେଣୁ ମୁଁ ମଧ୍ୟ କିଛିଦିନ ଖୁସି ମନରେ ପେଟପୂରା ଗଣ୍ଡେ ଖାଇବାକୁ ପାଇଯିବି ବୋଲି ମନେ ମନେ ଖୁସି ହେଉଥିବି। ଆପଣଙ୍କର ଅନୁମାନ ସ୍ୱାଭାବିକ। କିନ୍ତୁ ବିଶ୍ୱାସ କରନ୍ତୁ, ମୁଁ ମଧ୍ୟ ବଡ଼ ଆଗ୍ରହର ସହିତ ସାଧୁବାବାଙ୍କ ମୁଖନିଃସୃତ ପ୍ରବଚନ ବାଣୀ ଶୁଣିବାକୁ ଚାହିଁଥିଲି। ମୁଁ ଜାଣେ, ମଣିଷ ହିଁ ହେଉଛି ପୃଥିବୀ ପୃଷ୍ଠରେ ସର୍ବଶ୍ରେଷ୍ଠ ପ୍ରାଣୀ। ସମଗ୍ର ଜୀବଜଗତର ନିୟନ୍ତ୍ରଣ ଏଇ ମଣିଷ ହାତରେ ଅଛି। କେତେ ଜନ୍ମର ତପସ୍ୟା ଏବଂ

କେଉଁ ପ୍ରକାର ସାଧନା, ଧର୍ମ କାର୍ଯ୍ୟାଦି କଲେ ମୁଁ ପରଜନ୍ମରେ ମଣିଷ ରୂପେ ଜନ୍ମ ହୋଇପାରିବି, ସେହି ସଦ୍‌ଜ୍ଞାନ ଟିକିଏ ଶୁଣିବାକୁ କେବଳ ଚାହୁଁଥିଲି ବାବାଙ୍କ ମୁଖରୁ।

ପ୍ରତୀକ୍ଷିତ ଦିବସଟି ଆସି ପହଞ୍ଚି ଯାଇଥିଲା। ହଜାର ହଜାର ଧର୍ମ ପରାୟଣ ବ୍ୟକ୍ତିଙ୍କ ସମାଗମ ମଧ୍ୟରେ ପବିତ୍ର ମନ୍ତ୍ରୋଚ୍ଚାରଣ ସହିତ ସଭାକାର୍ଯ୍ୟ ଆରମ୍ଭ ହେଲା। ସାଧୁବାବା ଅନେକ ନୀତିବାଣୀ, ଆଧ୍ୟାତ୍ମିକ ଭାଷଣମାନ ଦେଲେ। ମଝିରେ ମଝିରେ ସମବେତ ଜନତାଙ୍କୁ ଜୀବନଧର୍ମୀ ଜଟିଳ ସମସ୍ୟାଜନିତ ପ୍ରଶ୍ନମାନ ପଚାରିବାର ସୁଯୋଗ ଦେଇ ସାଧୁବାବା ତା'ର ସରଳ ସମାଧାନର ସୂତ୍ର ମଧ୍ୟ କହିଦେଉଥା'ନ୍ତି।

ସଭାସ୍ଥଳ ପାଖାପାଖି ଫାଙ୍କା ସ୍ଥାନରେ ଥାଇ ମୁଁ ସବୁକିଛି ଶୁଣୁଥିଲି ଏବଂ ମୋ ମନରେ ସେହି ଗୋଟିଏ ପ୍ରଶ୍ନ 'କ'ଣ କଲେ ମନୁଷ୍ୟ ଜନ୍ମ ପ୍ରାପ୍ତ ହୁଏ' ବୋଲି ବାରମ୍ବାର ଉଙ୍କି ମାରୁଥାଏ ଏବଂ ସଭାକାର୍ଯ୍ୟ ଟିକିଏ ଶାନ୍ତ ପଡ଼ିଯିବାର ସୁଯୋଗ ପାଇ ମୁଁ ଜୋରରେ ଜୋର୍‌ରେ ମୋ' ଭାଷାରେ ସାଧୁବାବାଙ୍କ ଉଦ୍ଦେଶ୍ୟରେ ବିନା ମାଇକରେ ପଚାରୁଥାଏ। ମୁଁ ଯେତେଥର ପଚାରିଛି, ସେତେଥର କେହିନା କେହି ଜୋତାରେ, ବାଡ଼ିରେ କିମ୍ବା ଢେଲା ପଥର ମାରି ମତେ ସେଠାରୁ ବିତାଡିତ କରିବାକୁ ଚେଷ୍ଟା କରିଛନ୍ତି। ମୋର ପ୍ରଶ୍ନକୁ ସାଧୁବାବାଙ୍କ ପାଖରେ ପହଞ୍ଚିବାକୁ ଦେଇନାହାଁନ୍ତି।

ଏମିତି ଲମ୍ବେଇ ଲମ୍ବେଇ ପ୍ରଶ୍ନ ପଚାରୁ ପଚାରୁ ମୁଁ ଅନେକ ଗାଳି ମାଡ଼ ଖାଇ ଶେଷରେ ସେ ସଭାସ୍ଥଳ ଛାଡ଼ି ଚାଲିଯିବାକୁ ବାଧ୍ୟ ହୋଇ ଜୀବନ ବିକଳରେ ଦୌଡ଼ିବାକୁ ଆରମ୍ଭ କଲି। ମୋର ପ୍ରଶ୍ନ କେହି ବୁଝି ନ ପାରି ମୁଁ ସେମାନଙ୍କ ସଭାକାର୍ଯ୍ୟରେ ବ୍ୟାଘାତ ସୃଷ୍ଟି କରୁଥିବା ଦୋଷରେ ସେମାନଙ୍କ ଭିତରୁ କେହିଜଣେ ମୋ' ପଛପଟରୁ ପେଟ୍ରୋଲ୍ ଢାଳି ଦେଇଛି ଏବଂ ମୁଁ ଭୀଷଣ ଯନ୍ତ୍ରଣାରେ ଛଟପଟ ହୋଇ ଏଣେତେଣେ ଦୌଡ଼ିଥିଲି। ଏହି ଦୌଡ଼ିବା ସମୟରେ ଗାଡ଼ି ମଟର ଆସୁଥିବାର ହିତାହିତ ଜ୍ଞାନ ମୋର ରହିନଥିଲା। ରାସ୍ତାପାର ହୋଇ ଅତର୍କିନିଆ ଦୌଡ଼ୁ ଦୌଡ଼ୁ କ୍ଷିପ୍ର ବେଗରେ ଆସୁଥିବା ଗାଡ଼ିଟିଏ ଆସି ମୋ' ଉପରେ ଚଢ଼ିଯାଏ ଏବଂ ତା'ପରେ ମୋର କ'ଣ ହେଲା ସେକଥା ମତେ ଜଣାନାହିଁ।

■

ରାଜ ଉଆସର ବଣି

ମୁଖ୍ୟମନ୍ତ୍ରୀଙ୍କ ବାସଭବନ ପାଚେରି ଉପରେ ଦୁଇଟି ବଣି ରାଜକୀୟ ଠାଣିରେ ଢଳିଢଳି ଚାଲୁଥିଲେ । ରାଜକୀୟ ଠାଣିରେ ଚାଲିବାରେ ଅବଶ୍ୟ ଯଥାର୍ଥତା ଅଛି । ଏ ବଣିଦ୍ୱୟଙ୍କର ବୟସ କେତେ ହେବ ! ଏଇମାତ୍ର ତିନିରୁ ଚାରିବର୍ଷ ହେବ । ମୁଖ୍ୟମନ୍ତ୍ରୀ ପଦବୀରେ ଆଙ୍କା ଆମର ଦୀର୍ଘ ଦୁଇ ଦଶନ୍ଧିରୁ ଊର୍ଦ୍ଧ୍ୱ ସମୟ ଧରି ଅପ୍ରତିଦ୍ୱନ୍ଦ୍ୱୀ ଭାବରେ ଏ ରାଜ୍ୟର ଶାସନଭାର ଚଳେଇ ଆସୁଛନ୍ତି- ପୁଣି ଏଇ ଉଆସରେ ରହି । ଏହାର ପ୍ରଭାବ ଏଠାକାର ବଣିଦ୍ୱୟଙ୍କ ଉପରେ ପଡ଼ିବାଟା ସ୍ୱାଭାବିକ ।

ତାଳିମାରି ବଣିଦ୍ୱୟଙ୍କୁ ହୁରୁଡ଼େଇବାକୁ ଚେଷ୍ଟାକଲି । ଚାଲୁଚାଲୁ ଟିକିଏ ଅଟକିଯାଇ ମୋ ଆଡ଼କୁ ତେର୍‌ଛେଇକରି ଘଡ଼ିଏ ଅନେଇ ରହିଲେ ପ୍ରଶ୍ନବାଚୀ ଚାହାଣିରେ । ମୁଁ କୌତୂହଳକୁ ଚାପି ନ ପାରି ପୁଣିଥରେ ସେମାନଙ୍କ ଉଦ୍ଦେଶ୍ୟରେ ତାଳିମାରିଲି । ଏଥର ବି ସେମାନେ ସେଠାରୁ ଉଡିକରି ଚାଲିଗଲେ ନାହିଁ । କିଚିରି ମିଚିରି କରି କ'ଣ ସବୁ ସେମାନଙ୍କ ଭାଷାରେ ମତେ ଗାଳିଦେଲେ ବୋଧେ । ମୁଁ ମଧ୍ୟ ପୋଲିସ୍ ପୋଷାକର ଦମ୍ଭ ଦେଖାଇ ସେଠାରେ ସେମିତି ଛିଡ଼ା ହୋଇ ଚାହିଁ ରହିଲି । ମୁଁ କହିବାକୁ ଚାହୁଁଥିଲି- ତମେ ସାମାନ୍ୟ ଚଢ଼େଇ ଦୁଇଟା ହୋଇ ମୋ' ତାଳିକୁ ଅବଜ୍ଞା କରୁଛ ? ମୁଁ ମୁଖ୍ୟମନ୍ତ୍ରୀଙ୍କ ସୁରକ୍ଷା ଦାୟିତ୍ୱରେ ଥିବା ଜଣେ ଉଚ୍ଚ ପୋଲିସ ଅଧିକାରୀ ବୋଲି ତମେମାନେ ମୋ' ପୋଷାକରୁ ଜାଣି ପାରୁନାହଁ ? ମୁଁ ଇଚ୍ଛା କଲେ ତାଳିମାଡ଼ କ'ଣ, ମୁଖ୍ୟମନ୍ତ୍ରୀଙ୍କର ସୁରକ୍ଷା ଆଳରେ ତମ ଦୁଇଜଣଙ୍କୁ ମୋ' ପିସ୍ତଲ ବାହାର କରି ଢ଼ୋ ଚୁଁ.. ଢ଼ୋ ଚୁଁ କରି ଶୁଟ୍ କରି ଦେଇପାରେ । କ'ଣ ଭାବିଛ କି ?

ଏହା ଚିନ୍ତା କରି ମଜାରେ ମଜାରେ ମୋ' ବାମ କମରରେ ଚମଡ଼ା ହୋଲଷ୍ଟର୍‌ରେ ଝୁଲେଇଥିବା ପିସ୍ତଲଟି ଉପରେ ଫୁଟାଣିର ସହିତ ହାତ ମାରିଲି । ବଣିଦ୍ୱୟ ସେଥିରେ ମଧ୍ୟ ଭୟଭୀତ ନ ହୋଇ ମୋ' ଉପରେ ତାଚ୍ଛଲ୍ୟ ଚାହାଣି ପକାଇ ପୁଣି କିଚିରି ମିଚିରି

କରି ଆଗକୁ ପାଦ ବଢ଼ାଇଲେ । ମତେ ଲାଗିଲା- ସେମାନେ ମତେ ବେଖାତିର୍ କରି- "ତମେ ଆମର କିଛି କରିପାରିବନି । ଆବଶ୍ୟକ ପଡ଼ିଲେ ମେନକା ଗାନ୍ଧୀ ମାଡାମ୍‌ଙ୍କ ନଜରକୁ ଆମେ ଏକଥାଟି ଆଣି ତମକୁ ହରଡଘଣାରେ ପକାଇଦେବୁ" ବୋଲି କହି କହି ଗାଳିଦେଇ ଚାଲିଗଲେ । ପାଚେରି ତଳେ ଠିକ୍ ତାଙ୍କ ସିଧାରେ ଶୁକୁଟୀ କୁତ୍ତୀଟିଏ ଶୋଇଥିଲା । ତାଙ୍କ ମଧ୍ୟରୁ ଜଣେ ପାଚେରି ତଳକୁ ପଛକରି ପଚକିନା ମଳତ୍ୟାଗ କରିଦେଲା । ମଳ ଯାଇ ସିଧା ମାଈକୁକୁର ମୁହଁ ଉପରେ ପଡ଼ିଲା । ଅର୍ଦ୍ଧ ନିମୀଳିତ ନେତ୍ରରେ ଅଧାଶୁଆ ଅଧା ଚିଆଁ ହୋଇ ପେଟେଇଥିବା ଶୁକୁଟୀ କୁତ୍ତୀ ମୁହଁ ଛିଞ୍ଚାଡି ଉଠିପଡ଼ିଲା । ଉପରକୁ ଚାହିଁ ବଣିଦ୍ୱୟଙ୍କ ଉଦ୍ଦେଶ୍ୟରେ କ'ଣ ଦୁଇପଦ ଝାଡ଼ିଦେଲା । "ହଇରେ ଚଢ଼େଇ-ଚଢ଼େଇଆଣୀ । ତମ ଦି'ଟାଙ୍କର ବହପ ତ କମ୍ ନୁହେଁ ଦେଖୁଚି । ତମେ ଦି'ଟା କୋଉ କାମରେ ଆସୁଚ କହିଲ ! ମୁଁ ଏଠି ଦିନରାତି ଚବିଶି ଘଣ୍ଟା ଧରି ପଡ଼ିରହିଛି ସାର୍‌ଙ୍କର ସୁରକ୍ଷା ଦାୟିତ୍ୱରେ । ମୋ' ବିନା ପରମିଶନ୍‌ରେ ମୁଁ କଭର୍ କରୁଥିବା ଅଞ୍ଚଳରେ ଗଛରୁ ପତ୍ରଟିଏ ଜୋର୍ ଶବ୍ଦକରି ଝଡ଼ିପଡ଼ିଲେ ମଧ୍ୟ ଏହା ଦୋଷାବହ ବୋଲି ମୁଁ ଭୁକି ସେ ଗଛକୁ ଚେତାବନୀ ଦେଇଦିଏ । ତମେ ଦିଟା ମଳତ୍ୟାଗ ଭଳି ବିରାଟ ଅପରାଧ କରି ପକାଇଲ, ପୁଣି ମୋହରି ମୁହଁ ଉପରେ ! ଟିକିଏ ଖାଲି ତଳକୁ ଓହ୍ଲେଇଲ, ଦେଖିବ ମୋ' କରାମତି ।" ଏହା କହି ପାଚେରି ଉପରକୁ ଦୁଇ ଚାରିଥର ଲମ୍ଫ ପ୍ରଦାନ କରି ଇଂରାଜୀରେ 'ହାଓ-ହାଓ' (ହାଓ ୟୁ ଡେୟାର) କହି ଭୁକି ଭୁକି ନିରାଶ ହେଲା । ବଣିଦ୍ୱୟ ତାକୁ ଖାତିର୍ ନ କରି ଆହୁରି ଅଧିକ ଷ୍ଟାଇଲରେ ଲାଞ୍ଜ ହଲେଇ ହଲେଇ ଅବଜ୍ଞା କରି କିଚିରି ମିଚିରି ହୋଇ ଗାଳି ଦେଇ ଫୁର୍‌ଫାର୍ ଉଡିଯାଇ ରୋଷେଇ ଘର ସାମ୍ନାରେ ଯାଇ ବସିଗଲେ । ମୁଖ୍ୟ ରୋଷେୟା କାହ୍ନା ସେଠାରେ କିଛି ଫିମ୍ପିମାରି ଯାଇଥିବା ବିରି ଖରାରେ ଶୁଖେଇଥିଲା । ବିରିଗୁଡ଼ିକୁ କେହି ଜଗିନଥିବାର ଦେଖି ଚାରି ପାଞ୍ଚୋଟି ଘରଚଟିଆ ମନଖୁସିରେ ଖୁଣ୍ଟି ଖାଉଥିଲେ । ଅଚାନକ ବଣିଦ୍ୱୟ ସେଠାରେ ପହଞ୍ଚି ଯିବାରୁ ଘରଚଟିଆଗୁଡ଼ାକ ସଂଖ୍ୟାରେ ଅଧିକ ଥିଲେ ମଧ୍ୟ ସେମାନଙ୍କୁ ଦେଖି ଡରିଗଲେ ଏବଂ ନିଜ ନିଜ ଭିତରେ କିଚିରି ମିଚିରି ହୋଇ "ହେଇରେ, ଏ ଏରିଆର ଦାଦା-ଦାଦୀ ଆସିଗଲେ । ସେତିକି ଖାଅ, ସେମାନେ ଆମକୁ ବକାବକି କରିବା ଆଗରୁ ଯେତେ ଜଲ୍‌ଦି ପାରୁଛ ଏରିଆ ଫାଙ୍କା କର ।"- ଏହାକହି ସେମାନେ ଫୁର୍‌ଫାର୍ ହୋଇ ଉଡ଼ିଗଲେ । ବଣିଦ୍ୱୟ ସେମାନଙ୍କର ଅତର୍ ଛନିଆ ପ୍ରସ୍ଥାନରେ ହସି ପକାଇଲେ । ଗୋଟିଏ ବଣି ସେମାନଙ୍କ ଉଦ୍ଦେଶ୍ୟରେ ଜୋର୍‌ରେ ଜୋର୍‌ରେ କହୁଥିଲା- "ଆରେ ଘରଚଟିଆ ଦଳ, ରୁହରୁହ । କୁଆଡ଼େ ପଳଉଛ ! ଆସ, ସାଙ୍ଗରେ ମିଶିକରି ବିରି ଖାଇବା । ଇମିତି ଡରୁଛ କିଆଁ ? ତମକୁ ଆମେ କେହି କଣ କିଛି କହିଲୁ ? ତମ ବଂଶ ଏବେ ବିରଳ ପକ୍ଷୀ ପ୍ରଜାତି ତାଲିକାରେ ସ୍ଥାନ ପାଇ

ସାରିଛି। ତେଣୁ ତମପ୍ରତି ଆମର ଦରଦ ଅଛି। ତମେ ବା କ'ଣ କରିପାରନ୍ତ ! ଆଗରୁ ସିନା ଅଧିକାଂଶ ଚାଳ କିମ୍ବା ଖପର ଘର ଥିଲା ଯେ ତମେ ସେଠାରେ ଘରଦ୍ୱାର କରି ରହିପାରୁଥିଲ। ଏବେ ତ ସବୁଆଡ଼େ ପକ୍କା ଛାତ ଘର ହୋଇଗଲାଣି। ତମେ ରହିବାକୁ ଆଉ ଜାଗା ନାହିଁ। ତଦନୁରୂପେ ତମେ ତମର ବାସସ୍ଥାନ ବଦଳାଇ ଗଛପତ୍ର ଗହଳି ଭିତରେ ଆମରି ପରି ବସାବାନ୍ଧି ରହିବା ଉଚିତ। କର୍ମକୁଡିଆ ହୋଇ ନିଜ ଘର ନିଜେ ତୋଳୁନାହଁ। ତମପ୍ରତି ଆମ ମନରେ ଘୃଣା ନାହିଁ। ଦୟା ଅଛି। ଆସ, ସାଙ୍ଗ ହୋଇ ବିରି ଖାଇବା।" ଅନ୍ୟ ବଣିଟି କିଚିରି ମିଚିରି ହୋଇ କହିଲା- "କାହା ସହିତ ପାଗଳୀଙ୍କ ପରି ୟାଡ୍ରୁ ସ୍ୟାଡ୍ରୁ ଗପୁଚୁ କହିଲୁ! ସେମାନେ ତ ଏରିଆ ପାର୍ ହୋଇ ଚାଲିଗଲେଣି। ଆ- ରୋଷେୟା କାହ୍ନାର ଆଖି ଆମ ଉପରେ ପଡ଼ି ହୁରୁଡେଇବା ପୂର୍ବରୁ ଆଉ ଦି' ଚାରି ଗେଣ୍ଡ ମାରି ଦେବା।"

ଉଭୟେ ଦୁଇଚାରି ଥର ବିରିଦାନା ଖୁଣ୍ଟି ଖାଇସାରି ବଗିଚାରେ ଥିବା ଆମ୍ବଗଛକୁ ଉଡିଯାଇ ପତ୍ରଗହଳି ଭିତରେ ବସିଗଲେ। ଆମ୍ବ ଡାଳରେ ପତ୍ରଗହଳି ଭିତରୁ ବଣିଦ୍ୱୟଙ୍କର ଚେର୍‌ଚେର୍ ଓ ଗୁଣ୍ଡୁଚିମୂଷାଟିଏର ଚିଡ୍‌ଚିଡ୍ ଶବ୍ଦ ଶୁଣି ବାଡି ଭିତରକୁ ଯାଇ ଗଛତଳେ ଛିଡ଼ାହୋଇ ଦେଖିଲି- ହଳଦୀ ଗୁରୁଗୁରୁ ପାଚିଲା ଆମ୍ବଟିଏ ଗୁଣ୍ଡୁଚିମୂଷା ଖାଇବାରେ ବ୍ୟସ୍ତ। ବଣିଦ୍ୱୟ ଏନେଇ ଗୁଣ୍ଡୁଚିକୁ ଚଢାଉ କରି କହୁଥାନ୍ତି- "ବାଃ ବାଃରେ କରାମତିଆ। କୋଉ ତ୍ରେତୟା ଯୁଗରେ ଦି'ଚାରିଟା ବାଲି ବୋହିଦେଇ ସେତୁବନ୍ଧରେ ପକେଇ ରାମଚନ୍ଦ୍ରଙ୍କର ପ୍ରିୟଭାଜନ ହୋଇଥିଲୁ ସିନା, ଆଜି ସେ ଫୁଟାଣି ଆମ ପାଖରେ ଆଉ ଦେଖାନାହିଁ। ଆମ ମୁଖ୍ୟମନ୍ତ୍ରୀଙ୍କ ବଗିଚାରେ ଆମର ରାଜ୍ ଚାଲିବ। ତୁ କିଏରେ ଏ ଆମ୍ବ ଖାଇବାକୁ ? ୟାପ ଏଠୁ ଯିବୁ ନା ଅଶି ଦଶକର ବିଖ୍ୟାତ 'ବିହଙ୍ଗ ବିପ୍ଳବ' କାହାଣୀର ପୁନରାବୃତ୍ତି ଦେଖିବାକୁ ଚାହୁଁଛୁ ? ଆମେ ଖାଲି ଦୁଇ ଚାରିଥର ଚେର୍‌ଚେର୍ କରି ଡାକି ଦେଲେ ଭଳିକି ଭଳି ଦଳଦଳ କାଉ, କୋଇଲି, ହଳଦୀବସନ୍ତ, କାପ୍ତା, ଚିଲ, ଶାଗୁଣା ମାଡି ଆସି ତତେ ଝାମ୍ପିନେଇ କିମ୍ବା ବନେଇ ଖାଇଯିବେ। ତୋ' ଶ୍ରୀରାମ ମହାପ୍ରଭୁଙ୍କୁ ସେତେବେଳେ ଡାକିବୁ, ରକ୍ଷା କରିବେ। ଯା,ଯା, ନ ହେଲେ ଏଇନା ଦେଖିବୁ।"- ଏହା କହି, ତା' ମୁଣ୍ଡ ଉପରେ ଦୁଇ ତିନି ଚକ୍କର ମାରି ଆସିବାରୁ ବିଚରା ଗୁଣ୍ଡୁଚିମୂଷାଟି 'ରୁହ ମ ଯାଉଚି, ଏତେ ପାଟିତୁଣ୍ଡ କରିବା ଦରକାର ନାହିଁ' କହି ଆମ୍ର ଭୋଜନରୁ ବିରତ ହୋଇ ଚିଡ୍‌ଚିଡ୍ ଶବ୍ଦ କରି ଏ ଡାଳରୁ ସେ ଡାଳକୁ ଲମ୍ଫ ମାରି ସେ ସ୍ଥାନରୁ ରବାନା ହୋଇଗଲା। ପକ୍ଷୀ ଦମ୍ପତି ଦ୍ୱୟ ପରସ୍ପରକୁ ଆଖି ମରାମରି ହୋଇ ଗଡ଼ ଜିତିବା ଶୈଳୀରେ ଥଣ୍ଟ ମାରି ପାଚିଲା ଆମ୍ବଟିକୁ ଆନନ୍ଦରେ ଖାଇ ଚାଲିଲେ। ହସିଦେଇ ମୁଁ ସେଠାରୁ ଚାଲି ଆସିଲି।

ମୋର ଡ୍ୟୁଟି ପ୍ରତ୍ୟେକ ଦିନ ଅଲଗା ଅଲଗା ସମୟରେ ପଡ଼େ। ଦୁଇ ଦିନ

ପର୍ଯ୍ୟନ୍ତ ଖୋଜିଲା ଖୋଜିଲା ଆଖିରେ ବଣି ଦ୍ୱୟଙ୍କର ସନ୍ଧାନ ନେଲି । କିନ୍ତୁ ପାଇଲିନି । ତିନିଦିନ ଦିନ ମୋର ଉପରବେଳା ଡ୍ୟୁଟି ଥାଏ । ବଣିଦ୍ୱୟ ମୋ' ହାବୁଡ଼ରେ ପଡ଼ିଗଲେ । ଦୁଇ ନମ୍ବର ଗେଟ୍‌ଠାରୁ ମୁଖ୍ୟମନ୍ତ୍ରୀଙ୍କ ବେଡ୍‌ରୁମ୍ ପର୍ଯ୍ୟନ୍ତ ଯାଇଥିବା ରାସ୍ତା ମଝିରେ ଚଢ଼େଇ ଦୁଇଟି ହଲି ଝୁଲି କେଚେର୍ ମେଚେର୍ ହୋଇ ଚାଲିଚାଲି ଯାଉଥା'ନ୍ତି । ସେମାନଙ୍କୁ ଦେଖି ତାଳିମାରି ନ ହୁରୁଡେଇକି ଆ-ଆ- କହି ପାଖକୁ ଡାକିଲି ଏବଂ ପଚାରିଲି- ଆଜି ସବୁ ଠିକ୍‌ଠାକ୍ ଅଛି କି କାହା ସାଙ୍ଗରେ ଝଗଡ଼ା କରି ଆସିଛରେ ବଣିଏ ! ଦୂରରୁ ଥାଇ ମୋ' ଆଡକୁ ଥରେ ଚାହିଁଦେଇ ପୁଣି ଚେର୍‌ମେର୍ ହୋଇ କହିଲାପରି ଲାଗିଲା- "ମାମୁ, ତମେ ତମ ଡ୍ୟୁଟି କର । ଅନ୍ୟ କଥାରେ ବାରମ୍ବାର ମୁଣ୍ଡ ପୂରାଅନା । ଆମେ ଆମ କଥା ବୁଝିବୁ । କାହା ସହିତ ଝଗଡ଼ାଝାଣ୍ଟି ହେଲେ ଆମେ ଆମର ଆପୋଷ ବୁଝାମଣା ଭିତ୍ତିରେ ସମ୍ଭାଳିନେବୁ । ତମେ ହେଲ ପୁଲିସବାଲା । ତମ ଚାକିରି ଇଲିଶି ମାଛ ଭଳିଆ କଣ୍ଟାରେ ଭର୍ତ୍ତି । ତମେ ତମର ଥାନାଫାଣ୍ଡି, ଚୋର ଡକାୟତଙ୍କ କଥା ବୁଝ । ମୁଖ୍ୟମନ୍ତ୍ରୀଙ୍କ ଭଳି ଭି.ଆଇ.ପିଙ୍କ ସୁରକ୍ଷା ଦାୟିତ୍ୱରେ ଡ୍ୟୁଟିରେ ଆସି ପାରିଛ, ସେଇଟା ବଡ଼ କଥା । ତାର ଅର୍ଥ ନୁହେଁ ଯେ ଆମ ଭଳି ନିରୀହ ଛୋଟ ଛୋଟ ପ୍ରାଣୀଙ୍କ ଉପରେ ମଜା ଉଡ଼ାଇବ । ନିଜ କର୍ତ୍ତବ୍ୟ ଠିକ୍ ଭାବରେ ସମ୍ପାଦନ କରି ଦରମାଗଣ୍ଡାକ ନେଇଘରକୁ ଯାଅ । ଆସିଗଲେ ପରକଥାରେ ମୁଣ୍ଡ ପୂରେଇବାକୁ । ହୁଁ !"

ଏହି ସମୟରେ ତାଙ୍କଠୁ କିଛି ଦୂରରେ ଚାରିପାଞ୍ଚୋଟି ପାରା ଉପରେ ଉପରେ ଚକ୍କର କାଟି ଆସି ରାସ୍ତା ଧାରରେ ଘୁଁଟୁରୁ ଘୁଁ କରି ନିଜର ଖାଦ୍ୟ ଅନ୍ୱେଷଣରେ ମାତିଗଲେ । ମୋ'ଆଡୁ ନଜର ହଟାଇ ବଣିଦ୍ୱୟ ସେମାନଙ୍କୁ ଟିକିଏ କୋମଳ କଣ୍ଠରେ କେଚେର୍ ମେଚେର୍ ହୋଇ କ'ଣ ସବୁ କହିଲେ । ସେମାନେ ପ୍ରାୟ ପାରାଗୁଡ଼ିକୁ ତାରିଫ୍ କରୁଥିଲେ- ତମ ମାନଙ୍କର ଭାଗ୍ୟ ଭଲରେ ପାରାଏ । ମନ୍ଦିରରେ ଥିବା ପାରାମାନଙ୍କ ପରେ ଯଦି କେହି ପାରା ଭାଗ୍ୟବାନ ଅଛନ୍ତି, ସେମାନେ ହେଲ ତମେ । କାରଣ, ତମେ ଖୋଦ୍ ମୁଖ୍ୟମନ୍ତ୍ରୀଙ୍କ ବାସଭବନ ଏରିଆ ଭିତରେ ରହିବାକୁ ଜାଗାଟିଏ ପାଇପାରିଛ । ପକ୍ଷୀମାନଙ୍କ ଭିତରେ ତମେ ପରା ସବୁଠାରୁ ଅଧିକ ଶାନ୍ତଶିଷ୍ଟ ! ତମେ ହେଉଛ ଶାନ୍ତିର ପ୍ରତୀକ । ତମ ସହିତ ଆମର କିଛି ନେଣଦେଣ ନାହିଁ । କିନ୍ତୁ ବେଳହୁଁ ସାବଧାନ । ଆମେ ହେଲୁ ଏ ଏରିଆର ଦାଦା-ଦାଦୀ । ଆମର ଚଳପ୍ରଚଳ, ଖାଦ୍ୟ-ପେୟରେ ଯଦି କେବେ ହାତମାରିଛ, ତେବେ ଏମିତି ନାମ ଦେବୁ ଯେ ଜୀବନସାରା ଭୁଲି ପାରିବନି । ଅଣ୍ଡରଷ୍ଟାଣ୍ଡ୍ ! ୟୁ ବେଟର୍ ଅଣ୍ଡରଷ୍ଟାଣ୍ଡ୍ ।

ପାରାଗୁଡ଼ିକ ଘୁଁଟୁରୁ ଘୁଁ ହୋଇ ପରସ୍ପର ଭିତରେ କ'ଣସବୁ କଥା ହୋଇ ସେଠାରେ ଆଉ ଖାଦ୍ୟ ନ ଖୋଜି ଅନ୍ୟତ୍ର ଉଡ଼ି ଚାଲିଗଲେ । ବଣିଦ୍ୱୟ କେଚେର ମେଚେର ହୋଇ

କହୁଥିଲେ- ଯ'ମ ! କିଏ ପଚାରେ ତମକୁ ! ଆମେ କ'ଣ ଖରାପ କଥାଟା କହିଲୁ ଯେ ତମକୁ ବାଧିଗଲା ! ହା-ହା-ହା ! ଏକାଥରେ ଏରିଆ ପାର୍ !

ମୁଖ୍ୟମନ୍ତ୍ରୀଙ୍କ ବାସଭବନ ପଛପଟେ ଥିବା ପୁରୁଣା କାଳିଆ ଅଶ୍ୱତ୍ଥ ଗଛ ଉପରେ ଚିତ୍ରଗୁପ୍ତ ଠାଣିରେ ବସି ବଣିଦ୍ୱୟଙ୍କ ଚାଲିଚଳନ ଉପରେ ତୀକ୍ଷ୍ଣ ନଜର ରଖିଥିବା ମାଟିଆ ଚିଲଟା ହଠାତ୍ ଏରୋପ୍ଲେନ୍ ଲ୍ୟାଣ୍ଡ୍ କଲାଭଳି ଡେଣାକୁ ତଳକୁ କରି ଉଡି ଆସି ବଣିଦ୍ୱୟଙ୍କ ଉପରେ ଚକ୍କର ମାରି ଡୋଜ୍‌ଟାଏ ଦେଇ ପୁଣି ଉପରକୁ ଉଡ଼ି ଚାଲିଗଲା । ବଣିଦ୍ୱୟ ରାସ୍ତା ଧାରକୁ ଲାଗି କରି ଥିବା ଏଭରଗ୍ରୀନ୍ ବାଡ଼ ଭିତରକୁ ଜୀବନ ବିକଳରେ ଦୌଡ଼ି ପଶିଗଲେ । ବାସଭବନର ମାଳୀ ସନିଆ ଠିକ୍ ସେହି ଜାଗାରେ ଡାଳକଟା କଇଁଚିରେ ଅନାବଶ୍ୟକ ଡାଳଗୁଡ଼ିକ ଶେଡିଂ କଲାଭଳି କାଟୁଥିଲା । ବଣିଦ୍ୱୟଙ୍କ ବିକଳପଣ ଦେଖି ହସିଦେଲା ଓ କହିଲା- କ'ଣ ହେଲାକିରେ ବଣି ମଉସା-ମାଉସୀ ! ଡରରେ ଛେରି ପକେଇଲକି ! ବଣିଦ୍ୱୟ କେଚେର୍ ମେଚେର କରି ସନିଆ ଉଦ୍ଦେଶ୍ୟରେ ଦୁଇପଦ ଝାଡ଼ିଦେଲେ "ହଁ ମ ! ଏତେ ବାହାଦୁରୀ ଆଉ ଦେଖାନା । ମୁଖ୍ୟମନ୍ତ୍ରୀ ମହାଶୟ କୌଣସି ଟୁର୍‌ରେ ବାହାରି ଏଇ ରାସ୍ତାରେ ଗଲାବେଳେ ତୋର ପିଳେହି କେମିତି ପାଣି ହୋଇଯାଏ ଆମେ କ'ଣ ଗଛ ଉପରୁ ଥାଇ ଦେଖିନୁ ! କ୍ଷଣକୁ ବାଟଛାଡ଼ିଲା ପରି ରାସ୍ତା ପାର୍ଶ୍ୱକୁ ଘୁଞ୍ଚିଯାଇ ହାତଯୋଡ଼ି ଧନୁ ଭଳିଆ ନଇଁପଡ଼ି ଜୁହାର ହେଲାବେଳେ ତୋର ଅବସ୍ଥା କ'ଣ ହୁଏ ଆମେ କ'ଣ ଦେଖିନାହୁଁ ! କଥା କହୁଛି ଆଉ !" ଏହା କହି ତା' ଉଦ୍ଦେଶ୍ୟରେ ମୁହଁ ଛିଞ୍ଚାଡି ସେଠାରୁ ଉଡ଼ି ଚାଲିଗଲେ ।

ଉଭୟେ ଉଡ଼ିଯାଇ ଏକ ଆମ୍ବଗଛରେ ବସି ଥଣ୍ଟକୁ ଗଛ ଡାଳରେ ଘଷି ହେଉଥା'ନ୍ତି । କୋଇଲିଟାଏ ଲମ୍ବା କୁ...ଉ...ଉ...କୁ...ଉ...ସ୍ୱରରେ ଗୀତ ନ ଗାଇ ଚଞ୍ଚଳ ଚଞ୍ଚଳ କୁକୁକୁକୁ ଶବ୍ଦ କରି ସେମାନଙ୍କୁ ପଚାରିଲା- "କ'ଣ କି ଲୋ କହର କହି ! ଯାକୁ ତାକୁ ଗାଳି ଦେଇ ଦେଇ ଥଣ୍ଟ ଅପରିଷ୍କାର ହୋଇଗଲାକି, ପୋଛି ପକାଉଛୁ ?"

ଏକଥାଟି ନିଶ୍ଚୟ କେବଳ ମାଈ ବଣିଟିକୁ ଟାର୍ଗେଟ୍ କରି କୋଇଲିଟି କହିଥିଲା । ମାଈ ବଣିକି ଆଉ ଚୁପ୍ ରହେ ! ସେପଟୁ ଚିଲ ଆଉ ମାଳିଙ୍କଠାରୁ ଦାବନ ଖାଇ ମୁଣ୍ଡ ଗରମ କରି ଆସିଥାଏ । କଣ୍ଟାବାଡ଼ରେ ଲୁଗାପକେଇ କୋଇଲିଟିକୁ ଚାହିଁ ଜୋର୍‌ରେ ଚେର୍‌ଚେର୍ କରି କହିଲା- "ହଇଲୋ କାଳିକୋତରୀ ! ତୋର ତ ବଡ଼ ବହପ ଦେଖୁଛି ! କୋଉ ଯୁଗରେ ତୁ କି ପାପ କରିଥିଲୁ କେଜାଣି ବିଧାତା ତୋ' ଦିହରେ କଳା ବୋଳିଦେଲା । ଲାଜ ସରମ ତୋ' ମୁହଁରେ ଟିକେ ନାହିଁକି ଲୋ ! ମିଠା ମିଠା ସ୍ୱରରେ ଗୀତ ଗାଇଲେ କ'ଣ ହେବ ! ତୋ' ରୂପକୁ କେବେ ଆଇନାରେ ବୋଧେ ଦେଖିନୁ । ଆଉ ଶୁଣିବୁ ମୋ' ମୁହଁରୁ ! ତୋ'ଠୁ ଅଲସେଇ ଆଉ କିଏ ଏ ପ୍ରାଣୀଜଗତରେ ଅଛି କହିଲୁ ? ନିଜ ଅଣ୍ଡାରୁ

ନିଜେ ଛୁଆ ଫୁଟେଇ ନ ପାରି ତୋର ପରମ ଶତ୍ରୁ କାଉ ବସାରେ ଲୁଚେଇ ଫିଙ୍ଗି ଦେଇଆସୁ। ନିଜର ତ ଦମ୍ ନାହିଁ ଛୁଆଫୁଟେଇବାକୁ, ଅଣ୍ଡା ଦେଉ କାହିଁକି ଲୋ ?"

କୋଇଲିଟି ତା' କଥାକୁ ଶୁଣି ନ ଶୁଣିଲା ପରି ହୋଇ କୁହୁକୁହୁ କରି- 'ତୋ' ସହିତ କଜିଆ କରିବାକୁ ମୋ ପାଖରେ ବେଳ ନାହିଁ ଲୋ କହର କହି' କହି କହି ସେଠାରୁ ଉଡି ଚାଲିଗଲା। ପଛରୁ ଥାଇ ତଥାପି ବଣିଟି ଚେର୍‌ଚେର୍ ହୋଇ ତା' ଉଦ୍ଦେଶ୍ୟରେ ଗାଳି ଦେଉଥିଲା- ଯା' ଲୋ ଯା'। ଆଉ ଦୁଇମାସ ପରେ କୋଉ ଚୁଲିରେ ପଶି ଅଜ୍ଞାତବାସରେ ରହିବୁ ତା'ର ଟେର୍ କେହି ପାଇବେନି। ଆସିଲା ଆମକୁ କମେଣ୍ଟ୍ ମାରିବାକୁ।

କୁଆଡ଼େ ଥିଲା କେଜାଣି ଡାମରା କାଉଟାଏ ଉଡ଼ିଆସି ଆଉ ଏକ ଡାଳରେ ବସି କା'କା' କରି ପଚାରିଲା- କାହା ସହିତ ଝଗଡ଼ା କରୁଛୁ ଲୋ ବଣି ଚଢ଼େଇ !

ବଣିଟି ତା' ପ୍ରତ୍ୟୁତ୍ତରରେ ଚେର୍‌ମେର୍ ହୋଇ କହିଲା- "ଆଉ କାହା ସହିତ ଝଗଡ଼ା ହୁଅନ୍ତା ! ସେଇ ତୋହରି ପୁରୁଣା ବଇରି କାଳିକୋତରୀ ମହା ଅଳସେଇ କୋଇଲି ସହିତ।"

ପୁଣି କାଉ କା' କା' କରି ପଚାରିଲା- "କାହିଁ, କାହିଁ ସେ ଅଳସେଇ, ଅଳପେଇଷିଆଣି ! ବର୍ଷସାରା କୋଉ ଚୁଲିରେ ପଶିଥାଏ, ଗଛମାନଙ୍କରେ ଫୁଲଫଳ ଭର୍ତ୍ତି ହୋଇଗଲେ ଗାତରୁ ବାହାରି ଆସି ମଧୁର ସ୍ୱରରେ କୁ...ଉ...କୁ...ଉ ଗୀତ ଗାଇ ଫୁଲେଇ ହୁଏ- ମୋ' ଋତୁରାଜ ବସନ୍ତ ଆସିଛନ୍ତି, ମୁଁ ବର୍ତ୍ତମାନ ରାଣୀ। କୁଆଡ଼େ ଗଲା ସେ ରାଣୀ ନା ଚନ୍ଦରକାଣୀ ! ମୁହଁଟି ସୁନ୍ଦର ବଚନ ସରୁ, ଏହାଙ୍କୁ ଜାଣିବ ଠକଙ୍କ ଗୁରୁ।

ଏହିପରି ବହୁତ ସମୟ ଧରି ବଣି ଓ କାଉ ମଧ୍ୟରେ କା-କା-କେଚେର୍ ମେଚେର୍ ଚାଲିଲା। ଦେଖୁଦେଖୁ ଧୀରେ ଧୀରେ ପବନ ବହିଲା, ପବନର ବେଗ ବଢ଼ିବାକୁ ଲାଗିଲା। କାଳବୈଶାଖୀ ହଠାତ୍ ମାଡ଼ି ଆସିଲା। ଚାହୁଁ ଚାହୁଁ ବର୍ଷା, ଝଡ଼ତୋଫାନ, କରକାପାତ ହେବାକୁ ଲାଗିଲା। ଯିଏ ଯୁଆଡ଼େ ଥିଲେ ଦୌଡ଼ିଯାଇ ଘର ଭିତରେ ଆଶ୍ରୟ ନେଲେ। ପ୍ରାୟ ଘଣ୍ଟାଏ କାଳ ଧରି ପ୍ରକୃତି ତା' ନିଜ ଇଚ୍ଛାରେ ନିଜର କରାମତି ଦେଖାଇ ଚାଲିଗଲା। ଗଛବୃଛ ଭାଙ୍ଗି ପଡ଼ିଲା।

ଧିରେ ଧିରେ ପୁଣି ପରିବେଶ ପୂର୍ବବତ ଶାନ୍ତ ପଡ଼ିଗଲା।

ଧିରେଧିରେ ସନ୍ଧ୍ୟା ନଇଁ ଆସିଲା। ସନ୍ଧ୍ୟାଯାଇ ରାତି ହେଲା। ମୋର ଡ୍ୟୁଟି ସନ୍ଧ୍ୟାରେ ସରିଯିବାରୁ ଘରକୁ ଫେରିଗଲି।

ତା'ପରଦିନ ସକାଳ ଆଠଟାରେ ମୁଁ ପୁଣି ଡ୍ୟୁଟିକୁ ଆସିଲି। ପ୍ରବଳ ଗଛପତ୍ର ଗହଳିରେ ଭର୍ତ୍ତି ହୋଇଥିବା ମୁଖ୍ୟମନ୍ତ୍ରୀଙ୍କ ବାସଭବନରେ ବଗିଚାଟି ସମ୍ପୂର୍ଣ୍ଣ ଧରାଶାୟୀ

ହୋଇପଡିଥାଏ। କ୍ରୋଟନ୍, ଦେବଦାରୁ, ଆମ୍ବ, ପିଜୁଳି, ଲିମ୍ବ, ରବର, ବଉଳ ଆଦି ଗଛଗୁଡ଼ିକର ଅର୍ଦ୍ଧାଧିକ ଡାଳ ଭାଙ୍ଗି ଏଣେତେଣେ ପଡ଼ିଥାଏ। ଗଛଗୁଡ଼ିକ ଲଣ୍ଡା ହୋଇଯାଇଥାଏ। ସେଠାକାର କର୍ମଚାରୀ ତଥା ଓଡ୍ରାଫ୍ ଟିମ୍ ଯନ୍ତ୍ରପାତି ଧରି କାଟି ସେସବୁ ସଫା କରିବା ସମୟରେ ଏକ ଅଦ୍ଭୁତ ଦୃଶ୍ୟ ନଜରକୁ ଆସିଲା। ପାଚେରି ଉପରକୁ ଲଦି ପଡ଼ିଥିବା ଏକ ଭଙ୍ଗା ଦେବଦାରୁ ଡାଳର ପତ୍ର ସନ୍ଧିରୁ ଚଢ଼େଇ ବସାଟିଏକୁ ଏକ ବାଡ଼ି ସାହାଯ୍ୟରେ ମାଳୀ ସନିଆ ବାହାର କରି ଆଣି ସମସ୍ତଙ୍କୁ ଦେଖାଉଥାଏ। ସେ ବସାଟି ସେ ବଣି ଦମ୍ପତିଙ୍କର ଥିଲା ଏବଂ ବଣିଦୁଇଟି କୋଳାକୋଳି ହୋଇ ମରି ପଡ଼ିଥାନ୍ତି ଟିକିଏ ଦୂରରେ। ବଣି ଦ୍ୱୟଙ୍କର ଶବକୁ ଘେରି କାଉ, ଗୁଣ୍ଡୁଚିମୂଷା, ପାରା, କାପ୍ତା, ଘରଚଟିଆ, ଆଦି ପଶୁପକ୍ଷୀମାନେ କିଚିରି ମିଚିରି କରି ସେମାନଙ୍କ ଉଦ୍ଦେଶ୍ୟରେ କ'ଣସବୁ କହୁଥିଲେ।

ମତେ ଲାଗିଲା ସେମାନେ ବଣିଦ୍ୱୟଙ୍କ ଉଦ୍ଦେଶ୍ୟରେ ଅଶ୍ରୁଳ ଶ୍ରଦ୍ଧାଞ୍ଜଳି ଦେବା ସହିତ ହୁଏତ କହୁଥିଲେ- ଝଡତୋଫାନ ଆଗରେ, ପ୍ରକୃତିର ଭୟାବହତା ନିକଟରେ ରାଜା ରଙ୍କ ସମସ୍ତେ ସମାନ। ତେଣୁ ଯେତିକି ଦିନପାଇଁ ଏ ପୃଥିବୀକୁ ଆମେ ଆସିଛୁ, ଆସ ମିଳିମିଶି ହସ ଖୁସିରେ ସମୟ ବିତେଇ ଦେବା। ହିଂସା, ଦ୍ୱେଷ, ଗର୍ବ, ଅହଂକାର ମନରୁ ଦୂରେଇ ଦେବା।

■

ଅଛିଣ୍ଡା ପ୍ରଶ୍ନ

ବାହାଘର ଶୋଭାଯାତ୍ରାରେ ଗଲାବେଳେ ରେବ ତା' କୁନିଝିଅ ଟିକିଲିକୁ କେବେବି ସାଥିରେ ନିଏ ନାହିଁ। ସେ ଲାଇଟ୍ ବକେଟ୍ ମୁଣ୍ଡରେ ବହି ଚାଲିବ ନା ଝିଅଟାକୁ ସମ୍ଭାଳିବ !

ଆଜି କିନ୍ତୁ ତା'ର ଆଉ କିଛି ଉପାୟ ନଥିଲା। ସ୍ୱାମୀ ମାଧିଆର ଶ୍ୱାସ ବାହାରିଛି। କାଶି କାଶି ଅଥୟ ହୋଇପଡୁଛି। ତା' ପାଖରେ ଛୁଆଟାକୁ କେମିତି ଛାଡ଼ି ଆସନ୍ତା ! ଖଟିବାକୁ ନ ଯାଇ ରେବ ପାଖରେ ଆଉକିଛି ରାସ୍ତା ନଥିଲା। ମଜୁରୀ ଦୁଇପଇସା ଆଣିଲେ ସିନା ମାଧିଆ ପାଇଁ ଔଷଧ ଯୋଗାଡ଼ କରିବ !

ଡିଜେ, ମର୍ଡର୍ଣ୍ଣ ଡ୍ୟାନ୍ସର ଧମାକା ମଧ୍ୟରେ ବରଯାତ୍ରୀ ଶୋଭାଯାତ୍ରା ଯଦିଓ ପିମ୍ପୁଡ଼ି ବେଗରେ ଗତି କରୁଥାଏ, କେବଳ ଛିଡ଼ା ହୋଇ ରହୁଥିଲେ ମଧ୍ୟ ମାତ୍ର ପାଞ୍ଚ ଛ ବର୍ଷର ଝିଅଟିର ଟିକି ଟିକି ପାଦ ଦୁଇଟା ଥକି ଯାଉଥାଏ। ମାଆର ପଣତକାନି ଧରି ତା' ସାଙ୍ଗରେ ଚାଲୁଥିବା ଟିକିଲି ମଝିରେ ମଝିରେ ଥକିଯାଇ କାଖ ହୋଇପଡୁଥିଲା ଏବଂ ପଚାରୁଥିଲା- ମା' ଆଉ କେତେ ବାଟ ରହିଲା ? ଆମେ କେତେବେଳେ ପହଞ୍ଚିବା ? ମତେ ଭୋକ କଲାଣି ପରା।

ରେବ ଟିକିଲିକୁ ଯାଉ ସ୍ୟାଉ ମିଛସତ କହି ଉଦ୍‌ବୋଧନ ଦେଉଥାଏ। କନ୍ୟା ଘରେ ପହଞ୍ଚିଲା ପରେ କେତେ ରକମର ଖାଦ୍ୟ, ଖିରୀ, ପୁରୀ, ଚିକେନ୍, ମଟନ୍, ଆଇସ୍‌କ୍ରିମ୍ ଆଦି ଖାଇବୁ ଚାଲ। ମୋ ସୁନାଟା ପରା ! ହେଇ ନାଚଗୀତ ଦେଖ, ବାଣ ରୋଷଣି ଫୁଟୁଛି ଦେଖ। ହେଇ ପରା କନିଆ ଘର ଦେଖାଗଲାଣି। ଇଚ୍ଛା ଥାଉ କି ନ ଥାଉ ଛୋଟ ପିଲାଟା ମାଆ କଥାରେ ତୁନି ହୋଇଯାଉଥିଲା।

ଶୋଭାଯାତ୍ରା କନ୍ୟାଘରେ ପହଞ୍ଚିଲା ବେଳକୁ ରାତି ଗୋଟାଏ ପାଖାପାଖି ହୋଇସାରିଥାଏ। ଖାଇବା ପାଇଁ ଆଗ ବରଯାତ୍ରୀମାନଙ୍କୁ ପାଛୋଟି ନିଆଗଲା। ଲାଇଟ୍ ବକେଟ୍ ବୁହାଳିମାନଙ୍କୁ ଅପେକ୍ଷା କରିବା ପାଇଁ ଜଣେ ବଡ଼ ମୁଣ୍ଡିଆ ଆସି ଆଦେଶ

ଦେଇଗଲା । ରକମ ରକମର ସୁଆଦିଆ ଖାଦ୍ୟର ବାସ୍ନା ନାକରେ ଆସି ବାଜି ଯାଉଥାଏ ଓ ଟିକିଲି ନିଜର ଲୋଭ ସମ୍ବରଣ କରି ନ ପାରି ତା' ମା'କୁ ଖାଇବା ଟେଣ୍ଟ ଆଡ଼କୁ ଟାଣୁଥାଏ । ରେବ କିନ୍ତୁ ଟିକିଲିକୁ ଧରି ଅନ୍ୟ ବକେଟ୍ ବୁହାଳି ମାଇପିମାନଙ୍କ ସହିତ ଟେଣ୍ଟ ପଛକୁ ଚାଲିଯାଇ ଅପେକ୍ଷା କରି ବସିରହିଲା- କେତେବେଳେ ସେମାନଙ୍କୁ ଖାଇବାକୁ ଡକାଯିବ ।

ଖାଇବା ପର୍ବ ସରି ସେପଟେ ବିବାହ କାର୍ଯ୍ୟକ୍ରମ ଚାଲିଲାଣି । ଘଣ୍ଟାଏ, ଦୁଇଘଣ୍ଟା, ତିନିଘଣ୍ଟା ପର୍ଯ୍ୟନ୍ତ ରେବମାନଙ୍କୁ କିନ୍ତୁ ଖାଇବାର ଡାକରା ଆସିନଥିଲା । ଏତେ ବାଟ ଚାଲିଚାଲି ଥକିପଡ଼ିଥିବା କୁନିଝିଅ ଟିକିଲିର ଅଳି-ଭୋକ ହେଲାଣି, କେତେବେଳେ ଖାଇବା- ଆଉ ଶୁଭୁନଥିଲା । କାରଣ, ମାଆ କୋଳରେ ସେ କେତେବେଳୁ ଶୋଇ ପଡିଥିଲା । ଲାଇଟ୍ ଓ ସାଉଣ୍ଡ୍ କଣ୍ଟ୍ରାକ୍ଟ ନେଇଥିବା ଠିକାଦାର ଆସି ରେବତୀମାନଙ୍କ ଉଦ୍ଦେଶ୍ୟରେ ରଡି ଛାଡ଼ି ଫୋପାଡ଼ିଲା ଭଳି କହିଥିଲା- ଆରେ ତମେମାନେ ଏଠି ଶୋଇଛ କଣ ? ଘରକୁ ଫେରିବକି ନାହିଁ ? ଗାଡ଼ି ସେପଟେ ବାରମ୍ବାର ହର୍ଣ୍ଣ ମାରିଲାଣି ଶୁଣାଯାଉନି କି ? ଏଇ ନିଅ ତମର ଦୁଇ ଦୁଇଶହ ମଜୁରି । ଶୀଘ୍ର ଯାଇ ଗାଡ଼ିରେ ବସ, ନ ହେଲେ ନିଜ ବ୍ୟବସ୍ଥା ନିଜେ କରିବ । ରେବ ପାଟିରୁ ତତ୍କ୍ଷଣାତ୍ ବାହାରିଆସିଲା- ଆଜ୍ଞା ଆମେ ଖାଇନାହୁଁ ପରା ! ଲୋକଟା ପୁଣି ଚିଡଚିଡ୍ ହୋଇ କହିଲା- ଖାଇଲନି, କିଏ ମନା କରୁଥିଲା କି ! ଓହୋ, ତମକୁ ଗୁଆ ଅରୁଆ ଚାଉଳ ଦେଇ ନିଉତା ଦିଆଯାଇଥାନ୍ତା । ଚାଲ ଚାଲ, ଖାଇବା ସବୁ ଶେଷ ହୋଇଗଲାଣି । ଡ୍ୟୁଟିକୁ ଆସିଛ ନା ଖାଇବାକୁ ଆସିଛ ? ପଇସା ପାଇଲ, ଘରକୁ ଚାଲ । ଯାହାର ଖାଇବାର ଅଛି ସିଏ ରହୁ, ନିଜ ବ୍ୟବସ୍ଥାରେ ଘରକୁ ଯିବ ।

ଉଚ୍ଚ ସ୍ୱରରେ କଥାବାର୍ତ୍ତା ଶୁଣି ଟିକିଲିର ନିଦ ଭାଙ୍ଗି ଯାଇଥିଲା । ରେବ ଆଖି ଛଳଛଳ କରି ଥରେ ନିଷ୍ପାପ ଶିଶୁ ଟିକିଲି ଆଡ଼କୁ ଥରେ, ଠିକାଦାର ଆଡ଼କୁ ଆଉଥରେ ଖାଇବା ଟେଣ୍ଟ ଆଡ଼କୁ ଚାହିଁଦେଇ ଦୀର୍ଘନିଃଶ୍ୱାସ ପକାଇ ଟିକିଲିକୁ କାଖରେ ଧରି ମନଦୁଃଖରେ ଫେରିଆସିଥିଲା । ପୁଣି ଥରେ ଟିକିଲିର ଅଛିଣ୍ଡା ପ୍ରଶ୍ନ- 'ଆମେ କେତେବେଳେ ଖାଇବୁ ମାଆ'ର ଉତ୍ତର ରେବ ଦେଇ ପାରୁନଥିଲା ।

ଆଜିଠୁ ଲଢ଼େଇ ବନ୍ଦ

କାଣିମହୁଲି ହାଟରୁ ବାବୁ ମୁଣ୍ଡା ଆଜି ସଅଳ ଫେରିଆସିଲା । ମାଟି କୁଡ଼ିଆ ଘରଟିର କାନ୍ଥ କଡ଼କୁ ସାଇକେଲ୍‌ଟା ଡେରି ଦେଇ ଅଧା ବାକିଥିବା ଶାଳପତ୍ର ପିକାଟାକୁ ରାଗରେ ଓଠରୁ କାଢ଼ି ଫିଙ୍ଗିଦେଲା । ସାଇକେଲ୍‌ରେ ଟଙ୍ଗା ଯାଇଥିବା କାଇପଟମ୍ ବ୍ୟାଗ୍‌ଟାକୁ ନିଜେ ନ ଆଣି ତା'ର ସାତ ବର୍ଷର ପୁଅ ସାଲ୍‌ଖାନ୍‌କୁ ବଡ଼ ପାଟିରେ ଧମକେଇଲା ଭଳି 'ବେଗ୍‌ଟା ନେଇଆସିବୁ' କହି ରାଗ ଥମଥମ ମୁହଁରେ ଚାଲିଆ ଘର ଭିତରକୁ ପଶିଯାଇ ଦଉଡ଼ିଆ ଖଟିଆରେ ଗଡ଼ିପଡିଲା । ସ୍ତ୍ରୀ ସାଲ୍‌ଗେ ବାଡିପଟେ ଜଳଘଣ୍ଟି ଛେଚୁଥିଲା । ବାବୁ ମୁଣ୍ଡାର ଏ ରୂପ ଦେଖି ଠଉରେଇ ନେଲା ହାଲାମ୍ ଆଜି ପାଢୁ ହୋଇ ଘରକୁ ଫେରିଛି । ଦି'ବେଲା ଖଣ୍ଡେ ଢକଲ୍ ପାଣି ପିଇଦେଇ ଆସିଥିବ । ପୁଷମାସ ସଞ୍ଜବେଳଟା । ଥଣ୍ଡାଟାରେ ଆଉ କ'ଣ କରିବ ! ଯାଉ ଶୋଇପଡୁ ।

ସତରେ ବାବୁ ମୁଣ୍ଡାର ମନ ଆଜି ଭାରି ଦୁଃଖ । ବାଇଶି ମୁଣ୍ଡ ଖାଇଥିବା ଜିତ୍‌କାର ଝିଙ୍ଗିରା ଗଞ୍ଜାଟା ତାର ଆଜି ପାଢୁ ହୋଇଗଲା । ଏମିତି ତ ଅନେକ ହାର୍‌ଜିତ୍‌ର ସାମ୍ନା ବାବୁ ମୁଣ୍ଡା ତା କୁକୁଡ଼ା ଲଢ଼େଇ ଜୀବନରେ କରିଛି । କିନ୍ତୁ ଆଜିର ପରାଜୟ ତା' ପାଇଁ ବଡ଼ ଅସହ୍ୟ ଥିଲା । ହବନି କେମିତି ! ଯୁଦ୍ଧ ପରୀକ୍ଷା (ରିହର୍ସାଲ୍) ବେଳେ ଝିଙ୍ଗିରା ବଢ଼ିଆ ଆକ୍ରମଣାତ୍ମକ ଭଙ୍ଗୀରେ ଉଡ଼ି ଉଡ଼ି ପାହାର ମାରିଥିଲା । କାତି ବନ୍ଧା ପରେ କୁକୁଡ଼ା ପଡ଼ା ଭିତରକୁ ଲଢ଼େଇ ପାଇଁ ପଶିଲା ମାତ୍ରେ ଆରମ୍ଭରୁ ବାଜି ଧରାଳିମାନଙ୍କର 'ଝିଙ୍ଗିରା ୧୦୦, ଝିଙ୍ଗିରା ୨୦୦'ର ଉଚ୍ଚ କୋଳାହଳ ମଧ୍ୟରେ ତା' ଗଞ୍ଜାଟା ଉତ୍ସାହିତ ହୋଇ ଅପରପକ୍ଷ ଗଞ୍ଜାକୁ ପ୍ରଥମ ପାହାର ମାରିଥିଲା; କିନ୍ତୁ ଠିକ୍ ଜାଗାରେ ବାଜି ନଥିଲା । ଲଢ଼ି ଲଢ଼ି ଅନ୍ୟ ଗଞ୍ଜାଟିର ଗୋଟିଏ ମାତ୍ର ପାହାରରେ ତା' ଭାତଖିଆ ପାଖ ଡେଣାଟା ଖାମି ହୋଇଗଲା । ବିଚରା ଆଉ ଉଡ଼ି ନ ପାରି ଅନ୍ୟ ଗଞ୍ଜାଟିର ଘନଘନ ଆକ୍ରମଣରେ ଶେଷ ପର୍ଯ୍ୟନ୍ତ କିନ୍ତୁ ଲଢୁଆ ପ୍ରଦର୍ଶନ କରି ପାଢୁ ହୋଇଗଲା ।

କାଲି ପରି ମନେ ହେଉଛି। ଏଇ ଝିଞ୍ଜିରାକୁ ସିଏ ସେଦିନ ଦାମୋଦରପୁର ହାଟକୁ ପଡ଼ା ମାଡ଼ିବାକୁ ଆଣିଥିବା ବେଳେ କିଣି ଆଣିଥିଲା ଲସ ହାଁସଦା ପାଖରୁ। ଭବିଷ୍ୟତରେ ଲଢୁଆ ଜିତ୍‌କାରଟିଏ ହେବାର ସମସ୍ତ ଲକ୍ଷଣ ଯଥା: ଭଲ ଉଡ଼ିବା, କାଇଦା କରି ଅପରପକ୍ଷ ଗଞ୍ଜାକୁ ମାଡ଼ ଦେବା, ଭଲ ଡିଫେନ୍‌ସ୍ କରିବା, ଥଣ୍ଟର ଅଗ୍ରଭାଗ ଶୁଆଥଣ୍ଟ ପରି ଅଳ୍ପ ବଙ୍କା ଥିବା, ଗୋଡ଼ ଲମ୍ବା, ଦେହରେ ମାଂସ କମ୍- ପର ବେଶୀ, ଚୂଳ ଛୋଟ ଓ ଶେଥା ପଡ଼ି ନଥିବ, ଲଢ଼େଇ ସମୟରେ ଅନ୍ୟମନସ୍କ ନ ହୋଇ ଅପର ପକ୍ଷ କୁକୁଡ଼ାର ଗତିବିଧିକୁ ତୀକ୍ଷ୍ଣ ନଜର ରଖିବା ତଥା ତାର ଦୁର୍ବଳତାକୁ ଜାଣିପାରି ସମୟୋଚିତ ପାହାର ଦେବା ଇତ୍ୟାଦି ଲକ୍ଷଣ ଦେଖି ଲସ ସହିତ ମୂଲଚାଲ କରି ମାତ୍ର ତିନି ହଜାର ଟଙ୍କାରେ କିଣିଥିଲା। ତିନିହଜାର ତାକୁ ଶସ୍ତା ପଡ଼ିଲା। ଦଶହଜାର- ପନ୍ଦର ହଜାର ପର୍ଯ୍ୟନ୍ତ ମଧ୍ୟ ଡାକ ଚାଲିଯାଏ।

ଟଙ୍କା ଦେଇ ଲସ ହାତରୁ ଗଞ୍ଜାଟାକୁ ଆଣୁ ଆଣୁ ବାବୁ ମୁଣ୍ଡା ହାତରେ ଝିଞ୍ଜିରା ଗୋଟେ ଶକ୍ତ ଖୁମ୍ପା ଦେଇଥିଲା। ହାତକୁ କଷ୍ଟ ହୋଇଥିଲେ ମଧ୍ୟ ବାବୁ ମୁଣ୍ଡା ଖୁସି ହୋଇଥିଲା ରାଗୁଆ ଗଞ୍ଜାଟିଏ ପାଇଥିବାରୁ।

ଝିଞ୍ଜିରା ବଚ୍ଚାକୁ ଏକ ଟାଣୁଆ ତଥା ଲଢୁଆ ଗଞ୍ଜାରେ ପରିଣତ କରିବାକୁ ବାବୁ ମୁଣ୍ଡା ତା' ପଛରେ ଅହରହ ଲାଗିପଡ଼ିଲା। ଗାଁ ଗାଁ ବୁଲି ଅନ୍ୟ ଗଞ୍ଜାମାନଙ୍କ ସହିତ ନିଇତି ରିହର୍ସାଲ ଲଢ଼େଇ କରି ଅଭ୍ୟାସ ଚାଲୁ ରଖିଲା। ରାଗ ଲାଲ୍ ଲାଲ୍ ଲଙ୍କା, ଧାନୁଆ ଲଙ୍କା ହାଟରୁ ଆଣି ଖାଇବାକୁ ଦେଲା। ଛୋଟ ଛୋଟ ବେଙ୍ଗ, ଜଳଘଣ୍ଟି ଛେଚା, ଲବଙ୍ଗ ଆଦି ଖାଇବାକୁ ଦିଏ। ମଝିରେ ମଝିରେ ତା' ଗାଲି ଦୁଇଟାକୁ ହାତରେ ରଗଡ଼େଇ ରାଗୁଆ କରେ। ଲଢ଼େଇ ପାଇଁ ନେଇକରି ଗଲା ବେଳେ ଛୋଟ ଛୁଆଙ୍କୁ କୋଳରେ ଧରିଲା ପରି ଧରେ ଓ ଚାଦର ଘୋଡ଼େଇ ନିଏ। ମାଇଚିଆ ହୋଇଯିବ ବୋଲି ତା' ଲାଞ୍ଜରେ ଜମା ହାତ ମାରେନା। ସର୍ବୋପରି ଝିଞ୍ଜିରାଟାକୁ ଏକ କୁଶଳୀ ଜିତ୍‌କାର ହେବା ପାଇଁ ଯେତେ ସବୁ ଦେଶୀ ବ୍ୟବସ୍ଥା ଅଛି, ସେସବୁକୁ ବାବୁ ମୁଣ୍ଡା ଆପଣେଇଲା। ବାରିପଦା ଆଖପାଖରେ ଯେତେ ସବୁ କୁକୁଡ଼ା ଲଢ଼େଇ ହାଟ ଅଛି, ଯଥା- କାଣି ମହୁଲି, ଦାମୋଦରପୁର, ଶ୍ୟାମାଖୁଣ୍ଟା, ବାଇଗଣ ବାଡିଆ, ଧନପୁର, ଚିପଟଅସ୍ତିଆ ଇତ୍ୟାଦି ସବୁ ହାଟକୁ ନେଇ ତା' ଝିଞ୍ଜିରାକୁ ଲଢ଼େଇ କରେଇଲା ଏବଂ ଜିତିଲା। ଶେଷରେ ଏପରି ସମୟ ଆସିଲା ଯେ ବାବୁ ମୁଣ୍ଡାର ଝିଞ୍ଜିରା ସହିତ ଲଢ଼େଇ କରିବାକୁ ସମସ୍ତେ ଡରିଲେ। ଆଲେକ୍‌ଜାଣ୍ଡର ଗୋଟିଏ ପରେ ଗୋଟିଏ ଦେଶ ଆକ୍ରମଣ କରି ନିଜର ସାମ୍ରାଜ୍ୟ ବିସ୍ତାର କଲାପରି ବାବୁ ମୁଣ୍ଡା ତା' ଝିଞ୍ଜିରା ଦ୍ୱାରା ସବୁ ହାଟରେ ଗଡ଼ ଜିତିଲା।

ଆଜି ମଧ୍ୟ ବାବୁ ମୁଣ୍ଡା ପାଇଁ ଦିନଟି ଶୁଭ ଥିଲା ବୋଲି ଭାବିଥିଲା। କାରଣ- ତାଙ୍କ ଗାଁ ସୁକୁଲ୍ ବୁଢ଼ା ସକାଳୁ ସକାଳୁ ଶ୍ୱାସ ବେମାରରେ କାଶି କାଶି ଆରପାରିକୁ ଚାଲିଯାଇଥିଲା। ସେ ଜାଣେ ଗାଁରେ କେହି ମରିହଜି ଗଲେ ସେଦିନ କୁକୁଡ଼ା ନେଇ ଗଲେ ଲଢ଼େଇ ଜିତିବାଟା ଥୟ। ତେଣୁ ଦୁଇ ମାଇଲ୍ ଦୂରରେ ଥିବା କାଣିମହୁଲି ହାଟକୁ ସେ ଆଜି ଆଶା କରି କୁକୁଡ଼ା ନେଇ ଯାଇଥିଲା। ଗଲାବେଳେ ଅଶୁଭ ନ ହେବା ପାଇଁ ସମସ୍ତ ପ୍ରକାର ସାବଧାନତା ଅବଲମ୍ବନ କରିଥିଲା। ଚାଦର ତଳେ ଢାଙ୍କି ତା' କକା ଲେଖାର ସମାଏକୁ ସାଇକେଲ ଚଳେଇବାକୁ ଦେଇ ପଛ କ୍ୟାରିୟର୍‌ରେ ସେ ବସି ହାଟକୁ ଯାଇଥିଲା। ରାସ୍ତାରେ ବାଁ ଡାହାଣ ମୋଟେ ଚାହିଁ ନଥିଲା ହାଟ ପର୍ଯ୍ୟନ୍ତ। ଡାହାଣ ନାକପୁଡ଼ାରେ ନିଃଶ୍ୱାସ ଚାଲିଥିଲା ବେଳେ ଘରୁ ବାହାରିଥିଲା ମାରାଂବୁରୁଙ୍କୁ ମନେ ମନେ ସ୍ମରଣ କରି।

କିନ୍ତୁ ବିଧିର ବିଧାନ, କେ କରିବ ଆନ!

ବାବୁ ମୁଣ୍ଡାକୁ ହାଣ୍ଡିଆ ନିଶା ଘାରି ପକାଉଥିଲେ ମଧ୍ୟ ସହଜରେ ନିଦ ଆସୁନଥାଏ। ଦଉଡ଼ିଆ ଖଟଟାରେ କେଁ କଟର କରି କଡ଼ ଲେଉଟାଇ ଶୋଇବାକୁ ଚେଷ୍ଟା କଲା। ତକିଆ ତଳୁ ଦୋକ୍ତା ଡବାଟା ଖୋଲି ଟିପରେ ଟିପେ ଦୋକ୍ତା ନେଇ କଳରେ ଜାକିଲା। ଲଣ୍ଡାଏ ଛେପ ବାଡ଼ିଆଡକୁ ପିଚ୍ କରି ପକେଇ ଦେଇ ପୁଣି ଘୋଡ଼ିଘାଡ଼ି ହୋଇ ଶୋଇଲା।

ଧୀରେଧୀରେ ବାବୁ ମୁଣ୍ଡା ଶୋଇପଡ଼ିଲା। ଘୁଙ୍ଗୁଡ଼ି ମାରିଲା। ଶୋଇ ଶୋଇ ସ୍ୱପ୍ନ ଦେଖିଲା। ତା' ଝିଞ୍ଜିରା ବଚ୍ଚା ବାହାର ବାରଣ୍ଡାରେ ବନ୍ଧା ହୋଇଛି। କାଣିମହୁଲି ହାଟରୁ ଲଢ଼େଇ ଜିତି ସେ ଆସିଛି। ହେଲେ ତା' ତଳି ପେଟରେ ହାଲକା ମାଡ଼ ହୋଇ ଘାଆ ପାଇଛି। ହାଲିଆ ହୋଇ ଭୂଇଁ ଉପରେ ପେଟେଇ ଶୋଇଛି। ବାବୁକୁ ଦେଖି ହଠାତ୍ ଝିଞ୍ଜିରା କେକେରେ କେ' କରି ମଣିଷ ଭଳି କଥା କହିବା ଆରମ୍ଭ କରିଛି। ତା'ର ଗୋସିଆଁ ବାବୁ ମୁଣ୍ଡାକୁ ବଡ଼ ନେହୁରା ହୋଇ ପାଖକୁ ଡାକୁଛି- ତା' ଘା'ରେ ଔଷଧ ଟିକେ ଲଗେଇଦେବାକୁ ବିନତି କରୁଛି। ବାବୁ ମୁଣ୍ଡା ସ୍ନେହରେ ତା' ପିଠି ଆଉଁସି ଦେଉଛି। ଦିଆସିଲି କାଠି ଖାରି ତା' ଘାଆରେ ନିଆଁ ଚେଙ୍କ ଦେଉଛି। ତା' ଘାଆକୁ ନାଇଲନ୍ ସୂତାରେ ସିଲେଇ କରି ଚେରମୂଳି ଔଷଧ ଲେପି ଦେଉଛି। କୁକୁଡ଼ାଟାକୁ ବଡ଼ ଯନ୍ତ୍ରଣା ହେଉଛି। ବାବୁକୁ ବିନତି କରି କହୁଛି- କାଣିମହୁଲି ହାଟର କାତିକାରଟା ମୋଟେ କାତି ବାନ୍ଧି ଜାଣେନି। ସେ କାତିଟାରେ ମୋଟେ ଭଲ ଧାର ନଥିଲା। ଢିଲା କରି ମୋ' ଗୋଡ଼ରେ ବାନ୍ଧିଥିଲା। ସେଇଥିପାଇଁ ଭଲ ମାଡ ଦେଇ ପାରିଲିନି, ଘାଆ ପାଇଗଲି। ହେଉ ଗୋସେଇଁ! ଏଇଥରକ ମୋ' ଘାଆଟା ଭଲ କରିଦିଅ। ଦେଖିବ, ମୁଁ ତମପାଇଁ ଆହୁରି କେତେ ମୁଣ୍ଡ ପାଢୁ ଆଣିଦେବି।

ଚେରମୂଳି ଔଷଧ ବୋଧେ ଭଲ କାମ କରୁ ନଥିଲା, ଧୀରେ ଧୀରେ ଝିଞ୍ଜିରା ଟଳମଳ ହେବା ଆରମ୍ଭ କରିଥିଲା। ବେକଟାକୁ ଗୋଟିଏ କଡ଼କୁ ଭାଙ୍ଗି ପକାଉଥିଲା, ଦୁଇ ଗୋଡ଼ରେ ଶକ୍ତ ହୋଇ ଛିଡ଼ା ହେବାକୁ ବହୁତ ଚେଷ୍ଟା କରୁଥିଲା, କିନ୍ତୁ ପାରୁ ନଥିଲା। ବାବୁ ମୁଣ୍ଡା ତା' ଛାତିରେ ଜାକି ଝିଞ୍ଜିରାକୁ ସ୍ନେହବୋଳା ହାତରେ ସାଉଁଳେଇ ପକେଇ କହୁଥିଲା- ନାଁରେ ଝିଞ୍ଜିରା, ତୋର କିଛି ହବନାହିଁ। ତୋ' ଗୋସେଇଁ ପରା ତୋ' ପାଖରେ ଅଛି! ତୋ' ଘାଆ ଭଲ ନ ହେଲେ ପଶୁ ଡାକ୍ତର ପାଖକୁ ନେଇ ଦେଖାଇବିରେ। ତୁ ଭଲ ହୋଇଯିବୁ।

ତା'ସ୍ନେହ ଶ୍ରଦ୍ଧା ପାଇ ଝିଞ୍ଜିରା ହଠାତ୍ ସୁସ୍ଥ ହେଲାପରି ସଳଖି ଛିଡ଼ା ହେଲା। ତା' ଗୋସେଇଁ ଆଡ଼କୁ ଚାହିଁ ଦୁଇ ତିନିଥର ବୀର ଦର୍ପରେ କେକେରେ କେ' ଡାକ ଛାଡ଼ିଲା। ବୋଧେ କହୁଥିଲା- ବାବୁ ଗୋସେଇଁ ଜିନ୍ଦାବାଦ୍। ଜିନ୍ଦାବାଦ୍! ଜିନ୍ଦାବାଦ୍! ଗୋସେଇଁ, ତମେ ଚିନ୍ତା କରନା। ଝାଡ଼ପୋଖରିଆ ହାଟକୁ ଥରେ ଯାଅ। ସେଠାରେ ମୋ' ଭାଇ ଅଛି। ସେ ମଧ୍ୟ ଏକ ଲଢୁଆ ଗଞ୍ଜା। ସେ ଲଢ଼ି ମୋର ବଦ୍‌ଲା ନେବ।

ଏହାପରେ ହଠାତ୍ ଗଞ୍ଜାଟା ଟଳିପଡ଼ିଲା। ବାବୁ ତା' ଦେହଟାକୁ ଯେତେ ହଲେଇ ହଲେଇ ଡାକିଲେ ବି ସେ ଆଉ ଉଠିଲା ନାହିଁ। ଝିଞ୍ଜିରାର ନିଷ୍ପ୍ରାଣ ଶରୀରଟାକୁ ଛାତିରେ ଜାକି ବାବୁ ମୁଣ୍ଡା କାନ୍ଦି ପକେଇଲା।

ବାହାରେ ପଡିଶାଘର କୁକୁଡ଼ାମାନଙ୍କ ରଡ଼ିରେ ହଠାତ୍ ବାବୁମୁଣ୍ଡାର ନିଦ ଚାଉଁକିନା ଭାଙ୍ଗିଗଲା। ସକାଳ ହୋଇ ସୂର୍ଯ୍ୟ ଉଇଁ ଆସିଲେଣି। ବାବୁମୁଣ୍ଡା ଉଠିପଡ଼ି ଖଟରେ ବସିଲା। ପୁରୁଣା ଦୋକ୍ତାକୁ ଥୁ' କରି ବାହାରକୁ ଫିଙ୍ଗିଦେଇ ଡବାରୁ ଟିପେ ଦୋକ୍ତା ନେଇ ପୁଣି କଳରେ ଜାକିଲା। ଏଇକ୍ଷଣି ଦେଖିଥିବା ସ୍ୱପ୍ନ ବିଷୟରେ ଆଉଥରେ ମନେ ପକେଇଲା। ଝିଞ୍ଜିରାର ବିକଳିଆ ମୁହଁଟା ଖାଲି ତାକୁ ଦିଶିଗଲା। ଆଖିରୁ ତାର ସତ ସତିକା ଲୁହ ନିଗିଡ଼ି ପଡ଼ିଲା।

ହଠାତ୍ ବାବୁମୁଣ୍ଡା ମନରେ କାହିଁକି କେଜାଣି ଏକ ବିରାଟ ପରିବର୍ତ୍ତନ ଆସିଲା। ମନେ ମନେ ପ୍ରତିଜ୍ଞା ନେଲା- ନା, ଆଉ ସେ ବେକାରିଆ ଧନ୍ଦା ସେ କରିବନି। କୁକୁଡ଼ା ଲଢ଼େଇ କରିବନି। କୁକୁଡ଼ା ଝୋଳ ଟିକିଏ ହାମ୍ପୁରିବାକୁ ବିଚରା ନିଷ୍ପାପ ଜୀବମାନଙ୍କୁ ନେଇ ତାଙ୍କ ମନରେ ହିଂସାଭାବ ସୃଷ୍ଟି କରିବାଟା ନିହାତି ଅମଣିଷର କାମ। କୁକୁଡା ଲଢ଼େଇ ପଡ଼ା ଚାରିପଟେ ପୁଣି ବାଜି ଖେଳୁଥିବା ଏବଂ ବାଜିରେ ହାରି ଯାଉଥିବା ଲୋକଟି ପଇସା ହରେଇ କେଡ଼େ ହୀନସ୍ତା ନ ହେଉଥିବ ସତେ! ଆମେ କୁକୁଡ଼ା ଲଢ଼େଇ କରୁଛୁ ବୋଲି ସିନା ସେମାନେ ବାଜି ଧରୁଛନ୍ତି। ମାଂସ ଖାଇବାକୁ ଇଚ୍ଛା ହେଲେ ବରଂ ସେ

ନିଜେ କୁକୁଡ଼ା ପାଳି ମାରି ମାଂସ ଖାଇବ। ନିରୀହ ଜୀବମାନଙ୍କର ଜୀବନକୁ ନେଇ ସେ ଆଉ ହିଂସ୍ରତାର ଖେଳ ଖେଳିବନି। ମନେ ମନେ ଦୃଢ଼ ପ୍ରତିଜ୍ଞା ନେଲା- ଆଜିଠୁ କୁକୁଡ଼ା ଲଢ଼େଇ ବନ୍ଦ...ବନ୍ଦ...ବନ୍ଦ...।

ବାବୁ ମୁଣ୍ଡା ମାରାଂବୁରୁ ତଥା ଜାହିରା ଦେବତାଙ୍କ ଉଦ୍ଦେଶ୍ୟରେ ଲମ୍ବା ମୁଣ୍ଡିଆ ମାରି ସବୁଦିନ ପାଇଁ କୁକୁଡ଼ା ଲଢ଼େଇକୁ ଛି କରିଦେଲା।

■

ମମତା ମେସ୍

ଗଳ୍ପଟିର ଶିରୋନାମାରୁ ପାଠକେ ଦୁଇଟି ଅନାବୃତ ସତ୍ୟର ପର୍ଦ୍ଦାଫାସ କରିସାରିଲେଣି ବୋଧେ। ପ୍ରଥମଟି ହେଲା- ହୁଏତ ଏଠାରେ ଏକ ଲେଡ଼ିଜ୍ ମେସ୍ ବିଷୟରେ ଲେଖକ ବଖାଣିଥିବେ ଏବଂ / କିମ୍ବା ଦ୍ୱିତୀୟ କଥାଟି ହେଲା- ମମତା ମେସ୍‌ଟି ସ୍ନେହ, ମମତା ଓ ସୌହାର୍ଦ୍ଦ୍ୟପୂର୍ଣ୍ଣ ବାତାବରଣ ଭିତରେ ଗଢ଼ି ଉଠିଥିବା ଉଲ୍ଲେଖ ଥିବ। ଆପଣମାନଙ୍କର ଅନୁମାନ ଶତକଡ଼ା ପଚାଶ ଭାଗ ସତ୍ୟ। ଅର୍ଥାତ୍ - ପ୍ରଥମ ଅନୁମାନଟି ଠିକ୍ ଅଛି; କିନ୍ତୁ ଦ୍ୱିତୀୟଟା ନାମକରଣର ଯଥାର୍ଥତାର ଠିକ୍ ଓଲଟା। ମମତା ମେସ୍ ଏକ ଲେଡ଼ିଜ୍ ମେସ୍ - ଏହା ସତ୍ୟ; କିନ୍ତୁ ସେଠାରେ 'ମମତା' ଏକ କଷ୍ଟଲବ୍ଧ ବସ୍ତୁ ଥିଲା।

କଲେଜରେ ଆଡ୍‌ମିଶନ ହେବା ଦିନରୁ ହିଁ ମୁଁ ସେ ମେସ୍‌ଟିକୁ ଦେଖିଆସୁଛି। ମୁଁ ଏକା ନୁହେଁ; ସମସ୍ତଙ୍କ ନଜରରେ ପଡ଼ିଲା ଭଳିଆ ଜାଗାରେ ସେ ମେସ୍‌ଟି ଗଢ଼ି ଉଠିଛି। କଲେଜ୍ ପହଞ୍ଚିବାର କିଛି ଦୂର ପୂର୍ବରୁ ମୁଖ୍ୟରାସ୍ତାର ଡାହାଣ ପାଖରେ ଏକ ଟିଣ ସାଇନ୍‌ବୋର୍ଡ଼ (ଏକ ଗୁଣନ ଦୁଇ ସାଇଜ)ରେ କେଉଁ ଏକ ଅନାମଧେୟ ଆର୍ଟିଷ୍ଟ ଠାରୁ 'ମମତା ମେସ୍' ଲେଖେଇ ଆଣି ତା'ର ପରିଚାଳକ ମହାଶୟ କେବେଠାରୁ ଏକ ଇଲେକ୍ଟ୍ରିକ୍ ଖୁଣ୍ଟରେ ଝୁଲେଇଛନ୍ତି କେଜାଣି ! ପ୍ରଥମେ ଲାଲ୍ ରଙ୍ଗରେ ଲେଖାଯାଇଥିଲା ବୋଧେ। ଖରା, ବର୍ଷା, ଶୀତ, କାକର ଖାଇ ଖାଇ ସେ ଲାଲ୍ ରଙ୍ଗର ଦମ୍ ଚାଲିଯାଇଛି ଏବଂ ଫିକା ମେରୁନ୍ ରଙ୍ଗରେ ପରିଣତ ହୋଇଯାଇଛି। ନାମଫଳକଟା ଦୁର୍ବଳ ଥିଲା ସିନା, ମମତା ମେସ୍ କିନ୍ତୁ ସେ ସହରରେ ଲେଡ଼ିଜ୍ ମେସ୍‌ମାନଙ୍କ ଭିତରେ ରାଣୀ ପାଲଟି ସାରିଥିଲା।

ପ୍ରକୃତରେ ମମତା ମେସ୍‌ରେ ନିଜ ନିଜ ଝିଅମାନଙ୍କୁ ରଖେଇବାକୁ ପ୍ରତ୍ୟେକ ଶିକ୍ଷାବର୍ଷ ଆରମ୍ଭରୁ ଅଭିଭାବକମାନଙ୍କର ଲମ୍ଫାଧାଡ଼ି ଲାଗି ରହେ। ତା'ର କାରଣ - ପ୍ରଥମତଃ ଅନ୍ୟ ଲେଡ଼ିଜ୍ ମେସ୍‌ଠାରୁ ମମତା ମେସ୍ କଲେଜର ନିକଟତମ; ଦ୍ୱିତୀୟରେ ଉଚ୍ଚ ଶୃଙ୍ଖଳା ଯୋଗୁଁ ଏଠାରେ ଝିଅମାନେ ବିଭିନ୍ନ ଦୃଷ୍ଟିକୋଣରୁ ଅଧିକ ସୁରକ୍ଷିତ। ତେଣୁ

ଏହି ମେସ୍‌ରେ ଝିଅମାନଙ୍କୁ ରଖେଇ ପାରିବାଟା ଅଭିଭାବକମାନଙ୍କ ପାଇଁ ରାଜ୍ୟ ଜୟ ସଦୃଶ ମନେହୁଏ। ଆଉ ସେମାନେ ଝିଅମାନଙ୍କୁ ସେ ମେସ୍ ମାଲିକଙ୍କ ହାତରେ ଟେକିଦେଇ ଯେତିକି ସୁରକ୍ଷିତ ମନେ କରନ୍ତି; ଝିଅ ନିଜ ଘରେ ଥିଲେ ବୋଧେ ସେତିକି ଆଶ୍ୱସ୍ତ ହୁଅନ୍ତେ ନାହିଁ।

କିନ୍ତୁ କଲେଜର ଝିଅମାନଙ୍କୁ ମମତା ମେସ୍ ଏକ ଜେଲ୍ ପରି ମନେହୁଏ। କାରଣ ସେଠାରେ ସେମାନଙ୍କୁ ଅନେକ କଟକଣା ଭିତରେ ରହିବାକୁ ପଡୁଥିଲା। ଯିବାଆସିବା, ରହିବା, ଖାଇବା, ସାଙ୍ଗସାଥୀ - ସମ୍ପର୍କୀୟମାନଙ୍କୁ ଦେଖା କରିବା, ସବୁ କ୍ଷେତ୍ରରେ ମମତା ମେସ୍‌ରେ କଡ଼ା ନିୟମାବଳୀ ରହିଥିଲା। ପୁରୁଷବନ୍ଧୁମାନେ ତ ଦେଖା କରିବାଟା ସେଠାରେ ଏକପ୍ରକାର ନିଷିଦ୍ଧ ଥିଲା। ଯଦି କେବେ କେଉଁ ପୁରୁଷ ବନ୍ଧୁ ବା ପ୍ରେମିକ ସେଠାରେ କାହାକୁ ଦେଖାକରିବାକୁ ଗଲା, ତାହେଲେ ଜାଣ ତା'ର ବେଳ ଖରାପ ପଡ଼ିଗଲା। ମାଲିକେ ତାଙ୍କର ଗାନ୍ଧୀ ଚଷମାଟାକୁ ନାକଦଣ୍ଡି ତଳକୁ ଖସେଇ ଆଣି, ପାଟିରେ ପାକୁଳି କରୁଥିବା ପାନ ସୁପାରିର କିୟଦଂଶକୁ ଜିଭ ଆଗରେ ଠେଲିଆଣି ଆଗ ଦାନ୍ତରେ ଚୋବାଉ ଚୋବାଉ ଗଗଲସ୍ କାଚର ଉପର ଆଡୁ ଚାହିଁ ଯେଉଁ ସବୁ ପ୍ରଶ୍ନବାଣ ସେ ପିଲା ଆଡ଼କୁ କ୍ଷେପଣ କରନ୍ତି, ଅପରପକ୍ଷ ଓକିଲ ମଧ୍ୟ ଅପରାଧୀମାନଙ୍କୁ କୋର୍ଟରେ ତା'ଠାରୁ କମ୍ ପ୍ରଶ୍ନ ପଚାରନ୍ତି। ତମେ କିଏ, କାହିଁକି ଆସିଛ, ସେ ଝିଅର ତମେ କ'ଣ ହୁଅ, କଲେଜରେ ଦେଖା ନ କରି ମେସ୍‌କୁ କାହିଁକି ଆସିଛ ଦେଖା କରିବାକୁ, ଏଠିକାର ନିୟମକାନୁନ୍ ଜାଣିଛକି ନାହିଁ, ଯଦି ତମେ ସେ ଝିଅର ରକ୍ତ ସମ୍ପର୍କୀୟ - ତେବେ ସେ ଝିଅର ବାପାଙ୍କ ନାମ, ମାଆଙ୍କ ନାମ, ତାଙ୍କ ଘରର ସମ୍ପୂର୍ଣ୍ଣ ଠିକଣା କୁହ, ତମର ସମ୍ପୂର୍ଣ୍ଣ ଠିକଣା କୁହ, ତମେ କୋଉ ଡିପାର୍ଟମେଣ୍ଟର ଛାତ୍ର, ତା'ର ତ ସଂସ୍କୃତ ଅନର୍ସ ଓ ତମର ପଲିଟିକାଲ୍ ସାଇନ୍‌ସ୍ - ତମ ସହ ତା'ର କେମିତି ଚିହ୍ନା ହେଲା ? ...ଏହିପରି ଅନେକ ସନ୍ଦେହପୂର୍ଣ୍ଣ ପ୍ରଶ୍ନର ତୀରମାଡ଼ରେ ଘାଇଲା ହୋଇସାରି ମଧ୍ୟ ଯିଏ ହାର୍ଟ ଫେଲ୍ ନ ହୋଇ, ତା'ର ପ୍ରେମିକ ବୋଲି ସମ୍ପୂର୍ଣ୍ଣ ଗୁପ୍ତ ରଖିପାରି ମାଲିକଙ୍କ ସାମ୍ନାରେ ଧୈର୍ଯ୍ୟଧରି ଛିଡ଼ା ହୋଇ ରହିପାରିଲା- ସେ ହିଁ କେବଳ ତା'ର ଗାର୍ଲଫ୍ରେଣ୍ଡ ସହିତ ଦେଖା କରି ପାରିବାର (କେବଳ ପାଞ୍ଚ ମିନିଟ୍ ପାଇଁ) ଟିକେଟ୍ ପାଇପାରେ। ଅନେକ ସମୟରେ ଏମିତି ଘଟିଛି। ଲୁଡୁ ଖେଳରେ ସୋପାନ ପରେ ସୋପାନ ଅତିକ୍ରମ କରିଯାଇ ୯୮ ଘରେ ପହଞ୍ଚି ଲମ୍ବା ସାପଟି ଗିଳି ଦେବାରୁ ୨୩ ଘରକୁ କେହି କେହି ଖସି ଆସିଛନ୍ତି ଏବଂ ଖେଳ ଅଧାରୁ 'ଶିଶୁପାଳ'ର ଆଖ୍ୟା ବହନ କରି ବୟଫ୍ରେଣ୍ଡମାନେ ପରାସ୍ତ ହୋଇ ଗାର୍ଲଫ୍ରେଣ୍ଡମାନଙ୍କୁ ଦେଖା କରି ନ ପାରି ଫେରିଯାଇଛନ୍ତି। କିଛି ପ୍ରେମିକ ପ୍ରେମିକାଙ୍କ ମଧ୍ୟରେ କେବଳ ଏଇଥିପାଇଁ ମଧ୍ୟ ସମ୍ପର୍କ ଚିରଦିନ ପାଇଁ ତୁଟି ଯାଇଛି।

ଏସବୁ ଜାଣି ମଧ୍ୟ ମୁଁ ଥରେ ସେ ନିଷିଦ୍ଧାଞ୍ଚଳରେ ପାଦ ପକେଇବାକୁ ବାଧ୍ୟ ହୋଇଥିଲି। ଯଦିଓ ମୁଁ ଜାଣିଥିଲି କ୍ୱାର୍ଟର ଫାଇନାଲ୍, ସେମିଫାଇନାଲ୍ ନୁହେଁ, ପ୍ରଥମ ରାଉଣ୍ଡରୁ ମୁଁ ବିଦାୟ ନେଇ ଚାଲିଯିବି।

ସେଦିନ କିନ୍ତୁ ଯିବାଟା ମୋର ନିହାତି ଜରୁରୀ ଥିଲା।

ପୂର୍ବରୁ ମୋର କିଛି ରସିକିଆ ସାଙ୍ଗମାନଙ୍କଠାରୁ ମମତା ମେସ୍‌ରେ ଜଣେ ଅନ୍ତେବାସିନୀକୁ ଦେଖା କରିବାର ପ୍ରଚଳିତ ସମସ୍ତ ନିୟମାବଳୀ ତଥା ସମ୍ମୁଖୀନ ହେବାକୁ ଥିବା ମେସ୍ ମାଲିକଙ୍କର ସମ୍ଭାବ୍ୟ ପ୍ରଶ୍ନାବଳୀର ଉତ୍ତର ସମୂହକୁ ମୁଁ ମୁଖସ୍ଥ କରି ପକାଇ ଅହିରାଜ ସାପ ଲାଞ୍ଜରେ ହାତ ମାରିବାକୁ ଶପଥ ନେଇ ସେଦିନ ଆଗେଇଗଲି। ବିଜୟୀ ତଥା ପରାଜିତ : ଉଭୟ ପ୍ରକାରର ସାଙ୍ଗମାନଙ୍କ ପ୍ରତିକ୍ରିୟା ସବୁକୁ ପୁଙ୍ଖାନୁପୁଙ୍ଖ ଅନୁଶୀଳନ କରି ହଷ୍ଟେଲର ରୁମ ଥାକରେ ଥିବା ବଜ୍ରଙ୍ଗବଲୀଙ୍କ ଫଟୋକୁ ୧୦୮ ଥର ମୁଣ୍ଡିଆ ମାରି ସାହସ ଜୁଟେଇ ସାଇକେଲ୍ ଧରି ଚାଲିଲି ମମତା ମେସ୍ ଆଡ଼େ।

ମନଟା ଖାଲି ମୋର ଛୁକୁପୁକୁ ହେଉଥାଏ। ବାରମ୍ବାର ଠାକୁରଙ୍କୁ ସ୍ମରଣ କରୁଥାଏ - ହେ ପ୍ରଭୁ! ତମେତ ଜାଣିଛ ମୁଁ କେମିତି ଭଦ୍ର ଓ ସୁଶୀଳ ପ୍ରେମିକଟାଏ। ରେଣୁକାକୁ ଭଲ ପାଉଥିଲେ ବି ତମେ କାଳେ ଖରାପ ଭାବିବ ବୋଲି ତାକୁ ଆଜି ପର୍ଯ୍ୟନ୍ତ 'ଆଇ ଲଭ ୟୁ' ପଦକ କହିନାହିଁ। ତେଣୁ ସେହି କୋଟାରେ ଆଜି ମୋର ଏ ଗସ୍ତଟି ଫଳପ୍ରଦ କରାଅ। ମେସ୍ ମାଲିକଙ୍କୁ ମୋର ପ୍ରବଳ ଡର। ଏତିକି ଟିକିଏ ଦୟାକର - ମୁଁ ଯିବାବେଳକୁ ମାଲିକ ଏକ କିମ୍ବା ଦୁଇ ଯାଇଥା'ନ୍ତୁ ଏବଂ ତାଙ୍କ ସ୍ଥାନରେ ଆଉ କେହି ବସିଥା'ନ୍ତ ପ୍ରଭୁ!

ଏମିତି ଭାବୁଭାବୁ କେତେବେଳେ ଯାଇ ମମତା ମେସ୍ ସାମ୍ନାରେ ପହଞ୍ଚିଗଲିଣି ଜାଣିପାରିଲିନି। ଗେଟ୍ ପାଖରେ ପାର୍କିଂ ପାଇଁ ଥିବା ଖୋଲା ଜାଗାରେ ବାଁ ପାଖ ବାଡ଼ ପାଖରେ ମୋ' ସାଇକେଲଟିକୁ ବଡ଼ ସମ୍ଭ୍ରମର ସହିତ ରଖି ଷ୍ଟାଣ୍ଡ ମାରିଲି। ପକେଟରୁ ରୁମାଲ୍ ଖୋଲି ମୁହଁରୁ ସ୍ୱେଦବାରି ପୋଛି ହେଲି। ମୁହଁ ପୋଛୁ ପୋଛୁ ରୁମାଲ୍ ଉପର ଦେଇ ଚୋରା ନଜର ପକେଇ ଦେଖିଲି - ମ୍ୟାନେଜର ଅଛନ୍ତି ନା ଆଉ କିଏ ବସିଛନ୍ତି। ଶୂନ୍ୟ ଚୌକିଟା ଦେଖି ଖୁସିରେ କୁରୁଳି ଉଠିଲି। ଯାହାହେଉ, ଇଣ୍ଟରଭ୍ୟୁ ରୁମ୍‌କୁ ପଶିବା ଆଗରୁ ମତେ ଯଥେଷ୍ଟ ଅବସର ମିଳିଗଲା ପୂର୍ବ ନିର୍ଦ୍ଧାରିତ ପ୍ରଶ୍ନାବଳୀର ଉତ୍ତରଗୁଡ଼ିକ ରିଭିଜନ୍ କରେଇ ନେବାକୁ।

କିନ୍ତୁ ଏ କ'ଣ! ମୋର ଖୁସି ବେଶୀ ସମୟ ରହିଲା ନାହିଁ। ମ୍ୟାନେଜର୍ ମହାଶୟ ଭିତରୁ ବାହାରି ଆସି ନିଜ ଚୌକିରେ ଆସ୍ଥାନ ଜମାଇ ଗାନ୍ଧୀ ଚଷମାଟାକୁ ଉପରକୁ ଟେକିଦେଇ ଗେଟ୍‌ଆଡ଼କୁ ନଜର ବୁଲାଉ ବୁଲାଉ ମୋ ଉପରେ ଆଖି ପଡ଼ିଗଲା।

ମୁଁ ନିଜ ଆଖିରେ ଦେଖିଛି - ସିଏ ଅଇଛା ପରିସ୍ରା କିମ୍ବା ଝାଡ଼ା ବସି ଆସିବା

ପରର ଆତ୍ମସନ୍ତୁଷ୍ଟି ଭରା ମୁହଁଟି ନେଇ ନିଜ ଚୌକିରେ ବସିବାକୁ ଯାଉଥିଲେ; କିନ୍ତୁ ମୋ' ଉପରେ ନଜର ପଡୁ ପଡୁ ତତ୍‌କ୍ଷଣାତ୍ ତାଙ୍କ ମୁଖଭଙ୍ଗୀକୁ ବଦଳାଇ ଗମ୍ଭୀର ହୋଇଗଲେ। ମ୍ୟାନେଜରିଆ ଠାଣି ଟିକିଏ ଅଲଗା ହେବାକଥା କି ନୁହେଁ!

ଗେଟ୍ ଖୋଲୁ ଖୋଲୁ ଦେଖିଲି ମାଲିକେ ଭିଜିଟିଂ ରେଜିଷ୍ଟର୍‌ଟି ଖୋଲିବା ଆରମ୍ଭ କଲେଣି। ଭିତରେ ପଶୁ ପଶୁ ଆଜ୍ଞାଙ୍କୁ ସୁଦୀର୍ଘ ମଥାନତ ନମସ୍କାରଟିଏ ମାରିଲି। ସେ ମୋର ନମସ୍କାରକୁ ଗୁରୁତ୍ୱ ନ ଦେଇ କୃତ୍ରିମ ହସଟିଏ ହସିଦେଇ 'କ'ଣ ହେଲା ବାପା' ବୋଲି ପଚାରିଲେ। ମୁଁ ମୋର ପୂର୍ବ ପ୍ରସ୍ତୁତି ଅନୁସାରେ ଘୋଷା ସଂଳାପ ସବୁ ଆରମ୍ଭ କରିଦେଲି।

- ଆଜ୍ଞା ମୁଁ +୩ ଦ୍ୱିତୀୟ ବର୍ଷ ସଂସ୍କୃତ ଅନର୍ସଛାତ୍ରୀ, ରୁମ୍ ନମ୍ବର ତିନିର ରେଣୁକା ମହାପାତ୍ରକୁ ଦେଖା କରିବାକୁ ଚାହୁଁଛି। ଟିକିଏ ଖବର ଦେବେ ଆସିବାକୁ?

ମ୍ୟାନେଜରଙ୍କ ପ୍ରଥମ ପ୍ରଶ୍ନ ଥିଲା- ତମେ ତାଙ୍କର କିଏ ହୁଅ?

ମୁଁ ଏ ପ୍ରଶ୍ନର ଉତ୍ତରରେ ତା'ର ସାଙ୍ଗ ବୋଲି କହିବା ସହିତ ନର୍ଭସ୍ ହୋଇ ପରବର୍ତ୍ତୀ ପ୍ରଶ୍ନସବୁକୁ ଅପେକ୍ଷା ନକରି ଛଅ ସାତଟି ସମ୍ଭାବ୍ୟ ପ୍ରଶ୍ନର ଉତ୍ତର ଅନର୍ଗଳ ଗାଇଦେଲି।

- ଆଜ୍ଞା ମୁଁ ଆପଣଙ୍କ ମେସ୍‌ର ସମସ୍ତ ନିୟମକାନୁନ୍ ଜାଣିଛି।

- ମୁଁ ରେଣୁକାର ବନ୍ଧୁ ବାନ୍ଧବ, କିମ୍ବା ରକ୍ତ ସମ୍ପର୍କୀୟ ନୁହେଁ।

- ତାଙ୍କ ଗାଁ ପିଲା ମଧ୍ୟ ନୁହେଁ।

- ମୋର ସଂସ୍କୃତ ଅନର୍ସ ନୁହେଁ, ପଲଟିକାଲ୍ ସାଇନ୍‌ସ।

- ତାକୁ ବହିପତ୍ର ଦେବାକୁ କିମ୍ବା ନେବାକୁ ଆସିନାହିଁ।

- କିନ୍ତୁ ମୁଁ ତା'ର ଜଣେ ଘନିଷ୍ଠ କ୍ଲାସ୍‌ମେଟ୍ ଏବଂ ଯେହେତୁ ସେ ତିନିଦିନ ହେଲାଣି କଲେଜ୍ ଯାଉନାହିଁ, ମତେ ଆସିବାକୁ ପଡ଼ିଲା।

- ତା' ସହିତ ମୋର ସମ୍ପର୍କ କେମିତି ହେଲା ବୋଲି ପଚାରି ପାରନ୍ତି। ଆମେ ଦୁହେଁ ଏଜୁକେଶନ୍ ପାଶ୍ ରଖିଛୁ। କିନ୍ତୁ ପ୍ରକୃତରେ ଚିହ୍ନାଚିହ୍ନି ହେଲେ ଆମ ଦୁହିଁଙ୍କର ମାମୁ ଘର ଆଡୁ। ଆମ ଦୁଇଜଣଙ୍କର ମାମୁ ଘର ଗାଁ ଗୋଟିଏ। ତେଣୁ ସେଆଡୁ ପିଲାଦିନର ଚିହ୍ନା ପରିଚୟ।

ବିନା ବିରାମରେ ମୋର ଏତେଗୁଡ଼ିଏ କୈଫିୟତକୁ କିନ୍ତୁ ମାଲିକେ ଧୈର୍ଯ୍ୟର ସହିତ ଶୁଣିଥିଲେ ଏବଂ ମୁଁ ତା'ର ପ୍ରେମିକ ହୁଏ କି ନ ହୁଏ; ଆପାତତଃ ସରଳ ଓ ସଚ୍ଚୋଟ ପିଲାଟିଏ ବୋଲି ତାଙ୍କର ହୃଦ୍‌ବୋଧ ହେଲା ବୋଧେ। କିନ୍ତୁ ପ୍ରଶ୍ନବାଣ ସରିନଥିଲା।

ସେ ପଚାରିଲେ - ହେଉ ବାପା ଠିକ୍ ଅଛି । କିନ୍ତୁ ତାକୁ କାହିଁକି ତମେ ଦେଖା କରିବାକୁ ଆସିଛ ?

ଏହି ସମୟରେ କୋଉଠୁ ଗୋଟିଏ ଫୋନ୍ ଆସିବାରୁ ସେ ରିସିଭର୍ ଉଠାଇ କଥା ହେଲେ ଏବଂ କିଛି ଗୋଟାଏ ଖୁସିର ଖବର ଥିବାର ତାଙ୍କ "ଥ୍ୟାଙ୍କ୍ ୟୁ, ଥ୍ୟାଙ୍କ୍ ୟୁ" ଆଭାସ ଦେଲା । ସେ ଖୁସି ଖବର ଶୁଣି ମତେ ପଚାରିଥିବା ପ୍ରଶ୍ନଟି ବିଷୟରେ ଭୁଲିଗଲେ ବୋଧେ । ସେହି ସମୟରେ ଜଣେ ଅନ୍ତେବାସିନୀ ମେସ୍ ଭିତରକୁ ଯାଉଥିବାର ଦେଖି ଚଟାପଟ୍ ତାକୁ କହିଲେ- ଆରେ ମା', ରେଣୁକା ମହାପାତ୍ରକୁ ଟିକେ ଖବର ଦବୁତ ଆସିବାକୁ ।

ମାଲିକଙ୍କ ସହିତ ଫୋନ୍‌ରେ କଥା ହୋଇଥିବା ସେ ଅପରିଚିତ ବ୍ୟକ୍ତିଙ୍କୁ ମୁଁ ହୃଦୟର ସହିତ ଧନ୍ୟବାଦ ଜଣେଇ ରେଣୁକାକୁ ପ୍ରତୀକ୍ଷିତ ନୟନରେ ଚାହିଁ ବସିଲି ।

ରେଣୁକା ମହାଶୟା କିଛି ସମୟ ପରେ ଆସି ପହଞ୍ଚିଲେ । ଶୁଖିଲା ଶୁଖିଲା ବାଧ୍ୟ ହସଟିଏ ହସିଲେ ।

ଦୁଇ ତିନିଦିନ ହେବ ଖିଆପିଆ ଭଲକରି ହୋଇ ନ ଥିବ ମୁଁ ଜାଣେ । ତେଣୁ ମୁହଁଟା ଶୁଖିଯିବା ସ୍ୱାଭାବିକ । ସେ ମୋଟେ ଭଲରେ ନାହିଁ ମୁଁ ଜାଣେ । ତେଣୁ 'କେମିତି ଅଛ' ବୋଲି ଔପଚାରିକ ପ୍ରଶ୍ନପଚାରି ତା' ମନରେ ଆଉ ବେଶୀ ଦୁଃଖ ଦେବା ଠିକ୍ ନୁହେଁ ଭାବି ସାଙ୍ଗେ ସାଙ୍ଗେ ମୁଁ ତା' ହାତରେ ଏକ ବନ୍ଦ ଲଫାପା ଧରେଇଦେଲି ଏବଂ ମୋର ଆଜିର ଅଭିଳଷିତ କାର୍ଯ୍ୟଟି ସମାପନ କରିପାରିଥିବାର ଖୁସିରେ ଆତ୍ମସନ୍ତୋଷଭରା ଦୀର୍ଘନିଃଶ୍ୱାସ ମାରି ରେଣୁକାର ପ୍ରତିକ୍ରିୟାକୁ ଅପେକ୍ଷା କଲି । ରେଣୁକା କିଛି ପ୍ରତିକ୍ରିୟା ରଖିବା ପୂର୍ବରୁ ମାଲିକେ କ୍ରିୟାଶୀଳ ହୋଇଉଠିଲେ । ମୋର ଆତ୍ମସନ୍ତୋଷଭରା ମୁରୁକି ହସ ଦେଖି ସେ ଆଉ ଧୈର୍ଯ୍ୟଧରି ରହିପାରିଲେ ନାହିଁ ଏବଂ ମତେ ଏକ ଶାନ୍ତ ସରଳ ପିଲା ଭାବି ବହୁତ ବଡ଼ ଭୁଲ୍‌ଟାଏ କରି ଦେଇଛନ୍ତି ବୋଲି ନିଶ୍ଚିତ ହୋଇ ହଠାତ୍ ରୁକ୍ଷ କଣ୍ଠରେ କହିବାକୁ ଆରମ୍ଭ କଲେ - ରୁହ ରେଣୁକା । ସେ ଲଫାପା ମୋ' ସାମ୍ନାରେ ଖୋଲ ।

ରେଣୁକା ଦୃଢ଼ ନିଶ୍ଚିତ ଥିଲା ଯେ ଲଫାପା ଭିତରେ ନିଶ୍ଚୟ ଏକ ପ୍ରେମପତ୍ର ଥିବ । ଡରିଡରି କିଂକର୍ତ୍ତବ୍ୟବିମୂଢ଼ ହୋଇ ଲଫାପାଟି ମ୍ୟାନେଜରଙ୍କ ହାତକୁ ବଢ଼ାଉ ବଢ଼ାଉ (ମନେ ମନେ ତାଙ୍କ ଚଉଦ ପୁରୁଷଙ୍କୁ ମଧ୍ୟ ଗାଳି ଦେଇଥିବ) ମୋ ମୁହଁରେ ଏତେ ଟିକେ ମଧ୍ୟ ଦୁଃଖ ନ ଦେଖି ସେ ଆଶ୍ଚର୍ଯ୍ୟ ହୋଇଥିଲା ।

ମ୍ୟାନେଜର୍ ମହାଶୟ ଲଫାପାଟି ନେଇ ନିଜ ହାତରେ ଚିରି ପକାଇଲେ ଏବଂ ସେଥିରୁ ଯାହା ବାହାରିଲା ତାକୁ ଦେଖି ପରାଜୟର ଗ୍ଲାନିରେ ତାଙ୍କ ମୁହଁଟା ମଳିନ

ପଡ଼ିଗଲା । କାରଣ- ସେ ଲଫାପା ଭିତରୁ ସେ ପ୍ରେମପତ୍ର ପାଇନଥିଲେ । ବରଂ ତା' ଭିତରୁ ଏକ ପୁରୁଣା ପାଉଁଜି ପାଉଥିଲେ ।

ମ୍ୟାନେଜର୍ ମହାଶୟ ଏଥର ଟିକିଏ ଟିକିଏ ହସି ଆସୁଥିଲେ । କିନ୍ତୁ ମ୍ୟାନେଜରମାନଙ୍କ ବାଇ ଲ'ରେ କୋଉଠି ଗୋଟେ 'ହସିବା ମନା' ବୋଲି ନିର୍ଦ୍ଦେଶନାମା ଲେଖା ଅଛି ବୋଧେ : ତେଣୁ ସେ ନିଜ ହସଟିକୁ ଚାପିଦେଇ ପୁଣି ଗମ୍ଭୀର ସ୍ୱରରେ ପଚାରିଲେ- ଏ ପାଉଁଜି କ'ଣ ପାଇଁ ଆଣିଛ ?

ମୁଁ ତତ୍‌କ୍ଷଣାତ୍ ଉତ୍ତର ଦେଲି- ଆଜ୍ଞା ରେଣୁକା ଏଜୁକେସନ୍ କ୍ଲାସ୍‌ରେ ତିନିଦିନ ତଳେ ତା' ବାମପାଦର ପାଉଁଜିଟି କୋଉଠି ହଜେଇ ଦେଇଥିଲା । ସେଦିନ ଛୁଟି ହେଲାବେଳକୁ ସନ୍ଧ୍ୟା ହୋଇ ଆସିଲାଣି । ତେଣୁ କ୍ଲାସ୍ ସରୁ ସରୁ ମତେ ଦେଖାକରି କାନ୍ଦି କାନ୍ଦି ପାଉଁଜିଟା ହଜିଯିବା ବିଷୟରେ କହିଥିଲା । ମୁଁ ରାତିସାରା ଦରୱାନ୍‌କୁ ନେଇ କ୍ଲାସ୍‌ରୁମ୍‌ରେ ଖୋଜି ଖୋଜି ନ ପାଇ ଫେରିଆସିଲି । କିନ୍ତୁ ତା'ପରଦିନ ଯାଇ କ୍ଲାସ୍‌ରୁମ୍ ବାହାରେ ପାହାଚ ତଳେ ପାଇଥିଲି । ତାକୁ ପାଉଁଜିଟା ଫେରାଇବାକୁ ଦୁଇଦିନ ଅପେକ୍ଷା କଲି । କିନ୍ତୁ ସେ ଆସିଲା ନାହିଁ । ହୁଏତ ତା'ର ବିଶ୍ୱାସ ଥିଲା ଯେ ସେ ପାଉଁଜି ଆଉ ମିଳିବ ନାହିଁ ଏବଂ ସୁନାରୂପା ହଜିଲେ ବିପଦ ପଡ଼େ ବୋଲି ଚିନ୍ତା କରି କରି ସେ ଆଉ ମନଦୁଃଖରେ କଲେଜ୍ ଯାଉ ନାହିଁ । ନା କ'ଣ ରେଣୁକା !

ରେଣୁକା ତା'ର ଲଜ୍ଜାଶୀଳ ମୁହଁଟାକୁ ତଳକୁ କରି ଗୋଡ଼ ନଖରେ ଭୂଇଁରେ ଗାର ଟାଣୁଥିଲା ।

ରେଣୁକା ମୋ ଆଡ଼କୁ କେବଳ ମାତ୍ର ଅର୍ଥପୂର୍ଣ୍ଣ ଚାହାଁଣିଟିଏ ପକେଇ ଭିତରକୁ ଚାଲିଯାଇଥିଲା; ଯାହାର ଅର୍ଥ ଥିଲା- ମୋ ପାଇଁ ତୁମେ ଯାହା କରିଛ, ତା' ପ୍ରତିବଦଳରେ ମୁଁ ତୁମକୁ ଅଜସ୍ର ଧନ୍ୟବାଦ ଓ କୃତଜ୍ଞତା ଜଣେଇବାକୁ ଚାହୁଁଛି । କିନ୍ତୁ ଏଇଠି ଏ ଭିଲେନ୍ ସାମ୍ନାରେ ଆଜି ନୁହେଁ; କାଲି ମୁଁ କଲେଜକୁ ଗଲାପରେ । ହେଲା ? ବାଏ ବାଏ...

■

ଋଣ

ପୋଲିସ ବିଭାଗରେ କର୍ତ୍ତବ୍ୟରତ ଥିବା ଯୋଗୁଁ ଆବଶ୍ୟକ ପଡ଼ିଲେ ମତେ ପ୍ରାୟତଃ ଏକ ସମୟରେ ମାତ୍ର ଦିନେ କିମ୍ବା ଦୁଇଦିନ ପାଇଁ ଛୁଟି ମିଳିଥାଏ। ତେଣୁ ଗାଁକୁ ବର୍ଷରେ ଥରେ କିମ୍ବା ଦୁଇଥର, ତାହା ପୁଣି ଦିନେ ଅଧେ ପାଇଁ ଯିବାର ସୁଯୋଗ ମିଳିଥାଏ। ଗାଁରେ ଦିନକୁ ଦିନ କେତେ ଯେ ପରିବର୍ତ୍ତନ ଘଟି ଚାଲିଛି, ପ୍ରତିଦିନ କେତେ ଯେ ଘଟଣା ଦୁର୍ଘଟଣା ଘଟୁଛି, କୋଉ ବୁଢ଼ାବୁଢ଼ୀ ମଲେ ହଜିଲେ, କାହା ଘରେ କେବେ ପିଲା କବିଲା ଜନ୍ମ ହେଲେ, ଏସବୁର ହିସାବ ଆଉ ମୁଁ କୋଉ ରଖିପାରୁଛି ଯେ !

ଗତ ସପ୍ତାହ ପଞ୍ଚାୟତ ନିର୍ବାଚନ ଶେଷ ହେଲା ପରେ କେବଳ ଦୁଇଦିନ ପାଇଁ ପରିବାର ସହିତ ଗାଁକୁ ଯିବାର ସୁଯୋଗ ମିଳିଥିଲା। ସେଦିନ ସକାଳ ନଅଟା ପାଖାପାଖି ସମୟରେ ଗାଁରେ ମୋର ବାଲ୍ୟବନ୍ଧୁ ଭାଗବତ, ଯିଏକି ବାରମ୍ବାର ମ୍ୟାଟ୍ରିକ ଫେଲ୍ ହେଲାପରେ ଚାଷବାସ କରି ଗୁଜୁରାଣ ମେଣ୍ଟାଏ, ତାହାରି ପୁରୁଣା ହିରୋହୋଣ୍ଡା ଗାଡ଼ିଟା ମାଗିନେଇ ଆମ ଗାଁଠୁ ଦଶ କିଲୋମିଟର ଦୂର କପ୍ତିପଦା ବଜାରକୁ କୌଣସି ଏକ ଜରୁରୀ କାମରେ ବାହାରିଥାଏ। କିଛିବାଟ ଗଲାପରେ ଜଣେ ବୃଦ୍ଧବ୍ୟକ୍ତି ବାଡିଖଣ୍ଡେ ଧରି ନଇଁ ନଇଁ ଯାଉଥିବାର ଦେଖିଲି। ତାଙ୍କୁ ଅତିକ୍ରମ କରୁ କରୁ ମୁହଁଟା ଚିହ୍ନାଚିହ୍ନା ଲାଗିବାରୁ ଗାଡ଼ିର ଗତି କମେଇ ଦେଇ ପଛକୁ ବାରମ୍ବାର ଘୂରି ଫେରି ଚାହିଁଲି। ଲୋକଟାର ବୟସ ଅଶି ପାଖାପାଖି ହବ ବୋଧହୁଏ। ଭଲଭାବେ ଚିହ୍ନିବା ନିମନ୍ତେ ଗାଡିଟାକୁ ରାସ୍ତାପାଖରେ ଛିଡ଼ା କରି ଓହ୍ଲାଇ ତାଙ୍କ ଆଡ଼କୁ ଅଗ୍ରସର ହେଲି। ଉଭୟେ ପରସ୍ପରର ପାଖାପାଖି ହେଲାପରେ ମୁଁ ଲୋକଟାକୁ ବଲବଲ କରି ଚାହୁଁଥିବାରୁ ସେ ମତେ ଅତି କୋମଳ ସ୍ୱରରେ ପଚାରିଲେ– କଣ ହେଲା ବାବା ! ଅଟକିଗଲ କାହିଁକି ? କିଛି ଅସୁବିଧା ହେଲାକି ? ମୁଁ ଏବେବି ଦୋ ଦୋଚିହ୍ନା କରୁଥାଏ ଓ ବଲବଲ ହୋଇ ଚାହିଁଥାଏ ଲୋକଟିକୁ। ମୁଁ

ଦୋ ଦୋଚିହ୍ନା କରୁଥିବାର ସେ ଜାଣିଗଲେ ଏବଂ ମତେ ପୁଣି ପଚାରିଲେ ତମେ ବାବା ଆମ ଶଙ୍କର୍ଷଣ ପୁଅ ବାଦଲ୍ ତ ? ମତେ କଣ କହୁଥିଲ କି ?

ମତେ ସେ ଚିହ୍ନିପାରିଥିବାର ପ୍ରମାଣ ଦେଇସାରି ତାଙ୍କଆଡୁ ଆଗ କଥା ଆରମ୍ଭ କଲାପରେ ମଧ୍ୟ ମୁଁ ତାଙ୍କୁ ଜଳକା ହୋଇ ଚାହିଁଥାଏ । ସେ ଭଲଭାବେ ଜାଣିଗଲେ ଯେ ମୁଁ ତାଙ୍କୁ ଚିହ୍ନିପାରୁନାହିଁ । ତେଣୁ ସେ ଅଳ୍ପ ହସି ନିଜେ ନିଜର ପରିଚୟ ଦେଲେ- ବାବା, ମତେ ତମେ ବୋଧେ ଚିହ୍ନି ପାରୁନାହଁ । ମୁଁ ପରା ତମ ପିଲାବେଳର ସଦାନନ୍ଦ ମାଷ୍ଟ୍ରେ ! ବୁଢ଼ା ହେଲିଣି, ତା'ଛଡ଼ା କୋଉ କୋଡ଼ିଏ ବର୍ଷତଳେ ତମେମାନେ ମୋ ପାଖରେ ପ୍ରଥମ ଦ୍ୱିତୀୟ ଶ୍ରେଣୀରେ ପଢୁଥିଲ । ଚିହ୍ନି ନ ପାରିବା ସ୍ୱାଭାବିକ । ଏଦୁନିଆ ତ କ୍ଷଣ କ୍ଷଣକେ ଆନ । ଏ ବିଜ୍ଞାନ ଯୁଗରେ କୋଡ଼ିଏ ବର୍ଷ କ'ଣ ଯେ, କୋଡିଏ ମିନିଟ୍‌ରେ ମଧ୍ୟ କେତେ କ'ଣ ପରିବର୍ତ୍ତନ ହୋଇଯାଉଛି ।

ସାର୍‌ଙ୍କର କଥାଗୁଡ଼ିକ ଶେଷଆଡ଼କୁ ମୁଁ ଆଉ ଭଲ ଭାବେ ଶୁଣିପାରୁନଥିଲି । ସମ୍ପୂର୍ଣ୍ଣ ଭାବପ୍ରବଣ ହୋଇ ସଜଳ ନୟନରେ ନଇଁପଡି ସାର୍‌ଙ୍କ ପାଦ ଛୁଉଁ ଛୁଉଁ ସାର୍‌ଙ୍କୁ ଚିହ୍ନି ନପାରିବା କୈଫିୟତରେ କ'ଣ କହିବି ବୋଲି ଭାଷା ଅଣ୍ଡାଳୁଥିଲି । ମୁଁ କିଛି କହିବା ପୂର୍ବରୁ ସାର୍ ମତେ କୁଣ୍ଢେଇ ପକାଇ ପୁଣି ଯୋଡ଼ିଥିଲେ- ଆରେ ବାବା ମୁଁ ଜାଣେ, ତମେ ପୋଲିସ ବିଭାଗର ଲୋକ । ତମର ସମୟ କାହିଁ ଆଉ କାହାର ଖବର ରଖିବାକୁ ! ଥରେ ଅଧେ କେବେ ସ୍ୱଳ୍ପ ସମୟ ପାଇଁ ଗାଁକୁ ଆସି ଚାଲିଯିବାର ଖବର ମୁଁ ପାଏ । ଯାହାହେଉ, ମୋର ଛାତ୍ରଟିଏ ଜଣେ ପୋଲିସ ଅଫିସର ହୋଇପାରିଛି, ସେଥିପାଇଁ ମୁଁ ଗର୍ବିତ ବାବା । ହଉ ଏଥର ଯାଅ । ମୁଁ ଆଜି ବହୁତ ଖୁସି । ଏତେ ବର୍ଷ ପରେ ତମକୁ ଛୁଇଁ ଆଶୀର୍ବାଦ ଟିକିଏ ଦେଇ ପାରିଥିବାରୁ । ଈଶ୍ୱର ତମର ସପରିବାର ମଙ୍ଗଳ କରନ୍ତୁ ।

କି ଆଶ୍ଚର୍ଯ୍ୟ ! ମୁଁ ଆଜି ଜଣେ ଦେହଧାରୀ ସାକ୍ଷାତ ଦେବତାଙ୍କ ପାଖରୁ ଆଶୀର୍ବାଦ ପ୍ରାପ୍ତ ହେଉଥିବାରୁ ପରମେଶ୍ୱରଙ୍କ ଠାରେ କୃତଜ୍ଞତା ଜ୍ଞାପନ କରିବା ପରିବର୍ତ୍ତେ ସେ ନିଜେ ଆଶୀର୍ବାଦ ବାଣ୍ଟୁଥିବାରୁ ନିଜକୁ ଧନ୍ୟ ମନେ କରୁଛନ୍ତି ! ଏହାଠାରୁ କିମାଶ୍ଚର୍ଯ୍ୟ ଆଉ କଣ ଥାଇପାରେ !

ଆଖି ଛଳଛଳ ହୋଇ ଆସୁଥିଲା । ବହୁତ କଷ୍ଟରେ କୋହକୁ ନିୟନ୍ତ୍ରଣ କରି ଅନୁରୋଧ ଭରା କଣ୍ଠରେ କହିଥିଲି- ସରି ସାର୍, ମୁଁ ଆପଣଙ୍କୁ ଚିହ୍ନିବାରେ ବିଳମ୍ବ କଲି । ଆପଣ କପ୍ତିପଦା ଯାଉଛନ୍ତି ବୋଧେ ! ଆସନ୍ତୁ, ଦୁହେଁ ମିଶି ଗାଡ଼ିରେ କଥାବାର୍ତ୍ତା ହୋଇ ଚାଲିଯିବା । ଅବଶ୍ୟ ସେ ନିଜେ ଚାଲିଚାଲି ଯାଇପାରିବେ ଏବଂ ତାଙ୍କ ପାଇଁ ବ୍ୟସ୍ତ ନ ହେବାକୁ ସେ କହିଥିଲେ । ମୁଁ କିନ୍ତୁ ତାଙ୍କୁ ଛାଡ଼ି ନଥିଲି । ମୋର ଅନୁରୋଧ ରକ୍ଷାକରି ସେ ଗାଡ଼ିରେ ବସିଥିଲେ ।

ଅନେକ ଦିନ ପରେ ସାର୍‌ଙ୍କୁ ଏତେ ନିକଟରେ ପାଇଥିବାରୁ ତାଙ୍କ ବିଷୟରେ ରାସ୍ତାରେ ପଚାରି ବୁଝିଥିଲି। ସାର୍‌ଙ୍କର ପୁଅଟି ଦିଲ୍ଲୀରେ ଏକ ବଡ଼ କମ୍ପାନୀରେ ଅବସ୍ଥାପିତ। ସପରିବାରେ ସିଆଡ଼େ ରହେ, ଗାଁକୁ ପ୍ରାୟ ଆସେନା। ସାନଝିଅ ପରଘରକୁ ଗଲାପରେ ସେ ମଧ୍ୟ ନିଜ ପରିବାର ସହିତ ଓଡ଼ିଶା ବାହାରେ ରହେ। ପୁଅବୋହୂଙ୍କ ପାଖରେ ନ ରହିବାର କାରଣରେ ମୋ' ଭିଟାମାଟି ଛାଡ଼ି କୁଆଡ଼େ ଯିବି କହି ଯେତେ ଲୁଚାଇଲେ ମଧ୍ୟ ତା'ର କାରଣ ଅନ୍ୟ କିଛି ଅଛି ବୋଲି ମୁଁ ପୋଲିସ ଅଫିସର ହିସାବରେ ଆବିଷ୍କାର କରି ପାରୁଥିଲି। ସାର୍ ସମ୍ପୂର୍ଣ୍ଣ ଏକୁଟିଆ ରହନ୍ତି ବୋଲି ଅବଶ୍ୟ କହିହେବନି, କାରଣ- ବୋଲହାକ ଶୁଣିବାକୁ ଘରେ ପିଲାଟିଏ ରଖୁଥିଲେ। ସମୟର ସ୍ୱଳ୍ପତା ଭିତରେ ମୋ' ବିଷୟରେ ମଧ୍ୟ ସାର୍‌ଙ୍କୁ ସଂକ୍ଷେପରେ କହିଥିଲି।

କପ୍ତିପଦା ପହଞ୍ଚିବାକୁ ଆଉ ମାଇଲିଏ ପାଖାପାଖି ରାସ୍ତା ଥାଏ। ହଠାତ୍ ଗାଡିଟିର ଷ୍ଟାର୍ଟ ବନ୍ଦ ହୋଇଗଲା। ଝାଳନାଳ ହୋଇ ଯେତେ କିକ୍ ମାରିଲେ ମଧ୍ୟ ଗାଡିଟି ଷ୍ଟାର୍ଟ ହେଲାନି। ଅଗତ୍ୟା ଭାଗବତକୁ ମୋବାଇଲରେ ରିଂ କରି ପଚାରି ବୁଝିଲି। ଗାଡିରେ ଅନେକ ଦିନ ତଳେ ତେଲ ପଡିଥିଲା ଏବଂ ତେଲ ସରି ଯାଇଥାଇପାରେ ବୋଲି ସେ କହିଲା। ବାଧ୍ୟ ହୋଇ କପ୍ତିପଦା ତେଲଟାଙ୍କି ପର୍ଯ୍ୟନ୍ତ ଗାଡିଟିକୁ ଗଡ଼େଇ ଗଡ଼େଇ ଗୁରୁଶିଷ୍ୟ ଦୁହେଁ କଥାବାର୍ତ୍ତା ହୋଇ ଚାଲିଲୁ। ଟାଙ୍କିରେ ପହଞ୍ଚି ଟାଙ୍କିର କର୍ମଚାରୀଙ୍କୁ ଦୁଇଶହ ଟଙ୍କାର ପେଟ୍ରୋଲ ପକାଇବାକୁ କହି ଚାବିରେ ଟାଙ୍କିର ଢାଙ୍କୁଣି ଖୋଲୁଥିବା ସମୟରେ ସାର୍ ଗାଡ଼ିରୁ ଓହ୍ଲେଇ ପଡ଼ି କର୍ମଚାରୀଜଣକ ହାତକୁ ଦୁଇଶହ ଟଙ୍କିଆ ନୋଟଟେ ବଢ଼ାଇ ଦେଇଥିଲେ। ସାର୍ ପଇସା ରଖିଦିଅନ୍ତୁ, ମୁଁ ଦେଇଦେଉଛି ବୋଲି ଯେତେ ଅନୁରୋଧ କଲେ ମଧ୍ୟ ସେ ମୋ କଥା ଶୁଣି ନଥିଲେ। ଓଲଟି ସେ ତାଙ୍କର ସେହି ଚିରାଚରିତ ମାଷ୍ଟ୍ରିଆ ଅନୁଶାସନ ସ୍ୱରରେ ମତେ ଆଜ୍ଞାଧୀନ ଛାତ୍ରଟିଏ ହୋଇ ରହିବାକୁ ବାଧ୍ୟ କରିଥିଲେ।

ମତେ ବଡ଼ ଖରାପ ଲାଗିଥିଲା। ମୋର ବାଲ୍ୟ ଗୁରୁ, ଅଶି ବର୍ଷର ସିନିୟର ସିଟିଜେନ, ବାଟ ଚାଲିବା ପାଇଁ ବାଡିଟିଏର ସାହାରା ନେଉଥିବା ପାଚିଲା ବୁଢ଼ାଟିଏ ଠାରୁ ଜଣେ ପୋଲିସ ଅଫିସର, ଯିଏକି ତା' ନିଜ କାମରେ ବଜାରକୁ ଯାଉ ଯାଉ ସାର୍‌ଙ୍କୁ ଡାକି ନିଜେ ଲିଫ୍ଟ ଦେଇଥିଲା, ସେଭଳି ମହାନ ବ୍ୟକ୍ତିଙ୍କଠାରୁ ପଇସା ନେବାଟା ମୋ ପାଇଁ କେଡ଼େ କଷ୍ଟଦାୟକ ହୋଇନଥିବ ! ମୋର ହାତଧରି ଅ ଆ ପାଠ ଶିଖେଇଥିବା ତଥା ନିଜର ସ୍ୱାଭିମାନକୁ ନିଜର ପୁଅଝିଅଙ୍କଠାରେ ଏପର୍ଯ୍ୟନ୍ତ ମଧ୍ୟ ନୁଆଁଇବାକୁ ଦେଇନଥିବା, ଜୀବନର ସାୟାହ୍ନରେ ଉପନୀତ ହୋଇ ମଧ୍ୟ ସ୍ୱାବଲମ୍ବୀ ଜୀବନ ବିତାଉଥିବା ସେହି ଛାତ୍ରବତ୍ସଳ ଅମାୟିକ ମହାନ୍ ବ୍ୟକ୍ତିତ୍ୱ ନିକଟରେ ମୁଁ ମୁଣ୍ଡ ନୁଆଁଇ ପକାଉଥିଲି। ଜୀବନର ଗୋଟିଏ ଋଣ ପରିଶୋଧ କରି ସାରିନଥିବା ବେଳେ ଏ ପୂର୍ଣ୍ଣ ବୟସରେ ସାର୍

ମୋ ମଥା ଉପରେ ଆଉ ଏକ ଋଣର ବୋଝ ଲଦି ଦେଉଥିବାରୁ ମୋ ମନରେ ତାଙ୍କ ପ୍ରତି ଅଭିମାନ ଜାତ ହେଉଥିଲେ ମଧ୍ୟ ତାଙ୍କର ସେହି ଅନମନୀୟ ବ୍ୟକ୍ତିତ୍ୱ ନିକଟରେ ମୁଁ ପରାଜୟ ସ୍ୱୀକାର କରୁଥିଲି ।

ଆମେ ପରସ୍ପରଠାରୁ ନିଜ ନିଜ କାମରେ ଅଲଗା ହୋଇ ଚାଲି ଯାଉଥିବାବେଳେ ଜଣେ ପୋଲିସ ଅଫିସର୍ ହିସାବରେ ସେହି ମହାନ୍ ବ୍ୟକ୍ତିତ୍ୱକୁ ମନେ ମନେ ସାଲ୍ୟୁଟ୍ କରିଥିଲି ଏବଂ ଭାବପ୍ରବଣ ହୋଇ ଉପରକୁ ଚାହିଁ ଈଶ୍ୱରଙ୍କୁ ପ୍ରାର୍ଥନା କରୁଥିଲି- ହେ ପ୍ରଭୁ ! ଏ ଚଳନ୍ତି ପ୍ରତିମାର କାଣିଚାଏ ମଧ୍ୟ ଋଣ ଭବିଷ୍ୟତରେ ପରିଶୋଧ କରିପାରିବାର ସୁଯୋଗ ମତେ ମିଳିଯାଉ ।

■

ଶ୍ରୀରାଧାଙ୍କ ମାନଭଞ୍ଜନ

ଗାଁ ଭିତରେ ମୁଖ୍ୟରାସ୍ତା ପାର୍ଶ୍ଵକୁ ଲାଗିକରି ଆମର ଘର। ସେଦିନ ସକାଳୁ ସକାଳୁ ଘର ଭିତରେ ଥାଇ ଝରକା ଫାଙ୍କରୁ ଅନେଇ ଦେଖିଲି କିଛି ଦୂରରୁ ଦୁଇଜଣ ପ୍ରାୟତଃ ସମାନ ବୟସର ତରୁଣୀ ଆମ ଘର ଆଡ଼କୁ ଚାଲିଚାଲି ଆସୁଛନ୍ତି। ଦୂରରୁ ଯଦିଓ ସେମାନଙ୍କର ମୁହଁମାନ ପରିଷ୍କାର ଭାବରେ ଚିହ୍ନା ପଡୁନଥିଲା, କିନ୍ତୁ ଏ ଦୁହେଁ ଆମ ଗାଁର ନୁହଁନ୍ତି ଏବଂ ନବାଗତା ବୋଲି ମୁଁ ଦୃଢ଼ ନିଶ୍ଚିତ ଥିଲି। ଆଉ ଟିକିଏ ନିକଟତର ହେବାପରେ ସେମାନଙ୍କ ମଧ୍ୟରୁ ଜଣକର ଚାଲିରୁ ମତେ କାହିଁକି କେଜାଣି ସେ ଚିହ୍ନା ଚିହ୍ନା ଲାଗିଲା। କୌତୂହଳର ସହିତ ଝରକାର ରେଲିଂକୁ ଧରି ଭଲଭାବରେ ନିରୀକ୍ଷଣ କରି ଦେଖିଲି। ସେ ଝିଅଟିର ହାବଭାବ, ଚାଲିଚଳନ, କପାଳ ଉପରକୁ ଓହଳି ଆସି ଫୁରୁଫୁରୁ ହୋଇ ଉଡୁଥିବା କଞ୍ଚୁକୁଞ୍ଚିଆ କେଶ ତଥା ଶାରୀରିକ ଗଠନରୁ ମୁଁ ଶତକଡ଼ା ପଚାଶ ଭାଗ ଦୃଢ଼ ନିଶ୍ଚୟ ହେଲି ଯେ ସେ ହେଉଛି ରେବତୀ ଏବଂ ଅନ୍ୟ ଝିଅଟି ତା'ଠାରୁ ମାତ୍ର ଦେଢ଼ବର୍ଷ ସାନ ଓ ଗୋଟିଏ ଶ୍ରେଣୀ ତଳେ ପଢୁଥିବା ତା' ସାନ ଭଉଣୀ ମିନତି। ସେମାନଙ୍କ ରୂପ ଗଢ଼ଣି, ଚାଲିଚଳନ ଓ ପରିପାଟୀର ସାମଞ୍ଜସ୍ୟକୁ କଳ୍ପନା ରାଜ୍ୟରେ ତଉଲୁ ତଉଲୁ ସେମାନେ ଆସି ମୁଁ ଚାହୁଁଥିବା ଝରକାର ଅତି ନିକଟତର ହୋଇଯାଇଥିଲେ ଏବଂ ସେତେବେଳେ ଯାଇ ମୁଁ ନିଶ୍ଚିତ ହେଲି ଯେ ମୋର ଅନୁମାନ ଠିକ୍ ଥିଲା।

ଆରେ ସତେ ତ ! ସକାଳୁ ସକାଳୁ ଏମାନେ ଏପଟେ କୁଆଡ଼େ ମାଡ଼ି ଆସୁଛନ୍ତି ! ସ୍ୱପ୍ନ ଦେଖିଲା ଭଳି ମତେ ଲାଗିଲା।

ମିନତି ପ୍ରଥମ କରି ଆମ ଗାଁରେ ପାଦ ଦେଉଥିଲା। ରେବତୀ କିନ୍ତୁ ନୂଆକରି ନୁହେଁ; ଦ୍ୱିତୀୟ ଥର ପାଇଁ ଆସୁଛି। ବର୍ଷକ ତଳେ ଥରେ ମୋ' ଦେହ ଖରାପ ହେବା ଯୋଗୁଁ ମୁଁ କଲେଜ ହଷ୍ଟେଲରୁ ସାମୟିକ ଚାଲିଆସି ଘରେ ରହି ଚିକିତ୍ସିତ ହେଉଥିଲି। ସେହି ସମୟରେ ରେବତୀ ବାଟ ପଚାରି ପଚାରି ସାଇକେଲରେ ମୋ'ର ସ୍ୱାସ୍ଥ୍ୟାବସ୍ଥା

ବୁଝିବାକୁ ହଠାତ୍ ଦିନେ ଆମଘରେ ପହଞ୍ଚିଯାଇ ମତେ ସରପ୍ରାଇଜ୍ ଦେଇଥିଲା। ସେଇଥିପାଇଁ ବୋଧେ ଆମ ଘର ଅତିକ୍ରମ କରି ଯାଉଯାଉ ମିନତିକୁ ଆମ ଘର ଆଡ଼କୁ ହାତ ଦେଖାଇ ଫୁଟାଣି ମାରି ଏଇଟା ଦୁଷ୍ମନ୍ତର ଘରବୋଲି ଚିହ୍ନେଇ ଦେଉଥିଲା। ଝରକାଫାଙ୍କରୁ ମୁଁ ଅତି ନିକଟରୁ ହସହସ ମୁହଁରେ ଚାହୁଁଥିବା ବେଳେ ହଠାତ୍ ସେମାନଙ୍କର ଚାରୋଟି ଆଖି ସହିତ ମୋର ଦୁଇ ଆଖିର ମିଳନ ହୋଇଯିବାରୁ ସେ ଦୁହେଁ ଲାଜରେ ଝାଉଁଳି ଗଲେ। ଆମ ଘର ଅତିକ୍ରମ କରି ଯିବା ପର୍ଯ୍ୟନ୍ତ ରେବତୀ ଆଉ ଜମ୍ପା ଲାଜରେ ମୁହଁଟେକି ଚାହିଁନଥିଲା। କିନ୍ତୁ ମିନତି ତାର ସେହି ପୁରୁଣା ସ୍ୱଭାବ ସୁଲଭ ମାଙ୍କଡ଼ାମି କରି ମୋ' ଆଡ଼କୁ ଚାହିଁ ଖତେଇ ହେଇ ଚାଲିଯାଇଥିଲା। ଯୋଉ ଖତେଇ ହେବାର ଅର୍ଥ ମୁଁ ବୁଝିଥିଲି- "ତମେ ଡାକି ନଥିଲେ ବି ରଜ ସଂକ୍ରାନ୍ତିରେ ଆମେ ତମ ଗାଁକୁ ଅଯାଚିତ ଭାବରେ ଯାତଦେଖି ଆସିଛୁ। ଆମକୁ ଏମିତି ଚାହିଁଛ କଣ ପାଇଁ ?" ମୁଁ ସାମାନ୍ୟ ହସିଦେଇ ଆଖିବୁଜି ମୁହଁ ତଳକୁ କରି ତା'ର ଖତେଇ ହେବାକୁ ସ୍ୱୀକାର କଲି।

ସେଦିନଟି ଥିଲା ରଜ ସଂକ୍ରାନ୍ତି। ରଜ ସଂକ୍ରାନ୍ତି ଅବସରରେ ଆମ ଗାଁରେ ପ୍ରତିବର୍ଷ ମାଆ ମନସା ଦେବୀଙ୍କର ମେଢ଼ ତିଆରି ହୋଇ ବହ୍ୱାଡ଼ମ୍ବରରେ ପୂଜା ଅନୁଷ୍ଠିତ ହୁଏ ଏବଂ ସେହି ପୂଜା ଉପଲକ୍ଷେ ରାତି ବେଳକୁ ଗାଁର ଯୁବକମାନେ ମିଶି ନାକଟଟିଏ ମଞ୍ଚସ୍ଥ କରନ୍ତି। ସେ ବର୍ଷ ମଞ୍ଚସ୍ଥ ହେବାକୁ ଥିବା ନାଟକଟିର ମୁଖ୍ୟନାୟକ ଭାବରେ ଅଧୀନକୁ ସୁଯୋଗ ଦିଆଯାଇଥାଏ ଏକ ରହସ୍ୟ ରୋମାଞ୍ଚଭରା ନାଟକ 'ଭଙ୍ଗାକୋଠାରେ ଝିଅଟି କିଏ'ରେ ଅଭିନୟ କରିବା ପାଇଁ। ଅଭିନେତ୍ରୀ ହିସାବରେ ଦୁଇଜଣ ଲେଡି ଆର୍ଟିଷ୍ଟଙ୍କୁ ବାହାରୁ ଭଡ଼ାରେ ଆଣି ମାସକ ପୂର୍ବରୁ ଗାଁର କ୍ଲବ୍‌ଘରେ ରିହର୍ସାଲ୍ କରାଯାଇଥାଏ। ମୁଁ ସେ ବର୍ଷ ବି.ଏ. ଶେଷ ବର୍ଷରେ ଗାଁଠାରୁ ୫୦ କି.ମି ଦୂର କଲେଜ ହଷ୍ଟେଲରେ ରହି ପଢୁଥାଏ। ମୋତେ ମୋ ପାର୍ଟ୍ ଖାତାରେ ମୋ'ର ଡାଏଲଗ୍ ଲେଖି ଦେଇଥା'ନ୍ତି ପଢ଼ି ମୁଖସ୍ଥ କରିବାକୁ। ସବୁଦିନ ନ ହେଲେ ମଧ୍ୟ ମୋର ପୂର୍ବରୁ ଅଭିଜ୍ଞତା ଥିବାରୁ ଶନିବାର, ରବିବାର ତଥା କଲେଜ ଯୋଉଦିନ ଛୁଟିଥାଏ ମୁଁ ଗାଁକୁ ଚାଲିଆସି ରିହର୍ସାଲ୍‌ରେ ଭାଗନେଇ ମୋ' ରୋଲ୍‌କୁ ମୁଁ ଆଡଜଷ୍ଟ୍ କରିନିଏ। ମୋ' ବିପକ୍ଷରେ ମୁଖ୍ୟ ନାୟିକା ଲେଡି ଆର୍ଟିଷ୍ଟ ମିସ୍ ମୀନାକ୍ଷୀ ଥା'ନ୍ତି।

ରେବକୁ ଦଶ ପନ୍ଦର ଦିନ ପୂର୍ବରୁ ଅବଶ୍ୟ କଲେଜରେ ଥରେ ମୁଁ ଏମିତି ଅଣଆନୁଷ୍ଠାନିକ ଭାବରେ କହି ଦେଇଥିଲି- "ଆମ ଗାଁକୁ ଏଥର ରଜ ସଂକ୍ରାନ୍ତିରେ ଆସୁନ। ଗାଁରେ ପୂଜା ହୁଏ ଏବଂ ସେହି ଉପଲକ୍ଷେ ଆମେମାନେ ନାଟକଟିଏ ମଞ୍ଚସ୍ଥ କରିବୁ। ସେ ନାଟକରେ ମୁଁ ମୁଖ୍ୟ ନାୟକର ଭୂମିକା ତୁଲଉଛି।" ସେତେବେଳେ ସେ ସ୍ପଷ୍ଟ ଭାବରେ ହଁ କିମ୍ବା ନା କହିନଥିଲେ ମଧ୍ୟ ହୁଏତ ତାହାକୁ ସେ ମୋ' ତରଫରୁ

ଆନୁଷ୍ଠାନିକ ନିମନ୍ତ୍ରଣ ବୋଲି ଧରି ନେଇଥିଲା ଏବଂ ବୋଧହୁଏ ମୋ' ଅଭିନୟ ଦେଖିବାକୁ ଇଚ୍ଛାକରି ସାନଭଉଣୀ ମିନତିକୁ ସାଙ୍ଗରେ ଧରି ଚାଲି ଆସିଥିଲା । ଆମ ଗାଁରେ ତା'ର ଜଣେ ବାନ୍ଧବୀ ଅଛି, ଯେ କି ମୋର ମଧ୍ୟ ସାଙ୍ଗ । ଆମଘର ପାରି ହୋଇ ଆଉ କିଛି ଦୂରରେ ଥିବା ସେହି ବାନ୍ଧବୀର ଘର ଆଡ଼କୁ ଯାଉଥିବାର ଦେଖି ମୁଁ ନିଶ୍ଚିତ ହେଲି ଯେ ତାଙ୍କରି ଘରକୁ କୁଣିଆ ହୋଇ ଉଭୟେ ଯାଉଛନ୍ତି ।

ମୁଁ କିନ୍ତୁ ଥରେ ହେଲେ ମଧ୍ୟ ଭାବିନଥିଲି, ସେ ମୋର ସେଇ ନିମନ୍ତ୍ରଣକୁ ସମ୍ମାନ ଜଣାଇ ଆମ ଗାଁକୁ ଏପରି ଚାଲି ଆସିବ ବୋଲି । ଦୁଇଭଉଣୀ ଆସିଲେ ସିନା, ମୋର କିନ୍ତୁ ଟେନ୍‌ସନ୍ ବଢ଼ିଗଲା । ରେବତୀ ସାମ୍ନାରେ ମୁଁ କେମିତି ସେ ଲେଡିଆର୍ଟିଷ୍ଟ୍ ସହିତ ରେବତୀର ଗାତ୍ରଦାହ ହେଲାଭଳି ଅଭିନୟ ସବୁ କରିବି, ଦିନସାରା ଏଇ କଥା ଭାବି ଭାବି ମୁଖସ୍ଥ କରିଥିବା ଡାଏଲଗ୍ ସବୁ ମୋର ଖାଲି ଏପଟ ସେପଟ ହେବାରେ ଲାଗିଲା । ମୁଁ ଆଉ ସେଦିନ ରାତିରେ ଅଭିନୟ କରିପାରିବି ବୋଲି କାହିଁ ମୋର ମନେ ହେଲାନାହିଁ । ନାଟକ ମଝିରେ ଲଭ୍ ସିନ୍‌ରେ ଲେଡି ଆର୍ଟିଷ୍ଟକୁ ଚୁମ୍ବନ ଦେବା, ହାତ ଧରାଧରି ହୋଇ ନାଚିବା, କୋଳକୁ ଭିଡ଼ିନେଇ ଆଲିଙ୍ଗନ କରିବା, ବାସର ରାତିରେ ମଧୁଶଯ୍ୟା... ବାପ୍‌ରେ ! ଏସବୁ ପୁଣି ରେବତୀ ସାମ୍ନାରେ ! ନାଇଁ, ନାଇଁ, ଏସବୁ ମୋ ଦେଇ ଆଉ ହୋଇ ପାରିବ ନାହିଁ । ଛି ଛି, କି ଛତରା କଥା ! କିନ୍ତୁ ଆଉ ବା ଉପାୟ କାହିଁ ? ରିହର୍ସାଲ୍‌ରେ ସିନା ମୋ' ଅନୁପସ୍ଥିତିରେ ଆଉ କେହି ପ୍ରକ୍ସି ମାରି ଦେଉଥିଲେ । କିନ୍ତୁ ସେଦିନତ ସେକଥା ଆଉ ହୋଇପାରିବ ନାହିଁ । ବିନା ହିରୋରେ ପୁଣି ନାଟକ କେମିତି ହବ ! ଏହିସବୁ ଟେନ୍‌ସନ୍‌ରେ ଦିନସାରା ମୋର ମୁଣ୍ଡ ଆଉ କାମ ଦେଲାନାହିଁ ।

ଯାହା ବି ହେଉ ରାତି ବେଳକୁ କିନ୍ତୁ ଯଥାସମୟରେ ନାଟକ ଆରମ୍ଭ ହେଲା । ପ୍ରଥମେ ମେଲୋଡ଼ି ପ୍ରୋଗ୍ରାମ, ଗାଁର ଛୋଟ ପିଲାଙ୍କ ଦ୍ୱାରା ରେକର୍ଡ ଡ୍ୟାନ୍‌ସ, ତା'ପରେ ପରେ ନାଟକର ପ୍ରଥମ ଦୃଶ୍ୟ । ପ୍ରବଳ ଉତ୍ସାହ, ଉଦ୍ଦୀପନା, କରତାଳି ଓ ଗାଁ ଟୋକାଙ୍କ ଶୁଶୁରି ମାଡ଼ ମଧ୍ୟରେ ପ୍ରଥମ ଦୁଇଟି ଦୃଶ୍ୟ ସୁରୁଖୁରୁରେ ଚାଲିଗଲା । ତୃତୀୟ ଦୃଶ୍ୟରେ ହିରୋ ମାନେ ମୋର ପ୍ରବେଶ । ଲେଡିଜ୍‌ମାନଙ୍କ ପାଇଁ ଉଦ୍ଦିଷ୍ଟ ଆଗଧାଡ଼ିର ଠିକ୍ ମଝାମଝି ଚୌକିରେ ରେବତୀ, ମିନତି ଓ ଆମ ଗାଁ ଝିଅସାଙ୍ଗ ତିନିହେଁ ବଡ଼ ଉତ୍କଣ୍ଠିତ ନୟନରେ ବସିଥାନ୍ତି । ମୁଁ ଷ୍ଟେଜ୍‌କୁ ଓହ୍ଲେଇ ପ୍ରଥମ ଡାଏଲଗ୍ ଆରମ୍ଭ କରୁ କରୁ ମୋର ନଜର ସିଧା ଯାଇ ରେବତୀ ଉପରେ ଏବଂ ମୁହଁରେ ହାତ ଦେଇ ଓଠ ଚିପିଚିପି ହସୁଥିବା ରେବତୀର ନଜର ମୋ' ଉପରେ ସରଳରେଖାରେ ପଡ଼ିଯିବାରୁ ଆମ ଦୁହିଁଙ୍କ ଚାରିଚକ୍ଷୁର ମହାମିଳନ ଘଟିଲା । ବାସ୍, ମୋର ଅଭିନୟ ଆରମ୍ଭ ହେଉ ହେଉ ଶେଷ ହୋଇଗଲା । ମୋର ପରବର୍ତ୍ତୀ ଡାଏଲଗ୍ ଆଉ ଜମ୍ମା ମନେ ପଡିଲାନି । ରେବତୀ ଓ ମିନତିକୁ ଦେଖି ମୁଁ ସମ୍ପୂର୍ଣ୍ଣ

ନର୍ଭସ ତଥା ଅନ୍ୟମନସ୍କ ହୋଇପଡ଼ିଲି। ମୋର ଅଭିନୟ ଓ ଡାଏଲଗ୍ ପ୍ରମ୍ପଟିଂ କରୁଥିବା ଲୋକଠୁ ଡାଏଲଗ୍ ଶୁଣିଶୁଣି ଯଦିଓ ଆଡ୍‌ଜଷ୍ଟ କରୁଥାଏ, କିନ୍ତୁ ଅଭିନୟ ଆଦୌ ଜୀବନ୍ତ ମନେ ହେଉନଥାଏ। ପରେ ପରେ ମୁଁ ଯୋଉ ଦୃଶ୍ୟରେ ପ୍ରବେଶ କରୁଥାଏ, ସେହି ଦୃଶ୍ୟଟି ହିଁ ନାଟକର ସବୁଠୁ ବେଶି ଖରାପ ହେଉଥାଏ। କେହି କିଛି ବୁଝିପାରୁନଥାନ୍ତି ଏଭଳି କାହିଁକି ଘଟୁଛି ବୋଲି। ଷ୍ଟେଜ୍‌କୁ ଯିବା ପୂର୍ବରୁ ପ୍ରତ୍ୟେକଥର ନିର୍ଦ୍ଦେଶକ ମହାଶୟ ମତେ ତାଗିଦ୍ କରି ଛାଡନ୍ତି। କିନ୍ତୁ ରେବତୀ ଆଡକୁ ଆଉ ନ ଚାହିଁଲେ ମଧ୍ୟ ତା'ର ଉପସ୍ଥିତିକୁ ବି ଭିତରେ ଭିତରେ ଅନୁଭବ କରି ଲାଜେଇ ଯାଏ। ପୁଣି ସବୁ ଡାଏଲଗ୍ ଏପଟ ସେପଟ ହୋଇଯାଏ। ଦର୍ଶକମାନଙ୍କ ଆଡୁ ମୋର ଫାଲ୍‌ତୁ ଅଭିନୟର ପ୍ରତିବାଦ ସ୍ୱରୂପ ହୋ ହଲ୍ଲା ଶବ୍ଦ ଆସି ମୋ' କାନରେ ପହଞ୍ଚୁଥାଏ। କିନ୍ତୁ ସେମାନେ ବା କାହିଁକି ଜାଣନ୍ତେ ମୋର ଏମିତି କାହିଁକି ହେଉଛି ! ସତରେ, ସେ ପର୍ଯ୍ୟନ୍ତ ସାତ ଆଠୋଟି ନାଟକରେ ଅଭିନୟ କରିଥିବାର ଅଭିଜ୍ଞତା ଥିଲେ ମଧ୍ୟ ସେଦିନର ଅଭିନୟ ମୋର ସବୁଠୁ ଖରାପ ଥିଲା।

ନାଟକଟି ଯଥାକଥା ଚାଲି ପ୍ରାୟ ମଝାମଝି ହେଲାଣି। ଏହି ସିନ୍‌ଟିରେ ନାୟକ-ନାୟିକାଙ୍କର ପ୍ରକୃତ ମିଳନ ହେବାର ଥାଏ। ନାୟକ ନାୟିକାକୁ ଆଲିଙ୍ଗନ କରି ଚୁମ୍ବନ ଆଦାନ ପ୍ରଦାନର ଦୃଶ୍ୟ ଏକ ରୋମାଣ୍ଟିକ୍ ଗୀତର ତାଳେ ତାଳେ ରଙ୍ଗିନ୍ ପରିବେଶରେ ଆରମ୍ଭ ହୋଇଯାଏ। ହଠାତ୍ ଚୋରା ନଜରରେ ଦେଖିଲି ସାମ୍ନା ଧାଡ଼ିରୁ ରେବତୀ, ମିନତି ଓ ସେ ବାନ୍ଧବୀ, ତିନିହେଁ ଯାକ ନିଜ ନିଜ ସ୍ଥାନରୁ ଉଠି ଚାଲିଯାଉଛନ୍ତି। ରେବତୀକୁ ମିନତି ଓ ବାନ୍ଧବୀ ଜଣକ ପଛରୁ ଟାଣି ବସିବାକୁ ଅନୁରୋଧ କରୁଥାନ୍ତି, ରେବତୀ ରାଗ ଥମ୍‌ଥମ୍ ହୋଇ ଚାଲିଯାଉଥାଏ।

ଆଷାଢ଼ ମାସର ପ୍ରଥମ ଦିନଟି ହେଉଛି ରଜ ସଂକ୍ରାନ୍ତି। ଏହି ଦିନଠାରୁ ଚତୁର୍ମାସ୍ୟାର ଆରମ୍ଭ। ବର୍ଷାରାଣୀ ତାର ପାଉଁଜି ଛମ୍‌ଛମ୍ କରି ଧରାପୃଷ୍ଠକୁ ଆଗମନ କରେ। ସତକୁ ସତ ସେହି ମୁହୂର୍ତ୍ତରୁ ହିଁ କୋଉଠି ଥିଲା କେଜାଣି ବିଜୁଳି ଘଡ଼ଘଡ଼ି ମାରି ପ୍ରବଳ ବେଗରେ ପବନ ସାଙ୍ଗକୁ ମୂଷଳ ଧାରାରେ ବର୍ଷାର ତାଣ୍ଡବ ଆରମ୍ଭ ହୋଇଗଲା। ମତେ ଲାଗିଲା ରେବତୀର ରାଗ, ଅଭିମାନ, ବିଷାଦକୁ ସମ୍ମାନ ଜଣାଇ, ମୋ ଉପରେ ଦାଉ ସାଧିବାକୁ ପ୍ରକୃତି ରାଣୀ ଏକ ସଙ୍ଗରେ ବିଜୁଳି, ଘଡ଼ଘଡ଼ି, ଝଡ଼ ତୋଫାନ ଓ ମୂଷଳ ଧାରାରେ ବର୍ଷାର ତାଣ୍ଡବ ରଚିଲା। ଆଉ କେହି ଜାଣୁ ବା ନ ଜାଣୁ, ମୁଁ କିନ୍ତୁ ଠିକ୍ ହୃଦୟଙ୍ଗମ କରିପାରୁଥିଲି ଏହା ଘଡ଼ଘଡ଼ି, ବର୍ଷା କିମ୍ବା ଝଡ଼ତୋଫାନ ନୁହେଁ; ବରଂ ରେବତୀର କ୍ରୋଧର ପ୍ରତିକ୍ରିୟାର କିୟଦଂଶ ମାତ୍ର।

ମେଘମଲ୍ଲାର ଗାଇଲେ ମେଘରୁ ବର୍ଷା ହୁଏ ବୋଲି ମୁଁ ସେପର୍ଯ୍ୟନ୍ତ ଶୁଣିଥିଲି;

କିନ୍ତୁ ସେହିଦିନ ସ୍ୱଚକ୍ଷୁରେ ଦେଖିଲା ପରେ ଯାଇ ମୋର ଏକଥା ବିଶ୍ୱାସ ହେଲା । ରେବତୀର କ୍ରୋଧକୁ ମେଘମହ୍ଲାର ଭାବି ପ୍ରକୃତିରାଣୀ ମେଘାସନୀ ପାହାଡ଼ ଆଡୁ ମେଘ ପଠାଇ ବର୍ଷା ମଧ୍ୟ ରଚିଦେଲା । ହଠାତ୍ ବିଦ୍ୟୁତ୍ ସରବରାହ ବିଚ୍ଛିନ୍ନ ହୋଇଗଲା । ଅନ୍ଧାର ଭିତରେ ଦର୍ଶକମାନେ ଯଥାଶୀଘ୍ର ସେ ଜାଗା ଛାଡ଼ି ଯିଏ ଯୁଆଡ଼େ ପାରିଲେ ଦୌଡ଼ି ପଳେଇବାକୁ ଆରମ୍ଭ କଲେ । ସେଦିନର ନାଟକକୁ ସେହିକ୍ଷଣରୁ ହିଁ ବନ୍ଦ ରଖିବାକୁ ପଡ଼ିଲା ।

ଏସବୁ ପରେ କିନ୍ତୁ ମୁଁ ବର୍ଷାରାଣୀଠାରେ ମହାଭିଯୋଗ ବାଢ଼ିବାକୁ ପଛେଇ ନଥିଲି । ଅଭିଯୋଗଟି ଥିଲା- ନାୟକ ନାୟିକାଙ୍କ ଲଭ୍‌ସିନ୍ ଆରମ୍ଭ ହେବା ପର୍ଯ୍ୟନ୍ତ ତୁ କାହିଁକି ଅପେକ୍ଷା କଲୁ ! ହୁଏତ ଟିକିଏ ଆଗରୁ ବର୍ଷିଥିଲେ କଥାଟା ଏତେବାଟ ଯାଇନଥା'ନ୍ତା । ମୁଁ ଏବେ କରିବି କ'ଣ ! ତାକୁ କେମିତି ମନେଇବି !

ରଜ ଛୁଟି ପରେ ପ୍ରଥମ କରି କଲେଜରେ ରେବତୀକୁ କେମିତି ସାମ୍ନାକରିବି ସେଥିପାଇଁ ଏକ ଦୀର୍ଘସୂତ୍ରୀ ପ୍ରସ୍ତୁତି ପଥରେ ଆଗେଇଗଲି । କ'ଣ ହେବ ମୋ ଅବସ୍ଥା, କି କୈଫିୟତ ଦେବି ତାକୁ ସେ ଯେତେବେଳେ ମତେ ପଚାରିବ- ଯାତ୍ରାପାଇଁ ତମ ଗାଁରେ କେହି ପୁରୁଷ ଲୋକ ମିଳିଲେନି କି, ଯିଏ ଫିମେଲ ରୋଲ୍ କରିପାରିଥାନ୍ତା ? ଲେଡି ଆର୍ଟିଷ୍ଟ୍ ସହିତ ଏତେ ନ୍ୟାଚୁରାଲ୍ ଭଙ୍ଗୀରେ, ପୁଣି ମୋହରି ସାମ୍ନାରେ କିସ୍ କରିବା କଣ ନିହାତି ଜରୁରୀ ଥିଲା ? ଆଲିଙ୍ଗନ ନକରି ମଧ୍ୟ କ'ଣ ଲଭ୍‌ସିନ୍ ହୋଇପାରି ନଥାନ୍ତା ?

ନିଜକୁ ବାରମ୍ବାର ଧିକ୍କାରୁଥିଲି- କ'ଣ ପାଇଁ ଆ' ବଳଦ ମତେ ବିନ୍ଧ କହି ରେବତୀକୁ ନାଟକ ଦେଖିବାକୁ ନିମନ୍ତ୍ରଣ କଲି ! କିନ୍ତୁ ମୋର ଅଭିନୟକୁ ଆପାତତଃ ଜଣେ ବି ହେଉ ସତ ଭାବିପାରିଛି ବୋଲି ଖୁସି ହୋଇ ମନକୁ ବୁଝେଇ ଦେଇଥିଲି ।

ଏତେସବୁ କ୍ରେଡିଟ୍ ନେବାକୁ ମାରଗୁଲି । ମୁଁ କେମିତି ମୋ ପ୍ରେମିକ ଚାକିରି ବଞ୍ଚେଇବି ସେହି ଚିନ୍ତାରେ ତିନିଚାରି ଦିନ ପର୍ଯ୍ୟନ୍ତ ଖାଇବା ପିଇବା ଭୁଲିଗଲି । ଅନେକ ଭାବିଚିନ୍ତି ଶେଷରେ ସ୍ଥିର କଲି- କଣ୍ଟାକୁ କଣ୍ଟାରେ ହିଁ ଖୋଳିବାକୁ ପଡ଼ିବ । ଅଭିନୟରୁ ସୃଷ୍ଟି ହୋଇଥିବା ରେବତୀର ମାନ ଅଭିମାନକୁ ସେହିପରି ଭାବରେ ନ୍ୟାଚୁରାଲ୍ ଅଭିନୟ ମାଧ୍ୟମରେ ମତେ ଭଞ୍ଜନ କରିବାକୁ ପଡ଼ିବ । ବର୍ତ୍ତମାନ ସମୟ ଆସିଛି, ଯାତ୍ରା ନାଟକ ନୁହେଁ, ବାସ୍ତବ ଅଭିନୟ କୌଶଳ ଦେଖାଇ ମତେ ରେବତୀର 'ପ୍ରିୟତମ' ପଦବୀକୁ ବଞ୍ଚେଇ ରଖିବାକୁ ହେବ ।

ଗାଁରେ ଦୁଇ ଚାରିଦିନ ରହଣି ପରେ ହଷ୍ଟେଲକୁ ବାହୁଡ଼ିଗଲି । କଲେଜ କ୍ୟାମ୍ପସରେ ଏ ଶ୍ରେଣୀଗୃହରୁ ସେ ଶ୍ରେଣୀଗୃହକୁ ଯିବା ଆସିବା କରିବା ସମୟରେ, ଲାଇବ୍ରେରୀରେ, କୋ-ଅପରେଟିଭ୍ ଷ୍ଟୋର୍‌ରୁ ଖାତା-ବହି କିଣିଲାବେଳେ ରେବତୀ ସହିତ ଅନେକ ଥର

ଅକସ୍ମାତ ସାମ୍ନାସାମ୍ନି ହୋଇଗଲାପରେ ମୁଁ ସ୍ମିତ ହସ ହସିଦିଏ; କିନ୍ତୁ ତା'ର ରାଗ ଥମଥମ ମୁହଁ ଯଥା ପୂର୍ବଂ ତଥା ପରଂ ଥାଏ। ମୁଁ ମଧ୍ୟ ପ୍ରତ୍ୟେକ ଥର ସାମ୍ନାସାମ୍ନି ହେଲାମାତ୍ରେ ପ୍ରଥମେ ପ୍ରଥମେ କର୍ଣ୍ଣାର୍ଜୁନ ମଧ୍ୟରେ ଯୁଦ୍ଧ ଚାଲିଥିଲା ବେଳେ ଯେମିତି ଖୁଚୁରା ବାଣ, ଯଥା- ନାଗାସ୍ତ୍ର, ବରୁଣାସ୍ତ୍ର, ବାୟବାସ୍ତ୍ର ଆଦି ପ୍ରୟୋଗ କରୁଥିଲେ, ସେହିଭଳି ଅଳ୍ପ ଶକ୍ତିସମ୍ପନ୍ନ ବାଣ ପ୍ରୟୋଗ କରି ତା'ର ମାନଭଞ୍ଜନ ପାଇଁ ଚେଷ୍ଟା କଲି। ଦେଖିଲା ମାତ୍ରେ ଉପରେ ପଡି ହସିଦେବା, ଦରକାର ନଥିଲେ ମଧ୍ୟ ଖାତା ବହି ମାଗିବା, ଯାଚିବା, ଆମ ତଳ କ୍ଲାସରେ ପଢୁଥିବା ତା' ସାନଭଉଣୀକୁ ଚକୋଲେଟ୍, ଆଇସ୍‌କ୍ରିମ୍ ଆଦି ଲାଞ୍ଚ ଦେଇ ମୋ' ସପକ୍ଷରେ ତା' ଦିଦିଙ୍କୁ କୁହାବୋଲା କରି ମୋ' ପ୍ରତି ଥିବା ତା' ମନୋଭାବରେ ପରିବର୍ତ୍ତନ ଆଣିବାକୁ ଚେଷ୍ଟା କରିବା ଫର୍ମୁଲାମାନ ଆପଣେଇଲି। କିନ୍ତୁ ସେସବୁ ଅପଚେଷ୍ଟା ବୋଲି ପ୍ରମାଣିତ ହେଲା। ଶେଷରେ ପାଶୁପତ, ଅମୋଘ, ଦିବ୍ୟାସ୍ତ୍ର, ବ୍ରହ୍ମାସ୍ତ୍ର ଆଦି ପ୍ରାପ୍ତ ହେବା ନିମନ୍ତେ ହଷ୍ଟେଲ୍ ରୁମ୍‌ରେ ଥାକରେ ସଜେଇ ରଖି ନିଇତି ପୂଜା କରୁଥିବା ଠାକୁରମାନଙ୍କ ପାଖରେ ଶରଣ ପଶିଲି।

ଠାକୁରେ ପ୍ରକୃତରେ ଏତେ ନିଷ୍ଠୁର ନୁହନ୍ତି, ଯେତିକି ନିଷ୍ଠୁର ବୋଲି ସିନେମାରେ ନାୟକ କିମ୍ବା ନାୟିକା ପ୍ରେମରେ ବିଫଳ ହେଲାପରେ ସିଧାସିଧା ମନ୍ଦିରକୁ ଯାଇ ଘଣ୍ଟି ବାଡ଼େଇ ଚଢ଼ାଗଲାରେ ଦୋଷାରୋପ କରିଥା'ନ୍ତି।

ଘୋର ଘନ ଅନ୍ଧକାର ମଧ୍ୟରେ ମୋ' ପାଇଁ କ୍ଷୀଣ ଆଲୋକର ଉସ୍ଫଟିକକ ଦିଶିଲା। ସେଦିନ ଗାର୍ଲସ୍ କମନ୍‌ରୁମ୍ ପାରି ହୋଇ ଯାଉଯାଉ ନାରୀ କଣ୍ଠରେ ପଛରୁ 'ଦୁଷ୍ମନ୍ତ ଭାଇ', ଦୁଷ୍ମନ୍ତ ଭାଇ' ବୋଲି ଡାକ ଶୁଭିଲା। ପଛକୁ ଚାହିଁ ଦେଖିଲି ମିନତି ପଲିଥିନ୍‌ରେ ପ୍ୟାକେଟ୍‌ଟିଏ ଧରି ତା' ପାଖକୁ ଯିବାକୁ ମୁଣ୍ଡ ଟୁଙ୍ଗାରି ଇସାରା ଦେଉଛି। ମିନତି ପାଖକୁ ଗଲି। ସେ ମୋ' ହାତରେ ପଲିଥିନ୍‌ଟି ଧରେଇ ଦେଇ କହିଲା- "ଆଜି ଜୁଲାଇ ଚାରି ତାରିଖ ବୋଲି ତମର ମନେ ଅଛି କି ନାହିଁ! ଆଜି ବଡ଼ ଦିଦିଙ୍କର ଜନ୍ମ ଦିନ। ସେ ଆଜି କଲେଜ ଆସି ନାହାଁନ୍ତି। ଏଇ ମିଠାତକ ତମକୁ ଦବାକୁ କହିଛନ୍ତି। ଆଉ କହିଛନ୍ତି, ହଷ୍ଟେଲ୍‌ରେ ତମ ସାଙ୍ଗମାନଙ୍କ ସହିତ ବାଣ୍ଟିକୁଣ୍ଟି ଖାଇଦବ। ମୋର କ୍ଲାସ୍ ଟାଇମ୍ ହୋଇଗଲାଣି, ମୁଁ ଆସୁଛି" କହି ପୂର୍ବପରି ବାଳସୁଲଭ ଠାଣିରେ ଖଟେଇ ହୋଇ ସେଠାରୁ ତୁରନ୍ତ ରବାନା ହୋଇଗଲା।

ମିଠା ପ୍ୟାକେଟ୍‌ଟାକୁ ଚାହିଁ ରହି ମୁଁ କିଛି ସମୟ ଭାବପ୍ରବଣ ହୋଇପଡ଼ିଲି। ରେବତୀର ତା'ହେଲେ ଏଇଟା ସତରେ ରାଗ ନୁହେଁ,ବରଂ ଅଭିମାନ ବୋଲି ଆପାତତଃ ଦୃଢ଼ନିଶ୍ଚିତ ହେଲି। ଲୁଚିଚି ନା ଗୋଡ଼ ଦିଟା ଦିଶୁଚି। ଆଜିଭଳି ଖୁସିର ଦିନରେ, ସେ କଲେଜକୁ ନ ଆସିବାର କାରଣରେ ପରୋକ୍ଷରେ ଏଇଆ କହିବାକୁ ଚାହେଁ ଯେ ମୁଁ ତମ

ଉପରେ ପ୍ରବଳ ରାଗିଛି । ଏପରିକି ଆଜିଭଳି ଖୁସିର ଦିନରେ ମଧ୍ୟ ମୁଁ ତମଠାରୁ ବେଷ୍ଟ ୱିସେସ୍ ନେବାକୁ ଚାହେଁ ନାହିଁ । ହୁଁଃ ।

ଏହାଛଡ଼ା ମୁଁ ଆଉ ଗୋଟିଏ ଦ୍ୱନ୍ଦ୍ୱରେ ପଡ଼ିଗଲି । ମିଠା କୋଡ଼ିଏ କି ପଚିଶଟି ସେ ପ୍ୟାକେଟ୍‌ରେ ଥିଲା । ଆମର ହଷ୍ଟେଲଟି କଲେଜର ସବୁଠୁ ବଡ଼ ଥିଲା ଏବଂ ଏହାର ରୁମ୍ ସଂଖ୍ୟା ଛଅଷଠି । ସେଥିରେ ଛଅଷଠି ଗୁଣନ ତିନି, ସମାନ ଶହେ ଅଠାନବେ ପିଲା ରୁହନ୍ତି । ସମସ୍ତଙ୍କ ସହିତ ମିଠା ବାଣ୍ଟି ଖାଇବ ମାନେ ! କ'ଣ ତା'ର ଜନ୍ମଦିନ ହବ, ଆଉ ମୁଁ ପକେଟରୁ ଖର୍ଚ୍ଚକରି କିଣି ସମସ୍ତଙ୍କୁ ମିଠା ବାଣ୍ଟିବି ! ଏକଥା ମୋ' ଦେଇ ସମ୍ଭବ ନୁହେଁ । ଥାଉ ହଷ୍ଟେଲକୁ ଗଲାପରେ ଯାଇ ସେକଥା ଭାବିବା ।

କଲେଜ ଏବଂ ଟ୍ୟୁସନ କ୍ଲାସ୍ ଆଦି ସାରି ମୁଁ ସଂଧ୍ୟାବେଳକୁ ହଷ୍ଟେଲକୁ ଫେରିଲି । ଆଗ ମୋର ପ୍ରିୟ ସାଙ୍ଗ କୃପାନିଧି ଓ ମୁଁ ରେବତୀ ଦେଇଥିବା ମିଠାରୁ ପାଞ୍ଚଛଅଟି ଲେଖାଏଁ ଉଦରସ୍ଥ କଲୁ । ତା'ପରେ ରେବତୀର ଆଦେଶକୁ ପାଳନ କରିବାକୁ ଚିନ୍ତାକରି କରି ଏକ ବଢ଼ିଆ ଉପାୟ ଆବିଷ୍କାର କଲୁ । ତଦନୁଯାୟୀ ରାତାରାତି ମଧ୍ୟ ତାହାକୁ କାର୍ଯ୍ୟରେ ପରିଣତ କରିଦେଲୁ ।

ପରଦିନ କଲେଜରେ ରେବତୀକୁ ଦୂରରୁ ଦେଖିଲି- ଜନ୍ମଦିନ ପାଇଁ ଆଣିଥିବା ନୂଆ ଡ୍ରେସ୍‌ଟି ଆଜି ମଧ୍ୟ ପିନ୍ଧି ଆସିଛି । ସାମ୍ନାସାମ୍ନି ହୋଇଯିବାରୁ ସେ ପୂର୍ବଭଳି ଅଭିମାନ ଭରା ମୁହଁଟି ନେଇ (ଆଉ କାହା ମୁହଁ ବିଷୟରେ ଲେଖିଥିଲେ, 'ଭାତହାଣ୍ଡି ଭଳିଆ ମୁହଁଟି ନେଇ' ବୋଲି ଲେଖିଥାନ୍ତି) ବାଟକାଟି ଚାଲିଯାଉଥାଏ । ଏତେଦିନ ପରେ ଆଜି ମୋ' ଭିତରେ ସାହସ ବସା ବାନ୍ଧିଲା । ମୋର ଧୈର୍ଯ୍ୟ ଭଙ୍ଗ ହେଲା- ନା, ଆଉ ହେବନି । ତାକୁ ଟିକିଏ ଉଚ୍ଚ ସ୍ୱରରେ କେବଳ ଦୁଇ ମିନିଟ୍ ପାଇଁ ଅଟକିବାକୁ କହିଲି । ସେ ଗୋଟିଏ ବି ଶବ୍ଦ ଉଚ୍ଚାରଣ ନ କରି, ମୋ ଆଡ଼କୁ ନ ଚାହିଁ, ସ୍ଥିତପ୍ରଜ୍ଞ ଭଳି ବ୍ୟତିବ୍ୟସ୍ତ ନ ହୋଇ ଅବଶ୍ୟ ଛିଡ଼ା ହୋଇ ରହିଲା ମୋର ପରବର୍ତ୍ତୀ ବାକ୍ୟାଳାପକୁ ଶୁଣିବାପାଇଁ । କାଳ ବିଳମ୍ୱ ନ କରି କହିଲି- "ହ୍ୟାପି ବିଲିଟେଡ୍ ବାର୍ଥ ଡେ' ଟୁ ୟୁ ରେବ !" ସେ ନୀରବ ରହିଲା, ଉପରକୁ ଥରେ ତଳକୁ ଥରେ ଚାହିଁଲା । ତା' ବଡ଼ି ଲାଙ୍ଗୁଏଜ୍ ମୋ' ଉଦ୍ଦେଶ୍ୟରେ 'ଥ୍ୟାଙ୍କ ୟୁ' ବୋଲି କହିଲା । ମୁଁ ଟିକିଏ ସହଜ ହୋଇ ଯୋଡ଼ିଲି- ମିନତି ହାତରେ ପଠାଇଥିବା ମିଠା ଖାଇ ଖୁସି ହେଲି । ଆଉ ତମେ ଦେଇଥିବା ନିର୍ମମ ଆଦେଶକୁ ମଧ୍ୟ ଅକ୍ଷରେ ଅକ୍ଷରେ ପାଳନ କରିପାରିଛି ।

ଏଥର ମଧ୍ୟ କଥାବାର୍ତ୍ତା ନ କରି ମୋ'ଆଡ଼କୁ ମୁହଁ ବୁଲେଇ ପ୍ରଶ୍ନବାଚୀ ଚାହାଣି ନେଇ ଅନେଇଲା; ଯାହାର ଅର୍ଥ ଥିଲା- ମୋର ଆଦେଶ ! କ'ଣ ଥିଲା ମୋର ଆଦେଶ ? ମୁଁ ତା'ର ଚାହାଣିର ଅର୍ଥକୁ ବୁଝିନେଇ ତୁରନ୍ତ କହି ପକାଇଲି- ଆରେ ମିନତିକୁ ତମେ

କହି ନଥିଲ କି ଦୁଷ୍ମନ୍ତ ଭାଇଙ୍କୁ ଏ ମିଠା ଦବୁ ଏବଂ କହିବୁ ତାଙ୍କ ହଷ୍ଟେଲର ସବୁ ପିଲାଙ୍କ ସହ ବାଣ୍ଟିକୁଣ୍ଟି ଖାଇବେ ! ସେ ଟିକେ ସହଜ ଅନୁଭବ କରି ବୁଝିପାରିଲା ଭଳି ତଳକୁ ମୁହଁ ପୋତି ମନେ ମନେ ସ୍ୱୀକାର କଲା- ହଁ ହଁ କହିଥିଲି । ପୁଣି ଉପରକୁ ମୁହଁ ଟେକି ମୋ' ଆଡ଼କୁ ଆଶ୍ଚର୍ଯ୍ୟ ହୋଇ ଚାହିଁ ରହିଲା ଏବଂ ସେହି ଚାହାଣିରେ ଚାହାଣିରେ ପ୍ରଶ୍ନ କଲା- ତେବେ ସାଙ୍ଗଙ୍କ ସହ ବାଣ୍ଟିକି ଖାଇଲ ତ ? ମୁଁ ମଧ୍ୟ ତା' ବିନା ଶବ୍ଦର ପ୍ରଶ୍ନକୁ ବୁଝିପାରିଥିବାର ଫୁଟାଣି ଦେଖାଇ ଉତ୍ତର ଦେଲି- ହଁ ହଁ ବାଣ୍ଟିକୁଣ୍ଟି ଖାଇଲୁ । ତମେ ତ କୋଡ଼ିଏ କି ପଚିଶଟି ମିଠା ଦେଇଥିଲ । ଆମ ହଷ୍ଟେଲରେ ଅନ୍ତେବାସୀ ସଂଖ୍ୟା ଶହେ ଅଠାନବେ । ତଥାପି ସମସ୍ତଙ୍କୁ କେମିତି ବାଣ୍ଟି ପାରିଥିବି ତମେ ଭାବି ପାରୁଛ ? "କେମିତି" ବୋଲି ଆପେ ଆପେ ରେବତୀ ପାଟିରୁ ପ୍ରଶ୍ନଟିଏ ବାହାରି ଆସିଲା । ତା'ଇଚ୍ଛା ବିରୁଦ୍ଧରେ ଯାଇ କେବଳ କୌତୂହଳବଶତଃ ତା'ପାଟିରୁ କଥାପଦେ ବାହାରି ଯାଇଥିବାରୁ ଅବଶ୍ୟ ସେ ଏଡେ ଲମ୍ବା ଜିଭ ବାହାର କରି ଜିଭଟାକୁ ଲାଜରେ କାମୁଡ଼ି ପକେଇଥିଲା ।

ହଠାତ୍ ଆମ ଦୁହିଁଙ୍କ ମୁଣ୍ଡ ଉପର ଦେଇ ପାରା ଯୋଡ଼ିଏ ଡେଣା ଫଡ୍‌ଫଡ୍ କରି ମୁକ୍ତାକାଶରେ ଉଡ଼ିଗଲେ । ଆକାଶଟା ରଙ୍ଗିନ୍ ଦିଶିଲା । ପାଖାପାଖି ଥିବା କୋଉ ଏକ ମ୍ୟୁଜିକ୍ ଓ କ୍ୟାସେଟ୍ ଦୋକାନରୁ ସେ ସମୟର ହିଟ୍ ହିନ୍ଦୀ ଚଳଚ୍ଚିତ୍ର 'ଫୁଲ ଔର୍ କାଣ୍ଟେ'ର 'ଦିଲ୍ ଯେ କେହେତା ହେ, କାନୋ ମେଁ ତେରୀ...' ଗୀତଟି ଆମ ଦୁହିଁଙ୍କୁ ଖତେଇ ହୋଇ ବାଜିଉଠିଲା । ଆକାଶରେ ଭାସମାନ ମେଘମାଳା ଉପର ଦେଇ ଇନ୍ଦ୍ରଧନୁଟିଏ ସୃଷ୍ଟି ହୋଇଗଲା । ଆମେ ଦୁହେଁ ଦେବାଦେବୀ ହୋଇଥିଲେ ହୁଏତ ଏଭଳି ମହାର୍ଘ ମୁହୂର୍ତ୍ତକୁ ସମ୍ମାନ ଜଣାଇ ଅପ୍‌ସରୀମାନେ ଆମ ଉପରେ ପୁଷ୍ପବୃଷ୍ଟି କରି ପକାଇଥା'ନ୍ତେ ।

କିଛି ସମୟର ଭାବପ୍ରବଣତାରେ ହଠାତ୍ ପୂର୍ଣ୍ଣଚ୍ଛେଦ ଟାଣି ମୁଁ ପୁନଶ୍ଚ ବାସ୍ତବ ରାଜ୍ୟକୁ ଫେରି ମନେ ପକାଇଲି ଯେ ରେବତୀ ପଚାରିଥିବା ପ୍ରଶ୍ନଟିର ଉତ୍ତର ମୁଁ ଏପର୍ଯ୍ୟନ୍ତ ଦେଇନାହିଁ । ଅବିଳମ୍ବେ କହିପକାଇଲି- "ଆରେ ଇଚ୍ଛାଥିଲେ ଉପାୟ ଆପେ ଆପେ ଆସେ ପରା ! ମୁଁ ଓ ମୋର ସାଙ୍ଗ କୃପାନିଧି ତମ ମିଠାରୁ କିଛି ଖାଇଲାପରେ ରାତିବେଳକୁ ହଷ୍ଟେଲ ଛାତ ଉପରକୁ ଗଲୁ । ଛାତ ଉପରେ ଦୁଇଟା ବଡ଼ବଡ଼ ପାଣିଟାଙ୍କି ଅଛି । ଦୁଇଟାଯାକର ଘୋଡଣି ହଟାଇ ପ୍ରତ୍ୟେକଟିରେ ଦୁଇଟି ଲେଖାଏଁ ରସଗୋଲା ଚକଟିଦେଲୁ ଓ ଶିରାରୁ କିଛି ସେ ପାଣିରେ ମିଶେଇ ଦେଲୁ । ବାସ୍, ସେମାନେ ସବୁ ମିଠାକୁ କଠିନ ଅବସ୍ଥାରେ ନଖାଇ ପାରିଲେ ମଧ୍ୟ ଜଳୀୟ (ତରଳ) ଅବସ୍ଥାରେ ପାଣିଟ୍ୟାପ୍ ମାଧ୍ୟମରେ ତା' ପରଦିନ ପାଣିନେଇ ପିଇଲା ବେଳେ କିଛିମିଠା ଖାଇଲେ କି ନାହିଁ !"

ମୋ' କଥାଟା ତା' ମନକୁ ପ୍ରବଳ ମାତ୍ରାରେ ଛୁଇଁଗଲା ଏବଂ ସେ ହସରେ ଫାଟି

ପଢ଼ି ଗାର୍ଲସ୍ କମନରୁମ୍ ଆଡ଼କୁ ଚାଲିଗଲା। ଭଗବାନଙ୍କୁ ଯଦି ଖାଲି ଆଖିରେ ମୁଁ ଦେଖିପାରୁଥାନ୍ତି, ତେବେ ରେବତୀକୁ ଲୁଚେଇ ଲୁଚେଇ ତାଙ୍କ ଉଦ୍ଦେଶ୍ୟରେ ଆଖିମାରି ଗଡ ଜିତିଯାଇଥିବାର ଇସାରା ଦେଇ କୃତଜ୍ଞତା ଜଣାଇଥାନ୍ତି।

ଯାହାହେଉ, ଏତେ ଦିନପରେ ମୁଁ ଟିକିଏ ଆଶ୍ୱସ୍ତ ହେଲି। ହେ ପ୍ରଭୁ! ଯାହା ହେଉ ଏତେ ଦିନ ପରେ ମାନିନୀ ରାଧିକାଙ୍କର ମାନଭଞ୍ଜନ ହୋଇପାରିଛି। କିନ୍ତୁ ପ୍ରଭୁ! ମତେ ବି ସେଥିପାଇଁ ତମଠୁଁ କମ୍ କୃଷ୍ଣକଳା ଉଧାର ନେବାକୁ ପଡ଼ିନାହିଁ।

ସେଦିନ କଲେଜରୁ ସାଢ଼େ ଚାରିଟା ସମୟରେ ହଷ୍ଟେଲକୁ ଫେରୁଫେରୁ ସାଙ୍ଗେ ସାଙ୍ଗେ ହଷ୍ଟେଲର ସିକ୍ୟୁରିଟି ଗାର୍ଡ ମୋ ହାତରେ ମୋର ଠିକଣା ଥିବା ଏକ ଲଫାପା ବଢ଼େଇଦେଲା। ରେବତୀର ହାତଲେଖା ଦେଖି ଆଶ୍ଚର୍ଯ୍ୟ ହେଲି; ଏବଂ ଏଇଥିପାଇଁ ଯେ ଆମର ତ ନିଇତି କଲେଜରେ ଦେଖାସାକ୍ଷାତ ହେଉଛି ଏବଂ ନିୟମିତ ଭାବରେ ପତ୍ରର ଆଦାନ ପ୍ରଦାନ ମଧ୍ୟ ହାତାହାତି ହେଉଛି। ତେବେ ସେ ହାତାହାତି ଚିଠି ନଦେଇ ପୋଷ୍ଟାଲରେ କାହିଁକି ପଠାଇଛି ? ରୁମ୍‌କୁ ଆସି ବଡ଼ ଉତ୍ସୁକତାର ସହିତ ଚିଠିଟି ଏକୁଟିଆ ଖୋଲି ପଢ଼ିଲି। ରେବତୀ ଲେଖିଥିଲା-

ପ୍ରିୟ ଦୁଷ୍ମନ୍ତ,

ଏହାକୁ ଏକ ପ୍ରେମପତ୍ର ପରିବର୍ତ୍ତେ ଅଭିଯୋଗର ଫର୍ଦ୍ଦ ବୋଲି ସ୍ୱୀକାର କରିବାକୁ ତମେ ବାଧ୍ୟ। ପ୍ରେମର ଅର୍ଥ ତମରିଠାରୁ ଶିଖି ତମକୁ ଶେଷରେ ମୁଁ ଭଲ ପାଇବସିଥିଲି। ସେହି ପ୍ରେମ ଟିକକର ଦ୍ୱାହି ଦେଇ ମୁଁ ଆଜି ଏ ଅଭିଯୋଗ ଫର୍ଦ୍ଦଟିରେ ପ୍ରଥମରୁ କ୍ଷମା ମାଗି ନେଉଛି- ତମକୁ ଦୁଇପଦ ଗାଳି ଦେବାକୁ ଯିବା ପୂର୍ବରୁ। ଗାଳି ଦେବିନି ! ତମେ କହିଲ ଦେଖି, କୋଉ ପ୍ରେମିକା କେବେ ବି ତା' ଆଖି ସାମ୍ନାରେ ତା' ପ୍ରେମିକ ଅନ୍ୟ ଏକ ଝିଅକୁ...

ବାସ୍ ବାସ୍ ହୋଇଗଲା। ରେବତୀ ତା'ପରେ କ'ଣ ସବୁ ଲେଖିଥିବ ଆପଣମାନେ ପ୍ରେମ କେବେ ଜୀବନରେ ନ କରିଥିଲେ ବି ଜଣେ ଉତ୍ୟକ୍ତ ପ୍ରେମିକାର ପରିଭାଷା ବୁଝିପାରୁଥିବେ। ତେଣୁ ଚିଠିଟିର ପରବର୍ତ୍ତୀ ପଂକ୍ତିଗୁଡ଼ିକ ଉପସ୍ଥାପନ କରି ଆପଣମାନଙ୍କ ମନକୁ ଭାରାକ୍ରାନ୍ତ କରିବା ବଦଳରେ ନ ଲେଖିବା ଭଲ ହେବ। ତା'ଛଡ଼ା ଏ କାହାଣୀଟି ଯଦି ରେବତୀ ନଜରରେ କେବେ ପଡ଼େ, ତେବେ ତା'ର ବ୍ୟକ୍ତିଗତ ଭାବପ୍ରବଣତାକୁ ସାର୍ବଜନୀନ କରିଦେଇଥିବାର ଦୋଷ ପାଇଁ ଯୋଉ ଦଣ୍ଡ ମିଳିବ, ତାହା କେବଳ ମତେ ହିଁ ଭୋଗିବାକୁ ପଡ଼ିବ।

ଏ ଚିଠିଟି କେବେ ଡ୍ରପ୍ କରାଯାଇଛି ଖୋଜିଲି ଓ ତାରିଖଟି ଦେଖି ମୁଁ ଆଶ୍ଚର୍ଯ୍ୟ ହୋଇଗଲି। ଡ୍ରପିଂ ଡେଟ୍ ଥିଲା- ଜୁନ୍ ମାସ ସତର ତାରିଖ। ବାପ୍‌ରେ ବାପ୍! ଏଇ

ଗୋଟିଏ ସହରରେ ଚିଠିଟି ପକା ହୋଇଛି। କିନ୍ତୁ ଘୂରି ଫେରି ଚିଠିଟା ଆସି ମୋ' ପାଖରେ ଜୁଲାଇମାସ ପାଞ୍ଚ ତାରିଖରେ ପହଞ୍ଚିଛି।

ଏଥର ମୁଁ ବୁଝିପାରିଲି। ଏଇଥିପାଇଁ ତେବେ ଝିଅଟା କଲେଜରେ ଦେଖାହେଲା ପରେ ମଧ୍ୟ ମୁହଁ ମୋଡ଼ି ଚାଲିଯାଉଥିଲା। ତା'ର ଅର୍ଥ ସେ ଭାବିଥିବ ଯେ ଜୁନ୍ ମାସ ସତର ତାରିଖରୁ ଚିଠିଟା ପଡ଼ିଛି ମାନେ ଦୁଷ୍ମନ୍ତ ନିଶ୍ଚୟ କୋଡିଏ ତାରିଖ ସୁଦ୍ଧା ପାଇସାରିଥିବେ। ଚିଠିଟା ପାଇ ପଢ଼ିସାରିଲା ପରେ ମଧ୍ୟ ମୁଁ ତାର ମାନଭଞ୍ଜନ ପାଇଁ ଯଥୋଚିତ, ସମୟୋଚିତ ତଥା ଅଯାଚିତ ପଦକ୍ଷେପ ନ ନେଇ ଆରାମରେ କ୍ଲାସ୍ କରିଚାଲିଥିବାରୁ ତା'ର ଗାତ୍ରଦାହ ହୋଇ ଅଭିମାନର ମାତ୍ରା ଦ୍ୱିଗୁଣିତ ହୋଇଯିବାଟା ସ୍ୱାଭାବିକ। ଡାକ ବିଭାଗକୁ ମୋର ଅନୁରୋଧ, ଏଭଳି ସମ୍ବେଦନଶୀଳ ସନ୍ଦେଶ ବହନ କରି ଯାଉଥିବା ଚିଠିଗୁଡ଼ିକୁ ଟିକିଏ ଠିକ୍ ସମୟରେ ପହଞ୍ଚାଇବାର ବ୍ୟବସ୍ଥା କରନ୍ତୁ।

■

କୁକୁଡୁ...କୁ

ମୋର ପ୍ରିୟ ସାଙ୍ଗ ରବିର ମୁଣ୍ଡରେ ଭେଜା ଟିକିଏ କମ୍ ଅଛି । ତେଣୁ ସେ ଜୀବନସାରା ସଂଗ୍ରାମ କରି ଶେଷରେ ବର୍ତ୍ତମାନର ପେସାକୁ ଆପଣେଇ ନେଇ ଏଇଟା ତା' ଜୀବନ ଜୀବିକାର ଶେଷ ପନ୍ଥା ବୋଲି ଭାବିନେଇ ସେଥିରେ ସମ୍ପୂର୍ଣ୍ଣ ମନୋନିବେଶ କରି କାମ କରିଚାଲିଛି । ତା'ର ବର୍ତ୍ତମାନର ଜୀବିକାର୍ଜନର ପନ୍ଥା ବିଷୟରେ ପରେ ଲେଖିବାକୁ ଚାହିଁବି । କିନ୍ତୁ ସେ ଯେଉଁସବୁ ବିଫଳତାର ପାହାଚରେ ପାଦ ଦେଇ ଦେଇ ଏ ଶେଷ ପାହାଚରେ ପହଞ୍ଚିଛି ସେହି ବିଫଳତାର କାହାଣୀରୁ ମୁଁ ଲେଖା ଆରମ୍ଭ କରୁଛି ।

ରବି ସହିତ ମୋର ପ୍ରଥମେ ଦେଖାହୁଏ ଫକୀରମୋହନ କଲେଜରେ +୨ ପ୍ରଥମ ବର୍ଷରେ ପଢ଼ିଲା ବେଳେ । ସେ ଓ ମୁଁ ଗୋଟିଏ ହଷ୍ଟେଲରେ ରହି ସାଙ୍ଗ ହୋଇ ପାଠ ପଢ଼ିଲୁ । ସେହିଦିନଠାରୁ ତା'ର ମୋର ସମ୍ପର୍କ ଦୃଢ଼ତର ହୋଇଯାଇଛି ଏବଂ ଉଭୟେ ଉଭୟଙ୍କର ସୁଖରେ ଦୁଃଖରେ ଭାଗୀଦାର ହୋଇ ଆଜି ପର୍ଯ୍ୟନ୍ତ ଆସିପାରିଛୁ ।

+୨ ପାଶ୍ କଲାପରେ ମୁଁ ସେହି କଲେଜରେ +୩ ପଢ଼ିଲି । ରବି ତା' ଗାଁ ପାଖାପାଖି ସ୍ୱର୍ଣ୍ଣଚୂଡ଼ କଲେଜ, ମିତ୍ରପୁରରେ ପଢ଼ିଲା । ସେହି ପଢ଼ିବା ସମୟରେ ଏକ କୌତୁକିଆ ଘଟଣା ତା'ର କ୍ଲାସମେଟ୍ ଜଣେ ଥରେ ମତେ କହୁଥିଲା ।

ରବି +୩ରେ ସାଇକୋଲୋଜି ଅନର୍ସ ରଖିଥିଲା । ରବି ସେ ସମୟରେ ସବୁବେଳେ ଭାବପ୍ରବଣ ଓ ଅନ୍ୟମନସ୍କ ରୁହେ । ତା'ର ଏହି ଗୁଣ ପାଇଁ ସେ ସାଇକୋଲୋଜି ନେଇଥିଲା କିମ୍ବା ସାଇକୋଲୋଜି ନେଲାପରେ ଏଭଳି ହୋଇଗଲା ସେକଥା କେହି ଜାଣନ୍ତି ନାହିଁ ।

ଦିନେ ସକାଳ ଦଶଟା ଦଶମିନିଟ୍ ପାଖାପାଖି ସେ ରହୁଥିବା କଲେଜ୍ ପାଖାପାଖି ମେସ୍‌ରୁ ବାହାରି କଲେଜ୍ ଆଡ଼କୁ ନିଜ ସାଇକେଲଟି ଗଡ଼େଇ ଗଡ଼େଇ ଜୋର୍‌ରେ ଦୌଡୁଥାଏ । ସେହି ସାଙ୍ଗ ସହିତ ରାସ୍ତାରେ ଭେଟ ହୋଇଗଲା । ସାଙ୍ଗଜଣକ ରବିକୁ ପଚାରିଲା- ଆରେ ରବି, ସେ ସାଇକେଲ୍‌ଟା କ'ଣ ଖରାପ ହୋଇଯାଇଛି କି ?

ରବି ଦୌଡ଼ୁ ଦୌଡ଼ୁ ଧଇଁସଇଁ ହୋଇ ତାକୁ ଉତ୍ତର ଦେଲା- ପ୍ଲିଜ୍ ଭାଇ, ପରେ କଥା ହେବା। ମୋ' ପାଖରେ ବର୍ତ୍ତମାନ କଥା ହେବାକୁ ସମୟ ନାହିଁ। ମୋର କ୍ଲାସ୍ ଦଶଟାରେ ଥିଲା। ଦେଖୁନୁ, ଦଶଟା ଦଶ ବାଜିସାରିଲାଣି। ବିଳମ୍ବ ହୋଇଯାଇଥିବାରୁ ପରା ମୁଁ ଦୌଡ଼ୁଛି।

ସେ ସାଙ୍ଗ ଜଣକ ପୁଣି କହିଲା- ଆରେ ଲେଟ୍ ହେଲାଣି ଯଦି ସାଇକେଲ୍‌ଟା ଚଲେଇକି ଯାଉନୁ, ଶୀଘ୍ର ପହଞ୍ଚିବୁ।

ରବି ବିରକ୍ତ ହୋଇ କହିଲା- ଆରେ ଟାଇମ୍ କାହିଁ ! ସାଇକେଲ ଅଟକେଇ ପୁଣି ଚଢ଼ିବା ପାଇଁ ହେଲେ ମିନିମମ୍ ଦୁଇ ମିନିଟ୍ ସମୟ ତ ନଷ୍ଟ ହେବ ! ସେ ଭିତରେ ମୁଁ ଆଉ ଶହେ କି ଦୁଇଶହ ମିଟର୍ ରାସ୍ତା ଦୌଡ଼ିକରି କଭର୍ କରି ଦେବିନି !

ଏହା କହି ରବି ପୁଣି ପୂର୍ବବତ ଦୌଡ଼ିବା ଆରମ୍ଭ କଲା। ସେ ସାଙ୍ଗଜଣକ ତାକୁ ଆଉ ବୁଝେଇ ପାରି ନଥିଲା।

ରବିର ପାଠପଢ଼ାପଢ଼ି ସରିଲା ପରେ ଚାକିରି ବାକିରି ଖୋଜାଖୋଜିରେ ପ୍ରାୟ ଦୁଇବର୍ଷ ଗଡ଼ିଗଲା। ମନ ମୁତାବକ କୌଣସି ଚାକିରି ନ ପାଇବାରୁ ଶେଷରେ ଫଟୋଗ୍ରାଫିରେ ଡିପ୍ଲୋମା ପଢ଼ିଲା। ଡିପ୍ଲୋମା ପରେ ସେ ଏକ ଷ୍ଟୁଡିଓ ଖୋଲି ବସିଲା ଏବଂ ଧିରେ ଧିରେ ଏକ ସମ୍ବାଦ ଭିତ୍ତିକ ଟିଭି ଚାନେଲ୍‌ରେ ମଧ୍ୟ ଫଟୋ ଗ୍ରାଫରର କାମ କଲା।

ଦିନେ ଏସ୍.ସି.ବି ମେଡ଼ିକାଲରେ ଏକ ୱାର୍ଡରେ ଛାତରୁ ସିଲିଂ ଫ୍ୟାନ୍‌ଟିଏ ଗଳି ପଡ଼ି ଜଣେ ରୋଗୀ ଉପରେ ପଡ଼ିଯିବାରୁ ତା'ର ମୃତ୍ୟୁ ହେଲା। ଏ ଖବର ପାଇ ରବି ତା'ର ସାମ୍ବାଦିକ ବନ୍ଧୁ ସହିତ କ୍ୟାମେରା ନେଇ ସବୁଠାରୁ ଆଗ ସେଠାରେ ପହଞ୍ଚିଗଲା। ସେମାନେ କାମ କରୁଥିବା ଟିଭି ଚାନେଲରେ ସବୁଠୁ ପ୍ରଥମେ ଏକ୍‌ସ୍‌କ୍ଲୁସିଭ୍ ବ୍ରେକିଂ ନ୍ୟୁଜ୍ ଦେଖାଇବାକୁ ରବି ତରବରରେ ଫଟୋ ଉଠାଉଥାଏ। ଷ୍ଟୁଡିଓରେ ଯେମିତି ସେ କ୍ୟାମେରା ରେଡି କରି ଫଟୋପାଇଁ ପୋଜ୍ ଦେଉଥିବା ବ୍ୟକ୍ତି ଉଦ୍ଦେଶ୍ୟରେ ନିର୍ଦ୍ଦେଶ ଦିଏ, ଅଭ୍ୟାସ ବଶତଃ ସେଦିନ ମଧ୍ୟ ବାଉଳାରେ ସେ ମୃତବ୍ୟକ୍ତି ଉଦ୍ଦେଶ୍ୟରେ କହି ପକାଇଲା- "ରେଡି, ସ୍ମାଇଲ୍ ପ୍ଲିଜ୍, ୱାନ୍, ଟୁ, କ୍ଲିକ୍, ଥ୍ୟାଙ୍କ୍‌ୟୁ।"

ତା'ପରେ ମୃତକଙ୍କ ସମ୍ପର୍କୀୟ ଓ ସେଠାରେ ଉପସ୍ଥିତ ଥିବା ଜନତା ମୃତବ୍ୟକ୍ତିଟିକୁ ଉପହାସ କରିଥିବା ଯୋଗୁଁ ରବିକୁ ଯୋଉ ପ୍ରକାର ମାଡ଼ ଦେଲେ, ସେହିଦିନଠାରୁ ସେ ଫଟୋଗ୍ରାଫି ଧନ୍ଦା ଛାଡ଼ି ଅନ୍ୟ କାମଧନ୍ଦା ଖୋଜିଲା।

ବଡ଼ କଷ୍ଟରେ ରବି ଶେଷରେ ଏକ କମ୍ପାନୀରେ ସିକ୍ୟୁରିଟି ଗାର୍ଡ ଚାକିରି ପାଇଲା। ସେ କମ୍ପାନୀର ସି.ଇ.ଓ ଏକ ପୋଖତ ସିଗାରେଟ୍ ଟଣାଳି ଥିଲେ। ସେ କିନ୍ତୁ ନିଜ ଅଫିସ୍

ଚାମ୍ବରରେ ସିଗାରେଟ୍ ରଖନ୍ତି ନାହିଁ କି ଟାଣନ୍ତି ନାହିଁ। ସିଗାରେଟ୍ ଟାଣିବାକୁ ଇଚ୍ଛା ହେଲେ ରବି ପାଖରେ ଲୁଚାଇ ରଖିଥିବା ସିଗାରେଟ୍ ତା'ଠୁ ଆଣି ଟଏଲେଟ୍ ଭିତରେ ପଶି ଟାଣିଦିଅନ୍ତି। ସିଗାରେଟ୍ ଆଣିବାକୁ ସେ ପ୍ରଥମେ ରବିର ମୋବାଇଲ୍‌କୁ ମିସ୍‌ଡ କଲ ଦିଅନ୍ତି। ଗ୍ରାଉଣ୍ଡ ଫ୍ଲୋର୍‌ରେ ଜଗିଥିବା ରବି ଥାର୍ଡ ଫ୍ଲୋର୍‌ରେ ଥିବା ସି.ଇ.ଓଙ୍କ ପାଖକୁ ଗ୍ରାଉଣ୍ଡ ଫ୍ଲୋରରୁ ହିଁ ସିଗାରେଟ୍‌ରେ ନିଆଁ ଧରେଇ ଯାଇ ଦେଇଆସେ। କିନ୍ତୁ ଏତେବାଟ ଅତିକ୍ରମ କରି ସିଗାରେଟ୍ ନେଇ ଯାଉଯାଉ ଅଧିକାଂଶ ସମୟରେ ନିଆଁ ଲିଭିଯାଏ। ତେଣୁ ସି.ଇ.ଓଙ୍କଠୁ ଗାଳି ଶୁଣିବା ସହିତ ସେହି ସମାନ କାର୍ଯ୍ୟକୁ ପୁଣି ତଳକୁ ଯାଇ କରି ଆସିବାକୁ ପଡ଼େ। କାଳେ ଅଫିସ୍‌ର ଅନ୍ୟ ଷ୍ଟାଫ୍ ସି.ଇ.ଓ ସିଗାରେଟ୍ ଟାଣନ୍ତି ବୋଲି ଜାଣିଯିବେ, ସେଇଥିପାଇଁ ସେ ଏମିତି ଲୁଚାଇ ପିଅନ୍ତି।

ରବି ଏହିଭଳି ବହୁତ ହଇରାଣ ହେଲାପରେ ଅନେକ ଚିନ୍ତାକରି ଏକ ସୁରକ୍ଷିତ ଉପାୟ ବାହାର କଲା। ତଳୁ ଲାଇଟ୍‌ରରୁ ସିଗାରେଟ୍‌ରେ ନିଆଁ ଧରେଇ ଦେଇ ଥାର୍ଡ ଫ୍ଲୋର୍‌କୁ ଯିବା ଭିତରେ ମଝିରେ ମଝିରେ ଜଳନ୍ତା ସିଗାରେଟ୍‌ଟାକୁ ଓଠ ଲଗାଇ ହାଲ୍‌କେଇକି ଟାଣିଦିଏ। ଏହାଦ୍ୱାରା ରବି ସିଗାରେଟ୍‌ଟିକୁ ଜଳନ୍ତା ରଖିପାରିଲା ଓ ଗାଳିରୁ ମୁକ୍ତି ପାଇବା ସଙ୍ଗେ ସଙ୍ଗେ ବାରମ୍ବାର ତଳଉପର ଆଉ ହେଲାନାହିଁ।

ଦିନେ କିନ୍ତୁ ରବି ସି.ଇ.ଓଙ୍କ ହାତରେ ଧରାପଡିଗଲା। କୌଣସି କାରଣରୁ ରବି ସେଦିନ ସିଗାରେଟ୍ ତଳୁ ଉପରକୁ ଆଣିବାରେ ବିଳମ୍ବ କରିବା ଯୋଗୁଁ ରବିର ପ୍ରେଜେଣ୍ଟ ଲୋକେସନ୍ ଦେଖିବାକୁ ସିସିଟିଭିକୁ ଚାହିଁଲେ। ସେଥିରେ ସେ ଦେଖିଲେ ଯେ ରବି ତାଙ୍କ ପାଖକୁ ଆସୁ ଆସୁ ସିଗାରେଟ୍‌ରୁ ଦୁଇ ତିନି ସୁଡୁକା ଟାଣି ପକାଉଛି। ରବି ତାଙ୍କ ଚାମ୍ବର୍‌ରେ ପହଞ୍ଚିଲା ପରେ ନିର୍ଧୁମ୍ ଗାଳି ଶୁଣିଲା ଓ ତତ୍‌କ୍ଷଣାତ୍ ଚାକିରିରୁ ବହିଷ୍କୃତ ହେଲା।

ପ୍ରକୃତରେ ରବିର ଭେଜା ଟିକିଏ କମ୍ ଥିବାଯୋଗୁଁ ସେ ବଡ଼ବଡ଼ ଚାକିରି ପାଇଁ ଚେଷ୍ଟା କରେନାହିଁ। ଏଥର ମଧ୍ୟ ଏକ ଅର୍ଡରଲି ପଦବୀ ପାଇଁ ଇଣ୍ଟରଭ୍ୟୁ ଦେବାକୁ ଗଲା। ଇଣ୍ଟରଭ୍ୟୁ ନେଉଥିବା ଅଫିସରମାନେ ବସିଥାନ୍ତି ଫୋରଥ ଫ୍ଲୋର୍‌ରେ। ସେଠାରୁ ରବିକୁ ପୂରା ଗ୍ରାଉଣ୍ଡ ଫ୍ଲୋର୍‌କୁ ପଠାଇ ଦିଆଗଲା ଏବଂ ଗ୍ରାଉଣ୍ଡ ଫ୍ଲୋର୍‌ରୁ ତାକୁ ଚା' ଭର୍ତ୍ତି ଏକ ଫୁଲ୍ କପ୍ ଦିଆଗଲା। ତାକୁ ଆଦେଶ ଦିଆଗଲା ଯେ ଗ୍ରାଉଣ୍ଡ ଫ୍ଲୋର୍‌ରୁ ଫୋରଥ୍ ଫ୍ଲୋର୍‌ରେ ବସିଥିବା ଜଜ୍‌ମାନଙ୍କୁ ନେଇ ସେହି ଚା'ଭର୍ତ୍ତି କପ୍‌ଟି ପରଷିବାକୁ। ସମୟ ଥିଲା ମାତ୍ର ୫୦ ସେକେଣ୍ଡ ଏବଂ ଶକ୍ତ ନିର୍ଦ୍ଦେଶ ଥିଲା ଯେ କପ୍‌ରୁ ଯେମିତି ଚା' ଠୋପେ ମଧ୍ୟ ତଳେ ନପଡ଼େ। ଲିଫ୍‌ଟରେ ନୁହେଁ, ସିଡି ଚଢ଼ି ଯିବାକୁ ମଧ୍ୟ ନିର୍ଦ୍ଦେଶ ଥିଲା। ରବିର ପୁରୁଣା ଫର୍ମୁଲା ଏଠି କାମ କଲା ଏବଂ ଚାକିରିଟି ମଧ୍ୟ ହାତେଇ ନେଲା।

ଚା' ଭର୍ତ୍ତି କପ୍‌ଟି ନେଇ ଗ୍ରାଉଣ୍ଡ ଫ୍ଲୋର୍‌ରେ ସିଡି ଚଢ଼ି ଉଠିବା ବେଳେ ରବି

ଏପଟ ସେପଟ ଚାହିଁ ଦେଖିଲା ଯେ ତାକୁ କେହି ଦେଖୁନାହିଁ । ତା'ପରେ ଓଠ ଲଗାଇ କପ୍‌ରୁ ପାଟିଭିତରକୁ ଯେତେ ପାରିଲା ଚାଆ ଶୋଷିନେଇ ନଢୁକି ସେମିତି ପାଟି ଭିତରେ ରଖିଲା । କପ୍‌ଟି କିଛି ମାତ୍ରାରେ ଫାଙ୍କା ହୋଇଗଲା ଓ ରବି ସିଡି ଚଢ଼ିଲେ ମଧ୍ୟ ଆଉ ଚା' ଉଛୁଳି ତଳେ ପଡ଼ିଲାନାହିଁ । ଫୋରଥ ଫ୍ଲୋର୍‌ରେ ପହଞ୍ଚି ଜଜ୍‌ମାନଙ୍କ ଚାମ୍ବରକୁ ପଶିବା ପୂର୍ବରୁ ପାଟିରେ ଧରିଥିବା ଚା'ତକ ରବି ପୁଣି ଚା'କପ୍‌ରେ ଓକାଳି ଦେଇଥିଲା । ଫଳସ୍ୱରୂପ କପ୍‌ଟି ପୂର୍ବପରି ଚା'ରେ ଭର୍ତ୍ତି ହୋଇଗଲା । ରବି ସମ୍ପୂର୍ଣ୍ଣ ଚାଆ କପ୍‌ଟି ଜଣେ ଜଜ୍‌ଙ୍କ ହାତକୁ ହସହସ ବଦନରେ ବଢ଼େଇ ଦେଇଥିଲା ଏବଂ ସେ ଜଜ୍ ଜଣକ ଚା'ତକ ବଡ଼ ଆନନ୍ଦରେ ପିଉଥିଲା ବେଳେ ରବିକୁ ବାନ୍ତି ଲାଗିଥିଲା । ଶେଷରେ ରବି ସେ ଅର୍ଡ୍‌ରଲି ଚାକିରିଟା ଅବଶ୍ୟ ପାଇପାରିଥିଲା ।

କିନ୍ତୁ ପ୍ରାୟ ଦୁଇବର୍ଷ ଚାକିରି କଲାପରେ ରବିର ସେ ଚାକିରି ପ୍ରତି ବିତୃଷ୍ଣା ଆସିଗଲା । ଅର୍ଡରଲୀ ଚାକିରିରେ ଆଉ ଉପୁରି କିଛି ନାହିଁ । ଯାହା ଦରମା ଗଣ୍ଡାକ; ସିଏ ପୁଣି ଚତୁର୍ଥଶ୍ରେଣୀ କର୍ମଚାରୀଟିଏର । ବହୁତ ଭାବିଚିନ୍ତି ଶେଷରେ ସେ ଚାକିରିଟି ଛାଡ଼ିଦେଲା ଏବଂ ଗୋଟିଏ ସାଇକେଲ୍ ମରାମତି ଦୋକାନ ଖୋଲି ବସିଲା । ସେ ତା' ଦୋକାନର ନାଁ 'ସାଇକେଲ ମରାମତି ଦୋକାନ' ନ ଲେଖି 'ସାଇକେଲ ହସ୍ପିଟାଲ୍' ଲେଖିଲା । ଏହା ପଛର କାରଣ ହେଉଛି, ରବି ପିଲାଟି ଦିନରୁ ତା' ନାଁ ପୂର୍ବରୁ ଡକ୍ଟର ଲେଖାଯିବାକୁ ବଡ଼ ପସନ୍ଦ କରୁଥିଲା ଏବଂ ଭବିଷ୍ୟତରେ ଦିନେ ନା ଦିନେ ଡାକ୍ତର ରବି ଲେଖାଯିବ ବୋଲି ମନରେ ଆଶା ବାନ୍ଧିଥିଲା । କିନ୍ତୁ ଭାଗ୍ୟ ତାକୁ ସାଙ୍ଗ ଦେଇନଥିଲା । ତେଣୁ ଏ ସାଇକେଲ୍ ଦୋକାନଟି ଖୋଲି ସାଇନ୍ ବୋର୍ଡରେ ଲେଖିଦେଲା–

ସାଇକେଲ୍ ହସ୍ପିଟାଲ ।

ପ୍ରୋ : ଡାକ୍ତର ରବି କୁମାର ।

କିନ୍ତୁ ସାଇକେଲ ଦୋକାନଟି ଖୋଲିବା ପୂର୍ବରୁ ସ୍ଥାନ ଚୟନରେ ତା'ର ବିରାଟ ବଡ଼ ଭୁଲ୍ ରହିଗଲା । ସେ ଯେଉଁଠି ଦୋକାନ ଖୋଲିଲା, ସେହିଠାରେ ଆଗରୁ ଜଣେ ପୁରୁଣା ଦଣ୍ଡାମାର୍କା ସାଇକେଲ୍ ଦୋକାନୀ ଆସ୍ଥାନ ଜମେଇ ସାରିଥିଲା । ତେଣୁ ରବି ଦୋକାନକୁ କେହି ନ ଆସି ପୁରୁଣା ଦୋକାନକୁ ସଜାଡ଼ିବାକୁ ଯାଆନ୍ତି । ରବି ମୁଣ୍ଡରେ ହାତଦେଇ ବସିଲା ।

କିନ୍ତୁ ରବିକୁ ଆପଣମାନେ ଭଲଭାବରେ ଚିହ୍ନି ନାହାନ୍ତି । ଭାବିଚିନ୍ତି ସେ ଏକ କୌଶଳ ବାହାର କଲା । ସେ ଏଭଳି ଖେଳ ଖେଳିଲା ଯେ ବାଧ୍ୟ ହୋଇ ଦିନକୁ ୨୦ଟି ପାଖାପାଖି ସାଇକେଲ୍ ତା' ଦୋକାନକୁ ରିପ୍ୟାରିଂ ପାଇଁ ଆସିଲା ଏବଂ ଦୁଇପଇସା ରୋଜଗାର କରି ଶାନ୍ତିରେ ନିଃଶ୍ୱାସ ମାରିଲା ।

କିନ୍ତୁ ସତ କେବେବି ଲୁଚି ରହେନା। ଦିନେ ରବିର କାଇଦାକୌଶଳ ଷ୍ଟିଙ୍ଗ୍ ଅପରେସନ୍‌ରେ ଧରା ପଡିଗଲା। ରବିର ପ୍ରତିଦ୍ୱନ୍ଦ୍ୱୀ ସାଇକେଲ୍ ଦୋକାନୀଟି ରବିର କାର୍ସାଦିକୁ ଫସର ଫଟେଇ ଦେଲା।

ନୂଆନୂଆ ଖୋଲିଥିବା ରବିର ଦୋକାନରେ ହଠାତ୍ ପ୍ରତିଦିନ ଏତେ ଭିଡ଼ ଦେଖି ସେ ଆଶ୍ଚର୍ଯ୍ୟ ହୋଇଗଲା। ସେ ତା' ଲୋକ ପଠାଇ ଖବର ନେଲା ଯେ, ରବି ଦୋକାନକୁ କେବଳ ପଙ୍କ୍‌ଚର୍ ସାଇକେଲ୍‌ଗୁଡ଼ିକ ପ୍ୟାଚିଂ ପାଇଁ ଆସୁଛନ୍ତି। ଏହାର କାରଣ ଜାଣିବାକୁ ସେ ପୁଣି ଲୋକ ଲଗାଇ ବୁଝିଲା ଯେ ରବିର ଦୋକାନଠୁ ମାତ୍ର ୨୦୦/ ୩୦୦ ମିଟର ଦୂରରେ ପ୍ରାୟତଃ ସବୁ ସାଇକେଲ୍‌ର ଚକା ପଙ୍କଚର୍ ହୋଇଯାଉଛି। ସାଇକେଲ ଆରୋହୀମାନେ ବାଧ୍ୟ ହୋଇ ଗଡ଼େଇ ଗଡ଼େଇ ଆଣି ଆଗ ଯୋଉ ଦୋକାନ ପଡୁଛି, ସେଇଠାରେ ପ୍ୟାଚ କରାଇ ନିଅନ୍ତି। ଅର୍ଥାତ୍, ସାଇକେଲ୍ ହସ୍ପିଟାଲ ହିଁ ଆଗ ପଡ଼େ। ସେହି ଗୋଟିଏ ଜାଗାରୁ ହିଁ କାହିଁକି ଏତେ ଚକା ପଙ୍କଚର ହେଉଛି ସେ କଥା ଜାଣିବାକୁ ପୁରୁଣା ସାଇକେଲ୍ ଦୋକାନୀ ନିଜ ଲୋକଙ୍କ ସହିତ ଯାଇ ସେ ଜାଗାଟିରେ ତନ୍ନ ତନ୍ନ କରି ଖୋଜାଖୋଜି କରିବା ପରେ ଯେଉଁସବୁ ମାରାତ୍ମକ ଜିନିଷ ପାଇଲା, ଆପଣମାନେ ଅନୁମାନ ଲଗେଇ ସାରିବେଣି। ରାସ୍ତାରେ ଏଡ଼େ ଲମ୍ବା ଲମ୍ବା ତିନି ଇଞ୍ଚିଆ ଲୁହାକଣ୍ଟା ବାଲିତଳେ ପୋତା ଯାଇଥିଲା। ସେ କଣ୍ଟାଗୁଡ଼ିକ ବାଲି ତଳୁ କାଢି ଫୋପାଡ଼ି ଦେଲାପରେ ଆଉ ସାଇକେଲ୍ ପଙ୍କଚର୍ ହେଲାନାହିଁ ଏବଂ ରବିର ବେପାର ମଧ୍ୟ ମାନ୍ଦା ପଡ଼ିଗଲା। ଏହାର କାରଣ ଜାଣିବାକୁ ରବି ଦିନେ ଯାଇ ସେ ଜାଗାଟିକୁ ଖୋଳିଦେଖିଲା ବେଳକୁ ସତରେ ତା'ର ସେ ଲୁହାକଣ୍ଟା ଆଉ ସେଠାରେ ନାହିଁ। ଠିକ୍ ସେହି ସମୟରେ ପୁରୁଣା ଦୋକାନୀ ଜଣକ ନିଜର ତିନି ଚାରିଜଣ ପାଳିତ ଗୁଣ୍ଡାଙ୍କୁ ନେଇ ପହଞ୍ଚି ରବିର ଅବସ୍ଥା ଛ'ଗଣ୍ଡା ଦି'କଡା କରି ପକାଇଲା। ବାସ୍, ଡାକ୍ତର ରବି ସାଇକେଲ ହସ୍ପିଟାଲ୍‌ରୁ ଯାଇ ପେସେଣ୍ଟ ରବି ହୋଇ ସତସତିକା ହସ୍ପିଟାଲରେ ଚିକିତ୍ସିତ ହେଲା।

ହସ୍ପିଟାଲରୁ ସୁସ୍ଥ ହୋଇ ଫେରିଲା ପରେ ରବି ପୁଣି ନିଜର ଜୀବିକାର୍ଜନ ପାଇଁ ବିଭିନ୍ନ ବେପାର ଟୁପାରରେ ମନ ଦେଲା। ରତ୍ନମଣି ସହିତ ବାହାଘର ମଧ୍ୟ ହୋଇଗଲା। ଦୁଇ ବର୍ଷ ପରେ ବବି ମଧ୍ୟ ଜନ୍ମନେଲା। ବବିକୁ ୭-୮ ବର୍ଷ ହୋଇଗଲା ପରେ ମଧ୍ୟ ରବି ଓ ରତ୍ନମଣି ଦ୍ୱିତୀୟ ସନ୍ତାନ କଥା ଭାବି ନଥିଲେ। ନିଜର ସମ୍ପର୍କୀୟ, ସାହିପଡିଶା ତଥା ସାଙ୍ଗସାଥୀଙ୍କ ପ୍ରରୋଚନାରେ ଶେଷରେ ଦ୍ୱିତୀୟ ସନ୍ତାନ ପାଇଁ ଉଭୟେ ରାଜି ହେଲେ। କିନ୍ତୁ ସର୍ତ୍ତ ରହିଲା ଯେ ଏଇ ପିଲାଟି ହେଲାପରେ ଫେମିଲି ପ୍ଲାନିଂ ଅସ୍ତ୍ରୋପଚାର କରାଇନେବେ ତଥା ସେ ସମୟରେ ସରକାରଙ୍କ ତରଫରୁ ଉପଲବ୍ଧ ସବୁଜ ପତ୍ରିକାଟିଏର ଅଧିକାରୀ ହୋଇ ସରକାରଙ୍କ ଦ୍ୱାରା ପ୍ରଦତ୍ତ ବିଭିନ୍ନ ଯୋଜନାର ଫାଇଦା ନେବେ।

ସବୁକିଛି ଠିକ୍ ଥାଇ ରତ୍ନମଣିର ଡେଲିଭରି ସମୟ ଆସି ପହଞ୍ଚିଲା। ଡାକ୍ତରଖାନାରେ ମଧ୍ୟ ଆଡମିଶନ୍ ନେଲା। କିନ୍ତୁ ଭଗବାନ ରବିକୁ ଗୋଟିଏ ଗୁଳିରେ ଦୁଇ ଦୁଇଟି ଶୀକାର କରିବାରେ ସାହାଯ୍ୟ କରିଥିଲେ। ରତ୍ନମଣିକୁ କବି ଓ ଛବି ନାମରେ ଯାଆଁଳା କନ୍ୟାରତ୍ନ ଭଗବାନ ଉପହାର ଦେଇଥିଲେ। ରବି ଏଥିରେ ଖୁସି ହବ କିମ୍ବା ଦୁଃଖ କରିବ କିଛି ଭାବି ପାରୁନଥିଲା।

ବେପାରୀ ରବିର କିନ୍ତୁ ଦୁଃଖ ଓ ଅବସୋସ ରହିଗଲା। ତିନୋଟି ସନ୍ତାନର ଜନକକୁ ଗ୍ରୀନ୍ କାର୍ଡ ସରକାରଙ୍କ ତରଫରୁ ମିଳିଲା ନାହିଁ। ଏଥିରେ ମଧ୍ୟ ରବିକୁ କ୍ଷତି ସହିବାକୁ ପଡିଲା।

ରବି ତା'ପରେ ବିଭିନ୍ନ ଅଫିସ୍ ଦୌଡ଼ାଦୌଡ଼ି କରି ଶେଷରେ ଧରାଧରି କରି ଏକ ଅଫିସ୍‌ରେ କିରାଣୀ ଚାକିରିଟିଏ ପାଇଲା। ତା' ସଂସାରକୁ ଯଥାକଥା ଚଳେଇ ନେଲା।

ପ୍ରତିଦିନ ରବି ଅଫିସ୍‌ରୁ ବିଳମ୍ବରେ ଫେରିବା ଯୋଗୁଁ ରତ୍ନମଣିଠୁ ଅନେକ ଗାଳି ଶୁଣେ। କିନ୍ତୁ ପ୍ରକୃତରେ ରବି ଜାଣିଶୁଣି ବିଳମ୍ବ କରେ ନାହିଁ। ରବିଟା ଅତି ଶାନ୍ତ, ସୁଧାର ତଥା ବିଶ୍ୱସ୍ତ ଯୋଗୁଁ ଅଫିସ୍‌ର ବଡ଼ବାବୁଙ୍କର ଅତି ନିକଟତର ହୋଇ ପାରିଥିଲା। ସେହି କାରଣରୁ ବଡ଼ବାବୁ ତାକୁ ବେଶୀ କାମ ଦେଉଥିଲେ। କାମସବୁ ସାରି ଫେରୁ ଫେରୁ ବିଳମ୍ବ ହୁଏ। ରବି ଯେତେ କୈଫିୟତ୍ ଦେଲେ ମଧ୍ୟ ରତ୍ନମଣିକୁ ବୁଝେଇ ପାରିନଥିଲା। ବରଂ ଦିନକୁ ଦିନ ରତ୍ନମଣି ତାକୁ ସନ୍ଦେହ ଚକ୍ଷୁରେ ଦେଖିଲା; କାଳେ ଅଫିସ୍‌ର କେଉଁ ଲେଡି ଷ୍ଟାଫ୍ ସହିତ ରବିର ଚକ୍କର ଚାଲିଛିକି !

ରବି ମଧ୍ୟ ଏମିତି ବିଳମ୍ବରେ ଫେରୁଥିବାରୁ ପ୍ରତିଦିନ ରତ୍ନମଣିଠୁ ଗାଳି ଶୁଣୁଛି ବୋଲି ବଡ଼ବାବୁଙ୍କୁ ଯେତେ କହିଲେ ମଧ୍ୟ ବଡ଼ବାବୁ ତା'କଥାକୁ କର୍ଣ୍ଣପାତ ନ କରି ପୂର୍ବବତ ଗୁରୁତ୍ୱପୂର୍ଣ୍ଣ ଫାଇଲ୍ ସବୁ ତାକୁ ଦେଉଥିଲେ। ଶେଷରେ ଏହି ସମସ୍ୟାରୁ ମୁକ୍ତି ପାଇବାକୁ ରବି ଏକ ସୁପରପ୍ଲାନ୍ ପକେଇଲା। ବଡ଼ବାବୁଙ୍କ ଫୋନ୍ ନମ୍ବରକୁ ରବି ନିଜ ମୋବାଇଲ୍‌ରେ 'ଡାର୍ଲିଂ' ବୋଲି ଫିଡ୍ କରିଦେଲା। ବାସ୍, ତା'ପରେ ମଜା ଦେଖ।

ଦିନେ ରବି ସେହିଭଳି ଅଫିସ୍ କାମ ସାରି ବିଳମ୍ବରେ ଘରକୁ ଫେରିଲା। ଆଜିବି ରତ୍ନମଣିଠୁ ଗାଳି ଶୁଣିବାକୁ ପଡ଼ିଲା ଏବଂ ସମ୍ଭାଳି ମଧ୍ୟ ନେଲା। ବାଥରୁମ୍‌କୁ ଧୁଆଧୋଇ ହେବାପାଇଁ ଯିବା ପୂର୍ବରୁ ବଡ଼ବାବୁଙ୍କ ମୋବାଇଲ୍‌କୁ, ଅର୍ଥାତ୍ 'ଡାର୍ଲିଂ'କୁ ମିସ୍‌ଡ କଲଟାଏ ମାରିଦେଇ ବାଥରୁମ୍‌ରେ ପଶିଗଲା। ତା'ପରେ 'ଡାର୍ଲିଂ'ଠୁ ବାରମ୍ବାର କଲ ଆସିଲା ରବି ମୋବାଇଲକୁ। ରବି ଜାଣିଶୁଣି ବାଥରୁମ୍‌ରେ ବେଶୀ ସମୟ ରହି ଜୋର୍ ଶବ୍ଦ କରି ପାଣି ଟ୍ୟାପ୍ ଖୋଲି ଧୋଇଧାଇ ହେଉଥାଏ। ମୋବାଇଲ୍‌ଟି ବାରମ୍ବାର ରିଂ ହେବାରୁ ରତ୍ନମଣି

ଆଉ ରହିପାରିଲା ନାହିଁ । ମୋବାଇଲଟି ଆଣି ଦେଖିଲା 'ଡାର୍ଲିଂ'ଠୁ ଫୋନ୍ ଆସୁଛି । ତା'ପରେ ଅଣ୍ଟାରେ କଷିକି ଶାଢ଼ିଟା ଗୁଡ଼େଇ ହେଲା, ଯେତେପ୍ରକାର ଗାଳି ତା' ଜୀବନକାଳ ମଧ୍ୟରେ ଶୁଣିଥିଲା, ସେ ଡିକ୍ସିନାରୀଟି ଅନ୍‌କଲା ଏବଂ ଫୋନ୍ ରିସିଭ୍ କରି ସେପଟର 'ହ୍ୟାଲୋ'କୁ ଅପେକ୍ଷା ନକରି ଯାଚ୍ଛାତା' ଶୋଧି ଚାଲିଲା- ହଇଲୋ ଅଲପେଇଷିଆଣି... ଇତ୍ୟାଦି । ସେ ଗାଳିର ସାରାଂଶ ଏଇଆ ଥିଲା ଯେ ମୋ' ଗେରସ୍ତକୁ ତୁ କିମିଆଁ କରି ରଖିଛୁ । ଜାଣିଶୁଣି ଅଫିସ୍‌ରେ ସେ ତୋ' ସହିତ ଅଧିକ ସମୟ କାଟୁଛନ୍ତି । ଘରେ ଛୁଆପିଲାଙ୍କୁ ନେଗ୍‌ଲେକ୍ଟ୍ କରୁଛନ୍ତି ଏବଂ ଅନ୍ୟାନ୍ୟ କେତେକ ଅଣପାର୍ଲାମେଣ୍ଟାରୀ ଭାଷା ସମୂହ । ଶେଷରେ ଧମକପୂର୍ଣ୍ଣ କଡ଼ା ଚେତାବନୀଟାଏ ମଧ୍ୟ ଥିଲା ଯେ କାଲିଠୁ ଯଦି ରବିକୁ ଅଫିସ୍‌ରୁ ଠିକ୍ ସମୟରେ ନଛାଡ଼ୁ, ତେବେ ଦୁର୍ଗା, କାଳୀ, ଚଣ୍ଡୀଚାମଣ୍ଡାଙ୍କର ଏକ ମିଶ୍ରରୂପ ଧାରଣ କରି ମୁଁ କାଲି ଅଫିସ୍‌ରେ ଯାଇ ପହଞ୍ଚିଯିବି ।

ସେପଟେ ବଡ଼ବାବୁ ଫୋନ୍‌ଟା ରଖୁରଖୁ ଆଗ ବିପି ମେଡ଼ିସିନ୍ ଖୋଜିଥିଲେ ଏବଂ କ୍ରୋଧ ଓ ଭୟରେ ଖାଲି ଥରିଥିଲେ । ତା'ପରଦିନଠୁ ରବିକୁ ମେହେର୍‌ବାନି ସ୍ୱରୂପ ଅଳ୍ପକାମ ଦେଇଥିଲେ ଏବଂ ରବି ମଧ୍ୟ ଠିକ୍ ସମୟରେ ଘରକୁ ଖୁସି ମନରେ ଫେରୁଥିଲା ତା'ର ସୁପରପ୍ଲାନ୍ କାମ କରିଥିବାରୁ ।

ରତ୍ନମଣି ଓ ରବି ଭିତରେ କିନ୍ତୁ ଭଲ ପଟାପଟ ନଥିଲା । ପ୍ରତ୍ୟେକ ଦିନ ଦୁହିଁଙ୍କ ଭିତରେ କିଛି ନା କିଛି କାରଣରୁ ଝଗଡ଼ା ଲାଗି ରହେ । ଦୁଇଦିନ ତଳେ ଯେଉଁ ଝଗଡ଼ା ହେଲା, ତାହା ଦେଖିକରି ମୁଁ ମୋର ପରିବାର ସହିତ ସେ ସରକାରୀ କ୍ୱାର୍ଟର୍ସ ଛାଡ଼ି ଅନ୍ୟତ୍ର ଚାଲିଯିବାକୁ ଇଚ୍ଛା ପ୍ରକାଶ କରୁଛି ।

ସେଦିନ ସକାଳୁ ସକାଳୁ କ'ଣ ପାଇଁ କେଜାଣି ରତ୍ନମଣି ରବି ଉପରେ ଏତେ ଗରମ ଖାଇଲା ଯେ ରବି ଆଉ ସହିପାରିଲା ନାହିଁ । ତା' ପୌରୁଷ ଜାଗି ଉଠିଲା । ପ୍ରତି ଆକ୍ରମଣ କରିବାକୁ ରବି ଅଣ୍ଟାଭିଡ଼ି ବାହାରି ପଡ଼ିଲା । ଝଗଡ଼ାର କାରଣ ଏଇଆ ଥିଲା ଯେ ରତ୍ନମଣି ରବିର କାର୍ପଣ୍ୟ ଉପରେ ଆଙ୍ଗୁଳି ନିର୍ଦ୍ଦେଶ କରି ଦେଇଥିଲା । ତା'ପରେ ରବି ଶୋଧି ଚାଲିଲା- "କ'ଣ କହିଲ, ମୁଁ କୃପଣ ? ଆରେ ତମେ କୃପଣ, ତମ ଚଉଦ ପୁରୁଷ କୃପଣ, ତମ ଗାଁ ସାରା କୃପଣ । ମତେ କଣ କୃପଣ କହୁଛ ?"

ରତ୍ନମଣି କିଳିକିଳା ରଡ଼ି ଛାଡ଼ିଲା- ଏ...ଏ... ମୁହଁ ସମ୍ଭାଳି କଥାବାର୍ତ୍ତା କର । ଯାହା କହିବ ମତେ କୁହ । ମୋ ବାପଘର ବିଷୟରେ ଆଉ ପଦୁଟିଏ କହିଲେ ମୋ କାଳୀ ଅବତାର ଦେଖିବ ।

ରବି: କହିବିନି ! ତମ ବୋପା ପରା ଏକ ନମ୍ବର ମଖିଚୁଷ୍ ! କ୍ଷୀରରେ ପରା ମାଛି ପଡ଼ିଥିଲେ ମଧ୍ୟ ତା' ନିଶରେ ଛାଣି ଛାଣି ମୁହଁ ଲଗେଇ ପିଇଦିଏ ।

ରତ୍ନମଣି : ତମେ କୋଉ ଭଲ ଲୋକ ଯେ ! ତମେ ତ ପୂରା ଜୀବାଣୁ ଚୁଷ୍‌ଟାଏ । ଚିକେନ ମଟନ୍ ଖାଇ ସାରି କାଠିରେ ଦାନ୍ତ ଖୁଣ୍ଟିଲା ବେଳେ ଦାନ୍ତମୂଳରୁ ଯେଉଁ ଖାଦ୍ୟ ବାହାରେ ତାକୁ ନ ଫୋପାଡ଼ି ତମେ ଜୀବାଣୁ ମୁହଁରୁ ଛଡ଼େଇ ଆଣି ପୁଣି ଖାଇଦିଅ ପରା !

ରବି : ବାହାଘର ପୂର୍ବରୁ ତମ ଘରେ କ'ଣ ଥିଲା ମୁଁ କ'ଣ ଜାଣେନି ! ତମକୁ ଦେଖିବାକୁ ଆମପଟରୁ ଆମେ ମାତ୍ର ପାଞ୍ଚଜଣ ଯାଇଥିଲୁ । ସରବତ ପାଇଁ ଅତି ବେଶିରେ ଦୁଇଟା ଲେମ୍ବୁ ଦରକାର ଥିଲା । ସେତକ ବି ତମ ବୋପା ପାଇଲାନି ! ଶେଷରେ ବାସନମଜା ଭିମ୍ ବାର୍‌ରେ ଲେମ୍ବୁର ବାସ୍ନା ଅଛି ବୋଲି ତାକୁ ଚିନି ମିଶେଇ ସରବତ କରି ଆମକୁ ପେଲିଦେଲ । ପରେ ଆମ ସମସ୍ତଙ୍କ ପେଟ ଖରାପ ହୋଇ ଡାକ୍ତରଙ୍କୁ ଦେଖେଇଲା ପରେ ପରୀକ୍ଷାରୁ ସିନା ସେକଥା ଧରା ପଡିଲା ।

ରତ୍ନମଣି : ତମେ କୋଉ ଭଲ ଲୋକ ଯେ ! ବିବାହର ଦୁଇବର୍ଷ ପର୍ଯ୍ୟନ୍ତ ପରା ବବିକୁ ଆସିବାକୁ ଦେଇନଥିଲ । କହିଲେ କଣ ନା ତୃତୀୟ ବ୍ୟକ୍ତି ଆସିଲେ ଯୋଉ ଅଧିକ ଖର୍ଚ୍ଚ ହବ, ତାହା କ'ଣ ତମ ବୋପାଘରୁ ଆଣିବ ?

ରବି : ତମେ କୃପଣ ନୁହଁ ଆଉ କୋଉ ଭଲ ଯେ ! ଲିପ୍‌ଷ୍ଟିକ୍ ନ କିଣି ହୋଲି ବେଳର ମୁଣ୍ଡଫଟା ଦଶଟଙ୍କିଆ ରଙ୍ଗଫଡାଟାଏ ରଖିଛ ! ବାହାରକୁ ଫେସନ୍ ହୋଇଗଲାବେଳେ ସେଇଥିରୁ ପରା ଓଠରେ ଟିକେ ଲଗେଇ ଦେଇ ଯାଉଛ । ଯେତେ ଓଠରେ ଜିଭ ମାର ସେତେ ଲାଲ୍ ଦିଶେ !

ରତ୍ନମଣି : ଏହାଦ୍ୱାରା ପଇସାଟା କାହାର ବଞ୍ଚୁଛି କହିଲ ! ତମେ ପରା ଟଙ୍କା ଖର୍ଚ୍ଚ ହୋଇଯିବ ବୋଲି ଗୋଟାଏ ଗାମୁଛା ନେଇ ନିଇତି ବାଥ୍‌ରୁମ୍ ଯାଇ ଗାଧୋଉଛ ! ଛି ଛି ଲାଜ ଲାଗେନି ?

ରବି : ତମ ବୋପା ପରା ସକାଳେ ଠାକୁରଙ୍କ ପାଖରେ ଧୂପ ଜଳାଇଲା ବେଳେ ପୂଜା ସରିଲାମାତ୍ରେ ଅଧାଜଳା ଧୂପକାଠିକୁ ଲିଭେଇ ଦେଇ ସଞ୍ଜ ବେଳକୁ ରଖିଦିଏ ଆଉ ଥରେ ପୂଜା କରିବାପାଇଁ ! ଶଃ ଇଏ କି ଠାକୁର ଭକ୍ତି !

ରତ୍ନମଣି: ତମ ଘରର ଔକାତ ମୁଁ କ'ଣ ଜାଣେନି ! ମୁଁ ବାହା ହୋଇ ଆସିଲା ବେଳକୁ ପରା ତମଘରେ ଗୋଟିଏ ମାତ୍ର ଫୋଲଡିଙ୍ଗ୍ ଟେବୁଲ୍ ଥିଲା, ଯେଉଁଥିରେ ତମେ ଖାଇଲା ବେଳେ ଡାଇନିଂ ଟେବୁଲ, ପଢ଼ାଘରକୁ ନେଇ ଷ୍ଟଡି ଟେବୁଲ, ଲୁଗାପଟା ଇସ୍ତ୍ରୀ କରା ଟେବୁଲ, ପୁଣି କୁଣିଆ ଆସିଲେ ଡ୍ରଇଂରୁମ୍ ଟେବୁଲ୍ ଭାବରେ ବ୍ୟବହାର କର ।

ରବି : ଆମ ବାହାଘର ବେଳର କଥା ଟିକିଏ ମନେ ପକାଇଲ । ତମ ବଡ଼ ଭାଇ ଏବଂ ବାପା, ମତେ ଦେଖିବାକୁ ଉଭୟେ ଏକାଦିନେ କେବେ ଆସୁଥିଲେ ? କଥା ଫାଇନାଲ୍

ହେବାଦିନ ତମ ବୋପା ନ ଆସି ତମ ଭାଇ ଆସିଥିଲେ । ସେ ପିନ୍ଧିଥିବା ପ୍ୟାଣ୍ଟରୁ ମୁଁ ମନେ ପକାଇ ଠଉରେଇ ନେଲି ଯେ ପ୍ରକୃତରେ ବୋପା-ପୁଅର ଗୋଟିଏ ହିଁ ପ୍ୟାଣ୍ଟ୍ । ଜଣେ ଆସିଲେ ଆଉ ଜଣେ ଆସିପାରିବ ନାହିଁ ।

ରତ୍ନମଣି : ତମ ବାହାଘର ଶୋଭାଯାତ୍ରା କଥା ମନେ ପକାଅ । ଡିଜେ ସାଉଣ୍ଡରେ ବରଯାତ୍ରୀ ନାଚୁଥିଲା ବେଳେ ରାସ୍ତା କଡ଼ରେ ମାତ୍ର ଗୋଟେ କି ଦୁଇଟା ବାଣ ଫୁଟାଇ ଆଗରୁ ରେକର୍ଡିଂ ହୋଇଥିବା ବାଣଫୁଟା ଶବ୍ଦକୁ ମାଇକ୍‌ରେ ବଜେଇ ବଜେଇ ବାଣଫୁଟାର ଭ୍ରମ ସୃଷ୍ଟି କରି ମତେ ନେଇ ଫେରିନଥିଲ ?

ଏହିପରି ଅତି ନିମ୍ନସ୍ତରର କଥାବାର୍ତ୍ତା ସେଦିନ ଶୁଣି ସାରିଲା ପରେ ମୁଁ ତା'ର ପଡ଼ୋଶୀ ହୋଇ ରହିବାକୁ ଆଉ ଚାହୁଁନାହିଁ ।

ରବି ଓ ରତ୍ନମଣି ମଧ୍ୟରେ ଏହିପରି ନିୟମିତ ଝଗଡ଼ାରୁ ରବି ଟେନ୍‌ସନ୍ ହୋଇ ଧିରେଧିରେ ମଦ୍ୟାସକ୍ତ ହେବାକୁ ଲାଗିଲା । ଶେଷରେ ଘୋଡ଼ା ମଦୁଆଟାଏ ହୋଇଗଲା । ତା' ମଦପିଇବା ନେଇ ଏଇ ଅଳ୍ପଦିନ ତଳେ ଏକ ରୋଚକ ଘଟଣା ଘଟିଗଲା ।

ସେ ଦିନଟି ଥିଲା ମାର୍ଚ୍ଚମାସ ୩୧ ତାରିଖ । ରାଜମହଲରୁ କଳ୍ପନାକୁ ସଂଯୋଗ କରୁଥିବା ଫ୍ଲାଏ ଓଭର୍ ବ୍ରିଜ୍ ଉପରେ ଏକ ଆକ୍‌ସିଡେଣ୍ଟ ହୋଇଥାଏ । ନିହାତି ଦୁର୍ବଳ ଲୋକଟାଏ ନିଜ ସ୍କୁଟିରୁ ପଡ଼ି ଖଣ୍ଡିଆ ଖାବରା ହୋଇ ରାସ୍ତାକଡ଼ରେ ବସିପଡ଼ି ଅନ୍ୟମାନଙ୍କର ସାହାଯ୍ୟ, ସହାନୁଭୂତି ଭିକ୍ଷା କରୁଥାଏ । କିଛି ହୃଦୟବାନ ବ୍ୟକ୍ତି ତା' ଅନୁରୋଧରେ ଅଟକି ତାକୁ ସାହାଯ୍ୟ କରିବାକୁ ତା'ପାଖରେ ଯାଇ ପହଞ୍ଚି ପୁଣି ନାକରେ ରୁମାଲ୍ ଚାପି ବିରକ୍ତିରେ ଫେରିଆସୁଥାନ୍ତି । କାରଣ- ସେ ଲୋକଟି ପ୍ରଚୁର ମଦ୍ୟପାନ କରିଥିଲା । ଲୋକଟା ଚେଷ୍ଟାକରି ମଧ୍ୟ ଦମ୍ଭଧରି ଠିକ୍ ଭାବରେ ଛିଡ଼ା ହୋଇପାରୁ ନଥାଏ ।

କିନ୍ତୁ ଭଗବାନ ସମସ୍ତଙ୍କ ପାଇଁ ସର୍ବତ୍ର ବିଦ୍ୟମାନ ଅଛନ୍ତି । ପ୍ରାଣୀଙ୍କର ଆରତ ସେ ସର୍ବଦା ଶୁଣିବାକୁ ପ୍ରସ୍ତୁତ ହୋଇ ରହିଛନ୍ତି । ଯୋଉଠିକୁ ସେ ସ୍ୱଦେହରେ ଯାଇ ନ ପାରନ୍ତି, ସେଠାକୁ 'ରବି' ମାନଙ୍କୁ ପଠାନ୍ତି ।

ସତକୁ ସତ ରବି ସେହି ରାସ୍ତା ଦେଇ ଘରକୁ ଫେରୁଥିଲା । ଲୋକଟାର ବିନତି ସହି ନ ପାରି ଗାଡ଼ି ଅଟକାଇ ତା'ପାଖକୁ ଗଲା ସାହାଯ୍ୟ କରିବାକୁ । ତା' ନାକରେ ପ୍ରଥମେ ବାଜିଲା ବିଚିକିଟିଆ ଆଲ୍‌କୋହଲ୍‌ର ଗନ୍ଧ । ଉଁ ହୁଁ; ଆପଣଙ୍କ ପାଇଁ ବିଚିକିଟିଆ ଗନ୍ଧ ହୋଇପାରେ, ରବି ପାଇଁ ତାହା ଥିଲା ଅତ୍ୟନ୍ତ ସୁଗନ୍ଧ । ଯାହା ହେଉ, ରବି ସେ ଲୋକକୁ କୌଣସି ପ୍ରକାରରେ ଉଠେଇ ନେଇ କ୍ୟାପିଟାଲ୍ ହସ୍ପିଟାଲରେ ପହଞ୍ଚାଇଦେଲା । ଏମରଜେନ୍ସି ୱାର୍ଡରେ ରଖି ତା'ର ଚିକିତ୍ସାର ବନ୍ଦୋବସ୍ତ କଲା ଏବଂ ତା' ସମ୍ପର୍କୀୟମାନଙ୍କୁ ଫୋନ୍ କରି ଏ ବିଷୟରେ ଖବର ଦେଇଦେଲା ।

ଏଥର ରବି ତା'ର ପ୍ରକୃତ ସ୍ୱାର୍ଥପାଇଁ ଆଗକୁ ବଢ଼ିଲା। ଲୋକଟା ବେଡ୍‌ରେ ଶୋଇଥାଏ। ତା' ହାତରେ ସେଲାଇନ୍ ଲାଗିଥାଏ। ରବି ତା' କାନପାଖରେ ଯାଇ ଫିସ୍‌ଫିସ୍ କରି କହିଲା- "ଭାଇ, ଏଥର ମତେ ବିଦା କର। ତମଘର ଲୋକ ତ ଆସୁଛନ୍ତି। ମୁଁ ତେବେ ଆସୁଛି।"

ଲୋକ : ହଁ ଆଜ୍ଞା ଏବେ ଯାଆନ୍ତୁ। ବହୁତ ବହୁତ ଧନ୍ୟବାଦ ଆପଣଙ୍କୁ। ଆପଣଙ୍କ ଋଣ ମୁଁ ଏ ଜନ୍ମରେ ଶୁଝି ପାରିବିନି ଆଜ୍ଞା।

ରବି : ପୂରା ଶୁଝି ନପାରିଲେ କିଛିଟା ଏ ଜୀବନରେ ଶୁଝିଥାଅ।

ଲୋକ; ମାନେ ! କେମିତି ଶୁଝିବି ?

ରବି : ମାନେ, ଆଜି ହେଉଛି ମାର୍ଚ୍ଚ ମାସ ୩୧ ତାରିଖ। ବର୍ଷଶେଷ, ପକେଟ୍‌ରୁ ପଇସା ମଧ୍ୟ ଶେଷ। ତେଣୁ ମୁଁ କ'ଣ କହୁଥିଲି କି...

ଲୋକ : ଆଜ୍ଞା ଆପଣଙ୍କୁ ଲାଜ ଲାଗିବା କଥା। ମୁଁ ବର୍ତ୍ତମାନ ଏତେ ବଡ଼ ସମସ୍ୟା ଭିତରେ ଅଛି। ମୋ'ଠୁ ଆପଣ ଟଙ୍କା ମାଗୁଛନ୍ତି ?

ରବି : ନା ଭାଇ ଟଙ୍କା ମାଗୁନି। ଖାଲି କହିଦିଅ ଆର ଅଧକ କୋଉଠି ଲୁଚେଇ ରଖିଛ; ନା ସବୁ ମାରିଦେଇଛ ?

ଲୋକ : ଓହୋ... ବୁଝିଲି ବୁଝିଲି। ଆପଣ ବି...

ରବି : ହାଁ ହାଁ ଧିରେ କୁହ। କୋଉଠି ଅଛି ବୋତଲଟା ?

ଲୋକ : ଭାଇ ମୋ' ଗାଡ଼ି ଡିକିରେ ଅଛି। ଏଇ ଚାବି ନିଅନ୍ତୁ; ଖୋଲିକି ପିଇଦେବେ। ହଁ, ମୋ' ପାଇଁ ଆଉ ମାତ୍ର ପେଗେ ଖଣ୍ଡେ ବଞ୍ଚେଇଥିବେ।

ରବି ସେ ଲୋକଠୁ ଚାବି ନେଇ କଷ୍ଟେମଷ୍ଟେ ଦୁଇଥରରେ ଆଣିଥିବା ତା' ସ୍କୁଟି ଡିକି ଖୋଲି ଲୁଚେଇ ଲୁଚେଇ ବୋତଲରୁ କିଛି ଉଦରସ୍ଥ କଲା ଏବଂ ଚାବି ତା' ହାତରେ ଦେଇ ଘରକୁ ଫେରିଥିଲା।

ଏହିଭଳି ଅତ୍ୟଧିକ ମଦ୍ୟପାନ କରିବା ଯୋଗୁଁ ରବିକୁ ଶେଷରେ କିରାଣୀ ଚାକିରି ଖଣ୍ଡକ ହରେଇବାକୁ ମଧ୍ୟ ପଡ଼ିଲା। ନିଜର ପରିବାର ପାଳନ ପୋଷଣ ନିମନ୍ତେ ବହୁତ କିଛି ଛୋଟ ମୋଟ ବେପାରରେ ହାତ ଦେଇ ଦେଇ ଶେଷରେ ପଟିଆ ଛକରୁ ସିପେଟ୍ ଆଡକୁ ଯିବାରାସ୍ତା କଡ଼ରେ ଏକ ଛୋଟ ହୋଟେଲ୍ ଖୋଲି ବସିଛି। ମଦ ପିଇବା ସମ୍ପୂର୍ଣ୍ଣ ଛାଡ଼ି ଦେଇଛି। ଯଦି ସମୟ ହୁଏ, ଆପଣମାନେ ସେ ହୋଟେଲକୁ କେବେ ଗଲେ ମୋ' ନାମ କହି ରିହାତିରେ ଖାଇପାରନ୍ତି। ତା' ହୋଟେଲ୍‌ର ନାଁ ହେଉଛି- 'କୁକୁଡୁ...କୁ...।'

■

କୋଇଲି ଦେଇଛି ଚିଠି

ପ୍ରିୟ ଋତୁରାଜ ବସନ୍ତ,

ଭାଗଦୌଡ଼ ସମାଜର ବ୍ୟସ୍ତବହୁଳତାକୁ ଦେଖି ତୁମର ଧ୍ୟାନଭଗ୍ନ କରିବାକୁ ଅବଶ୍ୟ ମୋ' ମନରେ ସଙ୍କୋଚ ଆସୁଛି ମୋର ବ୍ୟକ୍ତିଗତ ଦୁଃଖର ପସରା ତୁମଠାରେ ମେଲିଦେଲା ବେଳେ। କିନ୍ତୁ ଯେହେତୁ ଏ ଧରାପୃଷ୍ଠକୁ ତୁମେ ଆସିଲେ ମତେ ହିଁ ପ୍ରଥମେ ଖୋଜିଥାଅ ଏବଂ ମୁଁ ସେତେବେଳକୁ ମୋର ବେସୁରା କଣ୍ଠକୁ କେଉଁ ଅଜ୍ଞାତ ବାଦ୍ୟ-ମରାମତି କେନ୍ଦ୍ରରୁ ସଜଡ଼ା ସଜଡ଼ି କରି ତୁମ ପାଇଁ ହିଁ କେବଳ ବ୍ୟଗ୍ର ହୋଇ ଉଠେ; ସେହି କ୍ଷଣିକ ଭଲପାଇବାକୁ ଆଧାର କରି ମୁଁ ମୋର ପ୍ରକୃତିଦତ୍ତ ଦୁର୍ଦ୍ଦଶା ସମୂହରୁ କାଣିଚାଏ ତୁମର ଅବଗତି ନିମନ୍ତେ ପ୍ରକାଶ କରିଦେବାକୁ ଆଜି ଏ ନିର୍ଜୀବ ପତ୍ରଟିଏର ସାହାରା ନେଲି।

ମୁଁ ଜାଣେ, ମୋର ଏ ଦୁର୍ଦ୍ଦଶାର କେବେ ଅନ୍ତ ନାହିଁ। ଏକଥା ମଧ୍ୟ ଜାଣେ ତମେ ମୋ ପାଇଁ କେବଳ ନିଃସ୍ୱାର୍ଥ ଅନୁକମ୍ପା ଟିକକ ବ୍ୟତୀତ ଆଉ କିଛି ଦେଇପାରିବ ନାହିଁ। ତଥାପି ମୁଁ ତୁମକୁ ହିଁ ମୋ' ଅନ୍ତରଖୋଲା ବେଦନା ଟିକକ କହିଦବାକୁ ଆଗେଇ ଆସିଛି। ତମ ବ୍ୟତିରେକ ମୋର ଏ ଦୁନିଆରେ ଆଉ ନିଜର ହୋଇ କିଏ ଅଛି ଯେ!

ମୋର ଆଖି ଫିଟିଲା ମାତ୍ରକେ ମୁଁ ମୋ' ନିଜକୁ ଆବିଷ୍କାର କରିଛି ଧୋକ୍କାର ଦିଗବଳୟରେ। ବୃକ୍ଷ କୋରଡ଼ରେ କାଠିକୁଟା ନିର୍ମିତ ବସାରେ ଜନ୍ମ ହୋଇ ମାଆ ମାଆ ଡାକଛାଡ଼ି ଟିକିଏ ସ୍ନେହ, ଭଲପାଇବା, ଏପରିକି ବଂଚିବା ପାଇଁ ଅଣ୍ଟ ପଟେଇ ଖାଦ୍ୟ ମାଗିଛି କୋଇଲି କୁଳର ପରମଶତ୍ରୁ, ମୋର ପ୍ରକୃତ ପାଳନ କର୍ତ୍ତ୍ରୀ ଯଶୋଦା ମାଆ କାଉଟିଏକୁ, ଯାହାର ଅଜାଣତରେ ମୋର ଜନ୍ମଦାତ୍ରୀ ଜନନୀ ଛଳକରି ମତେ ଡିମ୍ବ ଅବସ୍ଥାରୁ ତା' ହେପାଜତରେ ଛାଡ଼ି ଚାଲିଯାଇଥିଲା। କିଛିଦିନ ପରେ ମୋ' କଣ୍ଠରେ କାଉଟିଏର କର୍କଶ କା' କା' ସ୍ୱର ପରିବର୍ତ୍ତେ କୋଇଲିର କୁହୁତାନ ଶୁଣି ସେହି ଭଡ଼ାଟିଆ ଏବଂ ପ୍ରକୃତରେ ମତେ ଏ ସୁନ୍ଦର ଦୁନିଆଁ ଦେଖାଇଥିବା ବାୟସ ଜନନୀ ମତେ ସାତପର

କରି ଜୀବନରୁ ମାରିଦେବା ପାଇଁ ଗୋଡ଼ାଇଛି। ଆଖି ଫିଟୁ ଫିଟୁ ମୁଁ ଅତି ନିକଟରୁ ଦେଖିଛି ସଂଘର୍ଷର ବାସ୍ତବ ଚିତ୍ର। କୋଇଲି ଜନନୀର ଛଳନାର ଫଳ ସ୍ୱରୂପ ମୁଁ ପାଇଛି ନିର୍ଘାତ ନିର୍ଯାତନା, ଜୀବନ ବଞ୍ଚାଇ ରଖିବାର ଅଶେଷ ତାଡନା। କିନ୍ତୁ କାହିଁକି ଏମିତି ହୁଏ ?

ସେବେଠାରୁ ମୁଁ ଖୋଜି ଚାଲିଛି ସେହି ଅସମାହିତ ପ୍ରଶ୍ନର ଜବାବ, ଯାହା ଦିନେ ମୋ' ମାଆ ପାଇ ପାରିନଥିଲା, ମୋର ପରବର୍ତ୍ତୀ ଦାୟାଦମାନେ କେବେ ଦିନେ ପାଇପାରିବେ ବୋଲି ମଧ୍ୟ ମୋର ଆଶା ନାହିଁ।

ଏ ଧରାପୃଷ୍ଠରେ ତମର ଧିର ପଦପାତର ଆଗମନୀକୁ ସ୍ୱାଗତ କରିବାକୁ ଯାଇ ତମକୁ ସଙ୍ଖୋଳି ଆଣିଥାଏ ଆମ୍ର ବଉଳର ସୁରଭି, ମନ୍ଦ ମଳୟର ପ୍ରୀତି ଶିହରଣ, ବୃକ୍ଷାଗ୍ରେ ନବ ପଲ୍ଲବର ରୂପର ପସରା। ଏସବୁର ସମାହାର ମତେ ମତୁଆଲା ସଜେଇ ମୋ' କଣ୍ଠରେ ପ୍ରୀତିର ରାଗିଣୀ ତୋଳିବାକୁ ବାଧ୍ୟ କରେ। ନୂଆ ଭୁଆସୁଣୀଟି ବିବାହ ବେଦୀକୁ ଯିବାର ଅନୁଭବ ମଧ୍ୟରେ ମୋର ଅଜ୍ଞାତରେ ମୁଁ ତୁମ ଧ୍ୟାନଭଗ୍ନ କରିବା ନିମନ୍ତେ ସ୍ୱତଃସ୍ଫୂର୍ତ୍ତ ଭାବେ ରହି ରହି କୁହୁତାନ ତୋଳିଥାଏ। ସମସ୍ତେ ତୁମକୁ ଋତୁମାନଙ୍କ ମଧ୍ୟରେ ରାଜା ବୋଲି ସମ୍ବୋଧନ କଲାବେଳେ ମୁଁ ମୋ ନିଜକୁ ରାଣୀ ବୋଲି ଭାବିନେଇ ଗର୍ବରେ ଉତଫୁଲ୍ଲିତ ହୋଇଉଠେ।

କିନ୍ତୁ ଅବସୋସର କଥା ଏଇଆ ଯେ ସେ ସୌଭାଗ୍ୟ ମୋ' ପାଇଁ ବେଶୀଦିନ ରହେନା। ଆଜିକାଲି ପୁଣି ବିଶ୍ୱ ଜଳବାୟୁରେ ଏମିତି ପରିବର୍ତ୍ତନ ଦେଖାଦେଇଛି ଯେ ବସନ୍ତ ଋତୁରେ ମଧ୍ୟ ଅସମ୍ଭବ ତାପମାତ୍ରା ଅନୁଭୂତ ହେଲାଣି ଏବଂ କେବଳ ମୋ' ବ୍ୟତୀତ ଅନ୍ୟମାନେ ତମର ପ୍ରବେଶ ଓ ପ୍ରସ୍ଥାନ କଥା ଜାଣିବା କଷ୍ଟ ହେଲାଣି। ତମର ବିଦାୟରେ, ତମର ଅବର୍ତ୍ତମାନରେ ନିଦାରୁଣ ନିଦାଘର ତାଡ଼ନା ସହି ସହି ମୁଁ ଯଦିଓ ଆଉ କିଛିଦିନ ପାଇଁ ମୋର କଣ୍ଠର ଯାଦୁଗରୀ ଦେଖାଇଥାଏ; କିନ୍ତୁ ଘଡ଼ଘଡ଼ିର ପୁଙ୍ଗା ଶବ୍ଦରେ ଆଷାଢ଼ର ଆଗମନୀରେ ଶ୍ରୀକୃଷ୍ଣ ଅର୍ଜୁନଙ୍କର କଳାହରଣ କରିନେଲା ପରି ମୋ' କଣ୍ଠର ମାଦକତା, ମାଧୁର୍ଯ୍ୟ ଧିରେ ଧିରେ ଆପେ ଆପେ ଅପସରିଯାଏ, ସତେ ଯେମିତି ପ୍ରକୃତି ରାଣୀ ମତେ ପୁନର୍ମୂଷିକ ଭବଃର ଅଭିଶାପ ପ୍ରଦାନ କରିଥାଏ।

ପର ବର୍ଷ ତମର ପୁନଃ ଆଗମନୀ ପର୍ଯ୍ୟନ୍ତ କିପରି ସମୟ ବିତାଉଥିବି କେବେ ଥରେ ଭାବିଛ ? ତମରି ବିରହର ବିଷପାନ କରି ମୁଁ ସେଇଥିପାଇଁ ବୋଧହୁଏ ନୀଳକଣ୍ଠୀ ନୁହେଁ, ବରଂ କଳାକାଠ ପଡ଼ି ଯାଇଛି ଚିରଦିନ ପାଇଁ। ଏ ଦୁନିଆ ଏ ଜୀବଜଗତ ସମ୍ପୂର୍ଣ୍ଣ ରୂପେ ବିସ୍ମରି ପକାଏ ତୁମର ପ୍ରିୟା ମଧୁରକଣ୍ଠୀ କୋକିଳକୁ। ତମର ବିଦାୟରେ ମୋର

ଅପମୃତ୍ୟୁ ହୁଏ ବର୍ଷା, ଶରତ, ହେମନ୍ତ ଓ ଶିଶିର ଋତୁର ଅଦଳ ବଦଳ ମଧ୍ୟରେ। ସହସା ମୁଁ ସମସ୍ତଙ୍କ ପାଇଁ ହୋଇଯାଏ ଅଦରକାରୀ, ପାଲଟିଯାଏ ରାଣୀରୁ ସହଚରୀ।

ଶିଶିର ଅନ୍ତେ ତମର ମୃଦୁ ପଦପାତରେ, ଧିର ସମୀରଣର ମତୁଆଲା ସ୍ପର୍ଶରେ, ନବପଲ୍ଲବର ଗହଳି ଭିତରେ ଲୁଚକାଳି ଖେଳି ଖେଳି ମୁଁ ପୁନର୍ଜନ୍ମ ପ୍ରାପ୍ତ ହୋଇ ପଞ୍ଚମ ତାନରେ ଆମ୍ରକୁଞ୍ଜକୁ ସକ୍ରିୟ କରାଇଥାଏ। ନିଜକୁ ନିଜେ ଉଦ୍‌ବୋଧନ ଦିଏ- ବାସ୍, ତୁ ବର୍ଷକରେ କେବଳ ଏହି ଚାରିମାସ ହିଁ ବଞ୍ଚିବାକୁ କଣ୍ଟ ନେଇଛୁ। ବାକି ସମୟ ପାଷାଣୀ ଅହଲ୍ୟାର ଅଭିଶପ୍ତ ଜୀବନ ଜିଇଁବାକୁ ପ୍ରକୃତି ସହିତ ସନ୍ଧି କରି ଏ ଧରାକୁ ଆସିଛୁ।

ସେ ଯାହାବି ହେଉ, ତମେ ମୋର ଅତି ପ୍ରିୟ ବୋଲି ତମର ପରବର୍ତ୍ତୀ ଆଗମନୀରେ ମୋର ସେହି ଚିର ଅସମାହିତ ପ୍ରଶ୍ନର ଉତ୍ତର ତମଠୁ ପାଇପାରିବାର ଆଶା ରଖି ଚିଠିଲେଖା ଏଇଠି କ୍ରମଶଃ ରଖିଲି।

ଇତି
ତୁମର ଚିର ଅଭାଗିନୀ
କୋଇଲି

■

ଅପହରଣ

ସମୟ ସକାଳ ପ୍ରାୟ ଛଅଟା ପାଖାପାଖି । ପ୍ରଭାତବାବୁ ନିଜର ସାତବର୍ଷର ପୁଅ ଲିପୁନକୁ ସ୍କୁଲକୁ ନେଇଯିବାକୁ ତା'ହାତ ଧରି ଗେଟ୍ ଖୋଲି ଗାଡ଼ି ପର୍ଯ୍ୟନ୍ତ ଚାଲିଚାଲି ଆସୁଥା'ନ୍ତି । ହଠାତ୍ ଦୁଇଟି କାର୍ କ୍ଷୀପ୍ର ଗତିରେ ଆସି ଗେଟ୍ ସାମ୍ନାରେ ବ୍ରେକ୍ କଷିଲେ । ପ୍ରଭାତବାବୁ କିଛି ବୁଝିବା ପୂର୍ବରୁ ଚାରି ପାଞ୍ଚଜଣ ମୁଖାପିନ୍ଧା ବ୍ୟକ୍ତି ଆଖି ପିଛୁଳାକେ ଗାଡ଼ିରୁ ଓହ୍ଲାଇ ବନ୍ଧୁକ ଦେଖାଇ ଲିପୁନ୍‌ର ମୁହଁ ବନ୍ଦ କରି ଦ୍ରୁତ ଗତିରେ ଅପହରଣ କରିନେଇ ଚାଲିଗଲେ । ପ୍ରଭାତବାବୁ ଜୋର୍‌ରେ ଚିତ୍କାର କରି ଘର ଭିତରକୁ ଦୌଡ଼ିଯାଇ ଶ୍ରୀମତୀଙ୍କୁ ଏକଥା ଜଣାଇବା ସହିତ ପୋଲିସ କଣ୍ଟ୍ରୋଲରୁମ୍‌କୁ ଫୋନ୍ କରିବାକୁ ମୋବାଇଲଟି ଖୋଲୁଖୋଲୁ ଏକ ଅଜଣା ନମ୍ବରରୁ କଲ୍ ଆସିଲା । ବ୍ୟସ୍ତ ହୋଇ ଫୋନ୍ ଉଠାଇ ହ୍ୟାଲୋ କହୁକହୁ ସେପଟରୁ ଗୁରୁଗମ୍ଭୀର ସ୍ୱରରେ କେହି ଜଣେ କହିଲେ- "ଆପଣଙ୍କ ପୁଅକୁ ଆମେ କିଡ୍‌ନାପ୍ କରିନେଇଛୁ । ବ୍ୟସ୍ତ ହୋଇ ଜମା ପୋଲିସକୁ ଫୋନ୍ କରିବାକୁ ସାହସ କରନ୍ତୁ ନାହିଁ କିମ୍ବା ପୁଅକୁ ଖୋଜିବା ମଧ୍ୟ ଦରକାର ନାହିଁ । ପୁଅକୁ ଆମେ ଅକ୍ଷତ ଅବସ୍ଥାରେ ଆପଣଙ୍କୁ ହସ୍ତାନ୍ତର କରିଦେବୁ । ପୋଲିସକୁ ଖବର ଦେଲେ ପୁଅର ଲାସ୍ ହିଁ ପାଇବେ । ଆମର ଡିମାଣ୍ଡ ମାତ୍ର କୋଡ଼ିଏ ଲକ୍ଷ ଟଙ୍କା । ଆପଣଙ୍କୁ ସମୟ ଦିଆଗଲା- କାଲି ରାତି ବାରଟା ପର୍ଯ୍ୟନ୍ତ । ଟଙ୍କା ଦବାର ସଠିକ୍ ସମୟ ଓ ଠିକଣା ବହୁତ ଜଲ୍‌ଦି ଆମେ ଆପଣଙ୍କୁ ଜଣେଇ ଦେବୁ । ଯେତେ ଶୀଘ୍ର ଆପଣ ଟଙ୍କା ଯୋଗାଡ଼ କରିଦେବେ ସେତେ ଶୀଘ୍ର ପୁଅକୁ ପାଇଯିବେ । ଏ ନମ୍ବରରେ ଆଉ ଆପଣଙ୍କ ପାଖକୁ କଲ୍ ଆସିବ ନାହିଁ । ଅନ୍ୟ ଏକ ନମ୍ବରରୁ କଲ୍ ଆସିବା ପର୍ଯ୍ୟନ୍ତ ଅପେକ୍ଷା କରନ୍ତୁ । ଗୁଡ୍ ବାଏ ।"

ପ୍ରଭାତବାବୁ ମୋବାଇଲ୍ ସ୍ପିକର ଅନ୍ କରି ଶୁଣୁଥିଲେ । ଶ୍ରୀମତି ଫୋନ୍ କଲ୍ ଶୁଣୁଶୁଣୁ ଅଚେତ୍ ହୋଇ ପଡ଼ିଗଲେ । ପ୍ରଭାତବାବୁ ଫୋନ୍‌ଟିକୁ ଧରି ଅଧିକ ସମୟ କଥା ହେବାକୁ ହ୍ୟାଲୋ ହ୍ୟାଲୋ କହୁଥିଲେ; କିନ୍ତୁ କନେକ୍‌ସନ୍ କଟି ସାରିଥିଲା । ଥରଥର

ହାତରେ ମୋବାଇଲଟିକୁ ଟେବୁଲ୍ ଉପରେ ରଖି ଦୌଡ଼ିଯାଇ ଗ୍ଲାସ୍‌ରେ ପାଣି ଆଣି ଶ୍ରୀମତିଙ୍କ ମୁହଁରେ ସିଞ୍ଚି ସାଷ୍ଟାମ କରାଇଲେ। ଚେତା ଫେରିବା ମାତ୍ରେ ଶ୍ରୀମତି ଖାଲି 'ମୋ ପୁଅ, ମୋ ପୁଅ' କହି ପ୍ରଭାତବାବୁଙ୍କୁ କୁଣ୍ଢେଇ ବାହୁନି ଚାଲିଲେ। ପ୍ରଭାତବାବୁଙ୍କ ମୁଣ୍ଡ କାମ କରୁ ନ ଥିଲା; କୋଉ କାମଟା ଆଗ କରିବେ।

ବିଦ୍ୟୁତ ବିଭାଗର ଏକ୍‌ଜିକ୍ୟୁଟିଭ୍ ଇଞ୍ଜିନିୟର୍ ପ୍ରଭାତ କୁମାର ଦାସ। ବିବାହର ଦୀର୍ଘ ପ୍ରାୟ ପନ୍ଦର ବର୍ଷ ପରେ ଏକୋଇରବଲା ଲିପୁନ୍‌କୁ ଈଶ୍ୱର ତାଙ୍କ କୋଳକୁ ଦେଇଛନ୍ତି। ଗେଲବସରରେ ବଢ଼ିଥିବା ଏକମାତ୍ର ଶିଶୁଟି ଆଜି କିଡ୍‌ନ୍ୟାପ୍‌ଡ୍। ପ୍ରଭାତବାବୁ ଜାଣନ୍ତି ଯେକୌଣସି ପ୍ରତିକୂଳ ପରିସ୍ଥିତିକୁ ସାମ୍ନା କରିବାକୁ ହେଲେ ପ୍ରଥମେ ଧୈର୍ଯ୍ୟ ରଖିବା ଦରକାର। ଧୈର୍ଯ୍ୟହରା ହୋଇଗଲେ ସବୁକିଛି ଗଡ଼ବଡ଼ ହୋଇଯାଏ। ତେଣୁ ସେ ମୁଣ୍ଡଟେକି ସିଧା ଛିଡ଼ା ହେଲେ। ଶ୍ରୀମତିଙ୍କୁ ଆଶ୍ୱାସନା ଦେଲେ- ଆମ ଲିପୁନ୍‌ର କିଛି ହେବନି ସୁଲୋଚନା। ମୁଁ ଟଙ୍କା ଯୋଗାଡ଼ କରୁଛି। ପୋଲିସକୁ ଏକଥା ଜମା ଜଣାଇବା ନାହିଁ। ମୁଁ ପରା ଅଛି। ତମେ କାହିଁକି ଚିନ୍ତା କରୁଛ ? ବ୍ୟସ୍ତ ହୁଅନାହିଁ, ସବୁକିଛି ଠିକ୍ ହୋଇଯିବ।

ସେପଟେ ଲିପୁନ୍‌ର ଆଖିରୁ କଳାପଟି, ପାଟିରୁ ସେଲୋଟ୍ୟାପ୍ ଏବଂ ପଛଆଡ଼କୁ ବନ୍ଧାଯାଇଥିବା ହାତରୁ ରଶି କାଢ଼ି ଦେଲା ପରେ ଲିପୁନ୍ ନିଜକୁ ଆବିଷ୍କାର କରେ ଏକ ଅଜ୍ଞାତ ନିବୁଜ କୋଠରି ଭିତରେ। କିଡ୍‌ନ୍ୟାପ୍ ଗ୍ୟାଙ୍ଗ୍‌ର ମୁଖ୍ୟ ତା' ହାତରେ ଚକୋଲେଟ୍, କୁର୍‌କୁରେ, ଚିପ୍‌ସ ଆଦି ଧରେଇ ଦେଇ ତାକୁ ଭଲଭାବରେ ବୁଝାଇଦେଲେ ଯେ ସେ ବର୍ତ୍ତମାନ ଅପହୃତ ଏବଂ ସେମାନଙ୍କ କବ୍‌ଜାରେ। ତା' ବାପାଙ୍କ ସହିତ ଯୋଗାଯୋଗ କରା ହେଉଛି, ସେ କାଲି ସୁଦ୍ଧା ଟଙ୍କା ନେଇ ଆସିଲେ ତାକୁ ତା' ବାପାଙ୍କ ହାତରେ ସମର୍ପି ଦିଆଯିବ। ନଚେତ୍...

ନଚେତ୍ ! ମୁଖିଆଙ୍କର ଏହି ଶେଷ ଶବ୍ଦଟି ଶୁଣି ଲିପୁନ ସମ୍ପୂର୍ଣ୍ଣ ଡରିଗଲା। ବାପାଙ୍କ ଉପରେ ସମ୍ପୂର୍ଣ୍ଣ ଭରସା ଅଛି, ସେ ଟଙ୍କା ଦେଇ ଲିପୁନ୍‌କୁ ମୁକୁଳେଇ ନେବେ। ତଥାପି ଏଭଳି ଭୟଙ୍କର ପରିବେଶ ଓ ପରିସ୍ଥିତିରେ ସମ୍ପୂର୍ଣ୍ଣ ଅପରିଚିତ ଲୋକଙ୍କ ଗହଣରେ ଛୋଟ ପିଲାଟିଏ ଆତଙ୍କିତ ହୋଇପଡ଼ିବା ସ୍ୱାଭାବିକ। ଲିପୁନ୍‌କୁ ଏକୁଟିଆ ଛାଡ଼ି ଆରାମରେ ଶୋଇପଡ଼ିବାକୁ ପରାମର୍ଶ ଦେଇ ବାହାରୁ ତାଲା ପକାଇ ସମସ୍ତେ ସେଠାରୁ ଚାଲିଗଲେ। ତା' ସାମ୍ନାରେ କେବଳ ଆଠଦଶ ପ୍ରକାରର ଖେଳଣା, ଗାଡ଼ି, କଣ୍ଢେଇ ଲିପୁନ୍‌ର ଶୈଶବକୁ ଆହ୍ୱାନ କରୁଥା'ନ୍ତି ସେମାନଙ୍କୁ ଧରି ଟିକେ ଖେଳି ଦେବାକୁ। ସିମ୍ପାଞ୍ଜିଟିଏ ଦାନ୍ତ ନେଫେଡ଼େଇ ଚାହିଁଥାଏ, ମାଙ୍କଡ଼ଟିଏ ଗଛଡ଼ାଳରୁ ଓହଳିଥାଏ, ବାର୍ବି କଣ୍ଢେଇଟିଏ ଚିକ୍କଣ ଗାଲ ଦେଖାଇ ଗେଲ କରିବାକୁ ଲିପୁନକୁ ଡାକୁଥାଏ, ଠେକୁଆ, କୁକୁର, ଭାଲୁ, ବାଘ ଆଦି ଟେଡ଼ିମାନଙ୍କର ଲୋମଶ ମୁଲାୟାମ୍ ଚେହେରା ଲିପୁନ୍‌ର ନିର୍ଜନତାକୁ ଦୂର କରିବାକୁ

ଇଙ୍ଗିତ କରୁଥାନ୍ତି । ଲିପୁନ ଆଖିରୁ ଦୁଇଟୋପା ଲୁହ ଝରାଇ ସେମାନଙ୍କ ଉପରେ ଏକ ବେଖାତିର ଚାହାଣି ପକେଇ ଦେଇ ସତେ ଯେମିତି କହୁଥିଲା- ନାଇଁରେ ସାଙ୍ଗମାନେ, ମୋର ଆଜି ଖେଳିବାକୁ ଜମା ମୁଡ୍ ନାହିଁ; ସରି ।

ମୁଡ୍ କଥା ମନେପଡ଼ିବାରୁ ଲିପୁନ୍‌ର ମୁଡ୍ ସତରେ ଅଧିକ ଅଫ୍ ହୋଇଗଲା । ନିର୍ଜନତାକୁ ଆଉଥରେ ଉପଲବ୍ଧି କରି ଅଧିକ ଭୟଭୀତ ହୋଇପଡ଼ିଲା । ଉପରକୁ ଚାହିଁ ଦେଖିଲା- ସିଲିଂ ଫ୍ୟାନ୍‌ଟି ଘୂରିଘୂରି ତା' କାର୍ଯ୍ୟରେ ବ୍ୟସ୍ତ ଅଛି । କାନ୍ଥଘଣ୍ଟାଟିକୁ ଚାହିଁଲା । କଣ୍ଟାଗୁଡ଼ିକ ଟିକ୍‌ଟିକ୍ କରି ଚାଲୁଛନ୍ତି । ଘଣ୍ଟାର ପଛପଟେ ମୁଣ୍ଡପାଖଟି ଅଧା ଦେଖାଇ ଝିଟିପିଟିଟିଏ ଶିକାର ପାଇଁ ଛପି ରହିଛି । ବୁଢ଼ିଆଣୀଟି ଝରକା କୋଣରେ ଜାଲବିଛାଇ ମଶା-ମାଛି ଧରିବାକୁ ଚେଇଁ ରହିଛି । ବାହାରେ ରାସ୍ତାରେ ଗାଡ଼ିମଟର ଭେଁ ଭାଁ କରି ନିଜନିଜ ଗନ୍ତବ୍ୟ ପଥରେ ଯା'ଆସ କରୁଛନ୍ତି । ନିର୍ଜୀବ ହେଉ କି ସଜୀବ, ଘର ଭିତରେ ହେଉ ଅଥବା ବାହାରେ, ସଭିଏଁ ନିଜ ନିଜର କାର୍ଯ୍ୟ ଅନାୟାସରେ କରି ଚାଲିଥିଲା ବେଳେ ନିଷ୍ପାପ ଶିଶୁ ଲିପୁନ୍ ନିଜର ସ୍ୱାଧୀନତା ଟିକକ ହରାଇ ଦେଇ ଏକ ନିବୁଜ କୋଠରି ଭିତରେ ବନ୍ଦୀଟିଏର ଜୀବନ କାଟୁଥିଲା ।

ହେଇ, ବୋଧହୁଏ କେହି ଜଣେ ଆସିଲା । ଘରର ତାଲା ଖୋଲିବାର ଶବ୍ଦ ଶୁଣାଗଲା । ଧିରେଧିରେ କବାଟ ଖୋଲି ଜଣେ ଦୀର୍ଘକାୟ କଳା ରଙ୍ଗର ବ୍ୟକ୍ତି ଘରକୁ ପଶି ଆସିଲା । ତା' ହାତରେ ଏକ ଖାଦ୍ୟପୁଡ଼ିଆ, ମଦ ନିଶାରେ ଆଖିଯୋଡ଼ିକ ଲାଲ୍ ଦିଶୁଥାଏ ଓ ସେ ଟଳମଳ ହୋଇ ଚାଲୁଥାଏ । ଲିପୁନ୍ ଡରିଗଲା । ଲୋକଟା ମଦନିଶାରେ ହିତାହିତ ଜ୍ଞାନ ହରାଇ ଯଦି କିଛି କରି ପକାଏ ! ଲିପୁନ୍ ଡରରେ ଘରର ଗୋଟିଏ କୋଣକୁ ଘୁଞ୍ଚିଗଲା । ସେ ଡରିଯିବା କଥା ଲୋକଟା ହୃଦୟଙ୍ଗମ କଲା ବୋଧେ । ତେଣୁ ସେ ମଦ ନିଶାରେ ଥାଇ ମଧ୍ୟ ଲିପୁନ୍‌କୁ ଗେହ୍ଲେଇ ଗେହ୍ଲେଇ କଥାବାର୍ତ୍ତା କଲା । କହିଲା- ଡରନି ବାବା ! ମୁଁ ତମର କିଛି କରିବିନି । ଏଇ ନିଅ, ତମ ପାଇଁ ଡିନର୍ ଆଣିଛି । ସୁନା ପିଲା ପରି ଖାଇଦିଅ । ନଚେତ୍...

ପୁଣି ନଚେତ୍ ! ଡରିଡରି ତା'ହାତରୁ ଖାଦ୍ୟପୁଡ଼ିଆଟି ଲିପୁନ୍ ନେଲା । ଭେରିଗୁଡ୍ ବୟ କହି ଲୋକଟା ଟଳିଟଳି ଚାଲିଗଲା ଏବଂ କହିଗଲା- ପାଖ ରୁମ୍‌ରେ ସେ ଶୋଇଛି । ଦରକାର ପଡ଼ିଲେ କଲିଂ ବେଲ୍‌ର ସୁଇଚ୍ ମାରି ଡାକିଲେ ସେ ନିଶ୍ଚୟ ଆସିବ ।

ଖାଦ୍ୟ ପୁଡ଼ିଆଟି ନେଇ ଲିପୁନ୍ ପାଖ ଟେବୁଲ ଉପରେ ରଖିଦେଲା । ପାଖରେ ରଖାଯାଇଥିବା ବୋତଲ ଖୋଲି କିଛି ପାଣି ପିଇଲା । ବସିବସି ଖାଦ୍ୟପୁଡ଼ିଆଟିକୁ ଚାହିଁ ରହିଲା । ଖାଦ୍ୟଗୁଡ଼ିକ ଖାଇବକି ନାହିଁ ଭାବିଲା । ସବୁକିଛି ତାକୁ ଏଠି ସନ୍ଦେହ ସନ୍ଦେହ ଲାଗୁଥିଲା । ଖାଦ୍ୟରେ ବିଷ ମିଶାଯାଇ ନାହିଁ ତ ! ଏମାନଙ୍କୁ କି ବିଶ୍ୱାସ ! ସାମାନ୍ୟ ଟଙ୍କା

କିଛି ପାଇଁ ଯେଉଁମାନେ ଏକ ଛୋଟ ନିରୀହ ପିଲାର ଜୀବନକୁ ବାଜି ରଖିପାରନ୍ତି, ତା' ଜୀବନଟା ନେବାକୁ ଏମାନଙ୍କୁ କେତେ ସମୟ ଲାଗିବ !

ଖାଦ୍ୟପୁଡ଼ିଆଟି ପ୍ରତି ତା'ର ଘୃଣା ଆସିଲା। କିନ୍ତୁ କ'ଣ ବା କରନ୍ତା ! ରାତି ଦଶଟା ବାଜିଲାଣି। ପେଟରେ ତା'ର ପ୍ରବଳ ଭୋକ। ତଥାପି ଅନିଚ୍ଛା ସତ୍ତ୍ୱେ ପୁଡ଼ିଆଟି ଖୋଲି କ'ଣ ଅଛି ବୋଲି ଦେଖିଲା। ଗରମ ଗରମ ରୋଟି ଓ ତଡ଼କା ଥିଲା। ବାସ୍ନା ଶୁଙ୍ଘିଲା ପରେ ତା'ର ଖାଇବାକୁ ଇଚ୍ଛା ହେଲା। ଠାକୁରଙ୍କୁ ମୁଣ୍ଡିଆ ମାରି ଖଣ୍ଡେ ରୋଟି ଛିଣ୍ଡାଇ ତରକାରି ମିଶାଇ ପାଟିକୁ ନେଉ ନେଉ ତା' ମାମା କଥା ମନେ ପଡ଼ିଯିବାରୁ ଅଟକି ଗଲା। ବିବାହର ଅନେକ ବର୍ଷ ପରେ ପୁଅଟିଏ ହୋଇଥିବାରୁ ମାମା ପାପା ଲିପୁନ୍‌କୁ କେତେ ଗେଲବସରରେ ପାଳି ଆସିଛନ୍ତି। ଏପର୍ଯ୍ୟନ୍ତ ଖାଇଲାବେଳେ ମାମା ହିଁ ନିଜ ହାତରେ ଖୁଆଇ ଦିଅନ୍ତି। କିନ୍ତୁ ସେ ଆଜି ନିଜ ହାତରେ ଖାଦ୍ୟ ଖାଉଛି। ମାଆର ମମତାକୁ ଝୁରିଝୁରି ଲିପୁନ୍ ଭାବ ଛଳଛଳ ହୋଇ ଉଠିଲା। ଆଖିରୁ ପୁଣି ଧାରଧାର ଲୁହ ଝରିଲା ତା' ମାମାର ସ୍ନେହବୋଳା ମୁହଁଟି ମନେ ପଡ଼ିଯିବାରୁ। ଖାଦ୍ୟପୁଡ଼ିଆଟିକୁ ଦୂରକୁ ଠେଲିଦେଇ ହାତ ମୁହଁ ଧୋଇ ପୁଣି ଯାଇ ଖଟରେ ଗଡ଼ିପଡ଼ିଲା। ମାମା ମଧ୍ୟ ନିଶ୍ଚିତ ଭାବରେ ଲିପୁନ୍ କଥା ଭାବିଭାବି ଖାଇବା ପିଇବା ଛାଡ଼ିଦେଇଥିବେ। ପାପାଙ୍କ ଅବସ୍ଥା ତହିଁରୁ ଅଧିକ ହୋଇସାରିଥିବ।

ରାତି ଧିରେଧିରେ ଗଭୀର ହେଉଥାଏ। ଭୋକିଲା ପେଟରେ ଥିବା ଛୋଟ ପିଲାଟାକୁ ନିଦ ବା ହେବ କୁଆଡୁ ! ଶୋଇରହି ଖାଲି ଏପଟସେପଟ ହେଉଥାଏ। ବାପା ମାଆଙ୍କ ସହିତ ସବୁଦିନ ଶୋଇବାର ଅଭ୍ୟାସ ଅଛି। ସେମାନଙ୍କ ବିନା ସେ ଶୋଇପାରୁ ନ ଥାଏ।

ଘର ଭିତରେ ଏଣେତେଣେ ପଡ଼ିଥିବା ଖେଳଣାଗୁଡ଼ିକୁ ସେ ପୁଣିଥରେ ଚାହିଁଲା। ନା, ନିର୍ଜୀବ ହେଲେ ମଧ୍ୟ ସେଇମାନେ ହିଁ ତା'ର ବର୍ତ୍ତମାନ ସାଙ୍ଗସାଥୀ। ବାଘ, ଭାଲୁ, ହରିଣ ଆଦି ତିନି ଚାରିଗୋଟି ଟେଡିକୁ ଗୋଟେଇ ଆଣି ଛାତିରେ ଜାକି ଶୋଇବାକୁ ଚେଷ୍ଟା କଲା। ନିଦମାଉସୀ ଦୟାକଲେ ବୋଧେ ପିଲାଟାର ଆଖିକୁ ନିଦ ଘାରି ଆସିଲା। କିଛି ସମୟ ପରେ ସେ ସମ୍ପୂର୍ଣ୍ଣ ଶୋଇଗଲା। ଶୋଇ ଶୋଇ ସ୍ୱପ୍ନ ଦେଖିଲା। ତାଙ୍କ ଠାକୁର ଘରେ ମାମା ପୂଜା କଲାବେଳେ ନିଇତି ଯାଇ ସେ ମୁଣ୍ଡିଆ ମାରୁଥିବା ଗଣେଶ ମହାପ୍ରଭୁଙ୍କ ଫଟୋଟି ହଠାତ୍ ଜୀବନ୍ତ ହୋଇ ଉଠିଛି ଏବଂ ଗଣେଶଜୀ ହସିହସି ଲିପୁନ୍‌ର ପିଠି ଆଉଁସି ଦେଇ ସାନ୍ତ୍ୱନା ଦେଉଛନ୍ତି- "ତୋର କିଛି ହବନିରେ ଲିପୁନ୍। ମୁଁ ପରା ତୋ ପାଖେପାଖେ ଅଛି ! ଜମା ଡରିବୁନି। ମୁଁ ତୋତେ ସବୁପ୍ରକାର ବିପଦରୁ ଉଦ୍ଧାର କରିବି। ଦେଖୁନୁ, ସେଦିନ କେମିତି ତୋ' ମାମୁ ଆଣିଥିବା ଲଡୁରୁ ତୁ ଦୁଇଟା ଲଡୁ ଚୋରେଇ

ନେଇ ଆଲମିରାରେ ଲୁଚେଇ ରଖିଲାବେଳେ ତତେ କେହି ଧରିପାରିଲେ ? ମୁଁ ପରା ତତେ ସେଥିରେ ସାହାଯ୍ୟ କରିଥିଲି । ତୁ ତ ଜାଣୁ ଲଡୁ ହେଉଛି ମୋର ସବୁଠୁ ପ୍ରିୟ ଭୋଗ । ଯଦି ପ୍ରମିଜ୍ କରିବୁ ତୁ ଏଠୁ ଗଲାପରେ ଲୁଚେଇଥିବା ଲଡୁରୁ ମତେ ଗୋଟିଏ ଦବୁ ବୋଲି, ତା'ହେଲେ କାଲି ସକାଳେ ମୁଁ ଏମିତି ଚାଲ୍ ଖେଳିବି ଯେ ତତେ ଏମାନଙ୍କ ହାତରୁ ସମ୍ପୂର୍ଣ୍ଣ ଅକ୍ଷତ ଅବସ୍ଥାରେ ମୁକ୍ତ କରି ତୋ' ବାପାଙ୍କ ପାଖରେ ପହଞ୍ଚାଇଦେବି । କିନ୍ତୁ ସତ କହ, ମତେ ସେ ଲଡୁରୁ ଗୋଟେ ଦବୁକି ନାହିଁ ?"

ଲିପୁନ୍ ଆଖିଲୁହ ପୋଛୁପୋଛୁ ମୁଣ୍ଡଟୁଙ୍ଗାରି ହଁ ମାରିଲା । ଗଣେଶଜୀ ଖୁସି ହୋଇ କହିଲେ- ସାବାସ୍ ବେଟା ! କିନ୍ତୁ ଲିପୁନ୍ ଗୋଟେ ଖରାପ ଖବର । ତୁ ବୋଧେ ସେ ଲଡୁ ଯୋଡ଼ିକ ରଖିଦେଇ ଭୁଲିଯାଇଛୁ । ସେଥିରେ ପିମ୍ପୁଡ଼ି ଲାଗିଗଲେଣିରେ । ହଉ ତୁ କାଲି ଗଲେ ପିମ୍ପୁଡ଼ିମାନଙ୍କୁ ତଡ଼ି ଦେଇ ଭାଗବଣ୍ଟା କରି ଖାଇବା । ହେଲା ! ଶୋଇପଡ଼ । ଗୁଡ୍ ନାଇଟ୍ ।

ଲିପୁନ୍‌ର ନିଦ ଚାଉଁକିନା ଭାଙ୍ଗିଗଲା । ଧଡ଼ପଡ଼ ହୋଇ ଉଠିପଡ଼ି ଏଣେତେଣେ ଗଣେଶଜୀଙ୍କୁ ଖୋଜିଲା । ସଦ୍ୟ ଦେଖିଥିବା ସ୍ୱପ୍ନଟି ବିଷୟରେ ବସି ଭାବିଲା । ସତରେ ତାହେଲେ ଗଣେଶ ମହାପ୍ରଭୁ ମୋ ସାଥୀରେ ଅଛନ୍ତି ! ଠାକୁରଙ୍କ ଆଶ୍ୱାସନା ତା' ମନରେ ସାହସ ଆଣିଦେଲା । ଏଠାରୁ ମୁକୁଳି ପାରିବାର ଆଶା ତା' ମନରେ ଉଜ୍ଜୀବିତ ହେଲା ।

ଏଥର ପୁଣି ଲିପୁନ୍‌କୁ ଭୋକ ଲାଗିଲା । ଘୃଣାରେ ଦୂରକୁ ଠେଲିଦେଇଥିବା ଖାଦ୍ୟପୁଡ଼ିଆଟିକୁ ଆଣି ସେଥିରୁ ମାତ୍ର ଥରେ ଦି'ଥର ଖାଇଦେଇ ବାକି ଖାଦ୍ୟକୁ ପୁଡ଼ିଆରେ ପୂର୍ବଭଳି ଗୁଡ଼େଇ ଥୋଇଦେଲା । ଗ୍ଲାସରେ ପାଣି ଆଣି ପିଇଲା । ତାକୁ ଆଉ ନିଦ ଆସିଲା ନାହିଁ । ଏଠାରୁ କେମିତି ମୁକୁଳିବ ସେଇକଥା ଭାବିଭାବି ତା' ମନ ଉଚ୍ଛନ୍ନ ହେବାକୁ ଲାଗିଲା । ବସିବସି ଭାବିବାକୁ ଲାଗିଲା- ଆଚ୍ଛା, ମତେ ଏମାନେ କିଡ୍‌ନାପ୍ କରିବାର ପ୍ରକୃତ କାରଣ କ'ଣ ? ଟଙ୍କା ପାଇଁ ତ ନିଶ୍ଚୟ । ହେଲେ ଆଉ କୋଉ ବଡ଼ଘରର ପିଲାଙ୍କୁ କିଡ୍‌ନାପ୍ ନକରି ମତେ କାହିଁକି ଧରି ଆଣିଲେ ! ଓହୋ - ଏଥିପାଇଁ ତା'ହେଲେ ମୁଁ ନିଜେ ଦାୟୀ । ହଁ, ହୋଇଥାଇପାରେ, ମୋର କିଛି ଭୁଲ ତ୍ରୁଟି ରହିଛି । କ'ଣ ତ ଭୁଲ୍ କଲି... କ'ଣ ତ ଭୁଲ୍ କଲି... ଓ... ହଁ, ମୁଁ ବେଳେବେଳେ ମାମା-ପାପାଙ୍କ କଥାକୁ ଅବମାନନା କରେ ବୋଲି ବୋଧେ ! ନା ସାର୍‌ମାନେ ଦେଇଥିବା ପାଠ ବେଳେବେଳେ ନ କରି ସ୍କୁଲ ଚାଲିଯାଏ ବୋଲି ? ଜମା ନୁହେଁ । ତା ହେଲେ ତ ମୁଁ କ୍ଲାସ୍‌ରେ ଫାଷ୍ଟ ହେଉ ନ ଥା'ନ୍ତି । ତେବେ... ଓହୋ, ମନେପଡ଼ିଲା- ମୁଁ ଟିକେ ଅଧିକ ସମୟ ମୋବାଇଲ ଦେଖେ ବୋଲି ବୋଧେ ! ସେଥିରେ କିନ୍ତୁ ମୋର ଭୁଲ୍ କ'ଣ ରହିଲା ? ତମେ ସବୁ ସେ କାର୍ଟୁନ୍ ଚାନେଲବାଲାଙ୍କୁ ମନା କରୁନ ଏମିତି ମଜାଳିଆ କାର୍ଟୁନ୍ ଭିଡିଓ ସବୁ ଛାଡ଼ିବାକୁ ! ଖାଲି ଛୋଟ ପିଲାଙ୍କର ସବୁ ଭୁଲ୍ !

ଆଚ୍ଛା ମୋର ଆଉ କ'ଣ ଭୁଲ୍ ରହିଲା ତ... ଓ ହଁ, ମୁଁ ଟିକିଏ ଦୁଷ୍ଟ ବୋଲି ନା ! ପୂଜା ସାରି ଠାକୁରଙ୍କ ପାଖରେ ମାମା ଲଗେଇଥିବା ପ୍ରସାଦରୁ ନିଇତି ଲୁଚିଲୁଚି ଯାଇ କିଛିକିଛି ଖାଇଦିଏ ବୋଲି ନା ? ତା'ହେଲେ ତ ଗଣେଶ ମହାପ୍ରଭୁ ସେକଥା ମତେ ଏବେଏବେ ସ୍ୱପ୍ନରେ କହିଦେଇଥା'ନ୍ତେ ! ସେକଥା ଠାକୁରେ ଧରନ୍ତିନି ତାହେଲେ ।

ମୋ ମାମାଙ୍କର କିଛି ଭୁଲ ହୋଇଯାଇଛି କି ? ନା, ଜମା ନୁହେଁ; ମୋ ମାମା ପୃଥିବୀର ସବୁଠାରୁ ଭଲ ମାମା । ତାଙ୍କର କେବେ ବି ଭୁଲ ହୋଇପାରେନା । ତେବେ.... ପାପାଙ୍କର ଭୁଲ ! ହେଇଥିବ ବୋଧେ । କାରଣ- ମାମା ବେଳେବେଳେ ବିରକ୍ତ ହୋଇ ପାପାଙ୍କୁ ଧିରେଧିରେ ଗୋଟେ କଥା କହୁଥିବାର ମୁଁ ଶୁଣି ପକେଇଛି । ପାପା କାଳେ ନିଜର ଦରମାଠୁ ଅଧିକ ଟଙ୍କା ମଝିରେ ମଝିରେ କୁଆଡୁ ଆଣନ୍ତି ବୋଲି ମାମା ତାଙ୍କୁ ରାଗନ୍ତି । କହନ୍ତି- ଭଗବାନ ଆମକୁ ଯେତିକି ଦରମା ଦେଉଛନ୍ତି ସେତିକି ଯଥେଷ୍ଟ । ଅଧିକ ଆଶା କାହିଁକି କରୁଛ ?

ତା'ହେଲେ ପାପାଙ୍କର ସବୁ ଭୁଲ୍ । ହେଲେ ତାଙ୍କ ଭୁଲ୍ ପାଇଁ ମୁଁ କାହିଁକି ଆଜି ଭୋଗୁଛି ?

ନା ନା, ମୁଁ ଏକା ଭୋଗୁ ନାହିଁ, ପାପା ମାମା ମଧ୍ୟ କୋଉ ଭଲରେ ଥିବେ ଯେ !

ଏମିତି ଯାଡୁସ୍ୟାଡୁ ଭାବିଭାବି ଲିପୁନ୍ ପୁଣି ଶୋଇପଡ଼ିଲା । ଗତକାଲି ରାତିର ସେ ଲୋକଟା ସକାଳେ ଆସି କବାଟ ଖୋଲିଲା ପରେ ତା'ର ନିଦ ଭାଙ୍ଗିଲା । ପ୍ରଖର ସୂର୍ଯ୍ୟାଲୋକ କବାଟ ଆଡୁ ଆସି ରୁମ୍ ଭିତରେ ପଡ଼ିବାରୁ ସେ ଆଶ୍ଚର୍ଯ୍ୟ ହୋଇଗଲା । ବାପ୍‌ରେ ଏତେ ଡେରି ହୋଇଗଲାଣି ? କାନ୍ଥଘଣ୍ଟାକୁ ଚାହିଁ ଦେଖିଲା- ସକାଳ ନଅଟା । ଲୋକଟା ନରମ ସ୍ୱରରେ ପଚାରିଲା- ବାବା କାଲି ରାତିରେ ଡରିଲକି ? ଡରିବନି, ମୁଁ ପରା ସେପାଖ ରୁମ୍‌ରେ ରହୁଛି । ଖାଦ୍ୟପୁଡ଼ିଆଟି ଉପରେ ନଜର ପକାଇ ପୁଣି ପଚାରିଲା- ଆଚ୍ଛା ବାବା ତମେ କ'ଣ କାଲି ରାତିରେ ଖାଇନାହଁ ? ଦେହ ଖରାପ ହୋଇଯିବ ଖାଲି ପେଟରେ ରହିଲେ । ଲିପୁନ୍ ସେମିତି ଖଟରେ ପଡ଼ି ଖାଲି ତା'ଆଡ଼କୁ ଚାହିଁ ରହିଥାଏ ।

ଲୋକଟା ପୁଣି ପଚାରିଲା- ବାବା ତମର ଫେଭରାଇଟ୍ ଜଳଖିଆ କ'ଣ କହିଲ ? ତମ ପାଇଁ ଜଳଖିଆ ଆଣିବାକୁ ଯାଉଛି । ଇଚ୍ଛା ଥାଉକି ନ ଥାଉ ଲିପୁନ୍ ଉତ୍ତର ଦେଲା- ଇଡ୍‌ଲି, ଘୁଗୁନି । ଲୋକଟି କହିଲା- ଠିକ୍ ଅଛି, ତମେ ବାଥ୍‌ରୁମ୍ ଯାଇ ଜଲ୍‌ଦି ଫ୍ରେସ୍ ହୁଅ । ଏଇ ନିଅ ଟୁଥ୍‌ପେଷ୍ଟ ଓ ବ୍ରସ୍ । ଏତିକି କହି ସେ ପୁଣି ବାହାରପଟୁ ତାଲା ମାରି ଚାଲିଗଲା ।

'ଦେହ ଖରାପ ହେବ', ଏକଥାଟି ଲୋକଟା ମୁହଁରୁ ଶୁଣିଲା ପରେ ଗୋଟେ କଥା ଲିପୁନ୍ ମନକୁ ଆସିଲା । ତା'ର ଅର୍ଥ, ଏମାନେ ମୋ' ଦେହ ଖରାପ ହେଉ ବୋଲି

ଚାହିଁବେ ନାହିଁ। ଆଚ୍ଛା, ଯଦି ବି ମୋ ଦେହ ଖରାପ ହେଲା, ଏମାନେ କ'ଣ କରିବେ! ହସ୍ପିଟାଲ ତ ନିଶ୍ଚୟ ନେବେ। କାରଣ -ଏମାନଙ୍କର ପ୍ରକୃତରେ ମୋର ଜୀବନଟା ଦରକାର ନାହିଁ; ଟଙ୍କା ହିଁ ଦରକାର। ଏଇଟା ହିଁ ତାଙ୍କର ପ୍ରକୃତ ଦୁର୍ବଳତା।

ମନେମନେ ପୁଣି ଗଣେଶ ମହାପ୍ରଭୁଙ୍କୁ ସ୍ମରଣ କଲା- ପ୍ରଭୁ, ମୁଁ ଛୋଟ ପିଲା। ଏପରିସ୍ଥିତିରେ କ'ଣ କରିବି ଟିକିଏ ବୁଦ୍ଧି ବତାଅ। ମୁଁ ପରା ପ୍ରମିଜ୍ କରିଛି, ଏଠୁ ଗଲାପରେ ମୁଁ ଲୁଚେଇଥିବା ଲଡୁ ଫିପ୍‌ଟି - ଫିପ୍‌ଟି କରି ଖାଇବା! ସତ କହୁଚି, ଆଖି ଛୁଉଁଚି, ମୋ ବିଦ୍ୟାରାଣ!

ଲିପୁନ୍ ପୁଣି ଭାବି ବସିଲା। ଆଚ୍ଛା ମୁଁ ଯଦି ସତସତିକା ଦେହ ଖରାପର ବାହାନା ଦେଖାଇ ପଡ଼ି ରହେ, ଏମାନେ କ'ଣ କରିବେ? ଡାକ୍ତରଙ୍କୁ ଡାକିବେ ତ! ପ୍ରଥମେ ଡାକନ୍ତୁ, ତା'ପରେ ଦେଖିବାନି! ତା'ର ପୁଣି ଗୋଟିଏ କଥା ମନେ ପଡ଼ିଗଲା- ଟିଭିରେ ଦେଖିଥିବା ଡିସ୍କୋଭରୀ ଚ୍ୟାନେଲରେ "ଜୀବଜନ୍ତୁମାନେ କିପରି ନିଜକୁ ଶତ୍ରୁ ଆକ୍ରମଣରୁ ରକ୍ଷା କରନ୍ତି" ଦୃଶ୍ୟାବଳୀ। ଏ ବିଷୟରେ ବଢ଼ିଆ ରୋଚକ ଦୃଶ୍ୟମାନ ତା' ଆଖି ଆଗରେ ଭାସିଗଲା। କେତେବେଳେ ବାଘ ଆସିବାର ଜାଣିପାରି ଜଙ୍ଗଲରେ ହରିଣଟିଏ ମୃତବତ୍ ଛଳନା କରି ପଡ଼ିରହେ ତ କେତେବେଳେ ବିରାଡ଼ିଟିଏକୁ ଦେଖି ମୂଷାଟିଏ। ମତେ ବି ତାହେଲେ ସେହିଭଳି ଛଳନାର ଆଶ୍ରୟ ନେବାକୁ ପଡ଼ିବ। ନହେଲେ କିଛି ବି ଘଟିପାରେ।

ନିଜର ଭାବନାକୁ ସତ୍ୟର ରୂପ ଦେବାକୁ ଯାଇ ସତକୁ ସତ ଲିପୁନ୍ ଖଟରେ ଚାଦର ଘୋଡ଼େଇ ହୋଇ ଶୋଇ ରହିଲା ଦେହ ଖରାପ ଥିବାର ଆଳ ଦେଖାଇ। ପ୍ରାୟ ଅଧଘଣ୍ଟା ପରେ କେୟାରଟେକର ଜଣକ କବାଟ ଖୋଲି ଘର ଭିତରକୁ ପଶିଲା। ହାତରେ ତା'ର ଜଳଖିଆ ପୁଡ଼ିଆ ଥିଲା। ଲିପୁନ୍ ଆଖି ବନ୍ଦ କରି ନିଶ୍ଚଳ ହୋଇ ଶୋଇଥିବାର ଦେଖି ତା' ପାଖକୁ ଯାଇ ତାକୁ ହଲାଇ ହଲାଇ ବାରମ୍ବାର ଡାକିଲା। କିନ୍ତୁ ଚେଇଁ ଶୋଇଥିବ ଯିଏ, ତାକୁ ନିଦରୁ ଉଠାଏ କିଏ! ତିନି ଚାରିଥର ଡାକିଲା ପରେ ନ ଶୁଣିବାରୁ ଲୋକଟାର ମନକୁ ପାପ ଛୁଇଁଲା। ସେ ଡରିଗଲା- ପିଲାଟାର ସେନ୍‌ସ୍ ଚାଲିଯାଇ ନାହିଁ ତ! ତରବରରେ ତା' ବସ୍‌ଙ୍କ ପାଖକୁ ଫୋନ୍ ଲଗାଇ ଛାନିଆ ହୋଇ କହିଲା- ଆଜ୍ଞା ପିଲାଟାର ସେନ୍‌ସ ନାହିଁ। କାଲିଠୁ କିଛି ଖାଇନାହିଁ। ଜଲ୍‌ଦି ଡାକ୍ତର ଡକାନ୍ତୁ। ବସ୍ ବୋଧେ ଲୋକଟାକୁ ଗାଳିଦେଲେ, ସେ ଖାଲି ଆଜ୍ଞା, ମୋର ଆଉ ଦୋଷ କ'ଣ ରହିଲା କହି କୈଫିୟତ୍ ଦେଉଥାଏ।

ଲିପୁନ୍ ସେହିଭଳି ଚିତ୍‌ପଟାଙ୍ଗ୍ ହୋଇ ଶୋଇଥାଏ। ଲୋକଟା ପାଣି ଆଣି ତା' ମୁହଁରେ ଛାଟିଲା। ଲିପୁନ୍ କଷ୍ଟେମଷ୍ଟେ ଆଡ଼ଜଷ୍ଟ କରିନେଇ ନିଜକୁ ନିୟନ୍ତ୍ରଣରେ

ରଖିଦେଲା। ପ୍ରାୟ ଅଧଘଣ୍ଟା ପରେ ତାଙ୍କର ବସ୍ ଦୁଇଜଣ ଗୁଣ୍ଡାଙ୍କ ସହିତ ଜଣେ ଡାକ୍ତରଙ୍କୁ ନେଇ ପହଞ୍ଚିଗଲେ। କବାଟ, ଝରକା ସବୁ ଖୋଲିଦେଲେ। ଡାକ୍ତରବାବୁ ଲିପୁନ୍‌ର ନାଡ଼ି ଦେଖି, ଛାତିରେ ଷ୍ଟେଥୋ ପକାଇ ପରୀକ୍ଷା ନିରୀକ୍ଷା କଲେ। କିନ୍ତୁ ସବୁ ଠିକ୍‌ଠାକ୍ ଥାଇ ମଧ୍ୟ ପିଲାଟାର ସେନ୍‌ସ କାହିଁକି ଫେରୁନି ବୋଲି ବ୍ୟସ୍ତ ହୋଇ କହିଲେ ଏବଂ ତାକୁ ତୁରନ୍ତ ଡାକ୍ତରଖାନା ନେଇଯିବାକୁ ପରାମର୍ଶ ଦେଲେ। ଲିପୁନ୍ ଏଇଆ ହିଁ ଚାହୁଁଥିଲା। ସେ ଶୋଇଶୋଇ ସବୁକିଛି ଜାଣିପାରୁଥାଏ। ଭାବିଲା, ଠିକ୍ ଅଛି, ଥରେ ଖାଲି ହସ୍ପିଟାଲ୍ ନେଇ ଚାଲନ୍ତୁ, ତା'ପରେ କିଛି ଗୋଟେ ଯୋଜନା କରିବି।

ଡାକ୍ତରଙ୍କ ପରାମର୍ଶ ଅନୁସାରେ ଲିପୁନ୍‌କୁ ଟେକିନେଇ ଏକ କାର୍ ଭିତରେ ଶୁଏଇ ଦେଲେ। କିଛି ସମୟ ପରେ ସହରଠାରୁ ଦୂରରେ ଥିବା କୌଣସି ଏକ ଅନାମଧେୟ ହସ୍ପିଟାଲକୁ ତାକୁ ନେଇଗଲେ। ଲିପୁନ୍ ଧୈର୍ଯ୍ୟଧରି ହଲ୍‌ଚଲ୍ ନହୋଇ କେବଳ ଛଳନା କରି ଶୋଇଥାଏ। ଚୋରା ନଜରରେ ଅଳ୍ପ ଆଖି ଖୋଲି ବେଳେବେଳେ ଦେଖି ଦେଉଥାଏ। ସେ ଜାଣିପାରିଲା ଯେ ହସ୍ପିଟାଲକୁ ତାଙ୍କ ବସ୍ ଆସିନାହାନ୍ତି। ଦୁଇଜଣ ସହକର୍ମୀ ଓ ସେ ଡାକ୍ତରଜଣକ ସାଥିରେ ଅଛନ୍ତି।

ହସ୍ପିଟାଲରେ ଭର୍ତ୍ତି ହେଲାପରେ ଲିପୁନ୍‌କୁ ଷ୍ଟ୍ରେଚର୍‌ରେ ଯଥାଶୀଘ୍ର ଆଇସିୟୁକୁ ନେଇନିଆଗଲା। ସେଠାକାର ଡାକ୍ତର ଓ ଦୁଇଜଣ ନର୍ସଙ୍କୁ କିଡ୍‌ନାପ୍ ଗ୍ୟାଙ୍ଗ୍‌ର କର୍ମୀଦ୍ୱୟ କ'ଣ ସବୁ ଫୁସୁରୁ ଫାସୁରୁ ହୋଇ କହିଲେ। ସେମାନେ ମଧ୍ୟ ଆଶ୍ୱାସନା ଦେଲେ ଆପଣମାନେ ଜମା ବ୍ୟସ୍ତ ହୁଅନ୍ତୁ ନାହିଁ, ସବୁ ଠିକ୍ ହୋଇଯିବ। ପିଲାଟା ନଖାଇ ନପିଇ ଏମିତି ଦୁର୍ବଳ ହୋଇଯାଇଥିବ। ସାଲାଇନ୍ ଦୁଇଟା ଆଗ ଚାଲୁ, ତା'ପରେ ଦେଖାଯିବ।

ଏହାପରେ ଲିପୁନ୍‌ର ସେବା ଆରମ୍ଭ ହୋଇଗଲା। ସାଲାଇନ୍ ଚାଲିଲା। ଆଇସିୟୁ ଭିତରେ କେହି ନ ଥିଲେ, କେବଳ ଜଣେ ନର୍ସଙ୍କ ବ୍ୟତୀତ। ନର୍ସଜଣକ ସାଲାଇନ୍ ଲଗେଇ ଦେଇ ନିଜ ମୋବାଇଲ ଦେଖିବାରେ ବ୍ୟସ୍ତ ରହିଗଲେ।

ପ୍ରାୟ ଅଧଘଣ୍ଟା ପରେ ନର୍ସଜଣକ ନିଜ ମୋବାଇଲଟି ସେଠାରେ ଛାଡ଼ିଦେଇ ଆଟାଚ୍ ଥିବା ବାଥ୍‌ରୁମ୍ ଭିତରକୁ ନିତ୍ୟକର୍ମ ପାଇଁ ପଶିଗଲେ। ଲିପୁନ୍ ଏହି ସୁଯୋଗକୁ ଆଉ ହାତଛଡ଼ା କଲାନାହିଁ। କାଳବିଳମ୍ବ ନ କରି ତା' ହାତପାଆନ୍ତାରେ ଥିବା ମୋବାଇଲଟିକୁ ନେଇଆସି ଦେଖିଲା ସେ ପର୍ଯ୍ୟନ୍ତ ୟୁଟ୍ୟୁବ୍‌ରେ ଏକ ଚଳଚ୍ଚିତ୍ରର ଗୀତ ସିନ୍‌ଟିଏ ଚାଲୁଥାଏ। ଅର୍ଥାତ୍ ମୋବାଇଲଟିକୁ ସେ ଏବେ ୟୁଜ୍ କରିପାରିବ।

ଲିପୁନ୍ ସ୍କୁଲ୍‌ରୁ ସାର୍‌ମାନଙ୍କ ଠାରୁ ଶିକ୍ଷା ପାଇଥିଲା, କୌଣସି ଏମର୍ଜେନ୍‌ସି ପରିସ୍ଥିତିରେ ପଡ଼ିଲେ ପୋଲିସର ସହାୟତା ନେବାକୁ ତୁରନ୍ତ ୧୧୨ କଣ୍ଟ୍ରୋଲ ରୁମ୍‌କୁ ଡାଏଲ୍ କରାଯାଏ। ଲିପୁନ୍ ସେକଥା ମନେପକାଇ ସାଙ୍ଗେ ସାଙ୍ଗେ ସେ ଭିଡିଓକୁ ବନ୍ଦ

କରିଦେଇ ୧୧୨କୁ କଲ୍ କରି ତା'ବିଷୟରେ ଅତି ସଂକ୍ଷିପ୍ତରେ ଖୁବ୍ କମ୍ ସମୟ ମଧ୍ୟରେ କହିଦେଲା। ପୁଣି ପୂର୍ବର ସେ ଭିଡିଓ ଚାଲୁ କରିଦେଇ କିଛି ନଜାଣିଲା ପରି ଯାଇ ବେଡ୍‌ରେ ଶୋଇପଡ଼ିଲା, ନର୍ସ ଜଣକ ବାଥରୁମ୍‌ରୁ ଫେରିଆସିବା ପୂର୍ବରୁ।

ଲିପୁନ୍‌କୁ ଜଣାନଥିଲା, ସେ ହସ୍ପିଟାଲର ଅବସ୍ଥିତି। ସେ କହିନପାରିଲେ ମଧ୍ୟ ମୋବାଇଲ ଟ୍ରାକିଂ କରି ପୋଲିସ ସଦଳବଳେ ଆସି ପହଞ୍ଚିଯାଇଥିଲେ। ଅବଶ୍ୟ ବାହାରେ ଜଗିଥିବା ଗୁଣ୍ଡାଦ୍ୱୟଙ୍କ ସହିତ କିଛି ସମୟ ଗୁଳି ଫୁଟାଫୁଟି ହୋଇଥିବାର ଶବ୍ଦ ତା' କାନରେ ପଡ଼ିଥିଲା। ଶେଷରେ ପୋଲିସ ସେ ଦୁହିଁଙ୍କୁ କାବୁ କରିନେଇ ଆଇସିୟୁରେ ପଶି ଲିପୁନ୍‌କୁ ଅକ୍ଷତ ଅବସ୍ଥାରେ ଉଦ୍ଧାର କରିଥିଲେ ଏବଂ ଏକ ସାମ୍ବାଦିକ ସମ୍ମିଳନୀ ଜରିଆରେ ଏସ୍‌ପି ମହୋଦୟ ଲିପୁନ୍‌କୁ ପ୍ରଭାତବାବୁଙ୍କୁ ହସ୍ତାନ୍ତର କରିଥିଲେ।

ପାପା-ମାମା ଓ ଲିପୁନ୍‌ର ପୁନର୍ମିଳନ କ୍ଷଣର ସେ ଭାବପ୍ରବଣତା ଅବର୍ଣ୍ଣନୀୟ। ଏତେ ଛୋଟ ପିଲାଟିର ଉପସ୍ଥିତ ବୁଦ୍ଧି, ସାହସ ଓ ସମୟୋଚିତ ପଦକ୍ଷେପକୁ ବିଭିନ୍ନ ମହଲରୁ ଭୁରିଭୁରି ପ୍ରଶଂସା ମିଳିଥିଲା ଏବଂ ଲିପୁନ୍‌କୁ ମଧ୍ୟ ଉଚ୍ଛ୍ୱସିତ ସମ୍ବର୍ଦ୍ଧନା ସରକାରଙ୍କ ତରଫରୁ ଦିଆଯାଇଥିଲା। ଭାରତର ମହାମହିମ ରାଷ୍ଟ୍ରପତିଙ୍କ ତରଫରୁ ପ୍ରଦାନ କରାଯାଉଥିବା ସାହସିକତା ପୁରସ୍କାର ପାଇଁ ଲିପୁନ୍‌ର ନାମ ସୁପାରିସ କରାଯାଇଥିଲା।

■

ପାଚିଲା ତାଳ

ସୁଲୋଚନା ଦେବୀଙ୍କୁ ନାଇଟ୍ କୋଚ୍ ବସ୍‌ର ପୂର୍ବ ସଂରକ୍ଷିତ ସିଟ୍‌ରେ ବସେଇ ଦେଇ ପୁଅ ଅରୁଣ ବିଦାୟ ନେବା ପୂର୍ବରୁ ନଇଁପଡ଼ି ବୋଉଙ୍କ ପାଦ ଛୁଇଁ ପ୍ରଣାମ କଲା। ଗାଡ଼ିଟି ଗଡ଼ିବା ଆରମ୍ଭ କରିବାରୁ ଅରୁଣ ତରବର ହୋଇ ବସ୍‌ରୁ ଓହ୍ଲାଇ ଆସିଲା। ବସ୍‌ଟି ତା'ବାଟରେ ଚାଲିଗଲା।

ସୁଲୋଚନା ଦେବୀ ଅରୁଣକୁ ଆଶୀର୍ବାଦ ଦେଲେ। ସର୍ବାରିଷ୍ଟ ଶାନ୍ତି ଭବନ୍ତୁ କହି ଠାକୁରଙ୍କ ପାଖରେ ତା'ର ଶୁଭ ମନାସିଲେ। ପୁଅ ଅରୁଣ ରାଜଧାନୀ ଭୁବନେଶ୍ୱରରେ ଏକ ବଡ଼ ଅଫିସ୍‌ରେ ମୋଟା ଦରମାରେ ଚାକିରି କରୁଛି। ନିଜ ଛୋଟ ପରିବାର ସହିତ ଖୁବ୍ ଖୁସିରେ ଅଛି। ହଉ ସେମାନେ ଖୁସିରେ ରୁହନ୍ତୁ। ସେମାନଙ୍କ ଖୁସିରେ ତ ଆମ ଖୁସି। ଆମର ତ ବଳ ବୟସ ଗଲାଣି। ଖାଲି ଆରପାରିକୁ ଯିବାର ସମୟ ଗଣିବା କଥା।

କିନ୍ତୁ ସତରେ କ'ଣ ଅରୁଣ ଖୁସିରେ ଅଛି ? ନା ଖୁସିରେ ଅଛି ବୋଲି ଅଭିନୟ କରୁଛି ଆମର ମନଦୁଃଖ ନ ହେବା ପାଇଁ ! ଅଭିନୟ ହୋଇଥିଲେ ବି ତାହା ସତ ହେଉ - ଏଇଆ ଠାକୁରଙ୍କୁ ମନେମନେ ଡାକି ସୁଲୋଚନା ଦେବୀ ପୁଶ୍ ବ୍ୟାକ୍ ସିଟ୍‌ରେ ପଛକୁ ଆଉଜି ଆରାମରେ ବସିଲେ।

ବୋହୂଟି ଭାରି ସୁନ୍ଦରୀ। ପୁଅର ନାଁ ହ୍ୟାପି, ଝିଅର ନାଁ ଖୁସି। ସରକାରୀ କ୍ୱାର୍ଟରରେ ଛୋଟ ପରିବାର ସହିତ ଖୁସିରେ ଅରୁଣ ଅଛି। ବୋଝ ହେବାକୁ ପାଖରେ ଆଉ କେହି ନାହାନ୍ତି। ସୁଲୋଚନା ଦେବୀ ଓ କୁମୁଦବାବୁ ଗାଁରେ ନିଜର ଭିଟାମାଟି ଛାଡ଼ି ଅରୁଣ ପାଖକୁ ଯିବାକୁ ନାରାଜ। ଯାଆନ୍ତି ନାହିଁ କହିଲେ ସମ୍ପୂର୍ଣ୍ଣଭାବେ ଠିକ୍ ହେବନାହିଁ। ବୁଢ଼ାବୁଢ଼ୀ ଦୁହେଁଯାକ ମଝିରେ ମଝିରେ ଦେହପା ଖରାପ ହେଲେ ଡାକ୍ତରଙ୍କୁ ଦେଖାଇବାକୁ ଭୁବନେଶ୍ୱର ଯା'ନ୍ତି। ଗୋଟିଏ ଦିନ ଭିତରେ ଡାକ୍ତରଙ୍କୁ ଦେଖାଇ ଚାଲି ଆସିବାର ଥିଲେ ଆଉ ଅରୁଣକୁ ଜଣାନ୍ତି ନାହିଁ। ଭୁବନେଶ୍ୱରରେ ଦିନେ ଦୁଇଦିନ ରହିବାକୁ ପଡ଼ିଲେ

ସେମାନଙ୍କ ଘରକୁ ଯା'ନ୍ତି। ଗାଁରେ ଘରଛାଡ଼ି ଭୁବନେଶ୍ୱରରେ ଅରୁଣ ପାଖରେ ରହିଯିବାକୁ ସୁଲୋଚନା ଦେବୀଙ୍କର ଇଚ୍ଛା ଅଛି। ସେକଥା ମଧ୍ୟ ଅନେକ ଥର ସେ କୁମୁଦବାବୁଙ୍କୁ କଥା ପଡୁପଡୁ କହିଛନ୍ତି। କିନ୍ତୁ କୁମୁଦବାବୁଙ୍କର ଏକା ଜିଦ୍ - ମୋର ପେନ୍‌ସନ୍ ଟଙ୍କା ତମର ଚଳିବା ପାଇଁ ଯଥେଷ୍ଟ ହେଉନାହିଁକି ବୋଲି ପ୍ରଶ୍ନ ପାଖରେ ହାର୍ ମାନି ସେ ଚୁପ୍ ହୋଇଯାଉଥିଲେ।

ମନେପଡୁଛି ସୁଲୋଚନା ଦେବୀଙ୍କର ସେ ପୁରୁଣା କଥା। କୁମୁଦବାବୁ ଭୁବନେଶ୍ୱରରେ ଚାକିରି କରୁଥିବାବେଳେ ସେମାନଙ୍କ ସରକାରୀ କ୍ୱାର୍ଟର ସାମ୍ନାସାମ୍ନି ଗୋଟିଏ ପ୍ରାଇଭେଟ୍ ଘରେ ବୃଦ୍ଧ ଦମ୍ପତି ଦୁଇଜଣ ରହୁଥିଲେ। ଏକୋଇର ବଳା ଅରୁଣ ସେତେବେଳେ ପ୍ରାଇମେରୀ ସ୍କୁଲରେ ପଢୁଥିଲା। ସେ ବୃଦ୍ଧ ଦମ୍ପତିଙ୍କର ପୁଅଝିଅ ଉଭୟେ ବିଦେଶରେ ଚାକିରି କରି ରହିଥା'ନ୍ତି। ଏମାନଙ୍କର ଦେଖାଶୁଣା କରିବାକୁ ପାଖରେ ଆଉ କେହିନଥା'ନ୍ତି। ବାର୍ଦ୍ଧକ୍ୟଜନିତ ରୋଗ ଯୋଗୁ ଉଭୟେ ପ୍ରାୟତଃ ଅସୁସ୍ଥ ଥିଲେ। ବୁଢ଼ା ତ ବାଡ଼ି ଧରି ଠୁକୁଠୁକୁ ଚାଲୁଥିଲେ। ବୁଢ଼ୀ କେବଳ ଘରର ଗେଟ୍ ପର୍ଯ୍ୟନ୍ତ ଆସି ପାରୁଥିଲେ ଓ ବଡ଼ କଷ୍ଟରେ ପରିବାବାଲା, କ୍ଷୀରବାଲା, କଦଳୀବାଲା, ଖବରକାଗଜବାଲାଙ୍କଠୁ ଜିନିଷ ନେଇ ପଇସା ଦେଇ ଆସୁଥିଲେ। କିଛିମାସ ପରେ ଆଉ ସେତକ ମଧ୍ୟ ହେଲାନାହିଁ। ସବୁବେଳେ ତାଲାପକାଇ ରଖୁଥିବା ଗେଟ୍‌ରେ ଶେଷରେ ସେମାନେ ଆଉ ତାଲା ନ ପକାଇ ଖୋଲା ରଖିଦେଲେ। ଘର ଦ୍ୱାରମୁହଁରୁ ମଧ୍ୟ ବିଭିନ୍ନ ଜିନିଷ ଆସି ନେବାକୁ ବଡ଼ କଷ୍ଟ ହେଲା। ଅରୁଣ ବାହାରେ ବୁଲାଖେଳା କରିବା ସମୟରେ ତା' ନଜରରେ ଏସବୁ ପଡୁଥାଏ। ଛୋଟ ପିଲା ହେଲେ ମଧ୍ୟ କିଛିକିଛି ବୁଝିପାରୁଥାଏ। ତଥାପି ସେମାନଙ୍କ ବିଷୟରେ କେତେକଥା ସେ ସୁଲୋଚନା ଦେବୀଙ୍କୁ ପଚାରି ବୁଝେ। ସୁଲୋଚନା ଦେବୀ ତାକୁ ବୁଝେଇବାକୁ ଯାଇ ଯେତେବେଳେ କୁହନ୍ତି ଯେ ସେମାନଙ୍କର ଦେଖାଶୁଣା କରିବାକୁ ପାଖରେ କେହି ନାହାନ୍ତି ଏବଂ ତାଙ୍କର ପୁଅଝିଅ ସବୁ ବିଦେଶରେ ରୁହନ୍ତି, ଅରୁଣର ଆଖି ଓଦା ହୋଇ ଆସେ ଏବଂ ସୁଲୋଚନା ଦେବୀଙ୍କୁ କୁଣ୍ଢାଇ ପକାଇ ଅରୁଣ ସକସକ ହୋଇ କାନ୍ଦୁ କାନ୍ଦୁ କହୁଥାଏ - ବୋଉ, ମୁଁ କିନ୍ତୁ ତତେ କିମ୍ବା ବାପାଙ୍କୁ ଭବିଷ୍ୟତରେ ଏକୁଟିଆ ଛାଡ଼ି କୁଆଡ଼େ ଯିବି ନାହିଁ। ବାହାରେ ଜମା ଚାକିରି କରିବିନି।

ସେହି ଅରୁଣ ବର୍ତ୍ତମାନ ବଡ଼ ହୋଇଯାଇଛି। ପିଲାଛୁଆଙ୍କ ମୁହଁକୁ ଚାହିଁ ବାପା ମାଆଙ୍କୁ ଭୁଲିଯାଇ ପାରୁଛି। ଭାବୁଭାବୁ ସୁଲୋଚନା ଦେବୀଙ୍କ ଆଖି ଓଦା ହୋଇ ଆସିଲା। ଧିରେ ଧିରେ ଆଖିପତା ମଧ୍ୟ ଲାଗି ଆସିଲା।

ସକାଳୁ ସକାଳୁ ସୁଲୋଚନା ଦେବୀ ଗାଁ ବସ୍‌ଷ୍ଟାଣ୍ଡରେ ପହଞ୍ଚି ପାଖରେ ଥିବା ନିଜ ଘରକୁ ଚାଲି ଚାଲି ଯାଇ ଦୂରରୁ ଦେଖିଲେ ତାଙ୍କ ଘରେ କିଛି ପଡ଼ିଶା ଲୋକ ଜମା

ହୋଇଛନ୍ତି। ତାଙ୍କ ମନକୁ ପାପ ଛୁଇଁଲା। ତରବରରେ ଗେଟ୍ ଭିତରକୁ ପଶୁପଶୁ ପଚାରି ବୁଝିଲେ ଯେ କୁମୁଦବାବୁଙ୍କର ଦେହ ହଠାତ୍ ଖରାପ ହୋଇପଡ଼ିଥିଲା ଏବଂ ସାହିପଡ଼ିଶାଙ୍କ ଦ୍ୱାରା ସାମାନ୍ୟ କିଛି ଚିକିତ୍ସା ପରେ ସୁସ୍ଥ ହୋଇଗଲେଣି। ହାର୍ଟ ପ୍ରୋବ୍ଲେମ୍ ବୋଧହୁଏ। ସୁଲୋଚନା ଦେବୀ ପହଞ୍ଚିବାରୁ ତାଙ୍କ ସହିତ କଥା ହୋଇ ସାହିପଡ଼ିଶା ଲୋକେ ଧିରେଧିରେ ନିଜ ଘରକୁ ଚାଲିଯାଇଥିଲେ। ସେମାନଙ୍କ ମଧ୍ୟରୁ ଜଣେ ଦୁଇଜଣ ସାନ୍ତ୍ୱନା ଦେଇ କହିଥିଲେ - ବ୍ୟସ୍ତ ହେବାର କିଛି ନାହିଁ। ହାର୍ଟ ପ୍ରୋବ୍ଲେମ୍ ଆଗରୁ ଅଛି ବୋଧେ। ଔଷଧ ଦେଲା ପରେ କୁମୁଦ ବାବୁ ଏବେ ଠିକ୍ ହୋଇଗଲେଣି। କିନ୍ତୁ ହାର୍ଟ ପେସେଣ୍ଟଙ୍କୁ ଆପଣ ଏଭଳି ଏକୁଟିଆ ଛାଡ଼ି ଆଉ କୁଆଡ଼େ ଯିବେ ନାହିଁ। କେତେବେଳେ କୋଉ କଥା ଅଛି।

ସୁଲୋଚନା ଦେବୀ କୁମୁଦବାବୁଙ୍କର ସେବାରେ ଲାଗି ପଡ଼ିଲେ। ତାଙ୍କ ମନଟାକୁ ଟିକିଏ ହାଲ୍କା କରିବା ପାଇଁ ପୁଅ ବୋହୂ, ନାତି ନାତୁଣୀଙ୍କ ବିଷୟରେ ଗପିଲେ ଏବଂ ନାତି ଟୋକା ତାଙ୍କୁ ବଡ଼ ଖୋଜୁଛି ବୋଲି ମିଛ କହିଲେ। ଦେଖୁ ଦେଖୁ ସତରେ କୁମୁଦବାବୁଙ୍କ ବିଷଣ୍ଣ ବଦନ ଧିରେ ଧିରେ ହସ ହସ ଲାଗିଲା। ସେ ସାଧାରଣ ଅବସ୍ଥାକୁ ଫେରିଆସିବାର ଉପଲବ୍ଧି କରି ସୁଲୋଚନା ଦେବୀ ମଧ୍ୟ ମନେ ମନେ ଠାକୁରଙ୍କୁ ଧନ୍ୟବାଦ ଜଣାଇଲେ।

ଦୁଇଚାରିଦିନ ପରେ କୁମୁଦବାବୁ ସତରେ ସମ୍ପୂର୍ଣ୍ଣ ସୁସ୍ଥ ହୋଇଉଠିଲେ। କିନ୍ତୁ ସୁଲୋଚନା ଦେବୀଙ୍କର ମନ ସେ ଘଟଣା ଘଟିବା ପରଠୁ ଅଧିକ ଭାରାକ୍ରାନ୍ତ ହୋଇପଡ଼ିଲା। ସେମାନେ ଦୁହେଁ ଏମିତି ଏକୁଟିଆ ରହିବା ଆଉ ନିରାପଦ ନୁହେଁ ବୋଲି କୁମୁଦବାବୁଙ୍କୁ ସେ ବୁଝାଇଥିଲେ ଏବଂ ଭୁବନେଶ୍ୱରକୁ ଚାଲିଯିବାକୁ ପୁଣି ଜିଦ୍ କରିଥିଲେ। କୁମୁଦବାବୁ କିନ୍ତୁ ଏଥରବି ରାଜି ହୋଇନଥିଲେ। ସୁଲୋଚନା ଦେବୀ ଏଥର ନଛୋଡ଼ବନ୍ଧା ହୋଇଗଲେ। କୁମୁଦବାବୁଙ୍କୁ ସେ ବୁଝାଇଥିଲେ କାହିଁକି ଅରୁଣ ପାଖକୁ ଯିବାକୁ ଅରାଜି ହେଉଛ କହିଲ ? ସିଏ ଆମର ଏକମାତ୍ର ପୁଅ ! ଭଲପାଇଲେ ପାଉ, ଫୋପାଡ଼ି ଦେଲେ ଦେଉ। ଯାହା କଲେବି ଆମକୁ ଭାଗ୍ୟ ଆଦରି ସହିଯିବାକୁ ହେବ। ସେ ଯୋଉ ଚାକିରି କରିଛି, ତା'ର ଅଫିସ୍ କେବଳ ଭୁବନେଶ୍ୱରରେ ହିଁ ଅଛି। ଅନ୍ୟ କୁଆଡ଼େ ନାହିଁ। ତମେ ଯଦି ଗାଁରେ ତାକୁ ରଖିବାକୁ ଚାହୁଁଥିଲ, ତେବେ ମାଷ୍ଟର ଚାକିରିଟିଏ ପାଇଁ ପାଠ ନ ପଢ଼ାଇ ଏତେ ପାଠ ପଢ଼ାଉଥିଲ କାହିଁକି ? ତମକୁ ସେତେବେଳେ ମୁଁ ଗୋଟିଏ କଥା କହିନଥିଲି, ଆଜି କହୁଛି ଶୁଣ। ଭୁବନେଶ୍ୱରରେ ଆମ ସାମ୍ନା ଘରେ ରହୁଥିବା ବୁଢ଼ାବୁଢ଼ୀ ଦ୍ୱୟଙ୍କ ଦୟନୀୟ ଅବସ୍ଥା ଦେଖି ଆମ ଅରୁଣ ମତେ କ'ଣ କୁହେ ଜାଣିଛ ? ବେଶି ପାଠ ପଢ଼ିଲେ ଓ ଭଲ ପାଠ ପଢ଼ିଲେ ସେ ବଡ଼ ଅଫିସରଟିଏ ହୋଇଯିବ ଏବଂ ଦରକାର ହେଲେ ନିଜର ପରିବାରକୁ ଛାଡ଼ି, ବାପା ମା'ଙ୍କୁ ଛାଡ଼ି ବିଦେଶରେ ମଧ୍ୟ ରହିବାକୁ ପଡ଼ିବ

ବୋଲି ଭାବିଭାବି ଜାଣିଶୁଣି ସେ ଷ୍ଟାଣ୍ଡାର୍ଡ଼ ଫୋରରୁ ଫାଇଭ୍‌କୁ ଗଲାବେଳକୁ ପଢ଼ାପଢ଼ିରେ ଅବହେଳା କଲା। ତମର ମନେ ଅଛି କି ନା କେଜାଣି, ତା' ପାଠପଢ଼ାରେ ଏଭଳି ଅଧୋଃପତନ ପାଇଁ ଆମେ ଦୁହେଁ କେତେ ବ୍ୟତିବ୍ୟସ୍ତ ହୋଇପଡ଼ି ନ ଥିଲୁ! ବଡ଼ କଷ୍ଟରେ ମୁଁ ତା' ସାଙ୍ଗସାଥୀମାନଙ୍କଠୁ ପଚାରି ସତକଥାଟା ଜାଣିପାରିଥିଲି। ସେ ଜାଣିଶୁଣି ଭଲ ପାଠ ପଢ଼ିନଥିଲା - କେବଳ ଆମ ଦୁହିଁଙ୍କୁ ଭଲପାଏ ବୋଲି। ତମରି ଛାଟ ଖାଇ ଓ ମୋର ଶତ ଅନୁରୋଧ ପରେ ଶେଷରେ ସେ ତା' ମନୋଭାବରେ ପରିବର୍ତ୍ତନ ଆଣିବାକୁ ବାଧ୍ୟ ହେଲା। ପାଠପଢ଼ାରେ ମନୋନିବେଶ କଲା। ସେହି ପୁଅକୁ ତମେ ଅଧିକ ପାଠ ପଢ଼େଇ ବଡ଼ ଅଫିସରଟିଏ କରାଇଲ। ଏବେ କାହିଁକି ତା'ଠୁ ମୁହଁ ମୋଡ଼ି ଦେଉଛ ?

ସବୁ ଶୁଣିସାରି କୁମୁଦବାବୁ ଧିରେଧିରେ କହିବାକୁ ଆରମ୍ଭ କରିଥିଲେ- ତମକଥା ଠିକ୍ ଯେ, କିନ୍ତୁ ଅରୁଣ ଯେମିତି ତା' ବାପାମାଆଙ୍କୁ ଭଲପାଏ, ମୁଁ ମଧ୍ୟ ସେମିତି ମୋ ମାଟିମାଆକୁ, ଗାଁକୁ ଭଲପାଏ। ଗାଁ ଛାଡ଼ିଯିବାକୁ ଆଦୌ ଇଚ୍ଛା ହେଉନାହିଁ। ତା'ଛଡ଼ା ତମେ ଖାଲି ଅରୁଣର ଭଲପାଇବା ବିଷୟରେ କହିଗଲ। ତା' ସ୍ତ୍ରୀ କଥା କିଛି ଭାବିଛ ? ଆମେ ସେଠାକୁ ଗଲେ ଜମା ଫ୍ରି ଲାଗେନାହିଁ ତଥା ଆମେ ସେମାନଙ୍କର ଗୋଟିଏ ଗୋଟିଏ ବୋଝ ହେଲା ଭଳି ମତେ ଲାଗେ। ମୋ ନିଜ ଆଦର୍ଶରେ ଆଞ୍ଚ ଆସିବାକୁ ମୁଁ ମୋଟେ ଚାହେଁନା। ମତେ କାହିଁକି ବୋହୂଟିର ହାବଭାବ ଠିକ୍ ଲାଗେନି।

ସୁଲୋଚନା ଦେବୀ କୁମୁଦବାବୁଙ୍କୁ ପୁଣି ବୁଝାଇଥିଲେ- ତମର ବୋଧେ ତମ ଅର୍ଦ୍ଧାଙ୍ଗିନୀ ଉପରେ ଭରସା ନାହିଁ। ଆରେ ମୁଁ ଅଛି ପରା ! ନିଜେ ଠିକ୍ ଥିଲେ ଏ ଦୁନିଆ ଠିକ୍। ମୋ ଉପରେ ଭରସା ରଖ, ଦେଖିବ ସବୁ ଠିକ୍ ହୋଇଯିବ। ଅର୍ଥ ହିଁ ସବୁକିଛି ଅନର୍ଥର ମୂଳ କାରଣ। ଆମେ ତ ସେମାନଙ୍କ ଉପରେ ଆର୍ଥିକ ବୋଝ ଲଦିଦେବା ନାହିଁ। ଦ୍ୱିତୀୟ ସମସ୍ୟା ହେଲା- ବୁଢ଼ାବୁଢ଼ୀ ଦୁଇଜଣଙ୍କର ସେବାଶୁଶ୍ରୂଷା। ଆଜିକାଲି ଯୋଉ ଯୁଗ ହେଲାଣି, ବାପା ମା'ମାନେ ପୁଅବୋହୂଙ୍କ ଠାରୁ ଆଉ ସେତକ ଆଶା କରିବାଟା ଭୁଲିଗଲେଣି। ଆମର ଏବେ ଗୋଡ଼ହାତ ଚଳପ୍ରଚଳ ହେଉଛି। କାଲି ସେତକ ବି ବନ୍ଦ ହୋଇଗଲେ ଆମେ କ'ଣ କରିବା ! ପୁଅ ବୋହୂ ନ ପଚାରିଲେ ଆମେ ଚାକରାଣୀଟିଏ ରଖିଦେବା। କିନ୍ତୁ ଭଲକୁ ମନ୍ଦକୁ ସାହା ହେବାପାଇଁ ଆମେ ପୁଅବୋହୂଙ୍କଠୁ ଅଲଗା ହୋଇ ରହିବାଟା ବହୁତ ବଡ଼ ବୋକାମି ହେବ। ଅମେ ବର୍ତ୍ତମାନ ପାଚିଲା ତାଳ ହୋଇ ଗଛରେ ଓହଳି ରହିଛୁ। କିଏ ଜାଣେ, କୋଉ ମୁହୂର୍ତ୍ତରେ କିଏ ଆଗ ଗଛରୁ ଝଡ଼ିପଡ଼ିବ ! ତେଣୁ ବେଳ ଥାଉ ଥାଉ ଆଗପଛ ଚିନ୍ତା କରି ଆମକୁ ଏବେଠୁ ପଦକ୍ଷେପ ନେବାକୁ ପଡ଼ିବ। ମୁଁ ମୋ ପୁଅର ମନସ୍ତତ୍ତ୍ୱ ପଢ଼ିନାହିଁ ବୋଲି କ'ଣ ଭାବୁଛ ? ବୋହୂଟା ଆମର ଝିଅ ପରି। ତା'ର ଭୁଲଭଟକା ସୁଧାରିବା ଦାୟିତ୍ୱ ଆମର। ତାକୁ ପର ନୁହେଁ, ନିଜର

ଝିଅ ବୋଲି ଭାବି ଆମେ ସ୍ନେହଶ୍ରଦ୍ଧା ବାଣ୍ଟିଦେଲେ ଦେଖିବ, ସେ ନିଜ ଜନ୍ମକଲା ମାଆବାପାଙ୍କୁ ଭୁଲି ଆମକୁ ବି ନିଜର କରିବ। ଅବଶ୍ୟ ଆମବୋହୂଟି ଏତେ ଖରାପ ନୁହେଁ; ଯେମିତି ତମେ ଭାବୁଛ।

ଏହିପରି ଅନେକ ବୁଝାଶୁଝା କଲାପରେ କୁମୁଦବାବୁଙ୍କ ମନରେ ପରିବର୍ତ୍ତନ ଆସିଛି ଏବଂ ସପ୍ତାହକ ମଧ୍ୟରେ ଗାଁର ଘରବାଡ଼ି ସେମାନଙ୍କର ଜଣେ ସମ୍ପର୍କୀୟଙ୍କ ହେପାଜତରେ ଦେଖାଶୁଣା କରିବାକୁ ଛାଡ଼ିଦେଇ ଅରୁଣ ପାଖକୁ ଚାଲିଯାଆନ୍ତି। ଯଦିଓ ପରସ୍ପର ମଧ୍ୟରେ ଆଡ୍‌ଜଷ୍ଟ କରି ଚଳିବାକୁ କିଛିଦିନ ସମୟ ଲାଗିଥିଲା, କିନ୍ତୁ ଶେଷରେ ସୁଖ ଦୁଃଖର ସଂସାର ନିତ୍ୟନୈମିତ୍ତିକ ଭାବରେ ଗଡ଼ି ଚାଲିଥିଲା।

■

କନକ ଗୋରୀ

ତା'ର ସାର୍ଟିଫିକେଟ୍‌ରେ ନାମ ଥିଲା କନକ ଏବଂ ଦେହର ରଙ୍ଗ ମଧ୍ୟ ଅତ୍ୟନ୍ତ ଗୋରା। ତେଣୁ ସାର୍ଟିଫିକେଟ୍ ନାମ ଅନୁସାରେ ତାକୁ କନକ ଡାକିବି, ଦେହର ରଙ୍ଗ ଅନୁସାରେ ଗୋରୀ ଡାକିବି, କିମ୍ବା ଦୁଇଟାଯାକ ନାଁ ଯୋଡ଼ି କନକଗୋରୀ ଡାକିବି, ସେଥିପାଇଁ ତା'ଠୁ ଥରେ ମତେ ଅନୁମତି ନେବାକୁ ପଡ଼ିଥିଲା। ଅବଶ୍ୟ ଦୁଇଟିଯାକର ସମ୍ମିଶ୍ରଣରୁ ସୃଷ୍ଟ 'କନକଗୋରୀ' ବୋଲି ଡାକିବାକୁ ତା'ଠୁ ଶେଷରେ ମୁଁ ଅନୁମତି ପ୍ରାପ୍ତ ହୋଇଥିଲି।

କିନ୍ତୁ କନକ ପ୍ରକୃତରେ ଥିଲା କନକ; ଅର୍ଥାତ୍ ସୁନାପରି ଗୋରୀ। ଏଇ ଗୋରାପଣ ଯୋଗୁଁ ତା' ନାଁ କନକ ହେଲା କିମ୍ବା ନାଁଟା ଦେଲା ପରେ ତାହାରି ପ୍ରଭାବରେ ସେ ଏମିତି ଗୋରୀ ହେଲା, ତାହା ତାଙ୍କ ଘରଲୋକେ ଜାଣନ୍ତି।

ଦୀର୍ଘ କୋଡ଼ିଏ ବର୍ଷର ବ୍ୟବଧାନ ପରେ ସେଦିନ ସେହି କନକ ସହିତ ମୋର ଟ୍ରେନ୍‌ରେ ହଠାତ୍ ଦେଖା ହୋଇଗଲା। ମୁଁ ଦୁର୍ଗାପୂଜା ଛୁଟିରେ ଏକୁଟିଆ ଟ୍ରେନ୍‌ରେ ଖୋର୍ଦ୍ଧା ରୋଡ୍‌ରୁ ଚଢ଼ି ଗାଁକୁ ଯାଉଥାଏ। ତିନିଦିନ ପୂର୍ବରୁ ଘରର ଅନ୍ୟ ସଦସ୍ୟମାନେ ଗାଁକୁ ଯାଇ ସାରିଥା'ନ୍ତି। ରିଜର୍ଭେସନ୍ ବଗିଟିଏର ଅପର ବର୍ଥ ସ୍ଲିପର୍‌ରେ ଲମ୍ବା ହୋଇ ମୁଁ ଚେଇଁକରି ଶୋଇଥାଏ। ଭୁବନେଶ୍ୱର ଷ୍ଟେସନରେ ପହଞ୍ଚିବା କ୍ଷଣି ପ୍ରାୟତଃ ଅର୍ଦ୍ଧାଧିକ ଫାଙ୍କା ଥିବା ବଗିଟାରେ ହଠାତ୍ ପାସେଞ୍ଜର ଭର୍ତ୍ତି ହୋଇଗଲେ। ମୋ' ତଳକୁ ଲୋୟର ବର୍ଥ ସିଟ୍‌କୁ ଜଣେ କମ୍ ଉଚ୍ଚତା ବିଶିଷ୍ଟ ୩୫-୩୬ ବର୍ଷର ଗୋରୀ ମହିଳା ତାଙ୍କର ୮-୧୦ ବର୍ଷର ଦୁଇଟି ଝିଅଙ୍କୁ ସାଙ୍ଗରେ ଧରି ତିନିଚାରୋଟି ଲଗେଜ୍ ସହିତ ବସିବାକୁ ଆସିଲେ। ମୁଁ ଅର୍ଦ୍ଧନିମୀଳିତ ନୟନରେ ସେ ଅଚିହ୍ନା ବ୍ୟକ୍ତିମାନଙ୍କ ଉପରେ ଉପରଠାଉରିଆ ଭାବରେ ଟିକିଏ ଖାଲି ନଜର ପକେଇଦେଇ ପୁଣି ଆଖି ବୁଜି ଶୋଇବାକୁ ଚେଷ୍ଟା କଲି।

ହଠାତ୍ ମୋ' ଆଖିଯୋଡ଼ିକ ବିସ୍ଫାରିତ ହୋଇଗଲା। ଅର୍ଦ୍ଧଚେତନ ଅବସ୍ଥାରୁ ମୋ' ନିଜକୁ ପୂର୍ଣ୍ଣଚେତନ ଅବସ୍ଥାକୁ ଆଣିବାକୁ ସେ ସ୍ତ୍ରୀଲୋକ ଜଣକ ମତେ ବାଧ

କଲେ । ମୁହଁଟା ଅଳ୍ପ ଚିହ୍ନା ଚିହ୍ନା ଲାଗିବାରୁ ତଳକୁ ଓହ୍ଲେଇ ଆସିଲି ମୋର ସନ୍ଦେହ ଦୂର କରିବାକୁ । ସ୍ତ୍ରୀଲୋକଟି ଆଡ଼କୁ ଚାହିଁ ଆଗପଛ ସବୁକିଛି ଭୁଲିଯାଇ ସିଧା ପଚାରିଦେଲି - କନକଗୋରୀ କି ! ମହିଳା ଜଣକ ମୋ ଆଡ଼କୁ ଚାହିଁ କିଛି ସମୟ ଚିନ୍ତା କଲେ ଏବଂ ଏଇ ନାଁ ଧରି ବହୁଦିନ ତଳେ ମୁଁ ହିଁ ଡାକୁଥିଲି ବୋଲି ବୋଧେ ମନେ ପଡ଼ିଗଲା । ତଥାପି ଦରଚିହ୍ନା ହୋଇ ସନ୍ଦେହଯୁକ୍ତ ହସଟିଏ ହସିଦେଇ 'ହଁ ମୁଁ କନକ ଗୋରୀ' ବୋଲି ମୁଣ୍ଡ ଟୁଙ୍ଗାରି ସମ୍ମତି ଜଣାଇଲେ । ମୁଁ ବସନ୍ତ ବୋଲି କହିବା ମାତ୍ରେ ସେ ଖୁସିରେ ଗଦ୍‌ଗଦ୍ ହୋଇପଡ଼ି ଦୁଇଧାର ଆନନ୍ଦାଶ୍ରୁ ଢାଳିଦେଲା । ଏବେ ଆମେ ଉଭୟେ ଉଭୟଙ୍କୁ ଠିକ୍ ଭାବରେ ଚିହ୍ନି ସାରିଥିଲୁ । ମାଆର ଇସାରାରେ ପିଲା ଦୁଇଜଣକୁ ମିଶାଇ ଏକାବେଳେ ଛଅଗୋଟି ହାତ ମୋ' ପାଦ ସ୍ପର୍ଶ କରିବାକୁ ଉଦ୍ୟତ ହୁଅନ୍ତେ ସେମାନଙ୍କୁ ଥାଉ ଥାଉ କହି ସେଥିରୁ ନିବୃତ୍ତ କଲି ।

କନକଗୋରୀ ମତେ ଦେଖି ଖୁସିରେ କାନ୍ଦିବାର ଏକ ବହୁତ ବଡ଼ କାରଣ ରହିଛି । ସେ ସେତେବେଳେ ନବମ ଶ୍ରେଣୀରେ ପଢୁଥାଏ । ତା' ବଡ଼ଭଉଣୀ ସହିତ ମୁଁ ଭୁବନେଶ୍ୱରରେ ଏମ୍.ଏ. ପଢୁଥାଏ । ତା' ବଡ଼ ଭଉଣୀ ଓ ମୁଁ ପରସ୍ପରକୁ ଭଲ ପାଉଥିଲୁ ବୋଲି ସେ ଜାଣିଥିଲା ଏବଂ ସେହି ଦୃଷ୍ଟିରୁ ସେ ମତେ ପସନ୍ଦ କରୁଥିଲା ଓ ଭକ୍ତି ମଧ୍ୟ । କୌଣସି କାରଣରୁ ଆମ ଦୁହିଁଙ୍କର ପ୍ରେମ ସଫଳତାର ପାହାଚରେ ଚଢୁଚଢୁ ଅଧାରୁ କ୍ରମଶଃ ହୋଇ ରହିଗଲା । କିନ୍ତୁ ଯୋଗ୍ୟତମ ବ୍ୟକ୍ତିଟିଏର ହାତ ଧରି ପାରି ନ ଥିବାରୁ ତା' ବଡ଼ଭଉଣୀ ଅପେକ୍ଷା କନକଗୋରୀ ନିଜେ ହିଁ ବେଶୀ ମନଦୁଃଖ କରିଥିଲା ଏବଂ ପରେପରେ ସେକଥା ସେ ମୋପାଖକୁ ବର୍ଷେ ଦୁଇ ବର୍ଷ ପର୍ଯ୍ୟନ୍ତ ଚିଠିରେ ଲେଖୁଥିଲା । ତେଣୁ ମତେ ସେ ସେଦିନ ଟ୍ରେନ୍‌ରେ ଏମିତି ଅଚାନକ ଦେଖିଦେଇ ଜଣେ ନିହାତି ଶୁଭାକାଂକ୍ଷୀ ତଥା ନିଜର ଲୋକକୁ ହରାଇ ପୁଣି ପାଇଥିବାର ଦୁଃଖ-ସୁଖର ଫେଣ୍ଟାଫେଣ୍ଟି ଭାବପ୍ରବଣତା ଭିତରେ ଲୁହ ଝରେଇଥିଲା ।

ଆମେମାନେ ପରସ୍ପର ଦୁଃଖସୁଖ ହେବା ପାଇଁ ସେମାନଙ୍କ ସିଟ୍‌ରେ ଆଡ୍‌ଜଷ୍ଟ କରି ବସିଗଲୁ । ବଗି ଭିତରେ ଯାଉଥିବା ବୁଲାବିକାଳି ଠାରୁ ଝାଲ୍ ମୁଢ଼ି ଚାରୋଟି ଠୁଙ୍ଗା ମଗେଇ ମିଳିମିଶି ଖାଇଲୁ ଓ ଗପସପ ହେଲୁ । ଆମ ସମସ୍ତଙ୍କର ଗନ୍ତବ୍ୟସ୍ଥଳ ଥିଲା ବାଲେଶ୍ୱର ଷ୍ଟେସନ୍ । ପ୍ରଥମେ ସେ ମୋ କଥା ଓ ମୋ ପରିବାର ବିଷୟରେ ଶୁଣିସାରିଲା ପରେ ମୁଁ ତା' ପରିବାର କଥା ଓ ବଡ଼ ଭଉଣୀର ପରିବାର କଥା ପଚାରିଲି । ସେ କିନ୍ତୁ ସେ ପ୍ରସଙ୍ଗକୁ ଏଡ଼େଇ ଚାଲିଯିବାକୁ ଚାହିଁ ଚତୁରତାର ସହିତ କହିଲା- ଆମ ବିଷୟରେ ମୁଁ ପରେ କହିବି । ଆଗ ଆମ ଭିତରେ ଘଟିଥିବା କିଛି ଅତୀତର ସ୍ମୃତିବହୁଳ ଘଟଣାକୁ ମନେ ପକାଇଲେ କେମିତି ହୁଅନ୍ତା ! ଝିଅ ଦୁଇଜଣ ଯାକ ବୋର୍ ହୋଇ ଆମ ଉପରକୁ

ଆଉଜେଇ ହୋଇ ଧିରେଧିରେ ଶୋଇପଡ଼ିଲେ। ମୁଁ ତାକୁ ପାଣି ବୋତଲ ମାଗିଲି ପିଇବାକୁ। ସେ ତା' ବ୍ୟାଗ୍‌ରୁ ପାଣି ବୋତଲ ଖୋଲି ମୋ ହାତକୁ ବଢ଼େଇ ଦେଲା। ମୁଁ ବୋତଲର ଠିପି ଖୋଲି ବୈଜ୍ଞାନିକମାନେ ପରୀକ୍ଷା କରିବା ଶୈଳୀରେ ଉପରକୁ ଟେକି କିଛି ସମୟ ଚାହିଁ ରହିଲି ଓ କହିଲି- ଆରେ ଏଥିରେ ଆଳୁଚକଟା ମିଶି ନାହିଁ ତ ? କନକ ହସିଲା ଓ ଅଭିମାନଭରା କଣ୍ଠରେ କହିଲା- ବସନ୍ତ ଭାଇ, ତମେ ସେ ପୁରୁଣାକଥା ଭୁଲିନାହଁ ତାହେଲେ !

କଥାଟା ଏମିତି ଥିଲା- ଉତ୍କଳ ବିଶ୍ୱବିଦ୍ୟାଳୟରେ ଆମେ ପଢ଼ିଲାବେଳେ ନବମ ଶ୍ରେଣୀରେ ପଢୁଥିବା କନକ ତା' ବଡ଼ଭଉଣୀ ପାଖକୁ ଥରେ ଆସି ହଷ୍ଟେଲରେ ରହିଥିଲା ଏବଂ ମୁଁ ହିଁ ତାକୁ ସାରା ଭୁବନେଶ୍ୱରରେ ଥିବା ବିଭିନ୍ନ ପର୍ଯ୍ୟଟନ ସ୍ଥଳୀଗୁଡ଼ିକ ବୁଲେଇ ଆଣିବାର ଠିକା ନେଇଥିଲି। ଗ୍ରୀଷ୍ମଛୁଟି ଥିବାରୁ ସେ ଭୁବନେଶ୍ୱରରେ ୫-୬ ଦିନ ରହି ବୁଲିବାର ଆଶା ନେଇ ଆସିଥିଲା। କିନ୍ତୁ ମାତ୍ର ଦୁଇଦିନ ପରେ ବାଧ୍ୟ ହୋଇ ସେ ଗାଁକୁ ଫେରିଯାଇଥିଲା। ତା'ର ମୁଖ୍ୟ କାରଣ ହେଲା- ପିଇବା ପାଣିର ସମସ୍ୟା। ଅର୍ଥାତ, ହଷ୍ଟେଲକୁ ଆସୁଥିବା ସପ୍ଲାଇ ପାଣିରେ ବ୍ଲିଚିଂର ପରିମାଣ ଅଧିକ ଥିବାରୁ ବ୍ଲିଚିଂ ଗନ୍ଧ ଯୋଗୁଁ ସେ ଆଦୌ ପାଣି ପିଇପାରେ ନାହିଁ। କିନ୍ତୁ ପାଣି ନ ପିଇ ସେ ବା କ'ଣ କରିବ ! ତେଣୁ ପିଇବା ପାଣିରୁ ବ୍ଲିଚିଂର ଗନ୍ଧ କାଟିବାକୁ ଶିଝା ଆଳୁକୁ ପାଣିରେ ଚକଟି ବଡ଼ କଷ୍ଟରେ ପିଉଥିଲା। ତେଣୁ ବାଧ୍ୟ ହୋଇ ସେ ତା'ର ୫-୬ ଦିନର ଟୁର୍ ପ୍ରୋଗ୍ରାମ୍‌କୁ କାଣ୍ଟଛାଣ୍ଟ କରି ମାତ୍ର ଦୁଇଦିନରେ ସୀମିତ ରଖି ଗାଁକୁ ସଅଳ ଫେରିଯାଇଥିଲା ଏବଂ ଏ ବିଷୟରେ ମନଦୁଃଖ କରି ଗାଁରୁ ଥାଇ ସେ ଚିଠିଲେଖି ମୋ ପାଖକୁ ପଠେଇଥିଲା। ଚିଠିପଢ଼ି ହସିହସି ଗଡ଼ି ଯାଇଥିଲି।

ପୁଣି କନକକୁ ପଚାରିଲି- "ଆଚ୍ଛା କହିଲୁ ଦେଖିବା; ତମ ଗାଁ ବାଡ଼ିରେ ନଡ଼ିଆ ଗଛରେ କେବେ ପ୍ରଥମଥର ପାଇଁ ନଡ଼ିଆ ଫଳିବା ଆରମ୍ଭ ହୋଇଥିଲା ?" କନକ କିଛି ସମୟ ଭାବିଲା। ମନେ ପକେଇ ପାରିଲାନି ବୋଧେ। କହିଲା- ମନେ ପଡୁନି ଭାଇ। କିନ୍ତୁ ସେକଥା ଆଜି କାହିଁକି ? ମୁଁ ଚଟାପଟ କହିଲି- "୧୯୯୫ ମସିହା ସେପ୍ଟେମ୍ବର ମାସରେ।" ତା'ର ସବୁ ମନେ ପଡ଼ିଗଲା ବୋଧେ। ସେ କହିଲା- ଆରେ ହଁ ହଁ। ମୁଁ ପରା ନିଜେ ବଡ଼ ଦିଦିଙ୍କ ହାତରେ ଆମ ଗଛରେ ଫଳିଥିବା ନଡ଼ିଆ ତମ ପାଇଁ ଭୁବନେଶ୍ୱର ପଠେଇଥିଲି। ତମର ତେବେ ମନେ ଅଛି ସେକଥା !

ମୁଁ ପୁଣି ତାକୁ କହିଲି- କ'ଣ ମନେ ନାହିଁ ମତେ ପଚାର। ତମ ବାଡ଼ିରେ ପ୍ରଥମ କରି ଫଳିଥିବା ଶ୍ରୀଫଳ ଖାଇବା ସୌଭାଗ୍ୟ ପ୍ରାପ୍ତ ହେବାଟାକୁ ନିହାତି ଏକ ଶୁଭ ସୂଚନା ବୋଲି ମନେମନେ ଧରିନେଇ ମୁଁ ବଡ଼ ଖୁସି ହୋଇଥିଲି - ଯାହାହେଉ, ବଡ଼ଦିଦିଙ୍କ

ସହିତ ସମ୍ପର୍କଟା ତେବେ ଏକଦମ୍ ପକ୍କା । କିନ୍ତୁ କିଏ ଜାଣିଥିଲା- ସମ୍ପର୍କଟା ପକ୍କା ବଦଳରେ ଶେଷରେ ଏମିତି ପୋକା ହେବ ବୋଲି !

ଏକଥାରେ ଅବଶ୍ୟ କନକ ମନଦୁଃଖ କଲା । ଏଥର ସେ ତା'ଆଡୁ ଆରମ୍ଭ କଲା- ଭାଇ, ତମର ମନେ ଅଛି, ନନ୍ଦନକାନନ, ପଠାଣି ସାମନ୍ତ ପ୍ଲାନେଟାରିୟମ୍, ସାଇନ୍‌ସ ପାର୍କ ବୁଲା ! ମୁଁ କହିଲି- ହଁ, ହଁ, ସବୁ ମନେଅଛି । ନନ୍ଦନକାନନରେ ବୁଲିଲା ବେଳେ କିନ୍ତୁ ମୁଁ ତୋ' ଠାରୁ ଏକ ନୂଆ କଥା ଶିଖିଥିଲି, ଯାହା ଆଗରୁ ମତେ କେହି କହି ନଥିଲେ । ସେ ପଚାରିଲା- କୋଉକଥା କହିଲ ! ମୁଁ ଏଥର ଟିକିଏ ଧିର ସ୍ୱରରେ ତା'ଛଡ଼ା ଆଉ କେହି ନଶୁଣିପାରିବା ଭଳି କହିଲି- ଲଭ୍‌ବାର୍ଡ଼ ବିଷୟରେ । ସତରେ ମୁଁ ଜାଣିନଥିଲି ସେ ଚଢ଼େଇମାନଙ୍କୁ କାହିଁକି ଲଭବାର୍ଡ଼ କୁହାଯାଏ । ତୁ ହିଁ ମତେ ସେଦିନ ଲାଜେଇ ଲାଜେଇ ବଡ଼ ସଙ୍କୋଚରେ କହିଥିଲୁ- "ଦେଖୁନ, ସେମାନେ କିପରି ଯୋଡ଼ିଯୋଡ଼ି ହୋଇ ପାଖକୁ ପାଖ ଲାଗି ବସୁଛନ୍ତି !" ସେତେବେଳେ ତ ଏକଥାରେ ଆମେ ଦୁହେଁ ହସାହସି ହୋଇଥିଲୁ । ଆଜି ମଧ୍ୟ ସେକଥାକୁ ମନେପକାଇ ହସିଲୁ ।

ପଠାଣି ସାମନ୍ତ ପ୍ଲାନେଟାରିୟମ୍ ଦେଖା ଆଉ ଏକ ସ୍ମରଣୀୟ ମୁହୂର୍ତ୍ତ ଥିଲା । ସେ ରହୁଥିବା ତା' ବଡ଼ଭଉଣୀ ଛାତ୍ରୀନିବାସରୁ ଓ ମୁଁ ମୋର ଛାତ୍ରାବାସରୁ ବାହାରି ଆମେ ସେଦିନ ବାଣୀବିହାରର ପଶ୍ଚିମ ଗେଟ୍ ଦେଇ ଆଚାର୍ଯ୍ୟ ବିହାର ସ୍ଥିତ ପ୍ଲାନେଟାରିୟମ୍‌ରେ ସୋ' ଦେଖିବାର ଯୋଜନା ଥିଲା । ତା' ବଡ଼ଭଉଣୀର ଦେହ ଖରାପ ଯୋଗୁଁ ଯାଇ ନ ଥିଲା । ଅପରାହ୍ଣ ଠିକ୍ ୪.୦୦ଟା ବେଳେ ଓଡ଼ିଆ ସୋ' ଦେଖିବାର ଥିଲା । ମୁଁ ସାଇକେଲ ନେଇ ଛାତ୍ରୀନିବାସ ସାମ୍ନାରେ ପହଞ୍ଚିଗଲି ତା' ସହିତ ଯିବାକୁ । ମୋ' ସାଇକେଲରେ ପଛଆଡ଼େ କ୍ୟାରିୟର ନ ଥିଲା ବସିବାକୁ । ଆମେ ଚାଲିଚାଲି ଯିବା କଥା । କିନ୍ତୁ ସେ ଛାତ୍ରୀନିବାସ ଗେଟ୍‌ରୁ ବାହାରିଲା ଠିକ୍ ୪.୦୦ଟା ସମୟରେ । ବିଳମ୍ବ ତ ହୋଇ ସାରିଲାଣି । ଚାଲିଚାଲି ଗଲେ ଆମେ ଆଉ ଟିକେଟ୍ ପାଇବା ନାହିଁ । ତେଣୁ ମୁଁ ଅନନ୍ୟୋପାୟ ହୋଇ ତାକୁ ହରବରରେ ସାଇକେଲର ଆଗପଟ ରଡ୍‌ରେ ବସିବାକୁ କହିଦେଲି । ନହେଲେ ଆମେ ପହଞ୍ଚିପାରିବା ନାହିଁ । କହିଦେଲି ସିନା, କିନ୍ତୁ କେତେବଡ଼ କଥାଟା ନୁହେଁ କି ! ଝିଅ ପିଲାଟିଏ, ପୁଣି ଭୁବନେଶ୍ୱରର ବିଚ୍ ରାସ୍ତା ଉପରେ ଗୋଟିଏ ଯୁବକର ସାଇକେଲ ଆଗରେ ବସି ଯିବ ! ତାକୁ ସତରେ ବଡ଼ ଲାଜ ଲାଗିଥିଲା ଏବଂ ମୁହଁରେ ହାତଦେଇ ଲାଜେଇଯାଇ ହସିହସି ମନା କଲା । ମୁଁ ବହୁତ ଜଲ୍‌ଦି ଜଲ୍‌ଦି ଚାଲୁଛି, ତମେ ଆଗ ପହଞ୍ଚି ଟିକେଟ୍ କାଟିବ ଯାଅ କହି ଜୋର୍‌ରେ ଚାଲିଲା । ମୁଁ ସାଇକେଲରେ ଜୋରରେ ଯାଇ ଶେଷ ଟିକେଟ୍ ଦୁଇଟି କିଣିସାରି ତାକୁ ଅପେକ୍ଷା କରି ରହିଲି । ସେ ଝାଳନାଳ ହୋଇ ୪.୧୫ରେ ଧଇଁ ସଇଁ ହୋଇ ପହଞ୍ଚିଲା । ସେତେବେଳକୁ ସବୁ ଦର୍ଶକ ଭିତରେ

ପଶି ସାରିଥିଲେ। ଗେଟ୍ ମଧ୍ୟ ବନ୍ଦ ହୋଇ ଯାଇଥିଲା। ଗେଟ୍‌କିପରକୁ କୁହାବୋଲା କରି ଆମେ ଦୁହେଁ ଭିତରେ ପଶି ସୋ' ଦେଖିଥିଲୁ। ଏକଥାଟି ମନେ ପକାଇ ଆମେ ଆଜି ପୁଣିଥରେ ହସାହସି ହେଲୁ।

ଭୁବନେଶ୍ୱରରୁ ସେଥର ସେ ଫେରିଗଲା ପରେ ମୋ' ସହିତ ସମ୍ପର୍କ ନିବିଡ଼ତର ହୋଇଥିଲା ଏବଂ ମୋର କେୟାରିଂ ପର୍ସନାଲିଟି ଦେଖି ଅତ୍ୟନ୍ତ ପ୍ରଭାବିତ ହୋଇ ତା'ର ବଡ଼ଦିଦି ମୋ ଭଳି ପିଲାଟିଏକୁ ବାଛି ଭୁଲ୍ କରିନାହାନ୍ତି ବୋଲି ସେ ପରୋକ୍ଷରେ ଚିଠି ଲେଖି ମତେ ଜଣେଇଥିଲା। ସେହିଠାରୁ ସେ ମୋ'ପାଖକୁ ନିୟମିତ ଭାବରେ ଚିଠି ଲେଖିଲା। ତା' ଚିଠିରେ ବାର୍ତ୍ତା କମ୍ ଥାଏ, କିନ୍ତୁ ଅଳଙ୍କାର ଓ ଶାୟରୀ ବେଶି ଭର୍ତ୍ତି ହୋଇଥାଏ। ଏଇ ଯେମିତି –

ନୀଳ ଆକାଶରେ ଉଡ଼ି ଉଡ଼ି ଯାଏ
ଟିକି ଭଉଣୀର ଚିଠି
କେତେ ଆଶା ନେଇ ଯାଏ ସେ ଦୂରକୁ
ପାହାଡ଼ ପର୍ବତ ଝୁଣ୍ଟି।
ପର ବୋଲି ଭାବି ଚିରିଦବ ନାହିଁ
ରହିଲା ତୁମକୁ ରାଣ
ଲେଖିବାକୁ ଭାଷା ନାହିଁ ମୋ' ପାଖରେ
ଲେଖିବି ଆଉ ମୁଁ କ'ଣ !

ଏ ଚିଠି ଖାଲି ମୁଁ ପଢ଼େ ନାହିଁ; ମୋ' ସାଙ୍ଗମାନଙ୍କୁ ପଢ଼ି ଶୁଣାଏ ଏବଂ ତା'ର ଏ କବିପଣିଆ ଦେଖି ଆମେ ହସିହସି ଗଡ଼ିଯାଉ ଓ ପରବର୍ତ୍ତୀ ଚିଠିକୁ ଆତୁରତାର ସହିତ ଅପେକ୍ଷା କରୁ।

କିନ୍ତୁ ତା' ଲେଖା ଶୈଳୀରୁ ମୁଁ ଦୁଇଟା ଜିନିଷ ଆବିଷ୍କାର କରିଥିଲି। ପ୍ରଥମଟି ହେଲା କୈଶୋରର ଖୋଲାପଣ। ଦ୍ୱିତୀୟଟି ଏକ ପୂର୍ବାନୁମାନ ଥିଲା – ଏ ଝିଅ କଲେଜ ପଢ଼ିଗଲେ ନିଶ୍ଚୟ ଦିନେ କୋଉ ପୁଅର ପ୍ରେମ ଫାଶରେ ପଡ଼ିବ। ଅବଶ୍ୟ ସେ କଲେଜ ପଢ଼ିଲା ବେଳକୁ ତା' ବଡ଼ଭଉଣୀ ଅନ୍ୟତ୍ର ବିବାହ କରିଯାଇଥିଲା ଏବଂ ମୁଁ ସେମାନଙ୍କ ସହିତ ଲିଙ୍କ୍‌ରେ ନଥିଲି। ତେଣୁ କନକଗୋରୀ ପ୍ରେମ ବିବାହ କରିଛି କି ନାହିଁ ସେ କଥା ଜାଣିବାକୁ ପଚାରିଦେଲି – ଆଚ୍ଛା କନକ, ଜ୍ୱାଇଁ ପୁଅ ସାଙ୍ଗରେ ଆସି ନାହାନ୍ତି ଯେ ! ସେ କ'ଣ କରନ୍ତି ? ବାହାଘର କେବେ ଓ କେମିତି ହେଲା, ସେକଥା ତ ଏଯାଏ କହିନୁ !

କନକର ହୃଦୟଟା ଭାରୀ ଭାରୀ ଜଣାପଡ଼ିଲା। ଆତ୍ମସଂଯମ କରିନେଇ କହିଲା- ଗ୍ରାଜୁଏସନ୍ ପରେ ମୋର ବାହାଘର ହେଲା। ଘରେ ଅନେକ ଖୋଜାଖୋଜି କଲାପରେ

ଯେଉଁଠି ଫାଇନାଲ କଲେ ମୋର ସେଠାରେ ବାହା ହେବାକୁ ଆଦୌ ଇଚ୍ଛା ନଥିଲା । କିନ୍ତୁ ଝିଅଟିଏର ପସନ୍ଦ ନାପସନ୍ଦକୁ ବାପାମାଆ କେତେ ଧ୍ୟାନ ଦିଅନ୍ତି ତମେ ତ ଜାଣିଛ । ସେ ମୁମ୍ବାଇରେ ଏକ କମ୍ପାନୀରେ ସଫ୍ଟୱେୟାର ଇଞ୍ଜିନିୟର ଅଛନ୍ତି । ପିଲାଛୁଆଙ୍କ ସହିତ ଗାଁକୁ ଆସିବାକୁ ତାଙ୍କୁ ସମୟ କାଳେ ହୁଏ ନାହିଁ । ଦେଖୁନ, ଛୋଟଛୋଟ ଝିଅ ଦି'ଟାକୁ ମୋ' ସହିତ ପଠେଇ ଦେଇ କେମିତି ବେଫିକର୍ ଅଛନ୍ତି !

କନକଗୋରୀର ବୈବାହିକ ଜୀବନ ଶାନ୍ତିରେ ନାହିଁ ବୋଲି ଏଇ ପଦୁଟିଏ କଥାରୁ ମୁଁ ଜାଣିଗଲି । କିନ୍ତୁ ତାକୁ ସାନ୍ତ୍ୱନା ଦେବାକୁ ଯାଇ ବୁଝେଇଲି- ଦେଖ୍ କନକ ! ଗୀତାରେ ଅଛି, ଯାହା ହେଲା ଭଲ ହେଲା, ଯାହା ହେଉଛି ଭଲ ହେଉଛି ଓ ଯାହା ହେବ ଭଲ ହେବ । ଏହି ନୀତିକୁ ଧରି, ଆମକୁ ଯାହା ମିଳୁଛି, ସେତିକିରେ ସନ୍ତୁଷ୍ଟ ରହିବାକୁ ପଡ଼ିବ ଏବଂ ଈଶ୍ୱରଙ୍କୁ ସେଥିପାଇଁ ଧନ୍ୟବାଦ ଦେବାକୁ ପଡ଼ିବ । ଖାଲି ତୁ ନୁହେଁ, ତୋ' ବଡ଼ଦିଦିଙ୍କ ସହିତ ବିବାହ ସମ୍ପର୍କରେ ବାନ୍ଧି ହୋଇ ନ ପାରିବାରୁ ମୁଁ ମଧ୍ୟ କିଛିଦିନ ପାଇଁ ନିରାଶ ମନରେ ଈଶ୍ୱରଙ୍କୁ ଦୋଷ ଦେଇ ପାଗଳଙ୍କ ପରି ଘୂରିବୁଲିଲି । ସମୟକ୍ରମେ କିନ୍ତୁ ସବୁ ଦେହସୁହା ହୋଇଗଲା ଏବଂ 'ପ୍ରଭୁ, ସବୁ ତୁମରି ଇଚ୍ଛା' କହି ପଛକଥାକୁ ଭୁଲିଯାଇ ଆଗକୁ ଚାହିଁ ବାଟ ଚାଲିବାକୁ ବାଧ୍ୟ ହେଲି ।

କନକର ମନୋଭାବରେ କିଛିଟା ପରିବର୍ତ୍ତନ ଆଣିପାରିଥିବା ପରି ଜଣାଗଲା । କିଛ ସମୟ ନୀରବ ରହିଲା ପରେ ପୁଣି ସେ ଆରମ୍ଭ କଲା- ଭାଇ, ତମର ମନେ ଅଛି କି ନାହିଁ; ଆମ ଘରକୁ ଥରେ ଦୁର୍ଗାପୂଜାରେ ବୁଲିବାକୁ ଯାଇଥିଲା ବେଳେ କେମିତି ଆମ ଘରର ଠାକୁରଙ୍କୁ ଓଲଟାଆଡ଼ୁ ମୁଣ୍ଡିଆ ମାରୁଥିଲ ! ହସିଦେଇ କହିଲି- ନିଶ୍ଚୟ ମନେ ଅଛି । ତମର ତ ଠାକୁର ହେଉଛନ୍ତି ଶୂନ୍ୟ ଦେବତା । ମତେ ଖାଲି ଏତିକି କହିଥିଲୁ ଯେ ହେଇ ସେଇ ଘର ଭିତରେ ଆମ ଠାକୁର ଅଛନ୍ତି । ଯାଅ ମୁଣ୍ଡିଆ ମାରିବ । ତମ ଘରେ ମୁଁ ସମ୍ପୂର୍ଣ୍ଣ ନୂଆ । ଘର ଭିତରେ ପଶି ଦେଖିଲି ଗୋଟିଏ ବି ଠାକୁର ଫଟୋ ନାହିଁ । ତେଣୁ ମୁଁ ବା ତମର ଠାକୁରଙ୍କ ଆସ୍ଥାନ କେଉଠି ଅଛି ବୋଲି ଜାଣିବି କେମିତି ? ମୋର ଏତାଦୃଶ ଭୁଲ୍‌କୁ ତମେ ସବୁ ତିନିଚାରିଜଣ ଝିଅମାନେ ମିଶି କିରିକିରି ହସିହସି ଦର୍ଶେଇ ଦେଇଥିଲ । କିନ୍ତୁ ସେଦିନ ରାତିରେ ଜାଣିଲି, ତୁ କେଡ଼େ ଅଭିମାନୀ ଝିଅଟାଏ ବୋଲି । ସେ ପଚାରିଲା- କାହିଁକି, ମୁଁ କ'ଣ କରିଥିଲି କି ? ମୁଁ ଯୋଡ଼ିଲି- ଆରେ ମନେ ପକା । ତୁ ଆଉ ତୋର ତିନି ଚାରିଜଣ ସମ୍ପର୍କୀୟା ଝିଅ, ତୋ' ଛୋଟ ଭାଇ, ଆମେ ସବୁ ମିଶି ତମ ଗାଁ ମେଢ଼ ତଥା ପଡ଼ିଥିବା ମେଳା ବୁଲି ଯାଇଥିଲୁ । ତୁ ଖାଲି ସବୁବେଳେ ଚାହୁଁଥିଲୁ ମୋହରି ପାଖାପାଖି ରହିବା ପାଇଁ ଏବଂ ମୁଁ ତତେ ହିଁ ବେଶୀ ଗୁରୁତ୍ୱ ଦିଏ ବୋଲି । ମେଳାରେ ଚାଟ୍ ଖାଇଲାବେଳେ ତୋ' ପିଉସୀ ଝିଅ ନର୍ମଦା ମୋ ସହିତ ଶେୟାର କଲା ବୋଲି ତୁ ଚାଟ୍

ନ ଖାଇ ରାଗ ତମତମ ହୋଇ ସେଠୁ ଚାଲିଆସିଥିଲୁ। ତା'ପରେ ତତେ ମୁଁ ଭୁବନେଶ୍ୱର ଆସିଲେ ସବୁ ଭଲ ଭଲ ଜାଗା ବୁଲେଇ ଦେବି କହି କେତେ ବୁଝାଶୁଝା କଲାପରେ ଯାଇ ଠିକ୍ ବାଟକୁ ଆସିଥିଲୁ କି ନାହିଁ!

କନକ ହସିଲା ଓ କହିଲା- ହଁ ମୋର ମନେ ଅଛି। କିନ୍ତୁ ସେଇଟା ମୋର ଭୁଲ ନ ଥିଲା। ସେତେବେଳେ ମୁଁ ପିଲାଥିଲି। ପିଲାଙ୍କ ଠାରେ ପିଲାଳିଆମି ରହିବନି ତ ଆଉ କାହା ପାଖରେ ରହିବ? ମୁଁ କହିଲି- ହେଉ। ଏବେ ବଡ଼ ହୋଇଗଲୁଣି। ବଡ଼ମାନଙ୍କ କଥା ଟିକେ କହ। ମାନେ, ତୋ ଶ୍ୱଶୁର ଘର କେମିତି, ସୁରେଶର ତୋର ସାଂସାରିକ ଜୀବନ କେମିତି ଚାଲିଛି, କହି ଯା'। ଅବଶ୍ୟ କିଛି ସମୟ ପୂର୍ବରୁ କିଛିଟା କହି ସାରିଛୁ। ଆଉଥରେ ଭଲ କରି କହ।

କନକଗୋରୀ ଏବେ ଗମ୍ଭୀର ଦିଶିଲା। ଭାବପ୍ରବଣ ହୋଇ ଝରକାଆଡୁ ବାହାରକୁ ଚାହିଁଲା। ସତେ ଯେପରି ସେ ଏକ ଲମ୍ବା କାହାଣୀ କହିବ, ସେଇଭଳିଆ ପ୍ରସ୍ତୁତି ଆରମ୍ଭ କଲା। ଦୀର୍ଘଶ୍ୱାସଟିଏ ନେଇ ଆରମ୍ଭ କଲା- ଏବେ ଏବେ କହୁଥିଲି ପରା; ମୋର ସେଠାରେ ବାହାହେବାକୁ ଇଚ୍ଛା ନ ଥିଲା। ସେଠାକୁ ଯାଇ ମତେ ଭାରି ଆଡ୍‌ଜଷ୍ଟ କରିବାକୁ ପଡ଼ିଲା। ସୁରେଶଙ୍କର ମୋର ସାଂସାରିକ ଜୀବନ ଦୁଃଖେ ସୁଖେ ଚାଲିଥାଏ। ଆମ ଭିତରେ ପ୍ରକୃତ ମନୋମାଳିନ୍ୟ ଆରମ୍ଭ ହେଲା ଆମର ଦ୍ୱିତୀୟ ସନ୍ତାନଟି ପୁଣି ଝିଅଟିଏ ହେବା ପରଠାରୁ। ତାଙ୍କ ଘରେ ଏବଂ ସେ ନିଜେ ମଧ୍ୟ ମତେ ଆଉ ଆଗପରି ଭଲ ପାଇଲେ ନାହିଁ। ସୁରେଶ ଧିରେଧିରେ ପ୍ରତିଟି କାର୍ଯ୍ୟକଳାପରେ ଚିଡ଼୍‌ଚିଡ଼୍ ହେବାକୁ ଲାଗିଲେ। ପ୍ରତ୍ୟକ୍ଷରେ ନ ହେଲେ ମଧ୍ୟ ପରୋକ୍ଷରେ ଆମର ଦୁଇଟିଯାକ ସନ୍ତାନ ଝିଅ ହୋଇଥିବାରୁ ସବୁକ୍ଷେତ୍ରରେ ଅସନ୍ତୋଷ ପ୍ରକାଶ କଲେ। ଧିରେ ଧିରେ ଆମ ମାଆ ଛୁଆ ତିନିଜଣଙ୍କୁ ଅବହେଳା ପ୍ରଦର୍ଶନ କରିବାକୁ ଆରମ୍ଭ କଲେ। ଖର୍ଚ୍ଚାନ୍ତର ଆଳ ଦେଖାଇ ଏଥର ମୁମ୍ବାଇକୁ ଆମକୁ ନେବାପାଇଁ କୁଣ୍ଠାବୋଧ କଲେ। ଆମେ ତିନିହେଁ ଶ୍ୱଶୁରଘରେ ରହିଲୁ। ମାସକୁ ମାସ କିଛି ଟଙ୍କା ପଠେଇ ଦେଇ ତାଙ୍କର କର୍ତ୍ତବ୍ୟ ସାରିଦେଲେ ବୋଲି ଭାବିଲେ। ମୁଁ ଯେ ଦୁଇଟା ଛୁଆଙ୍କୁ ନେଇ ଶ୍ୱଶୁର ଘରେ କେମିତି ଚଳୁଥିବି ସେକଥା ଆଦୌ ମୁଣ୍ଡକୁ ନେଲେ ନାହିଁ। ଘରକୁ ଆସିବାର ବ୍ୟବଧାନ ମଧ୍ୟ ବଢ଼ିଗଲା। ବର୍ଷେ ଦେଢ଼ବର୍ଷ ପରେ କେବେ କେମିତି ଗାଁକୁ ଆସନ୍ତି। ସବୁବେଳେ ଖାଲି ଅଫିସ୍ କାମରୁ ଫୁରସତ୍ ମିଳୁନାହିଁ ବୋଲି କହି ବାଆଁରେଇ ଚାଲିଲେ। ଗାଁରୁ ସେ ଯେବେ ମୁମ୍ବାଇକୁ ଯିବାକୁ ଚାହାନ୍ତି ମୁଁ ମଧ୍ୟ ପିଲାଙ୍କୁ ଧରି ବାହାରିଲେ ଝଗଡ଼ା କରି ଧମକେଇ ସାଥିରେ ଯିବାକୁ ଦିଅନ୍ତିନି। ବାଧ୍ୟ ହୋଇ ସବୁକଥା ବାପାବୋଉଙ୍କୁ ଜଣେଇଲି। ସେମାନଙ୍କ କଥାକୁ ମଧ୍ୟ ସେ ଖାତିର୍ କଲେନି।

କରୋନା ସମୟର କଥା। ମୁମ୍ବାଇରୁ ସେ ଫେରିଆସି ଘରୁଥାଇ ୱାର୍କ ଫ୍ରମ୍

ହୋମ୍‌ରେ କାମ ଚଳାଇଲେ । କିନ୍ତୁ ଶ୍ୱଶୁର ଘରେ ନୁହେଁ, ବାଲେଶ୍ୱରରେ ଏକ ଘର ଭଡ଼ା ନେଇ । ମୁଁ ବାଧ୍ୟ କରିବାରୁ ଆମ ତିନିଜଣଙ୍କୁ ଶେଷରେ ସେ ନେଇ ସାଙ୍ଗରେ ରହିଲେ । ସେ ସମୟରେ ଦରମା କମ୍ ପାଉଥିବାରୁ ଘରଭଡ଼ା ସାଙ୍ଗକୁ ଅନ୍ୟାନ୍ୟ ଯାବତୀୟ ଖର୍ଚ୍ଚ ଦରମା ପଇସାରୁ ଉଠେଇ ହେଲା ନାହିଁ । ତେଣୁ ସେ ଅଧିକ ଚିଡ଼୍‌ଚିଡ଼ା ହୋଇ ଉଠିଲେ ଏବଂ ଟିକିଏ ଟିକିଏ କଥାରେ ଅସନ୍ତୁଷ୍ଟ ହୋଇ ତିନିଜଣଙ୍କ ଉପରକୁ ହାତ ଉଠେଇବାକୁ ମଧ୍ୟ ପଛେଇଲେ ନାହିଁ । ବେଳେବେଳେ ଘରଛାଡ଼ି ଚାରିପାଞ୍ଚ ଦିନ ପର୍ଯ୍ୟନ୍ତ ବାହାରେ କୋଉଠି ରହିଯା'ନ୍ତି । ଫେରିଲା ପରେ ପଚାରିଲେ କୌଣସି ସନ୍ତୋଷଜନକ ଉତ୍ତର ଦିଅନ୍ତିନି । ମୁଁ ଜାଣେ, ସେ ସେମିତି ରସିକିଆ ଲୋକ ନୁହନ୍ତି । ଅନ୍ୟ କୋଉ ନାରୀ ପଛରେ ପଡ଼ିଯିବାର ଭୟ ନାହିଁ । ତାଙ୍କ ଘରେ, ଆମ ଘରେ ଏବଂ ମୁଁ, ସମସ୍ତେ ମିଶି ଯେତେ ବୁଝାଇଲେ ମଧ୍ୟ ସେ ବାଟକୁ ଆସିଲେ ନାହିଁ । ଶେଷରେ ଥରେ ଏକ ଛୋଟିଆ କଥାରେ ମତେ ବାଡ଼ାବାଡ଼ି କରିବାରୁ ମୁଁ ସମ୍ଭାଳି ନ ପାରି ରାଗି ଏକୁଟିଆ ଘରଛାଡ଼ି ପଳେଇଲି । ଦୁଇଦିନ ପରେ ଭିତିରିଆ ଖବର ନେଇ ଜାଣିଲି ଯେ ମୁଁ ଆସିବା ପରେପରେ ସେ ମଧ୍ୟ ଛୁଆ ଦି'ଟାଙ୍କୁ ଏକୁଟିଆ ଛାଡ଼ି, କୁଆଡ଼େ ପଳେଇଛନ୍ତି । ବାପା-ବୋଉ ଗାଁରୁ ଆସି ଛୁଆ ଦି'ଟାଙ୍କୁ ସାଙ୍ଗରେ ନେଇଗଲେ । କିଛିଦିନ ପର୍ଯ୍ୟନ୍ତ ତାଙ୍କର କୌଣସି ଠିକଣା ମିଳିଲା ନାହିଁ । ମୋବାଇଲ ମଧ୍ୟ ସୁଇଚ୍ ଅଫ୍ ଥିଲା । ବଡ଼ ଦିଦିଙ୍କର କୋଉ ଜଣେ ସାଙ୍ଗ ପୋଲିସରେ ଅଛନ୍ତି । ତାଙ୍କରି ମାଧ୍ୟମରେ ମୋବାଇଲ୍ ଟ୍ରାକିଂ କରି ଜାଣିଲୁ ଯେ ସେ ପୁରୀ ଚାଲିଯାଇ ଏକ ମଠରେ ଅଛନ୍ତି । ଅଥଚ ଶେଷ କଲ୍‌ରେ ସେ ମୁମ୍ବାଇ ଚାଲିଯାଇଛନ୍ତି ବୋଲି ମିଛ କହିଥିଲେ । ସେ ଯାହାବି ହେଉ ପୁରୀରେ ଅଛନ୍ତି ବୋଲି ଜାଣିଲା ପରେ ଜଗନ୍ନାଥ ମହାପ୍ରଭୁଙ୍କୁ ଶହେଥର ମୁଣ୍ଡିଆ ମାରି ବିନତି କରିଥିଲି- ପ୍ରଭୁ, ସେ ଭଲରେ ଥା'ନ୍ତୁ । ତାଙ୍କୁ ସଦ୍‌ବୁଦ୍ଧି ଦିଅ, ଭଲରେ ଭଲରେ ଘରକୁ ଫେରାଇ ଆଣ ପ୍ରଭୁ !

ଠାକୁରେ ସତରେ ମୋ ବିନତି ଶୁଣିଲେ । ପ୍ରାୟ ପନ୍ଦରଦିନ ଖଣ୍ଡେ ବାହାରେ ରହିଲା ପରେ ସେ ଗାଁକୁ ଫେରିଲେ । ସେତେବେଳକୁ ଆମେ ସବୁ ଶ୍ୱଶୁର ଘର ଗାଁରେ ଥାଉ । ଫେରିଲା ପରେ ଯଦିଓ ସମ୍ପୂର୍ଣ୍ଣ ନୁହେଁ, କିନ୍ତୁ ଅନେକଟା ବଦଳି ଯାଇଥିଲେ ।

ସେ ଘଟଣା ପରେ ପରେ ଆମେ ପୁଣି ବାଲେଶ୍ୱରରେ ରହି ଗୋଟେ ପ୍ରକାର ଆଡ଼୍‌ଜଷ୍ଟମେଣ୍ଟ୍ ଭିତରେ ସମୟ କାଟିଲୁ । କୋଭିଡ୍ କଟକଣା ସମ୍ପୂର୍ଣ୍ଣ ଉଠିଗଲା ପରେ ଆମେ ପୁଣି ମୁମ୍ବାଇ ଯାଇଥିଲୁ । ଛଅମାସ ଖଣ୍ଡେ ରହିଲା ପରେ ସେ ଆମକୁ ପୁଣି ଏଥର ପଠାଇ ଦେଲେ । ଏଥର ସ୍ଥିର କରିଛି, ଝିଅ ଦୁଇଟାଙ୍କୁ ନେଇ ବାଲେଶ୍ୱରରେ ଭଡ଼ା ଘରେ ରହି ପାଠ ପଢ଼େଇବି । ଏପଟ ସେପଟ ହୋଇ ଏମାନଙ୍କର ଭବିଷ୍ୟତ ନଷ୍ଟ ହୋଇଯାଉଛି । ଦେଖାଯାଉ, ଭଗବାନ ଆମ ପାଇଁ କ'ଣ ରଖିଛନ୍ତି ।

ଏହା କହି କନକ ଟିକିଏ କାନ୍ଦି ପକେଇଲା। ଆମେ ମଧ୍ୟ ବାଲେଶ୍ୱର ଷ୍ଟେସନ ପହଞ୍ଚିବା ପହଞ୍ଚିବା ହେଉଥିଲୁ। ସମସ୍ତେ ଓହ୍ଲେଇବା ପାଇଁ ପ୍ରସ୍ତୁତ ହେଲୁ। ଉଭୟେ ଉଭୟଙ୍କ ମୋବାଇଲ୍ ନମ୍ବର ଦିଆନିଆ ହେଲୁ। ମନେମନେ ତାକୁ ଆଶୀର୍ବାଦ କଲି ଏବଂ କହିଲି- ଯେତେବେଳେ କିଛି ଅସୁବିଧାରେ ପଡ଼ିବୁ ମତେ ଜଣେଇବୁ। ମୁଁ ମୋର କ୍ଷମତା ଅନୁଯାୟୀ ତତେ ସାହାଯ୍ୟ କରିବି। କିନ୍ତୁ ସବୁବେଳେ ମନେରଖ, ମୁଁ ତୋର ସେହି ପୂର୍ବର ବସନ୍ତ ଭାଇ ହୋଇ ରହିଥିବି। ମୋର ଅଦୃଶ୍ୟ ହାତ ତୋ' ମୁଣ୍ଡ ଉପରେ ରହିଛି, ରହିଥିବ।

କାନ୍ଦୁ କାନ୍ଦୁ ମୋ' ପାଦ ଛୁଇଁ ପୁଣି ସେ ଜୁହାର ହେଲା। ତା' ମନଟାକୁ ଟିକିଏ ହାଲ୍‌କା କରିବାକୁ ଯାଇ ପୁଣି ଏକ ପୁରୁଣା ମଜା କଥା କହିଲି- ଆଚ୍ଛା କନକ, ତୋର ମନେ ଅଛି କି ନାହିଁ କେଜାଣି, ତମର ଯେବେ ନୂଆ ନୂଆ ଲ୍ୟାଣ୍ଡ୍ ଫୋନ୍ ଆଣିଥିଲ, ସେତେବେଳେ ତୋ' ବଡ଼ ଦିଦିର ବାହାଘର ହୋଇ ନ ଥିଲା। ଥରେ କେହି ଜଣେ ସେ ଲ୍ୟାଣ୍ଡଫୋନ୍‌କୁ ଫୋନ୍ କଲାବେଳେ ତୁ ଉଠେଇଥିଲୁ ଏବଂ ତୋ'ଦିଦି ବଦଳରେ ତୁ ଉଠେଇବାରୁ ସେ ଲୋକଟା ବାଧ୍ୟ ହୋଇ "ମୁଁ ନୀଳଗିରିରୁ ଜଣେ ଚାଉଳ ବେପାରୀ କହୁଥିଲି, ବାପା ଅଛନ୍ତି କି ?" ବୋଲି କହିଥିଲା। ସେ କିଛି ସମୟ ମନେ ପକାଇ କହିଲା- ହଁ ହଁ ମନେପଡ଼ିଲା। ସେ ଚାଉଳ ବେପାରୀ ବୋଲି କହିବାରୁ ମୁଁ ରଙ୍ଗ୍ ନମ୍ବର କହି ଫୋନ୍ ରଖି ଦେଇଥିଲି। କାରଣ - ଆମର କିରୋସିନି ଦୋକାନ ଥିଲା। ହେଲେ ସେକଥା ତମେ କେମିତି ଜାଣିଲ ?

ମୁଁ ମୁହଁରେ ହାତଚାପି ହସୁହସୁ କହିଲି- "ସେ ଚାଉଳ ବେପାରୀ ଜଣକ ଆଉ କେହି ନୁହଁ, ଏ ଅଧୀନ ଥିଲା।"

■

ଆପଣଙ୍କର ଚଳେ କି !

ତେରେ ନାମ୍... ହମ୍‌ନେ ଲିୟା ହେ ରିଂ ଟୋନ୍‌ରେ ତକିଆ ତଳୁ ବାରମ୍ବାର ମୋବାଇଲ୍‌ର ଗର୍ଜନ ତର୍ଜନ ଶୁଣି ମୁଁ ଏଥରକ ଆଉ ଶୋଇ ପାରିଲି ନାହିଁ। ବାଧ୍ୟ ହୋଇ ଅଧା ଶୁଆ-ଅଧା ଚିଆଁର ଅର୍ଦ୍ଧନିମୀଳିତ ନୟନରେ ମୋବାଇଲ୍‌ଟାକୁ ତକିଆ ତଳୁ ଖୋଲି ଦେଖିଲି - ସମୟ ରାତି ୧୧ଟା ୫୯ ମିନିଟ୍ ୭୦ ସେକେଣ୍ଡ ହୋଇଛି। କଲ୍ ଆସୁଥିବା ନମ୍ବରଟି ମଧ୍ୟ ଏକ ଅଜଣା ନମ୍ବର ଥିଲା। ବିଳମ୍ବିତ ରାତ୍ରି ତଥା ଅଚିହ୍ନା ନମ୍ବରର ବାହାନା ଦେଖାଇ, ମନକୁ ସାନ୍ତ୍ୱନା ଦେଇ କଡ଼ ଲେଉଟାଇ ମୋବାଇଲକୁ ପୁଣି ତକିଆ ତଳେ ରଖିଦେଇ ଶୋଇବାକୁ ଚେଷ୍ଟା କଲି।

କିନ୍ତୁ ଆଖିକୁ ଆଉ ଜମା ନିଦ ଆସିଲା ନାହିଁ। ନମ୍ବରଟା ବିଷୟରେ ବାରମ୍ବାର ମନେପକାଇ ଶେଷରେ ଦୃଢ଼ ନିଶ୍ଚିତ ହେଲି ଯେ ଏ ନମ୍ବରରେ ପୂର୍ବରୁ କେବେ ବି କଲ୍ ଆସିନାହିଁ। ତଥାପି ଜାଣିବା ନିମନ୍ତେ କାଲି ସକାଳେ ଟ୍ରୁ କଲର୍‌ରୁ ପରୀକ୍ଷା କରେଇ ନେବି ଭାବି ଶୋଇବାକୁ ଚେଷ୍ଟାକଲି।

ସମୟଟା ବିଷୟରେ ଆଉଥରେ ମନେ ପକାଇଲି। ରାତି ୧୧ଟା ୫୯ ମିନିଟ୍ ୭୦ ସେକେଣ୍ଡ। ଆରେ, ୭୦ ସେକେଣ୍ଡ! ହାଃ! ଏହାତ ସମ୍ପୂର୍ଣ୍ଣ ଅସମ୍ଭବ। ମୋବାଇଲ ଖରାପ ହୋଇଗଲା ନା ମୋ ମୁଣ୍ଡ! ମନେ ମନେ ହସିଦେଲି। ୦୭ ସ୍ଥାନରେ ୭୦ ବୋଲି ନିଦ ବାଉଳାରେ ପଢ଼ି ଦେଇଥିବି ଭାବି ପୁଣି ଶୋଇବାକୁ ଚେଷ୍ଟା କଲି।

ପୁଣି ତେରେନାମ୍‌ରେ ତୁହାକୁ ତୁହା ଗର୍ଜନ। ଏଇ ବେଳରେ ରିଂ ଟୋନ୍ ସେଟିଂକୁ ନେଇ ଶ୍ରୀମତୀଙ୍କର ମାନି ନ ଥିବା ପରାମର୍ଶ - "ସାଧା ସିଧା ଭକ୍ତି ଭଜନ ଓଁ ଜୟ ଜଗଦୀଶ ହରେ ରିଂ ଟୋନ୍‌ଟା ରଖୁନ" କଥା ମନେପକାଇ ତାହା ପ୍ରକୃତରେ ଗ୍ରହଣ ଯୋଗ୍ୟ ଥିଲା ବୋଲି ମନେମନେ ସ୍ୱୀକାର କଲି।

କାଳେ କୌଣସି ଲୋକ ବିପଦରେ ପଡ଼ି ମୋ ପାଖକୁ ଏ ଅବେଳଟାରେ ଫୋନ୍

କରୁଥାଇପାରେ ବୋଲି ଭାବି ତାକୁ ଦୟା କରିବାକୁ ଯାଇ ଏଥର ଫୋନ୍ ରିସିଭ୍ କରି ହ୍ୟାଲୋ କହିଲି। ବାସ୍, ତା'ପରେ ମତେ ଆଉ କିଛି କହିବାକୁ ପଡ଼ିଲା ନାହିଁ, କେବଳ ଶୁଣିବାକୁ ହେଲା। ଦୁନିଆର ଯେତେସବୁ ଅଶ୍ରାବ୍ୟ ଗାଳି, ଧମକ ଚମକ ଅଛି, ସେସବୁ ବିନା ସିରିଏଲ୍‌ରେ ଆସି ମୋ ଉପରେ ଅଜାଡ଼ି ହୋଇପଡ଼ିଲା, ଜଣେ ପରିଚିତ ବ୍ୟକ୍ତିର ଧାତବ କଣ୍ଠରେ। ପ୍ରାୟ ପାଞ୍ଚ ମିନିଟ୍ ପାଖାପାଖି ଧୈର୍ଯ୍ୟର ସହିତ ଶୁଣିଲା ପରେ ମୁଁ ଅଧୈର୍ଯ୍ୟ ହୋଇପଡ଼ିଲି ଏବଂ କେବଳ କଲ୍ ରିଜେକ୍ଟ ନୁହେଁ; ଫୋନ୍ ସୁଇଚ୍ ଅଫ୍ କରିବା ବ୍ୟତୀତ ଆଉ ଚାରା ନାହିଁ ଭାବି ତୁରନ୍ତ ସୁଇଚ୍ ଅଫ୍ କଲି ଓ ଗାଳି ଦେଉଥିବା ଲୋକଟାକୁ ମନେମନେ କ୍ଷମା କରିଦେଇ ପୁଣି ଧୈର୍ଯ୍ୟଧରି ଶୋଇବାକୁ ଗଲି।

ସକାଳୁ ସକାଳୁ ଘରଣୀଙ୍କର ଦୁଇ ତିନିଥରର ତାଗିଦ୍ ସତ୍ତ୍ୱେ ଅବେଳିଆ ଫୋନ୍‌କଲ୍ ଯୋଗୁଁ ରାତିରେ ବିଳମ୍ବରେ ଶୋଇଥିବାର ଅଧିକାରକୁ ମନେମନେ ସାବ୍ୟସ୍ତ କରି ଜାଣିଶୁଣି ବିଛଣାରେ ଶୋଇ ରହିଲି।

ଏଥର କିନ୍ତୁ ଉଠିବାକୁ ବାଧ୍ୟ ହେଲି, ମୋର ବନ୍ଧୁ ରମେଶ ଆସି ଡ୍ରଇଂ ରୁମ୍‌ରେ ଅପେକ୍ଷା କରି ବସିଛି ବୋଲି ଘରଣୀ ଆସି କହିଲା ପରେ। ମୋବାଇଲ୍ ଅନ୍ କରି ସମୟ ଦେଖିଲି। ସମୟ ସକାଳ ଆଠଟା ଅଣଷଠି ମିନିଟ୍ ଏକଚାଳିଶି ସେକେଣ୍ଡ ହୋଇଛି। ଅର୍ଥାତ୍, ନଅଟା ବାଜିବାକୁ ଆହୁରି ମୋ ପାଖରେ ୧୯ ସେକେଣ୍ଡର ସାନ୍ତ୍ୱନା ବାକି ଥିଲା।

ରମେଶର ନାଁ ଶୁଣିବା ମାତ୍ରେ ମୋ ଦେହ ଜଳିଗଲା। ତୁରନ୍ତ ବିଛଣା ଛାଡ଼ି ୱାସ୍ ବେସିନ୍‌ରେ ତରବରରେ ମୁହଁ ଧୋଉ ଧୋଉ ଗତ ରାତିରେ ଯେଉଁ ମୁହୂର୍ତ୍ତରୁ ଅଧୈର୍ଯ୍ୟପଣରୁ ଧୈର୍ଯ୍ୟ ଅବସ୍ଥାକୁ ଫେରି ଶୋଇପଡ଼ିଥିଲି, ସେହି ଧୈର୍ଯ୍ୟହରା ମୁହୂର୍ତ୍ତକୁ ମୋ ମନରେ ପୁନର୍ଜୀବିତ କରି ରାଗ ଥମଥମ ହୋଇ ଡ୍ରଇଂ ରୁମ୍‌ରେ ପ୍ରବେଶ କଲି। ଏଥର ଥିଲା ମୋର ପାଳି। ରମେଶକୁ ଗୁଡ୍ ମର୍ଣ୍ଣିଂ ବଦଳରେ ଆଖିବୁଜା ଶୋଧି ଚାଲିଲି। ରମେଶର "ମୋର ଭୁଲ୍ ହୋଇଯାଇଛି ଭାଇ, ଏଇଥରକ ମାଫ୍ କର, ସରି, ସରି" ଇତ୍ୟାଦିର କାକୁତି ମିନତିର ପ୍ରଥମ ସ୍ୱର, ମୋର ସପ୍ତମ ସ୍ୱର ପାଖରେ ସମ୍ପୂର୍ଣ୍ଣ ଆତ୍ମସମର୍ପଣ କରି ଯାଉଥାଏ।

ରମେଶ ପିଇଥିଲେ କାହାର ନୁହେଁ; ନ ପିଇଥିଲେ ସମସ୍ତଙ୍କର। ଏହାହିଁ ରମେଶର ସ୍ୱାତନ୍ତ୍ର୍ୟ। ଏହି ଭଲଗୁଣର ଅଧିକାରୀ, ଗତକାଲିର ନିଶା ଉତୁରି ସାରିଥିବା ତଥା ଏକ ଶରୀଫ୍ ରମେଶ ଯେ ଗତରାତ୍ରିର ଭୁଲ୍ ଟିକକ ପାଇଁ କ୍ଷମା ମାଗିବାକୁ ସକାଳୁ ସକାଳୁ ମୋ ଘରେ ହାଜର ହୋଇ କାକୁତି, ମିନତି ହେଉଛି, ଏଇକଥା ପଦକ ଭାବିଦେଲା ମାତ୍ରେ ମୁଁ ମୁମ୍ବାଇ ଷ୍ଟକ୍ ଏକ୍ସଚେଞ୍ଜ୍‌ର ଶେୟାର ଭଳି ଗ୍ରାହକମାନଙ୍କର ବିରାଟ କ୍ଷତି

ପହଞ୍ଚାଇ ଏକାବେଳକେ ୧୭୦୦ ପଏଣ୍ଟ ନିଫ୍‌ଟୀ ତଳକୁ ଚାଲି ଆସିଲି। ଶ୍ରୀମତୀଙ୍କର ଗରମ ଚା' କପ୍‌ର ବାମ୍ପ ସହିତ ମୋ ରାଗ ଚା'ର ବାମ୍ପ ମିଶିଯାଇ ବାଷ୍ପାୟିତ ହୋଇ ଉପରକୁ ଉଠି ବାୟୁମଣ୍ଡଳରେ ମିଶିଯାଇଥିଲା।

ତୁ ତ ଜାଣୁ ମୁଁ କାଲି ପିଇ ଦେଇଥିଲି। ସରି ଭାଇ, ଆଉ ଏପରି କେବେ ହବନି ବୋଲି ରମେଶ ତା'ଆଡୁ ବିନା ସମ୍ଭାଷଣରେ ସଫେଇ ଦେଇଥିଲା। ମୁଁ କହିଲି- ହଁ, ମୁଁ ବି ସେଇଥିପାଇଁ ଏତେ ରାତିରେ ଆଉ କାହାରି ନୁହେଁ; ତୋହରି ଫୋନ୍ ହୋଇଥିବ ଭାବି ଉଠାଇ ନ ଥିଲି। କିନ୍ତୁ ଯେତେବେଳେ ଦେଖିଲି ସେହି ଗୋଟିଏ ଅଜଣା ନମ୍ବରରୁ ବାରମ୍ବାର କଲ୍ ଆସୁଛି, ବାଧ୍ୟ ହୋଇ ଉଠାଇଥିଲି। ଦେଖିଲାବେଳକୁ ସେସବୁ ତୋହରି କାରସାଦି ଥିଲା।

ହଁ, ମୁଁ ବି ଜାଣିଜାଣି ତତେ ଅଜଣା ନମ୍ବରରୁ କଲ୍ କରିଥିଲି। ହଉ ହେଲା ଛାଡ଼୍ ଭାଇ। ଭାଉଜ ! ଟିକିଏ ବୁଝାଅ ତମର ପତିଦେବଙ୍କୁ। ସିଏତ ପୂରା ସାଧା ସିଧା ପାର୍ଟି। ତା' ବୋଲି ଆମେ ମିଲିଟାରିଆ ଲୋକେ ଟିକିଏ ଅଧେ କେବେ କେମିତି ପିଇବୁନି ! ଆମେ କ'ଣ ତା'ଭଳି ଭଲ ଲୋକ ହୋଇ ରହିପାରିବୁ !.

ଚା'କପ୍ ରଖୁରଖୁ ଶ୍ରୀମତୀ ମୁରୁକୁନ୍ଦିଆ ହସଟିଏ ମାରି କହିଥିଲେ- ହଁ ହଁ ପିଅନ୍ତୁ। ସରକାରଙ୍କୁ ରେଭେନ୍ୟୁ ସଂଗ୍ରହରେ ସାହାଯ୍ୟ କରନ୍ତୁ। ସରକାର ପା' କହୁଛନ୍ତି- ଆମେ ମଦ ବନ୍ଦ କରିଦେଲେ କ'ଣ ମଦୁଆମାନେ ପିଇବା ବନ୍ଦ କରିଦେବେ ! ଯେତେ ଯାହା କଲେବି ମଦୁଆମାନେ ଲୁଚେଇ ଲୁଚେଇ ନିଶ୍ଚୟ ପିଇବେ। ତେଣୁ ମଦକୁ ଖୋଲାଖୋଲି ବିକ୍ରି କରି ଆମେ ରାଜସ୍ୱ ବୃଦ୍ଧି ନ କରିବୁ କାହିଁକି ? ସମସ୍ତଙ୍କ ମୁହଁରେ ଏଇ କଥା ପଦକ ହସ ଆଣିଦେଇଥିଲା। ରମେଶଟାକୁ ଶ୍ରୀମତୀ ମଦୁଆ ଆଖ୍ୟା ପରୋକ୍ଷରେ ଦେଇଥିଲେ; କିନ୍ତୁ ମଦୁଆ ରମେଶ ଧରିପାରି ନ ଥିଲା।

କାଲିପରି ଲାଗୁଛି; ମୋର ନୂଆ ନୂଆ ବାହାଘର ହୋଇଥାଏ। ରମେଶ ସେତେବେଳେ ଇଣ୍ଡିଆନ୍ ଏୟାରଫୋର୍ସରେ ସର୍ଜେଣ୍ଟ ଥାଏ। ଚାକିରିରେ ପଶିବା ପୂର୍ବରୁ ମଦପାଣିକୁ ଜମା ଛୁଉଁନଥିବା ରମେଶ ଧୀରେଧୀରେ ପିଆପିଇ ଆରମ୍ଭ କରିଦେଲା। ଛୁଟିରେ ଗାଁକୁ ଆସିଲେ ତିନିଚାରିଟା ଫୁଲ୍ ସାଇଜ୍‌ର ମୁଁ ଜାଣି ନ ଥିବା ବ୍ରାଣ୍ଡେଡ୍ ମଦ ବୋତଲ ଧରି ସେ ଆସିଥାଏ। ଫୁଲ ଚାରିପାଖରେ ପ୍ରଜାପତିମାନେ ଘୂରିବୁଲିଲା ପରି ଛୁଟିର କିଛିଦିନ ଆମର ଆଉ ତିନି ଚାରିଜଣ ମଦୁଆ ସାଙ୍ଗ ତା' ସହ ମିଳାମିଶା କରନ୍ତି। ଛଅ ସାତଦିନ ଗଲାପରେ ସେ ବୋତଲ୍ ସରିଯାଏ। ତା'ପରେ ଯାଇ ମୁଁ ରମେଶ ସହିତ ମିଶିବାର ସୁଯୋଗ ପାଏ।

ରମେଶ ଓ ମୁଁ ପିଲାଦିନରୁ ସାଙ୍ଗ। ଦୁହେଁ ଗୋଟିଏ ସ୍କୁଲ୍‌ରେ ପଢ଼ି ସାଙ୍ଗରେ

ମାଟ୍ରିକ୍ ପାସ୍ କଲୁ। ଆମେ ଦୁଇଜଣ ଯାକ ଅଭାବୀ ଘରର ପିଲା ଥିଲୁ। ବହୁତ କଷ୍ଟ କରି ପାଠ ପଢ଼ିଛୁ। ସେହି ପିଲାଦିନର ସ୍ମୃତି ବିଜଡ଼ିତ ସ୍ୱର୍ଣ୍ଣିମ କ୍ଷଣମାନ ମନେପକାଇ ବେଳେବେଳେ ଫୋନ୍‌ରେ ମଧ୍ୟ କାନ୍ଦିପକାଉ। ବିଶେଷକରି ରମେଶ ମଦପିଇ ନିଶା ଚଢ଼ିଗଲାପରେ ପିଲାଦିନ କଥା ମନେପକାଇ ଆବଶ୍ୟକତାଠାରୁ ଅଧିକ ପିଲାଙ୍କ ପରି କାନ୍ଦିଥାଏ। ସେଇଥିପାଇଁ ମୁଁ ଜାଣିଶୁଣି ସେମାନଙ୍କ ଖଟିକୁ ଆଭଏଡ୍ କରେ। ରମେଶଟା ପିଇବ କମ୍, କାନ୍ଦିବ ବେଶି। କିନ୍ତୁ ପିଇନଥିଲା ବେଳେ ରମେଶ ସୁନାମୁଣ୍ଡାଟିଏ। ଏୟାରଫୋର୍ସରୁ ଆସିଲା ପରେ ରମେଶ ଏକ ବ୍ୟାଙ୍କ୍‌ରେ ପୁନଃ ନିଯୁକ୍ତି ପାଇଛି। ଆମ ଦୁହିଁଙ୍କର ସାଂସାରିକ ଜୀବନ ଯାତ୍ରା ପଥରେ ଆସୁଥିବା ବିଭିନ୍ନ ମୋଡ଼ରେ ଦୁହେଁ ଦୁହିଁଙ୍କ ସାଥିରେ ଅଛୁ। ଆମ ଦୁହିଁଙ୍କର ଆଦର୍ଶ, ଜୀବନଶୈଳୀ, ସବୁକିଛି ସମାନ ଥିଲେ ମଧ୍ୟ ରମେଶର କେବଳ ସେହି ଗୋଟିଏ ଦୁର୍ବଳତା ପାଇଁ ମୁଁ ତାକୁ ଅନେକ ସମୟରେ ଗାଳିଗୁଲଜ କରି କିମ୍ବା କାନ୍ଧରେ ହାତ ପକାଇ, ବାଟକୁ ଆଣିବାକୁ ଚାହିଁ ମଧ୍ୟ ଆଣିପାରି ନାହିଁ।

ଏୟାର ଫୋର୍ସରେ ଟ୍ରେନିଂ କୋର୍ସ ସରିଗଲା ପରେ ଫୁଲ୍ ଦରମା ପାଇ ସେ ପ୍ରଥମଥର ପାଇଁ ଗାଁକୁ ଛୁଟିରେ ଆସିଥାଏ। ସେଦିନଟି ଥିଲା ମକର ସଂକ୍ରାନ୍ତି। ଆମ ଗାଁ କ୍ଲବ୍ ଘରେ ସେଦିନ ରାତିରେ ରମେଶ ତରଫରୁ ଏକ ୭/୮ ଜଣିଆ ସଦସ୍ୟଙ୍କ ପାଇଁ ଭୋଜିର ଆୟୋଜନ ହୋଇଥାଏ। ରମେଶର ମୁଁ ହେଲି ସର୍ବୋତ୍ତମ ବନ୍ଧୁ। ତେଣୁ ମୁଁ ନଗଲେ ରନ୍ଧା ଯାଇଥିବା ଖାଦ୍ୟପେୟ ଫୋପଡ଼ା ଯିବାର ଧମକ ଆସିବାରୁ ଶ୍ରୀମତୀଙ୍କୁ ପଟେଇ ପାଟେଇ ଅନିଚ୍ଛା ସତ୍ତ୍ୱେ ସେ ଭୋଜିକୁ ଯାଇଥିଲି। ମୁଁ ପହଞ୍ଚିଲା ବେଳକୁ 'ଖିଆ' ପୂର୍ବର 'ପିଆ' ବନ୍ଦୋବସ୍ତ ହୋଇ ସାରିଥାଏ। ଟେବୁଲ ଉପରେ ଚିକେନ୍ କଷା, ଭେଜିଟେବୁଲ୍ ସାଲାଡ୍, ବାଦମଜା, ଡିସ୍‌ପୋଜେବୁଲ୍ ଗ୍ଲାସରେ ନାଲି ପାଣି ଆଦି ଥୁଆ ହୋଇଥାଏ। ମୁଁ ଜାଣିଗଲି, ଏଇଟା ତାଙ୍କର ପିଆ କ୍ଲାସ୍ ନୁହେଁ; ବରଂ ମୋ ପାଇଁ ର୍‍ୟାଗିଂ କ୍ଲାସ୍‌ର ପୂର୍ବ ପ୍ରସ୍ତୁତି।

ବନ୍ଧୁମାନେ ପିଇବା ଆରମ୍ଭ କରି ସାରିଥା'ନ୍ତି। ମୁଁ ପହଞ୍ଚିବା ମାତ୍ରେ ଜଣେ ସାଙ୍ଗ ମତେ ଗାଳିଦେଇ ସ୍ୱାଗତ କଲା। ହେଇରେ ଆସିଗଲା – ଆମ ଶାନ୍ତ ସୁଧୀର ଭଦ୍ରବ୍ୟକ୍ତି, ମଦ ପାଣିକୁ ଜମା ହାତ ନ ମାରନ୍ତି।

ଆଉ ଜଣେ ପାଳିଆ ହୋଇ ଯୋଡ଼ିଲା – ବାଃ ବାଃ ! କ୍ୟା ବାତ୍ ହେ, କ୍ୟା ବାତ୍ ହେ ! ତୁ ଶଳା ମଦୁଆ ନହୋଇ କବିଟିଏ ହବା କଥାରେ !

ରମେଶ ସେମାନଙ୍କ ଉଦ୍ଦେଶ୍ୟରେ ଶିକ୍ଷକ ଶ୍ରେଣୀରେ ପିଲାଙ୍କୁ ଚୁପ୍ ହୋଇ ବସିବା ପାଇଁ ଯେମିତି ପାଟିରେ ଆଙ୍ଗୁଳି ଦେଇ ସୁ...ଉ... କରନ୍ତି; ସେହିଭଳି ଇସାରା କରି

ସମସ୍ତଙ୍କୁ ଚୁପ୍ କରାଇଦେଲା । ରମେଶର ଆଦେଶ ମାନିବାକୁ ସେମାନେ ବାଧ୍ୟ । କାରଣ - ରମେଶ ସେ କ୍ଲାସର ହୋଷ୍ଟ ଥିଲା । ମତେ ତା' ପାଖାପାଖି ପଡ଼ିଥିବା ଚୌକିଟି ଯାଚି ବସିବାକୁ ଡାକିଲା ଓ କହିଲା - ତୁ ତ ପିଆପିଇ କିଛି କରିବୁନି । ଏଇ ଚାଖଣା, ସାଲାଡ୍, ବାରମଜା ନେ' ଖାଆ ।

ସେମାନେ ସବୁ ଚାଖଣା ସହିତ ପିଉଥା'ନ୍ତି । ମୁଁ ଖାଲି ବାରମଜା ଓ ସାଲାଡ୍ ଖାଇଲି । ସେ ପର୍ଯ୍ୟନ୍ତ ରମେଶ ହୋସ୍‌ରେ ଥାଏ । ମୁଁ ଜାଣିଚି, ମୁଁ ମଦ ପାଣି ନ ପିଇବାରୁ ଅଇଛା ମୋ' ଚଉଦପୁରୁଷ ଉଠାଇ ଏମାନେ ମତେ ଅଜସ୍ର ଗାଳିଗୁଲଜ କରିବେ । ଅବଶ୍ୟ ମୋ ନପିଇବାର ଦୃଢ଼ ସଂକଳ୍ପ ନିକଟରେ ଶେଷରେ ସେମାନେ ପରାଜିତ ହେବେ । ଯାହା ଗାଳିଦେବେ ଦିଅନ୍ତୁ, ମୁଣ୍ଡପାତି ସହିନେବି । କେବଳ ରାତି ଘଡ଼ିକର କଥା । ସକାଳକୁ ଆମେ ପୁଣି ପୂର୍ବର ସେହି କୋଳାକୋଳି ବନ୍ଧୁ ହୋଇଯିବୁ ।

ମୁଁ ଚିକେନ୍ ନ ଖାଇବାର ଦେଖି ଜଣେ ସାଙ୍ଗ ମନ୍ତବ୍ୟ ଦେଲା - ଆବେ ବଳିଆ, ମଦ ନ ପିଇଲୁ ନାହିଁ; ଚିକେନ୍ କାହିଁକି ଖାଉନୁ ? ଶଳା ଖାଲି ସାଲାଡ୍, ମିକ୍‌ସଚର୍ ଠୁଷି ପକଉଚୁ । ଆମେ ପିଇବା କେମିତି ?

ମୁଁ ଟିକିଏ ମଜା କରିବାକୁ ଯାଇ ମିଛରେ ଗୌରଚନ୍ଦ୍ରିକା କରି କହି ପକଇଲି - ନାଇଁରେ ଭାଇ, ଡାକ୍ତର ମନା କରିଛନ୍ତି ଚିକେନ୍ ଖାଇବାକୁ । ଆଉ ଜଣେ ପଚାରିଲା- କାହିଁକି ?

ମୁଁ କହିଲି- ଆରେ ଚିକେନ୍ ଖାଇଲେ କାଳେ ଗୋଡ଼ହାତ ସରୁ ଓ ଲମ୍ବା ହୋଇଯାଏ । ତେଣୁ ମୁଁ ବର୍ଷେ ପାଖାପାଖି ହେଲାଣି ଆଉ ଚିକେନ୍ ଖାଉନାହିଁ ।

ଆଉ ଜଣେ ସାଙ୍ଗ ଗୁମ୍ ମାରି ବସିଥିଲା । ତା'ର ବୋଧେ ଭଲକି ନିଶା ଚଢ଼ିଗଲାଣି । ସେ କହିଲା- କ'ଣ କହିଲୁ ! କ'ଣ କହିଲୁ ! ଚିକେନ୍ ଖାଇଲେ କୁକୁଡ଼ା ଭଳି ଗୋଡ଼ ହାତ ସରୁ ଆଉ ଲମ୍ବା ହୋଇଯିବ ତେବେ ! ତାହେଲେ ବେକଟା ବି ତ ଲମ୍ବା ହୋଇଯିବ ! ପାଟିରେ ଥଣ୍ଟ ବାହାରିବ, ହାତରେ ପର ବାହାରିବ କହୁନୁ ! ଶଳା କହିଲା କ'ଣ ନା ଚିକେନ୍ ଖାଇଲେ... ତା' ଉପରେ ପଡ଼ି ଆଉ ଜଣେ ମୋ ଉଦ୍ଦେଶ୍ୟରେ କଟାକ୍ଷ କରି କହିଲା- ଶଳା ତା' ହେଲେ ହାତୀ ମାଂସ ଖାଉନୁ ! ଗୋଡ଼ ହାତ ମୋଟା ମୋଟା ହେଇଯିବ ।

ଏକଥାରେ ସମସ୍ତେ ପ୍ରବଳ ହସିଥିଲେ ଓ ପରବର୍ତ୍ତୀ ପେଗ୍‌ମାନ ଜଲ୍‌ଦି ଜଲ୍‌ଦି ସାରି ଦେଇଥିଲେ । ଏହାପରେ ମୁଁ ମଦ ନ ପିଇବାର କାରଣରେ ମୁଁ କାଳେ ସ୍ତ୍ରୀ ବୁଦ୍ଧିଆ, ମଦ ନ ପିଇଲେ ସଂସାରରେ ମଣିଷ ଜନ୍ମ ନେଇ କିଛି ଲାଭ ନାହିଁ, ମଦ କିଣାରେ ପଇସା ଖର୍ଚ୍ଚ ନକରି ମୁଁ କୃପଣ ବୋଲି ଆଖ୍ୟା ଦେଇ ତଥା ଅଚଞ୍ଚା ଗାଳିମାନ ଦେଇ ରାତି ପ୍ରାୟ ଅଢ଼େଇଟା ବେଳେ ଖଟି ବନ୍ଦ କରିଥିଲେ ଓ ଯେ ଯାହା ଘରକୁ ଯାଇଥିଲେ ।

ଆମ ଶ୍ରୀମତୀଙ୍କୁ ଚିଡ଼େଇବା ପାଇଁ ତଥା ସତରେ ମୁଁ ମଦ ପିଏ ନାହିଁ ବୋଲି ଆଉ ଏକ ପ୍ରମାଣ ଯୋଡ଼ିବାକୁ ସେଦିନ ରିସ୍କୀ ଷ୍ଟେପ୍‌ଟିଏ ନେଲି। ଖଟିରୁ ଫେରିଲା ବେଳକୁ ସାଙ୍ଗମାନଙ୍କ ବୋତଲରେ ବଳି ଥିବା ଅଳ୍ପ କିଛି ମଦକୁ ଲୁଚେଇ ଲୁଚେଇ ମୋ ଶାର୍ଟ ଉପରେ ଢାଳି ହେଲି। ଜୋର୍‌ରେ ମଦ ଗନ୍ଧ ହେଉଥିଲେ ବି ନାକକୁ ସମ୍ଭାଳି ଘର ପର୍ଯ୍ୟନ୍ତ ବଡ଼ କଷ୍ଟରେ ଆସିଲି। ପାଟିରୁ ବାହାରୁଥିବା ମଦଗନ୍ଧକୁ ନିଜ ନିଜ ସ୍ତ୍ରୀଙ୍କ ସାମ୍ନାରେ ଲୁଚେଇବାକୁ ସାଙ୍ଗମାନେ ଖାଉଥିବା ଶିବ୍‌ଦାତା ପାନ (କେତକୀ ବାସ୍ନା ବିଶିଷ୍ଟ) ଖଣ୍ଡେ ମୁଁ ବି ଖାଇଦେଲି। ମୋର ପ୍ରଚେଷ୍ଟା ଥିଲା ଶ୍ରୀମତୀଙ୍କୁ ଚକ୍‌ମା ଦେଇ ମୁଁ ମଦ ପିଇଥିବାର ସରପ୍ରାଇଜ୍‌ଟା ଦେବି। କିନ୍ତୁ ନାରୀର ତିନୋଟି ରୂପ-ଜାୟା, ଜନନୀ, ଭଗିନୀ ଠାରୁ ବର୍ତ୍ତିବା ମୁସ୍କିଲ। ସକାଳେ ସେ ମୋ ପ୍ୟାଣ୍ଟ ଶାର୍ଟ ସଫା କରୁକରୁ ମୋର ପ୍ଲାନ୍ ଜାଣିନେଲା ଏବଂ କହିଲା- ଶାର୍ଟରେ ମିଛରେ ଯେତେ ମଦ ଢାଳିଲେ, ଯେତେ କଡ଼ା ବାସ୍ନା ପାନ ଖାଇକି ଆସିଲେ ବି ମୁଁ କ'ଣ ତମକୁ ମଦୁଆ ବୋଲି ଭାବିନେବି!

ମଦ ପିଇବାର କଲିଜା ତମର ଅଛି? ମଦ ପିଇବା ଲୋକର ଦୁଇଟା କଲିଜା ଥାଏ। ତମର ସେ ଏକ୍‌ସ୍ଟ୍ରା କଲିଜାଟା କାହିଁ? ମୁଁ କ'ଣ ତମକୁ ଚିହ୍ନି ନାହିଁ?

ପରାଜିତ ବଦନରେ ଚୁପ୍‌ଚାପ୍ ଜଳଖିଆ ଖାଇ ଅଫିସ୍‌କୁ ଚାଲିଯାଇଥିଲି। ସେ ଯାହାବି ହେଉ, ଆପଣମାନେ ତ ଜାଣିଲେ ମୋର ଚଳେ ନାହିଁ; ରମେଶର ପ୍ରବଳ ଚଳେ। ଆଉ ଆପଣଙ୍କର? ନ ଚଳୁଥିଲେ ଭଲ। ଚଳୁଥିଲେ ଆଉ ଚଳାନ୍ତୁ ନାହିଁ। ନଚେତ୍ ଶରୀରର ଅନେକ ଗୁରୁତ୍ୱପୂର୍ଣ୍ଣ ଅଙ୍ଗ ଅଚଳ ହୋଇଯିବ।

■

ଅଷ୍ଟମ ଗର୍ଭ

ସେକ୍ସନ୍ ଅଫିସର ଅନୁଭବ ବାବୁ ଅଫିସ ପରିସରରେ ଥିବା ପାର୍କିଂ ସ୍ଥଳରେ ବାଇକ୍‌ଟି ରଖିଦେଇ ଡିକିରୁ ପାଣି ବ୍ୟାଗ୍ ଓ ଟିଫିନ୍ କ୍ୟାରିୟର୍ ବାହାର କରିନେଇ ଅଫିସ୍ ଚାମ୍ବରରେ ପ୍ରବେଶ କଲେ । ଅର୍ଦ୍ଦଳି ସନାତନ ହାତକୁ ସେଗୁଡ଼ିକ ବଢ଼େଇ ଦେଇ ଚୌକିରେ ବସିପଡ଼ି ଚା'କପେ ଆଣିବାକୁ ଆଦେଶ ଦେଲେ ।

ସନାତନ ଚା' ଆଣି ପହଞ୍ଚିବା ବେଳକୁ ଚାରି ପାଞ୍ଚଜଣ ଡିଲିଂ ଆସିଷ୍ଟାଣ୍ଟ ନିଜନିଜର ଫାଇଲପତ୍ର ଧରି ଅନୁଭବ ବାବୁଙ୍କ ଟେବୁଲ୍ ଚାରିପାଖରେ ଭିଡ଼ ଜମେଇ ସାରିଥିଲେ । ଚା'କପ୍‌ଟି ଅନୁଭବ ବାବୁଙ୍କ ହାତକୁ ବଢ଼େଇ ଦେବାକୁ ଯାଉଥିବା ସନାତନକୁ ଅନ୍ୟମାନେ ସମ୍ଭ୍ରମର ସହିତ ଆଡ଼େଇ ଯାଇ ବାଟ ଛାଡ଼ିଦେଲେ । ଅନୁଭବବାବୁ ଚା'କପ୍‌ଟି ଓଠ ପାଖକୁ ନେଇ ପିଇବାକୁ ଉଦ୍ୟତ ହୁଅନ୍ତେ ହଠାତ୍ କିଛି ଗୋଟେ କଥା ମନେପଡ଼ିଯିବାରୁ ଅଟକିଗଲେ । ଚା' କପ୍‌ରୁ ବାହାରୁଥିବା ବାମ୍ଫକୁ ଘଡ଼ିଏ ଚାହିଁ ରହିଲେ । ଉପସ୍ଥିତ ଅଧସ୍ତନ କର୍ମଚାରୀମାନେ ଆଶ୍ଚର୍ଯ୍ୟ ହୋଇ ପରସ୍ପରକୁ ପ୍ରଶ୍ନବାଚୀ ଚାହାଣିରେ ଚାହୁଁଥା'ନ୍ତି । ସନାତନର ପିଳେହି ସେପଟେ ପାଣି ହୋଇସାରିଥାଏ - କାଳେ କପ୍‌ଟିରେ କିଛି ଅସନା ଜିନିଷ ତା' ଅଜାଣତରେ ଲାଗିଯାଇଛି ବୋଲି ସନ୍ଦେହ କରି । କାହାରି ପାଟିରୁ ଭାଷା ବାହାରୁ ନ ଥାଏ - ଅନୁଭବବାବୁଙ୍କ ପରବର୍ତ୍ତୀ ଟିପ୍‌ପଣୀକୁ ଅପେକ୍ଷା କରି କରି ।

କିଛି ସମୟ ଚାହିଁଲା ପରେ ଅନୁଭବ ବାବୁ ନୀରବତା ଭଙ୍ଗ କରି ଦାର୍ଶନିକ ଠାଣିରେ କହିବାକୁ ଆରମ୍ଭ କଲେ- "ଏଇ ଚା' କପେ ମୁଁ ଏବେ ଏଠାରେ ବସି କାହିଁକି ପିଉଛି; ଆପଣମାନଙ୍କ ଭିତରୁ କେହି କହିପାରିବେ ?"

ସମସ୍ତେ ପରସ୍ପରକୁ ଚାହିଁ ଠରାଠରି ହୋଇ ନିଃଶବ୍ଦ ପ୍ରଶ୍ନୋତ୍ତରୀରେ ଭାଗ ନେଲେ । ଠାରରେ ଠାରରେ ପଚାରୁଥିଲେ- ଆପଣ ଜାଣନ୍ତି ? ଆପଣ, ଆପଣ, ଆପଣ ? ସେମାନଙ୍କର ବିକଳପଣ ତଥା ନୀରବତାକୁ ଦେଖି ଅନୁଭବ ବାବୁ ଅଳ୍ପ ହସିଦେଲେ ।

ନିଜଆଡୁ ପୁଣି ସେ ଆରମ୍ଭ କଲେ- ଶୁଣନ୍ତୁ, ମୁଁ ଆପଣମାନଙ୍କର କୌଣସି ଉତ୍ତରରେ ସନ୍ତୁଷ୍ଟ ହେବି ନାହିଁ। ପ୍ରକୃତରେ ଜୀବନଟା ଏହିଭଳି ଅନେକ ଅସମାହିତ ପ୍ରଶ୍ନ ଓ ଭିନ୍ନ ଭିନ୍ନ ସମ୍ଭାବ୍ୟ ଉତ୍ତରର ସମାହାର କେବଳ ମାତ୍ର। ଈଶ୍ୱର ଆମକୁ...

ଅନୁଭବ ବାବୁ ଚା'କପ୍‌ରୁ ଦର୍ଶନତତ୍ତ୍ୱର ଅପ୍ରବେଶ୍ୟ ଗଭୀରତା ଆଡ଼କୁ ଉପସ୍ଥିତ ଅଧସ୍ତନ କର୍ମଚାରୀମାନଙ୍କୁ ଜବରଦସ୍ତି ବାଟ କଢ଼େଇ ନେବାକୁ ଆରମ୍ଭ କରି ସାରିଥିଲେ। ତେଣୁ ସେମାନଙ୍କ ମଧ୍ୟରେ ଆଉ ପୂର୍ବର ସେ ଗାମ୍ଭୀର୍ଯ୍ୟପୂର୍ଣ୍ଣ ବାତାବରଣ ରହିଲା ନାହିଁ। ସେମାନେ ପରସ୍ପରର ମୁହଁକୁ ଚାହାଁ ଚାହିଁ ହୋଇ "ଏ ସ୍ଥାନ ଛାଡ଼ି ଚାଲଯିବାର ବେଳ ଉପନୀତ" ବୋଲି ଆଖିରେ ଆଖିରେ ଇସାରା ଦେଇ ଅନ୍ୟାନ୍ୟ କାର୍ଯ୍ୟ ବାହାନା ଦେଖାଇ ଜଣ ଜଣ କରି ବାଟ ଭାଙ୍ଗି ଚାଲିଯିବାକୁ ଆରମ୍ଭ କଲେ। କାରଣ- ସେମାନେ ଜାଣନ୍ତି, ବୁଢ଼ା ଆଜି ଘରେ ମାଡ଼ାମ୍‌ଙ୍କ ସହିତ ପୁନଶ୍ଚ ଝଗଡ଼ାରେ ପରାସ୍ତ ହୋଇ ଦାର୍ଶନିକଟିଏ ସାଜି ଆସିଛନ୍ତି ଏବଂ ଅବିକା ସେ ପରାଜୟର ପ୍ରତିଶୋଧ ଆପାତତଃ ଦୁଇଘଣ୍ଟା ପର୍ଯ୍ୟନ୍ତ ସେମାନଙ୍କ ଉପରେ ନେବାଟା ଥୟ; ତାହା ପୁଣି ଦର୍ଶନ ତତ୍ତ୍ୱର ଅଶ୍ରୁତପୂର୍ବ ଶବ୍ଦ ବିନ୍ୟାସ ମାଧ୍ୟମରେ।

ଅନୁଭବ ବାବୁ ଆଗଭଳି ଚା' କପ୍‌କୁ ଚାହିଁ ଆଧ୍ୟାତ୍ମିକ ପ୍ରବଚନ ଦେଇ ଚାଲିଥିଲେ, ଶୁଣିବାକୁ କେହି ଥା'ନ୍ତୁ ବା ନ ଥା'ନ୍ତୁ। ଶୁଣିବାକୁ କେହି ନ ଥିଲେ ବୋଲି କହିଲେ ଭୁଲ ହେବ। ସମସ୍ତେ ଚାଲିଗଲେ ମଧ୍ୟ ବିଚରା ଚତୁର୍ଥ ଶ୍ରେଣୀ କର୍ମଚାରୀ ସନାତନର ଆଉ ଚାରା କାହିଁ? ତା'ର ଅଫିସ୍ ପରା ସେଇଟା! ଅବୋଧ ଦର୍ଶନତତ୍ତ୍ୱର କାଣିଚାଏ ମଧ୍ୟ ବୁଝିପାରୁ ନ ଥିବା ସନାତନ ସବୁକିଛି ବୁଝିପାରୁଥିବା ଭଳି ମୁଣ୍ଡଟୁଙ୍ଗାରି ହଁ ହାଁ ମାରି ରହିବାକୁ ବାଧ୍ୟ ହେଉଥାଏ। ଚା'କପ୍‌ରୁ ଆରମ୍ଭ ହୋଇଥିବା ପ୍ରବଚନ ମଝିରେ ଅନୁଭବ ବାବୁଙ୍କୁ ଅଣ୍ଡର ସେକ୍ରେଟାରୀ ମହାଶୟ ଫୋନ୍ କରି ତାଙ୍କ ଚାମ୍ବରକୁ ଡାକିବା ପରେ ଯାଇ ମାମଲାଟା ଅବଶ୍ୟ ଶାନ୍ତ ପଡ଼ିଥିଲା ଓ ସନାତନ ବିଚରା ସାମୟିକ ରକ୍ଷା ପାଇଥିଲା।

ଅନୁଭବ ବାବୁ ପ୍ରକୃତରେ ବିବାହ ପୂର୍ବରୁ କିନ୍ତୁ ଏପରି ନ ଥିଲେ। ପରିସ୍ଥିତିର ତାଡ଼ନାରେ ଚାପି ହୋଇ ତାଙ୍କ ଅଜାଣତରେ ତାଙ୍କର ଏପରି ମାନସିକ ପରିବର୍ତ୍ତନ ହୋଇଯାଇଛି। ତାଙ୍କ ଜୀବନ କାହାଣୀ ଶୁଣିଲେ ଆପଣ ମଧ୍ୟ ତାଙ୍କ ପ୍ରତି ଅଶେଷ ଅନୁକମ୍ପା ଢାଳି ପକାଇବେ ଏବଂ କହିବେ – ଲୋକଟା ପାଗଳ ହୋଇଯାଇ ନାହିଁ, ସେଇଟା ବଡ଼କଥା। ଅବଶ୍ୟ ଅଫିସ୍‌ରେ ତଳିଆ କର୍ମଚାରୀଠୁ ଆରମ୍ଭ କରି ତାଙ୍କର ଉପରିସ୍ଥ ଅଧିକାରୀ ପର୍ଯ୍ୟନ୍ତ ସମସ୍ତଙ୍କର ସଦିଚ୍ଛା ଓ ଅନୁକମ୍ପାରୁ ହିଁ ସେ ଏପର୍ଯ୍ୟନ୍ତ ଚାକିରି ଖଣ୍ଡିକ ସମ୍ଭାଳି ରଖିଛନ୍ତି।

ବିବାହର ପ୍ରାୟ ଦୁଇ ବର୍ଷ ପରେ ଅନୁଭବ ବାବୁଙ୍କ ଔରସରୁ ପ୍ରଥମ ସନ୍ତାନ ଜାତ

ହେଲା। ହେଲା ନୁହେଁ ତ, ହେଲେ। ଅର୍ଥାତ୍ ଯମଜ କନ୍ୟାରତ୍ନ ଶ୍ରୀମତୀଙ୍କ କୋଳ ମଣ୍ଡନ କଲେ। ପୁଅଟିଏ ନ ହେଲା ନାହିଁ; ଏକାବେଳକେ ଯୋଡ଼ିଏ ଝିଅ ଜନ୍ମ ହେବାଟାକୁ ସ୍ୱାମୀ-ସ୍ତ୍ରୀ ଉଭୟେ ଭଲ ରକମର ହଜମ କରିପାରିଲେ ନାହିଁ। ଅନୁଭବ ବାବୁ ତାଙ୍କ ପିତାମାତାଙ୍କର ଏକୁଟିଆ ପୁତ୍ର ସନ୍ତାନ। ତେଣୁ ନିଜର ବଂଶରକ୍ଷା ପରମ୍ପରାକୁ ବଜାୟ ରଖିବା ନିମନ୍ତେ ପୁଅଟିଏ ମନେ ମନେ ଅବଶ୍ୟ ଚାହୁଁଥିଲେ। କିନ୍ତୁ ବିଧିର ବିଧାନ, କେ କରିବ ଆନ!

ଦ୍ୱିତୀୟ ବାର ସନ୍ତାନ ଜନ୍ମ ବିଷୟରେ ସେ ଗୁରୁଜନ, ସାଙ୍ଗସାଥୀ, ଶ୍ରୀମତୀଙ୍କ ସହିତ ଅନେକ ବିଚାର ବିମର୍ଷ କଲେ। ସମସ୍ତେ କିନ୍ତୁ ପରାମର୍ଶ ଦେଲେ ଦ୍ୱିତୀୟଥର ପରୀକ୍ଷାରେ ଅବତୀର୍ଣ୍ଣ ହେବାକୁ। କିନ୍ତୁ ମୁଖ୍ୟ ବ୍ୟକ୍ତି ଶ୍ରୀମତୀ ଏଥିରେ ଆଦୌ ରାଜି ହେଲେ ନାହିଁ। ତାଙ୍କୁ ରାଜି କରେଇବାକୁ ପାଖାପାଖି ତିନିବର୍ଷ ଲାଗିଗଲା। ତାହା ପୁଣି ବିଭିନ୍ନ ସର୍ତ୍ତାବଳୀ ମଧ୍ୟରେ। ଯାହା ହେଉ ଶେଷରେ ଦ୍ୱିତୀୟ ଗର୍ଭରୁ ତୃତୀୟ ସନ୍ତାନଟିଏ ପାଇବାକୁ ଅନୁଭବ ବାବୁ ମନପ୍ରାଣ ଦେଇ ଲାଗିପଡ଼ିଲେ। ବିଭିନ୍ନ ଦେଶୀ ଚିକିତ୍ସା, କବିରାଜୀ ଔଷଧ, ଦେବାଦେବୀଙ୍କଠାରେ ମାନସିକ ଆଦି ରଖି ପ୍ରସ୍ତୁତି ଚଳାଇଲେ।

ଯଥା ସମୟରେ ଶ୍ରୀମତୀଙ୍କର ପୁଣି ଗର୍ଭ ସଞ୍ଚାର ହେଲା। ପ୍ରଥମଥର ଠୋକର ଖାଇଥିବାରୁ ଏଲୋପାଥି ଚିକିତ୍ସା ଉପରୁ ତାଙ୍କର ସମ୍ପୂର୍ଣ୍ଣ ଭରସା ତୁଟି ସାରିଥିଲା। ତେଣୁ ସେ ଘରୋଇ ଚିକିତ୍ସାରେ ଶ୍ରୀମତୀଙ୍କର ଡେଲିଭରୀ କରାଇଲେ। ଏଥର କେବଳ ତୃତୀୟ ନୁହେଁ, ଚତୁର୍ଥ ସନ୍ତାନ ମଧ୍ୟ ଜାତ ହେଲା। ପୁଣି ଯମଜ ଭଗ୍ନୀ। ଅନୁଭବ ବାବୁଙ୍କ ଆଖିରୁ ଝରଝର ହୋଇ ଲୁହ ଝରିପଡ଼ିଲା ଏ ଖବର ପାଇ। ଶ୍ରୀମତୀ କିନ୍ତୁ ଏଥିରେ ଦୁଃଖ କରିନଥିଲେ। ବରଂ ରାଗ ଜର୍ଜରିତ ହୋଇ ଅନୁଭବ ବାବୁଙ୍କ ପ୍ରତି ଦାନ୍ତ କାମୁଡ଼ି ବାଘୁଣୀ ଭଳିଆ ପ୍ରଳାପ ଛାଡ଼ିଥିଲେ। ଶ୍ରୀମତୀଙ୍କୁ ସାମ୍ନା କରିବାକୁ ଅନୁଭବ ବାବୁ ସାହସ ଜୁଟେଇ ପାରି ନ ଥିଲେ।

ପ୍ରକୃତରେ ଈଶ୍ୱର କ'ଣ ଏଡ଼େ ନିଷ୍ଠୁର! ଦୁଇଟି ଗର୍ଭରେ ଚାରି ଚାରିଟା କନ୍ୟା ଦେବାଟା ସତରେ ଆଶୀର୍ବାଦ, ନା ଅଭିଶାପ, ନା ଉପହାସ! ଦୁଇଦୁଇଥର ଯାଆଁଳା କନ୍ୟା ଜନ୍ମଦେଇ ସେମାନଙ୍କୁ ଖୁଆଇ ପିଆଇ ବଡ଼ କରିବାଟା କେତେ କଷ୍ଟ ସେକଥା ତାଙ୍କ ଶ୍ରୀମତୀ ହିଁ କେବଳ ଅନୁଭବ କରୁଥିଲେ। ଅନୁଭବ ବାବୁଙ୍କ ମାନସିକ ସ୍ଥିତି କଥା ଆଉ ପଚାରୁଛି କିଏ! ପ୍ରକୃତରେ ଏହିଠାରୁ ହିଁ ଅନୁଭବ ବାବୁଙ୍କ ଭିତରେ ଅସମ୍ଭବ ପରିବର୍ତ୍ତନର ସୂତ୍ରପାତ ହେଲା। ସେ ଅନ୍ୟମନସ୍କ ହୋଇ ପଡ଼ିଲେ। ଟେନ୍‌ସନ୍‌ରୁ ରକ୍ତଚାପ ଓ ଡାଇବେଟିସ୍ ଉଭୟ ବଢ଼ିଗଲା। ଖାଇବା ପିଇବା, ଅଫିସ କାର୍ଯ୍ୟାଦିରେ କୌଣସି ନିୟମିତତା ରହିଲା ନାହିଁ। ବଡ଼ଝିଅ ଦୁହିଁଙ୍କୁ ସମ୍ଭାଳିବା କାର୍ଯ୍ୟ ଅନୁଭବ ବାବୁ ଓ ସାନ ଦୁହିଁଙ୍କର ଦାୟିତ୍ୱ ଶ୍ରୀମତୀ ନେଲେ ମଧ୍ୟ ଘରର ଅନେକ କାର୍ଯ୍ୟଭାର ଅନୁଭବ ବାବୁଙ୍କ

ଉପରେ ନ୍ୟସ୍ତ ରହିଲା । ଏସବୁ ପାଇଁ ଅବଶ୍ୟ ଅନୁଭବବାବୁ ସମ୍ପୂର୍ଣ୍ଣ ଭାବରେ ନିଜକୁ ହିଁ ଦାୟୀ କରୁଥିଲେ ।

ଉଭୟଙ୍କର ଆପ୍ରାଣ ପ୍ରଚେଷ୍ଟାରେ ଚାରୋଟିଯାକ ଝିଅ ଧିରେଧିରେ ବଢ଼ିବାରେ ଲାଗିଲେ । ବଡ଼ ଦୁହେଁ ଗଙ୍ଗା-ଯମୁନା ସ୍କୁଲକୁ ଗଲେଣି । ସାନ ଝିଅ ସୀତା-ଗୀତାଙ୍କୁ ତିନିବର୍ଷ ହେଲାଣି । ଦ୍ୱିତୀୟ ଗର୍ଭଠାରୁ ସ୍ୱାମୀ-ସ୍ତ୍ରୀଙ୍କ ଭିତରେ ଆଉ ସୌହାର୍ଦ୍ଦ୍ୟପୂର୍ଣ୍ଣ ସମ୍ପର୍କ ନ ଥିଲା । ଅନୁଭବ ବାବୁଙ୍କ ଉପରେ ରାଗ ରଖି ଶ୍ରୀମତୀ ଖାଲି ରକ୍ତ ଚାଉଳ ଚୋବାଉଥିଲେ । ଏପର୍ଯ୍ୟନ୍ତ ତାଙ୍କ ରାଗରେ ଭଟ୍ଟା ପଡ଼ିନଥାଏ । ବଂଶରକ୍ଷାର ଭୂତଟା ଯଦିଓ ଚାରିକନ୍ୟାଙ୍କ ଗହଳି ଚହଳି ମଧ୍ୟରେ ଅନୁଭବ ବାବୁଙ୍କ ମନରୁ ଓହ୍ଲେଇ ଯାଇ ସାରିଥାଏ, କିନ୍ତୁ ଶ୍ରୀମତୀ ଏଥର ସ୍ୱାମୀଙ୍କ ସୌକ ପୂରଣ କରିବାକୁ ଅଣ୍ଟା ଭିଡ଼ିଲେ । ଏ ଭିତରେ ଦିନରାତି ଟେନ୍‌ସନ୍‌ରେ ରହି ରହି ଅନୁଭବାବୁ ବଂଶ କ'ଣ, ରକ୍ଷା କ'ଣ ଏ ଶବ୍ଦଗୁଡ଼ିକର ଅର୍ଥ ମଧ୍ୟ ଭୁଲି ସାରିଥିଲେ । ଶ୍ରୀମତୀ କିନ୍ତୁ ଛାଡ଼ିନଥିଲେ । ତୃତୀୟ ଗର୍ଭ ପାଇଁ ଅନୁଭବବାବୁଙ୍କୁ ବାଧ୍ୟ କଲେ । ତାଙ୍କର ଏ ଉଗ୍ରରୂପ ଦେଖି ଅନୁଭବ ବାବୁ ତାଟକା ହୋଇପଡ଼ିଲେ । ଶ୍ରୀମତୀଙ୍କର ଯୁକ୍ତି ଥିଲା- ସାମାନ୍ୟ ପୁଅଟିଏ ପାଇଁ ତମେ ମତେ ଚାରୋଟି ଝିଅ ଜନ୍ମ ଦେବାକୁ ବାଧ୍ୟ କରିଛ ମାନେ ପୁଅଟିଏ ନ ହେଲା ପର୍ଯ୍ୟନ୍ତ ତମକୁ ମୁଁ ସହଜରେ ଛାଡ଼ିଦେବି ବୋଲି କ'ଣ ଭାବିଛ ! ଆମର ଅଲବତ୍ ପୁଅଟିଏ ହେବ, ହେବ, ହେବ ।

ପଛକୁ ପଛ ଲଗାତାର ଭାବରେ ଶ୍ରୀମତୀଙ୍କ କୋଳ ମଣ୍ଡନ କରି ସାତ ଭଉଣୀ ଜନ୍ମ ହେବା ପର୍ଯ୍ୟନ୍ତ କଥାଗଲା, କିନ୍ତୁ ପୁତ୍ରଟିଏ ଜନ୍ମ ନୋହିଲା । ଭାଗ୍ୟ ଉପରେ, ଭଗବାନଙ୍କ ଉପରେ, ସ୍ୱାମୀଙ୍କ ଉପରେ ଏବଂ ନିଜ ଉପରେ ପ୍ରତିଶୋଧ ନେବାକୁ ଯାଇ ଅତ୍ୟନ୍ତ କଠୋର ହେଲେ ମଧ୍ୟ ଅଷ୍ଟମ ଗର୍ଭ ପର୍ଯ୍ୟନ୍ତ ଧୈର୍ଯ୍ୟ ଧରି ଶ୍ରୀମତୀ ସତକୁ ସତ ଶେଷରେ ଅଷ୍ଟମ ଗର୍ଭ ଧାରଣ କଲେ ।

ସତରେ ଭଗବାନ ଏତେ ନିଷ୍ଠୁର ନୁହନ୍ତି, ଯେତିକି ଆମେ ବିଭିନ୍ନ ପ୍ରତିକୂଳ ପରିସ୍ଥିତିରେ ପଡ଼ି ଦୋଷାରୋପ କରିଥାଉ । ପୁରାଣ ସାକ୍ଷୀ ଅଛି, ଅଷ୍ଟମ ଗର୍ଭ ପ୍ରକୃତରେ ନିର୍ଣ୍ଣାୟକ ଭୂମିକା ତୁଲାଇଥାଏ । ଏହାର ଜ୍ୱଳନ୍ତ ଉଦାହରଣ ଭଗବାନ ଶ୍ରୀକୃଷ୍ଣ ଅଟନ୍ତି । ଶ୍ରୀମତୀଙ୍କ କୋଳରେ ସତକୁ ସତ ଅଷ୍ଟମଗର୍ଭରେ ପୁତ୍ର ସନ୍ତାନଟିଏ ଜନ୍ମ ନେଲା । ଗୁଲୁଗୁଲିଆ ପୁତ୍ର ସନ୍ତାନଟିଏର କୁଆଁ କୁଆଁ ଡାକରେ ଉଭୟ ଅନୁଭବ ବାବୁ ଓ ଶ୍ରୀମତୀ ସତରେ ହଜିଲା ଧନ ପାଇଲା ପରି ଖୁସିରେ ବିଭୋର ହୋଇପଡ଼ିଥିଲେ ଏବଂ ସେମାନେ ଯେ ଆହୁରି ସାତୋଟି କନ୍ୟାର ପିତାମାତା, ଏକଥା ଭୁଲି ଯାଇଥିଲେ । ଠାକୁରଙ୍କୁ, ବିଶେଷ କରି ଶ୍ରୀକୃଷ୍ଣ ଗୋବିନ୍ଦ ଗୋପାଳଙ୍କୁ ଶତଶତ କୃତଜ୍ଞତା ଜ୍ଞାପନ କରିବାକୁ ଯାବତୀୟ ପୂଜାବିଧିର ଆୟୋଜନ କରିଥିଲେ । ହଜାରେ ଦିଅଁ ଦେବତାଙ୍କ ପାଖରେ ଶରଣ ପଶି

ଶେଷରେ ଅଷ୍ଟମ ତଥା ନିର୍ଣ୍ଣାୟକ ଗର୍ଭରୁ ଜାତ ହୋଇଥିବା ପୁତ୍ରସନ୍ତାନର ନାମ ମଧ୍ୟ ସେମାନେ କୃଷ୍ଣ ଗୋପାଳ ରଖିଥିଲେ। ଏଥିରେ କିନ୍ତୁ ସବୁଠୁ ବେଶୀ ଖୁସି ହୋଇଥିଲେ ଶ୍ରୀମତୀ ଯିଏକି ଗୁଲୁଗୁଲିଆ ଗୋପାଳର ଗେହ୍ଲା ମୁହଁଟି ଦେଖିଦେଇ ସାତ କନ୍ୟା ପ୍ରସବ ଯନ୍ତ୍ରଣାକୁ ଧିରେଧିରେ ବିସ୍ମରି ପକାଉଥିଲେ।

କିନ୍ତୁ ଝିଅ ସାତଗୋଟିଙ୍କୁ ନେଇ ସ୍ୱାମୀ ସ୍ତ୍ରୀ କେମିତି ଚଳୁଥିବେ ଥରେ ଭାବିଛନ୍ତି ! ଆଜିକାଲିର ଭାଗ୍‌ଦୌଡ୍ ଦୁନିଆରେ କିଏ ବା କାହା କଥା ପଚାରୁଛି ! ଗୋଟିଏ ଦୁଇଟା ପିଲାଙ୍କୁ ସମ୍ଭାଳିବା ମୁସ୍କିଲ; ଇଏ ପୁଣି ଆଠଜଣ। ଖାଇବା ପିଇବାଠୁ ଆରମ୍ଭ କରି ପଢ଼ାପଢ଼ି ପର୍ଯ୍ୟନ୍ତ ସବୁଥିରେ ହଇରାଣ। ଘରେ, ବାହାରେ, ଅଫିସ୍‌ରେ, ସବୁଆଡ଼େ ଅନୁଭବବାବୁଙ୍କୁ ନେଇ ଚର୍ଚ୍ଚା। ଅବଶ୍ୟ ଅଫିସ୍‌ରେ ଅନୁଭବ ବାବୁଙ୍କର ଅସହାୟତା ତଥା ବୋକାମୀ ବିଷୟରେ ଷ୍ଟାଫ୍‌ମାନେ ଭିତରେ ଭିତରେ ଆଲୋଚନା ସମାଲୋଚନା କଲେ ମଧ୍ୟ ତାଙ୍କ ପ୍ରତି କିନ୍ତୁ ଯଥାମାନ୍ୟ ଅନୁକମ୍ପା ଦେଖାଇବାକୁ କଦାପି ଭୁଲନ୍ତି ନାହିଁ। ଆହା ! ଲୋକଟା କି ହୀନସ୍ତା ନ ହେଉଛି !

ତୃତୀୟ ଓ ଚତୁର୍ଥ ସନ୍ତାନ ହେବା ପରଠାରୁ ଲଗାତାର ଅନୁଭବ ବାବୁଙ୍କ ମୁଣ୍ଡରେ ଯେଉଁ ଶକ୍ତ ଝଟ୍‌କା ବାରମ୍ବାର ଲାଗୁଥିଲା, ତାହା ଅଷ୍ଟମ ସନ୍ତାନ ରୂପକ ମଲମ ପ୍ରଲେପରେ କିଛିମାତ୍ରାରେ ଉପଶମ ହୋଇଥିଲା। କିନ୍ତୁ ଯେତିକି ଯନ୍ତ୍ରଣା ରହିଯାଇଥିଲା ସେତିକିରେ ମଧ୍ୟ ସେ ଭାବପ୍ରବଣତା ସମ୍ପର୍କିତ ଯାବତୀୟ ବ୍ୟକ୍ତିତ୍ୱ, ଯଥା- କବି, ଭାବୁକ, ଦାର୍ଶନିକ, ମନସ୍ତାତ୍ତ୍ୱିକ ଆଦି ବନିଯାଇଥିଲେ। ବାସ୍ତବିକତା ପ୍ରତି ଦୃଷ୍ଟି ଦେଲେ ଅନୁଭବ ବାବୁ କାହିଁକି, ଆଉ ଯିଏ ହେଲେ ମଧ୍ୟ ଏ ଯୁଗରେ ଏପରି ପରିସ୍ଥିତିରେ ସମ୍ପୂର୍ଣ୍ଣ ପାଗଳ ନହେଲେ ମଧ୍ୟ ଅର୍ଦ୍ଧପାଗଳଟିଏ ହୋଇଯିବ।

କିନ୍ତୁ ଅନୁଭବ ବାବୁ ଏଇଥିପାଇଁ ଧନ୍ୟବାଦାର୍ହ ଯେ ବେଟୀ ବଚାଓ ଆନ୍ଦୋଳନରେ ସେ ଜଣେ ଆଗଧାଡ଼ିର ସୈନିକ ସାଜି ପୁରୁଷ ଅନୁସାରେ ମହିଳାମାନଙ୍କର ଅନୁପାତର ହାରରେ ଶୂନ୍ୟ ଦଶମିକ କେତେଟା ଶୂନ୍ୟ ପରେ ଏକ ଶତକଡ଼ା ଅଭିବୃଦ୍ଧିରେ ସହାୟକ ହୋଇ ସରକାରଙ୍କୁ ପରୋକ୍ଷରେ ସାହାଯ୍ୟ କରିଛନ୍ତି। ଶ୍ରୀମତୀଙ୍କର କ୍ରୋଧର ଫଳ ହେଉ, ଅନୁଭବ ବାବୁଙ୍କ ବଂଶରକ୍ଷା ଇଚ୍ଛାର ଫଳ ହେଉ, କିମ୍ବା ଭାଗ୍ୟର ବିଡ଼ମ୍ବନା ଯୋଗୁ ହେଉ, ଦୁଇ ଦୁଇଥର ଯମଜ କନ୍ୟା ସନ୍ତାନ ଦେଇ ମହିଳାଙ୍କ ସଂଖ୍ୟା ବୃଦ୍ଧିରେ ସାହାଯ୍ୟ କରିଥିବା ତଥା ସାତଗୋଟି ବରପାତ୍ରଙ୍କୁ ବିବାହଯୋଗ୍ୟ ବନାଇ ପାରିଥିବା ଏହି ବିରଳ ଦମ୍ପତିଙ୍କୁ ସରକାରଙ୍କ ତରଫରୁ କିଛି ଗୋଟିଏ ଆଖିଦୃଶିଆ ପ୍ରୋତ୍ସାହନର ବ୍ୟବସ୍ଥା କରିବାର ଆବଶ୍ୟକତା ରହିଛି।

■

BLACK EAGLE BOOKS

www.blackeaglebooks.org
info@blackeaglebooks.org

Black Eagle Books, an independent publisher, was founded as a
nonprofit organization in April, 2019. It is our mission to connect
and engage the Indian diaspora and the world at large with the
best of works of world literature published on a collaborative
platform, with special emphasis on foregrounding Contemporary
Classics and New Writing.